Ina Sembt

Im Garten der Gefühle

Ina Sembt

Im Garten der Gefühle

Roman

édition el!es

Internet: www.elles.de

E-Mail: info@elles.de

Umschlaggestaltung und Satz: graphik.text Antje Küchler

Umschlagfoto: © Dmitri Zakovorotny – Fotolia.com

ISBN 978-3-941598-47-8

DANKSAGUNG

Ich bin el!es sehr dankbar für die Möglichkeit, meinen Roman zu veröffentlichen.

Ein besonders dickes Dankeschön gilt meiner Lektorin Silke Lambert für ihre inspirierende Zusammenarbeit!

Für Siggi
im März 2012

1. Kapitel

»Alexandra, hast du ein paar Minuten Zeit für mich?« Regine, die Chefredakteurin, war am Telefon. Ihre Stimme verhieß, dass sie keine Widerrede duldete – wie meistens. Alexandra hätte nicht sagen wollen, dass es unangenehm war, hier zu arbeiten: in der Redaktion eines Frauenmagazins, das zufällig Alexandras Namen trug. Aber Regine war zweifellos das, was man heutzutage wohl ein Alphaweibchen nannte. Sie ließ keine Gelegenheit aus, die Chefredakteurin herauszukehren, und konnte ihren Mitarbeiterinnen damit ganz schön auf die Nerven gehen. Außerdem war sie ehrgeizig und zielstrebig, und Unpünktlichkeit war ihr ein Graus. Wenn sie »jetzt« sagte, dann meinte sie »jetzt«. Alexandra brach also sofort alle Arbeit ab und eilte umgehend in Regines Büro.

Im Grunde verstand sie sich gut mit Regine. Die hatte sie bei der Gründung von »Alexandra« vor einigen Jahren als eine der ersten Mitarbeiterinnen von einem anderen Frauenmagazin abgeworben, das immer mehr in den Boulevard-Journalismus abzudriften drohte. Alexandra kam die Arbeit mit einer Frauenzeitschrift, die deutlich mehr Gewicht auf Kultur und Politik und vor allem Qualität legte, sehr entgegen, und sie hatte voller Enthusiasmus zugesagt. Bisher war sie nicht enttäuscht worden. Die Arbeit machte ihr großen Spaß, und sie konnte dabei sogar ihrer Lieblingsbeschäftigung nachgehen: dem Lesen. Zum überwiegenden Teil rezensierte sie Romane, die neu auf dem deutschen Buchmarkt erschienen, und ab und zu auch einen englischen Titel. Sie führte Interviews mit den Schriftstellerinnen, organisierte Lesungen junger, aufstrebender Autorinnen und plante hin und wieder auch Vorträge von Wissenschaftlerinnen oder Künstlerinnen. Außerdem lernte sie eine Reihe von Verlegerinnen kennen, denen sie ab und zu über die Schultern schauen durfte, um danach eine Reportage über deren Arbeit zu schreiben. Insgesamt war ihr Job also vielfältig, abwechslungsreich – und vor allem kulturell anspruchsvoll.

Irgendwann hatte allerdings auch das Frauenmagazin »Alexandra« einsehen müssen, dass gewisse Verkaufszahlen für das Überleben einer Zeitschrift, die noch dazu die Hälfte der Menschheit ausklammerte, unverzichtbar waren – und dass sich diese Werte ohne eine Boulevard-Sparte nicht halten ließen. Alexandra sollte es recht sein, solange sie nicht mit hineingezogen wurde.

»Alexandra, du wohnst doch in diesem kleinen Kaff jenseits von Düsseldorf?«, begann Regine das Gespräch, ohne sich groß mit Höflichkeiten aufzuhalten.

Vor etwa eineinhalb Jahren war Alexandra nach der Trennung von ihrer letzten Partnerin aus der gemeinsamen Wohnung in Düsseldorf in ein kleines Bauernhaus an der holländischen Grenze gezogen. Sie hatte damals schwer an der Trennung zu knabbern gehabt. Aber der Umzug war der Beginn eines neuen Lebens, und inzwischen liebte sie ihre Freiheit ebenso sehr wie ihre neue Heimat.

Wollte Regine jetzt smalltalken oder führte sie irgendetwas im Schilde, fragte Alexandra sich nun. Ersteres war angesichts von Regines effizienter Arbeitsweise und der Tatsache, dass sie so gut wie nie private Gespräche mit ihren Mitarbeiterinnen führte, ziemlich unwahrscheinlich. Da musste also noch irgendwas kommen, etwas Hinterhältiges.

»Hm-hm«, machte Alexandra erst einmal nur. *Vorsicht ist die Mutter der Porzellankiste,* dachte sie sich.

»Na, dann rate mal, wer auch da wohnt!«

»Mein Bäcker, meine Buchhändlerinnen ...«, antwortete Alexandra arglos.

»Sind die etwa populär?«

»Bei mir schon!«

»Ich merke schon, du stehst auf dem Schlauch. Der Name Susanne von Saalfeld, sagt der dir was?«

»Das ist doch die schwerreiche Fabrikantengattin.«

»Nicht ganz. Gattin stimmt zwar – oder besser: stimm*te*. Aber die Fabrik gehört ihr, und er ist nur der Gatte. Jetzt geht er bei der Scheidung leer aus, weil die Frau von und zu schlauerweise einen Ehevertrag abgeschlossen hatte. Der Exgatte ist obersauer. Ging durch alle Magazine.«

»Du weißt doch, dass ich hier nicht die Boulevard-Tussi bin«, wandte Alexandra ein. Ihr war immer noch nicht klar, worauf die Chefredakteurin hinauswollte. »Aber das hab ich auch gehört, dass sie sich hat scheiden lassen. Alles andere interessiert mich allerdings einen feuchten Furz.«

»Etwas mehr Stil, wenn ich bitten darf. Es *sollte* dich nämlich interessieren. Du darfst auf dem Feld des gehobenen Boulevard-Journalismus investigativ tätig werden und dich mal wieder ins richtige Journalistinnenleben stürzen.«

»Wie meinst du das?« Alexandra setzte sich kerzengerade. Das konnte nicht Regines Ernst sein. Sie wusste doch, dass Alexandra den Boulevard hasste und obendrein am Schreibtisch am glücklichsten war.

Regine machte ihre Andeutungen deutlicher: »Du wohnst genau in dem Ort, in dem auch Frau von Saalfeld neuerdings wohnt. Sie ist frisch geschieden, und es geht das Gerücht, dass sie ihren Mann wegen einer Frau verlassen hat. Und du bist lesbisch.«

»So ganz kann ich deiner Argumentation nicht folgen. Ich soll voyeuristisch tätig werden, weil ich lesbisch bin? Ich bin für Boulevard absolut ungeeignet!«, versuchte Alexandra mit so viel Nachdruck wie möglich eine Absage zu formulieren.

Doch Regine wurde langsam ungehalten. »Hab ich doch gerade gesagt: Die Dame wohnt bei dir um die Ecke.«

»Ich hab keinen blassen Schimmer. Wo soll das denn sein?«

»Ich hab die Adresse hier.« Regine reichte Alexandra ein Post-it, auf dem sie die Anschrift der Dame von Saalfeld notiert hatte. Tatsächlich sah es so aus, als sei die Wohnung nicht weit von ihrem eigenen Haus entfernt; jedenfalls hatte sie dieselbe Postleitzahl wie ihr Wohnort. Aber wirklich gut kannte sich Alexandra in den einzelnen Stadtteilen nicht aus, und Straßennamen hatte sie sich ohnehin noch nie merken können.

So ein Pech, dass die Dame sich ausgerechnet in ihren Wohnort zurückziehen musste. Alexandra schluckte einen Seufzer hinunter. Jetzt hatte sie Boulevard am Bein.

Regine sprach inzwischen schon weiter: »Also, ich dachte mir, du trittst als Gartenarchitektin auf, um den Kontakt herzustellen. Schließlich braucht die Gutste eine Gartenarchitektin, um ihren verwilderten Garten wieder in Schwung zu bringen.«

»Davon habe ich doch keine Ahnung.«

»Das stimmt doch gar nicht. Immerhin hast du mehrere Semester Gartenarchitektur studiert.«

»Zwei, um genau zu sein.«

»Ich sage doch: mehrere Semester. Außerdem interessierst du dich für Pflanzen. Wenn ich an deinen Garten denke, werde ich ganz neidisch.«

»Ich kann ja mal deinen Garten neu gestalten«, warf Alexandra dazwischen. Im Stillen bereute sie ein wenig, dass sie ihre Kolleginnen einschließlich der Chefin im letzten Sommer zur Einweihungsparty ihres neu gestalteten Gartens eingeladen hatte. Dadurch hatten sie alle ihren selbst entworfenen Außenbereich kennengelernt und waren seither neidisch auf ihre gärtnerischen Fähigkeiten, und ständig wurde sie mit irgendwelchen banalen botanischen Fragen belästigt. Aber das Schlimmste war, dass sie sich mit der Offenbarung ihres gärtnerischen Könnens nun diese Boulevard-Geschichte eingehandelt hatte.

»Lenk nicht ab«, warnte Regine. »Du musst dich halt ein bisschen einarbeiten.«

Aber so schnell wollte Alexandra sich nicht geschlagen geben. »Das ist nicht so einfach, wie du dir das vorstellst. Was glaubst du, wie lange ich an meinem Garten geplant habe? Und Gartenarchitektur hat mit Hobbygärtnern nicht das Geringste zu tun.«

»Du schaffst das schon. Für die Arbeit an diesem Auftrag bist du erst mal von allen anderen Dingen in der Redaktion befreit«, versuchte Regine ihr die Sache schmackhaft zu machen. »Sogar von den täglichen Konferenzen.« Den letzten Punkt betonte sie besonders, wohl wissend, wie sehr Alexandra gerade diesen täglichen Programmpunkt verabscheute. Denn in diesen Meetings musste sie sich derzeit fast pausenlos den neuesten Promi-Tratsch anhören, aus dem das nächste Heft, zwecks Steigerung der Verkaufszahlen, zum größten Teil bestehen sollte.

»Dann hast du genug Zeit für die Vorbereitung«, ergänzte Regine ihre Anweisungen: »Schreib dich halt noch einmal ein und belege die Kurse, die du brauchst. Oder mach ein Praktikum in einem Gartencenter.« Augenscheinlich hatte sie sich die Sache schon bis ins letzte Detail überlegt.

»Regine, es geht um Gartenarchitektur. Die lernt man nicht, indem man mal eben schnell einen Kurs an der Uni belegt, geschweige denn bei der Arbeit in einem Gartencenter.« Alexandra wollte immer noch nicht aufgeben, doch ihr Einwand klang schon sehr viel schwächer.

Und sie hatte in der Tat keine Chance. »Das hier ist nicht verhandelbar. Ich möchte eine Exklusivgeschichte über Susanne von Saalfeld mit ihrer Neuorientierung auf dem Lesbenmarkt. Daraus könnte vielleicht sogar eine Serie werden – mal sehen. Du hättest also die Chance, in unserer Zeitschrift etwas Neues zu initiieren. Du wäschst ein bisschen schmutzige Wäsche, fügst einen Schuss Romantik hinzu und erwähnst die Millionen im Hintergrund. Und fertig ist die Erhöhung unserer Auflage.«

»Wie stellst du dir die Kontaktaufnahme genau vor?«, fragte Alexandra, nun jeder Hoffnung beraubt, diese Geschichte doch noch abwenden zu können. Sie spürte Übelkeit in sich aufsteigen.

»Die Gute hat eine Anzeige geschaltet, in der sie eine Architektin für die Gestaltung ihres neu erworbenen Anwesens sucht. Ich habe dir in dieser Mappe einiges zusammenstellen lassen. Unter anderem findest du darin die Anzeige und einige andere nützliche Informationen über Madame.« Regine knallte einen Hefter, der ziemlich dick aussah, vor Alexandra auf die Tischplatte. Damit betrachtete sie die Sache offenbar als erledigt: »So, das war's. Du kannst gleich mit weiteren Recherchen und ersten Gartengestaltungsentwürfen anfangen. Du erstattest regelmäßig Bericht, indem du mich per E-Mail auf dem Laufenden hältst. In die Redaktion kommst du besser nicht mehr, falls die Dame Erkundigungen einzieht.«

»Sie wird sowieso sofort merken, dass ich keine Gartenarchitektin bin«, maulte Alexandra noch ein wenig. »Außerdem wird sie schnell herausfinden, wer ich bin, wenn sie ein bisschen googelt und meine Artikel findet.«

Doch die Chefin wischte auch diese Bedenken vom Tisch. »Zum Glück hast du einen Allerweltsnamen: Alexandra Wegener. Du kannst also locker sagen, dass du nicht die bist, die du bist. Ach, übrigens: Wir haben vorsichtshalber dein Profil von unserer Homepage genommen.« Damit erhob sie sich von ihrem Stuhl und komplimentierte ihre Redakteurin hinaus, nicht ohne ihr mit einem dünnen Lächeln ein »Viel Vergnügen!« mit auf den Weg zu geben.

Sie hatte also alles schon arrangiert, ohne Alexandra auch nur mit einer Silbe zu fragen. Seufzend fügte Alexandra sich in ihr Schicksal und ging in ihr Büro, um ihre Sachen zusammenzupacken.

Das Schöne an einem geschenkten Tag ist, dass man im Prinzip machen kann, was man will. Die Sonne schien, der Himmel war blau, und Alexandra musste vorerst nicht in die Redaktion. Herrliche Aussichten ... wenn da nicht die schier unmöglich scheinende Aufgabe auf sie gewartet hätte, eine Gartenarchitektin zu sein, die sie gar nicht war. Also schaute sie auf dem Heimweg beim Buchladen ihres Vertrauens vorbei und bestellte alles an Gartengestaltungsbüchern, was der Zwischenbuchhändler auf Lager hatte.

Danach machte sie sich auf zu ihrem kleinen, schnuckeligen Bauernhaus, in dem sie zur Miete wohnte und einen wirklich beneidenswerten Bauerngarten angelegt hatte, der blühte und gedieh. *Nicht übel,* lobte sie sich selbst auf dem Weg in den Garten, wo sie zielstrebig ihren Lieblingsplatz ansteuerte: eine lauschige kleine Holzterrasse mit einem Ampelschirm in dezenter, der Umgebung angepasster Farbe. Dort gönnte sie sich erst einmal ein paar Minuten Pause in Form einer kleinen Augenpflege, während sie genussvoll ihren frisch aufgebrühten Darjeeling schlürfte.

Vor ihrem geistigen Auge tauchte eine gutaussehende Mittvierzigerin auf, die auf sie zukam, um sie heftig und leidenschaftlich zu küssen ...

Genug der unerreichbaren Träumereien und an die Arbeit, ermahnte Alexandra sich selbst. Auf ihrer gemütlichen Gartenliege ausgestreckt, begann sie in dem Dossier von Regine zu blättern, um der

Dame von Saalfeld ein wenig näherzukommen.

Die Frau hatte eine interessante Vita: Jahrgang '63, Studium der Germanistik und Amerikanistik, M. A. und Dr. phil. mit 28. Das nannte man ein Blitzstudium. Aber wie konnte man mit dieser Studienkombination ein Unternehmen leiten? Noch dazu eines, das in Mode machte?

Neugierig geworden, begann Alexandra sich in dem Lebenslauf festzulesen.

Nach der Promotion hatten offenbar Susanne von Saalfelds wilde Jahre begonnen: Amerika, Indien, Nepal, China, Japan, wieder Indien. Die Frau war herumgekommen und hatte so gut wie nichts ausgelassen. Alexandra kannte sich nicht einmal in der Hälfte dieser Länder aus und gestand sich verschämt ein, dass sie nicht einmal den Unterschied zwischen Buddhismus und Hinduismus genau kannte – sicher ganz im Gegensatz zu Frau von und zu.

Dann brachen die Reisen unversehens ab. Frau von Saalfelds Eltern kamen bei einem Absturz ihres Privatjets ums Leben. So kam es dazu, dass sie mit knapp 33 ein großes Modeunternehmen leiten musste, das weltweit agierte. Das tat sie nun seit mittlerweile fast fünfzehn Jahren, und zwar ausgesprochen erfolgreich: Aus dem Dossier ging hervor, dass die von Saalfeld – die man ja eigentlich Frau Dr. von Saalfeld nennen müsste, ging es Alexandra durch den Kopf – expandierte und inzwischen diverse Modesparten dominierte. Ihr Privatvermögen belief sich auf mehrere Millionen Euro. Kein Wunder, dass sie bei ihrer Hochzeit vor drei Jahren auf einem Ehevertrag bestanden hatte, sehr zum Unmut ihres Gatten, Hajo Hannefeldt.

Warum hatte sie so spät geheiratet? Inmitten der 40 war sie zum Zeitpunkt ihrer Hochzeit nur noch knapp im gebärfähigen Alter gewesen, überlegte Alexandra. Um einen Erben dürfte es also wohl kaum gegangen sein. Sicher war es schwierig, einen passenden Partner zu finden, der es nicht auf ihr Geld abgesehen hatte. Warum hatte sie dann überhaupt geheiratet? Diese Frage schien jedoch niemanden zu interessieren; zumindest konnte Alexandra dazu nichts in dem Dossier finden. Das wäre doch ein Ansatzpunkt für eine weitere Recherche. Sie machte eine Notiz. Aber wer sollte schon darüber Auskunft geben können, wenn nicht die Dame selbst?

Alexandra blätterte weiter und fand eine Reihe von Zeitschriftenartikeln, der erste datiert kurz vor der Hochzeit der von Saalfeld:

Susanne von Saalfeld – eine Hardcore-Lesbe?

Steht die millionenschwere Erbin des Saalfeld-Modekonzerns auf Frauen? Wie unser Magazin bereits berichtete, ist Susanne von Saalfeld mehrfach in Begleitung immer derselben Frau gesehen worden. Hand in Hand gingen sie in London über die Oxford Street zum Shoppen. In einer Londoner Lesbenbar wurden sie anschließend beim Küssen beobachtet. Was ist dran an dieser Beziehung? Handelt es sich nur um eine Affäre, oder steckt mehr dahinter?

Wie uns aus gut unterrichteter Quelle mitgeteilt wurde, hat die besagte Frau ein Zimmer in der Londoner Villa der von Saalfeld. Die beiden sollen oft bis mitten in der Nacht rauschende Partys feiern. Alkohol und Drogen sollen ebenfalls im Spiel sein. Wir berichten weiter.

Na ja, das war der typische Boulevard-Tratsch. Nicht wirklich ernst zu nehmen. Von dem, was in dem Artikel stand, musste eigentlich nichts stimmen. Und was sollte überhaupt eine »Hardcore-Lesbe« sein? Dass eine Frau, nur weil sie mit einer anderen Frau Händchen haltend über die Straße ging und sie küsste, als Hardcore-Lesbe bezeichnet wurde, ließ nicht darauf schließen, dass die Schreiberin sich sonderlich gut auskannte. Im Grunde waren die beschriebenen Vorgänge einfach nur harmlos, ja, geradezu bieder. *Wenn das Hardcore sein soll, dann frage ich mich, wie die über wirklichen Hardcore schreiben würden,* dachte Alexandra und grinste.

Was hatte Susannchen kurze Zeit nach dem Erscheinen dieses Artikels dazu bewogen, die Öffentlichkeit durch ihre Heirat zu beruhigen? Irgendetwas musste sie enorm unter Druck gesetzt haben – anders war dieser Schritt nicht zu erklären, fand Alexandra. So richtig konnte sie sich nicht vorstellen, dass es dabei nur um Susannes Lesbischsein gegangen war. Schließlich war das hier das dritte Jahrtausend, und sogar die christlichen Demokraten konnten sich inzwischen nicht mehr dagegen wehren, die eingetragene Partnerschaft zuzulassen. Was also hatte die schwerreiche Erbin, der ihr guter Ruf angesichts der Millionen im Hintergrund doch wohl schnurz hätte sein können, in eine bürgerliche Ehe getrieben? Vielleicht eine Klausel im Testament oder so etwas Ähnliches? Noch eine Notiz.

Das ist ja eine richtig spannende Recherche ... wenn nur der Grund dafür nicht so niederträchtig wäre: eine Schwester im Herzen – falls sie denn eine war – auszuhorchen, dachte Alexandra. Das In-die-Pfanne-Hauen einer Schwester gehörte wahrlich nicht gerade zu ihren Lieblingsbeschäftigungen und auch nicht zu ihrem Konzept von professionellem Journalismus. *Mal sehen, was ich daraus machen kann ...* Vielleicht käme ja eine Hommage an Frau von Saalfeld dabei heraus. Das könnte sie eher mit ihrem journalistischen Gewissen vereinbaren.

Sie las den nächsten Artikel über die Hochzeit derer von Saalfeld. Die behielt ihren Namen – was Alexandra nicht wirklich überraschte –, und er übernahm ihren und trug fortan den melodiösen Doppelnamen »Hajo Hannefeldt-von Saalfeld«. Dass so etwas im heutigen Namensrecht überhaupt erlaubt war! Aber ein Adelsprädikat machte sich gut im Namen. Sicher hatte er bei der Scheidung ihren Namen behalten.

Es war eine pompöse Hochzeit gewesen, erfuhr Alexandra, mit allem Zipp und Zapp und von allem nur das Beste. *Na ja, das kann man wohl auch erwarten bei Adels, wenn sie nicht am Hungertuch nagen, oder?,* dachte Alexandra. Die vielen Fotos von der Hochzeit, auf denen natürlich in der Hauptsache das Brautpaar zu sehen war, zeigten eine nicht wirklich glücklich wirkende Susanne, die ernst in die Kamera blickte, als wisse sie bereits, dass alles nur eine Lüge war.

Alexandra musste an einen Song von Joan Baez denken, *Lady Di and I.* Lady Di habe eine Träne verdrückt, als sie bei ihrer Hochzeit mit Charles vom Balkon schaute, hieß es darin – weil sie gewusst habe, dass der letzte Traum des Jahrhunderts eine Lüge sei. *Wie wahr,* dachte Alexandra. Eine Lüge war es von vornherein gewesen, sowohl für Lady Di als auch für Susanne von Saalfeld. Aber in Bezug auf Susanne konnte sich Alexandra immerhin noch etwas Traurigeres vorstellen, als sich von einem Ehemann zu trennen, mit dem man keine Zukunft hat.

Nach der Scheidung überschlugen sich die Gazetten mit ihren

Schlagzeilen. »Von Saalfelds Hochzeit – alles nur Lüge?«, »Einmal lesbisch – immer lesbisch« (*na ja, das ist auch gut so!,* fand Alexandra), »Muss Millionenerbin das Erbe zurückgeben?« Das war ja interessant. Die Theorie von der Klausel im Testament, die die Heterosexualität von Susanne von Saalfeld forderte, schien sich zu erhärten. Aber ohne stichhaltigere Belege blieb sie reine Spekulation; da würde Alexandra schon etwas umfassender recherchieren müssen als in den Untiefen des Boulevard. Es blieb ihr wohl nichts anderes übrig, als tatsächlich persönlichen Kontakt mit Frau von Saalfeld zu knüpfen.

In den folgenden Tagen arbeitete Alexandra an einer Kontaktaufnahme-Strategie. Dazu durchforstete sie zunächst gründlich die neu erworbenen Gartengestaltungsbücher und verbrachte Stunden mit intensiver Internet-Recherche. Als sie das so ermittelte Wissen nicht für ausreichend befand, bestellte sie weiter gehende Lektüre als Fernleihe in der Stadtbibliothek. Das konnte jedoch dauern, und so langsam drängte die Zeit – Regine machte ihr bereits ab und zu die Hölle heiß. Aber noch konnte Alexandra sie hinhalten, weil sie ja erst mal eine Einarbeitungsphase brauchte. Schließlich sollten ihre Gartengestaltungsvorschläge fundiert sein. Das musste selbst eine Sklaventreiberin wie Regine einsehen.

Inzwischen war sie ein paarmal mit dem Fahrrad an der von Saalfeldschen Villa vorbeigefahren. Sie kannte das Anwesen bereits vom Sehen. Das Gebäude hatte offenbar lange Zeit leer gestanden; früher waren ihr immer die ständig geschlossenen Fensterläden aufgefallen. Aber jetzt waren sie geöffnet, und ihre zuvor grüne Farbe war einem dunklen Rot gewichen. Dadurch wirkte das recht klobige Haus nun ein wenig freundlicher.

Alexandra fragte sich, wie eine einzelne Person in einem so großen Anwesen wohnen konnte. Sie selbst würde sich einsam und verloren fühlen – mal abgesehen davon, dass sie gar kein Geld hätte, die Räume alle mit Möbeln zu bestücken. Aber das war wohl das kleinste Problem, wenn man sich eine solche Behausung leisten konnte. Und bestimmt gab es jede Menge Personal, da hatte die Einsamkeit wahrscheinlich gar keine Chance.

Dem Garten, stellte Alexandra nun bei genauerer Betrachtung fest, fehlte jeder Charme. *Kein Wunder, dass Frau von und zu eine*

Gartenarchitektin sucht, dachte sie. Mitten auf dem ungepflegten Rasen stand etwa eine große, alte Eiche, um die irgendein Feld-Wald-und-Wiesen-Schreiner eine windschiefe Holzbank gezimmert hatte. Das alles sah nicht sehr einladend aus.

Paparazzi sah Alexandra bei ihren Inspektionsbesuchen nie. Das konnte nur heißen, dass noch niemand genau wusste, wo die von Saalfeld logierte. *Aber woher hatte Regine dann ihre Adresse, und wieso schickt sie ausgerechnet mich Promi-Muffel hierhin?,* überlegte Alexandra. *Da hat es in der Anzeigenannahme irgendeiner Zeitung des gehobenen Journalismus offenbar jemand nicht so genau mit dem Datenschutz genommen.* Sie beschloss, sich bei Regine über gar nichts mehr zu wundern.

Dass ihr die Villa schon früher aufgefallen war, würde sie jedenfalls als Motivation nutzen, um in Kontakt mit der neuen Besitzerin zu treten. Aus dem Gedächtnis zeichnete sie skizzenhaft das Anwesen mit dem dazugehörigen Garten auf und machte erste Umgestaltungsentwürfe. *Das klappt ja ganz gut,* sagte sie sich. *Ich brauche nur mehr Informationen darüber, welche Pflanzen die von Saalfeld bevorzugt, damit ich mich von der Masse der Architektinnen, die sich zweifellos um den Auftrag reißen wird, abhebe.* Also wieder auf in den Buchladen, der sich über eine neue, umfangreiche Bestellung zum Thema Pflanzen und Bäume freute. Außerdem zog Alexandra im örtlichen Gartenbaubetrieb, der auf Alleebäume spezialisiert war, einige Erkundigungen ein. So gewann sie bald konkrete Ansätze für die Gartengestaltung und konnte mit Hilfe eines speziellen Garten-Zeichenprogramms bereits die ersten Ausdrucke anfertigen. Die Spesenrechnung würde sich sehen lassen können!

Diese ersten Entwürfe sahen jedenfalls gar nicht so übel aus. Vielleicht war an ihr doch eine Gartenarchitektin verloren gegangen. Aber die Hauptsache war, dass sie sich nun bereit fühlte, der Frau von und zu gegenüber als Profi mit maßgeschneidertem Dienstleistungsangebot aufzutreten.

Aber wie das oft so ist, kam alles ein wenig anders, als Alexandra es so minutiös geplant hatte …

2. Kapitel

Kann ich Ihnen behilflich sein?«

Alexandra hatte die Frau auf dem Fahrrad nicht kommen hören, als sie durch den Gartenzaun auf den Garten blickte. Die Fremde verlangsamte ihre Fahrt. Sie hielt genau vor dem Gartentor, schloss es auf und schob ihr Fahrrad halb hinein.

Das musste sie sein! Alexandras Herz begann schneller zu schlagen. Aber sie zwang sich zur Ruhe: Jetzt war absolute Professionalität gefragt.

»Oh, nein«, sagte sie. »Entschuldigen Sie bitte. Ich bin schon mehrmals an dem Haus vorbeigekommen, und jetzt sind mir die roten Fensterläden aufgefallen. Sie passen viel besser zu dem Haus als die grün gestrichenen. Außerdem habe ich dabei einen Blick auf den Garten geworfen.«

»Ich finde auch, dass die rote Farbe dem Haus mehr Pepp verleiht«, meinte Susanne von Saalfeld. »Sie haben völlig recht. Was halten Sie von dem Garten?«

»Na ja, der Garten haut mich nicht gerade vom Hocker, wenn ich das so salopp ausdrücken darf«, erwiderte Alexandra in ihrer gewohnt schnoddrigen Art – und fragte sich gleich darauf, ob sie damit nicht etwas zu weit gegangen war.

Aber die andere schien ihr die offenherzige Bemerkung nicht übel zu nehmen. »Wenn ich ehrlich sein soll: mich auch nicht. Er ist so einfallslos.«

»Ja, ich glaube, das ist der richtige Ausdruck. Vor meinem geistigen Auge habe ich gerade einige Umgestaltungen vorgenommen«, ließ es sich Alexandra nicht nehmen, direkt schon mal auf ihre Fähigkeiten anzuspielen.

»Tatsächlich? Was haben Sie umgestaltet?«, kam es zurück, neugierig und interessiert.

»Ich würde alles zuerst einmal komplett herausnehmen, um dann den Gartenbereich in einzelne Teile abzugrenzen und verschiedene Arten von Gärten anzulegen.«

»An welche Arten dachten Sie?«, fragte Frau von Saalfeld erwartungsvoll.

»Kennen Sie die englischen Gärten?«, fragte Alexandra zurück.

»Nur von Fotos. Ich war leider nie selbst dort.«

Komisch, dachte Alexandra, *da ist sie überall in der Welt herumgekommen und kennt die herrlichen britischen Gärten nicht.* Laut sagte sie: »Es gibt einen wunderschönen Garten in Schloss Sissinghurst, der von Vita Sackville-West und ihrem Mann gestaltet wurde. Sie haben einen Teil ihres Gartens in verschiedenen Farben angelegt: den weißen Garten, den blauen Garten und so weiter. Dieses Prinzip würde ich mir dort hinten rechts zunutze machen. Ich würde allerdings die Pflanzen nicht durch Hecken trennen, wie es in Sissinghurst der Fall ist, sondern sie aufeinandertreffen lassen. Es gäbe dann einen weißen, einen blauen, einen roten und einen gelben Teil mit in diesen Farben blühenden Blumen. Außerdem könnte man bei der Auswahl der Arrangements darauf achten, dass zu jeder Jahreszeit andere Pflanzengruppen blühen, so dass der Garten nie trostlos wirkt.«

Die von Saalfeld wirkte beeindruckt. »Das hört sich ja spannend an. Planen Sie immer gleich einen Garten neu, wenn Sie daran vorbeikommen?«

»Nein, nur bei Gärten, die mich dazu inspirieren. Das ist eine Berufskrankheit«, antwortete Alexandra, die sich diese Vorlage nicht entgehen lassen konnte.

»Das gibt's ja gar nicht. Ich bin gerade auf der Suche nach jemandem, der meinen Garten neu gestaltet«, rief die von Saalfeld entzückt aus.

Alexandra versuchte einigermaßen überrascht zu wirken: »Ach nein, wirklich? Was für ein Zufall.«

»Wenn Sie einen Moment Zeit hätten, würde ich Sie gern hereinbitten und etwas mehr darüber erfahren.«

»Ja, gern.« *Das läuft ja wie am Schnürchen,* gratulierte Alexandra sich selbst. *Und richtig nett ist sie außerdem. Wer hätte das gedacht, bei den Massen an Geld und Glanz und Ruhm!*

»Kommen Sie doch herein. Ihr Fahrrad können Sie drüben vor dem Haus abstellen. Mögen Sie Tee?«, fragte die Hausherrin weiter.

»Oh ja, sehr gern.«

»Jemand, der Tee trinkt und Gärten gestaltet ...« Die von Saalfeld schien sich ehrlich zu freuen. »Ich glaube, heute ist mein Glückstag. Wenn Sie jetzt auch noch Nichtraucherin sind, ist der

Tag perfekt.«

»Bin ich.«

»Wunderbar«, rief Susanne von Saalfeld aus, und ein intensiver Blick aus tiefblauen Augen traf Alexandra. »Bitte, nehmen Sie doch dort drüben auf der Terrasse Platz. Es dauert nicht lange, bis der Tee fertig ist. Ich serviere dann draußen, wenn es Ihnen recht ist?« Sie sah Alexandra fragend an.

»Ja, wirklich sehr gern.« *Mein Gott, kann ich nicht mal etwas anderes sagen in Gegenwart dieser Frau?,* schalt Alexandra sich selbst, während sie es sich in einem der Sessel auf der Terrasse bequem machte – die übrigens auch schon bessere Tage gesehen hatte. Hier bestand ebenfalls dringender Überarbeitungsbedarf, konnte Alexandra nicht umhin zu konstatieren.

Susanne von Saalfeld balancierte gekonnt ein Tablett mit der Teekanne und den Tassen und verteilte alles auf dem Tisch. Während sie eingoss, fragte sie: »Nehmen Sie Ihren Tee mit Milch und Zucker?«

»Nein, ich trinke Tee immer schwarz. Darjeeling vor allem, sonst bekommt man ja nichts von dem köstlichen Geschmack mit«, antwortete Alexandra und schnupperte an ihrer Tasse. »Das ist doch Darjeeling? Der riecht ausgesprochen lecker.«

»Ja. Das ist mein Sonntagstee, den ich nur zu besonderen Gelegenheiten serviere«, sagte die von Saalfeld mit einem Zwinkern. »Ich habe ihn selbst in Darjeeling eingekauft. Ein Bekannter von mir hat dort eine kleine Teeplantage. Das ist etwas anderes als Tee von einer der großen Plantagen.« Es entstand eine kleine Pause, als sie sich beide hingebungsvoll den ersten Schluck auf der Zunge zergehen ließen. »Er vertreibt seinen Tee exklusiv«, schob Susanne hinterher.

»Ich bin beeindruckt und fühle mich sehr geehrt, dass Sie meinetwegen den Sonntagstee servieren, obwohl heute Donnerstag ist«, meinte Alexandra. »Ich glaube, einen solchen Tee habe ich noch nie probiert. Ist ja fast zu schade zum Trinken.«

»Nur keine falsche Scheu. Endlich mal jemand, der sich mit Tee auskennt. Sonst trifft man überwiegend auf Teebanausen. Genießen Sie ihn einfach«, riet Susanne.

Minutenlang sagten beide gar nichts, sondern widmeten ihre gesamte Aufmerksamkeit ihrem Tee. Alexandra schloss die Augen und nahm seinen Duft in sich auf, während sie den Geschmack auskostete. Das war wirklich etwas ganz anderes als die Tees, die sie bisher getrunken hatte, und dabei kaufte sie wahrlich nicht die billigsten Sorten.

Als sie die Augen wieder öffnete, schaute sie zum zweiten Mal an diesem Tag direkt in die von Susanne. Wie schon zuvor legte ihr Herz einen kleinen Sprint ein. Aber was sie fühlte, war keine Nervosität; ihr war eher, als öffne das tiefe Ozeanblau von Susannes Iris ganz neue Horizonte, so als blicke sie tatsächlich über ein Meer. Sämtliche Sinneseindrücke schienen viel intensiver als sonst: das herrliche Aroma des Tees, das leise Säuseln des Windes in den Blättern und der zart-blumige Duft von Susannes Parfum, der ab und zu in ihre Richtung wehte. Wenn sie einen Gedanken daran verschwendet hätte, hätte sie sich eingestehen müssen, dass diese Frau ihr ziemlich gut gefiel.

Aber das war ja keineswegs der Grund, warum sie hier war. Fast gewaltsam musste sie sich aus dem Rausch der Sinne in die schnöde Wirklichkeit ihres Auftrags zurückrufen.

»Ich bin überwältigt. Das ist wirklich etwas ganz Besonderes«, erwies Alexandra dem Tee noch einmal die angemessene Ehre und hielt dann einen Moment inne, bevor sie weitersprach: »Jetzt muss ich mich aber wirklich entschuldigen, dass ich mich noch gar nicht vorgestellt habe. Ich bin Alexandra Wegener und arbeite freiberuflich als Gartenarchitektin.«

Ihr Gegenüber lächelte. »Dann müssen Sie mir aber auch verzeihen, dass ich Sie so plump hier hereinbitte, ohne mich vorzustellen. Susanne von Saalfeld, seit kurzem Besitzerin dieses traumhaften Hauses und des scheußlichen Gartens.« Sie lachte und reichte Alexandra die Hand.

»Es freut mich wirklich sehr, Ihre Bekanntschaft zu machen, Frau von Saalfeld«, erwiderte Alexandra artig. *Eine altmodische Erziehung hat doch was für sich,* dachte sie amüsiert.

»Die Freude ist ganz auf meiner Seite, Frau Wegener. Wo ich Sie nun schon hierher gelockt habe, würde ich Sie gern fragen, ob Sie denn bereit wären, mir einen Vorschlag zur Gartenneugestaltung zu unterbreiten?«, fragte Susanne.

Innerlich machte Alexandra Freudensprünge. Wer hätte gedacht, dass alles derart glattgehen würde! Aber sie bemühte sich um Ruhe und professionelle Sachlichkeit, als sie erklärte: »Wenn das ein Auftrag ist, übernehme ich ihn gern. Allerdings sehe ich mich normalerweise bei meinen Kundinnen und Kunden etwas genauer im Haus um, damit ich eine Vorstellung davon bekomme, welche Stilrichtungen sie bevorzugen. So ganz ins Blaue hinein ist mir die Planung der Gartengestaltung zu wenig auf die Kundschaft zugeschnitten.«

»Das heißt, Sie wollen mein Haus sehen?«

»Nicht das ganze Haus. Ein Blick in Ihr Wohnzimmer und Ihre Küche sowie den Essbereich würde mir genügen«, antwortete Alexandra. »Aber wenn Sie gestatten, würde ich diese Besichtigung gern in einem anderen Outfit vornehmen.«

»Oh, mein Gott, natürlich, Sie müssen von Ihrer Radtour ja völlig verschwitzt sein. Wie unaufmerksam von mir«, entschuldigte sich die Hausherrin. »Dann machen wir doch einen Termin aus. Passt es Ihnen schon in der nächsten Woche?«

»An welchen Tag dachten Sie da?«, fragte Alexandra.

»Wie wär's mit Dienstagnachmittag?«

»Ja, das passt mir gut. Wäre Ihnen 17 Uhr recht?«

»17 Uhr ist perfekt«, antwortete Susanne.

Mission erfüllt!, jubelte Alexandra innerlich. *Oder, um genau zu sein, zumindest der erste Schritt der Mission. Jetzt hat Regine keinen Grund mehr, sich weiter als Sklaventreiberin zu betätigen!* Aber wenn sie ganz ehrlich war, war Regine ihr im Moment herzlich egal. Und der Fortschritt im Hinblick auf ihren Arbeitsauftrag war auch nicht der Grund dafür, dass sich ein Kribbeln von ihrem Magen aus im ganzen Körper ausbreitete, so dass sie Mühe hatte, still zu sitzen.

Die beiden Frauen redeten noch ein wenig über dieses und jenes. Alexandra baute ihre fiktive Identität ein wenig aus und erzählte, dass sie nicht weit von hier ein Bauernhaus gemietet hatte und sich dort seit ein paar Wochen freiberuflich versuchte. *Das ist wenigstens nicht ganz gelogen,* dachte sie.

Dann saßen sie noch eine Weile still nebeneinander und tranken ihren Tee – nein: genossen ihn. Und schließlich machte sich Alexandra auf den Weg nach Hause, nicht ohne sich sehr herzlich für den exquisiten Tee zu bedanken.

Komisch, dachte sie, während sie in Richtung ihres Bauernhauses radelte. *Mit dieser Frau war es keine Sekunde lang unangenehm, nichts zu sagen. Das Schweigen mit ihr hatte geradezu eine beruhigende Wirkung.*

Normalerweise hielt sie immer auf der Brücke, die über die Autobahn führte, um einen Augenblick innezuhalten, die LKW zu beobachten oder den Autos hinterherzusehen. Aber heute nahm sie die Umgebung kaum wahr.

Mein Gott, diese Frau ist ja ein Traum. Sie sieht gut aus, hat hervorragende Umgangsformen und drückt sich sprachlich vollendet aus. Diese strahlend blauen Augen, perfekt harmonierend mit ihren dunklen Haaren, die einen leichten Ansatz von Grau zeigen ... Sie hält es offenbar nicht für nötig, das Grau zu übertünchen. Und Make-up benutzt sie auch nicht. Sie ist einfach auf natürliche Weise schön – und steht dazu, wie sie ist.

Und sie ist nett. Nicht gezwungen höflich, sondern wirklich sympathisch. So eine Frau findet man selten. Alexandra, Alexandra, du musst mächtig aufpassen, dass du dich nicht in sie verguckst – wenn es dazu nicht schon zu spät ist ...

Aber jetzt musste sie erst mal duschen und anschließend detailliertere Entwürfe für den Garten von Frau von Saalfeld skizzieren, damit sie am nächsten Dienstag die ein oder andere konkrete Idee äußern konnte.

Es machte Alexandra großen Spaß, erste Pflanzenvorschläge für den Garten ihrer neuen Arbeitgeberin zu entwickeln. Ins Innere des Hauses hatte sie zwar noch keinen Blick werfen können, um diese Überlegungen zu untermauern, doch immerhin hatte sie einen ersten – sehr positiven – Eindruck von Susanne von Saalfelds Persönlichkeit gewonnen. Also überlegte sie sich zuerst, welche Farben wohl zu ihr passen könnten, um danach die Pflanzen für verschiedene Teile des Gartens zu bestimmen. Helle Farben müssten es sein, dachte sie, und klare Strukturen. Susanne war ihr bei der ersten Begegnung sehr geradlinig vorgekommen; das sollte sich in ihrem Garten widerspiegeln.

Das Aussuchen der Farben für eine Person empfand Alexandra immer als besondere Herausforderung, weil es für jede Farbe positive wie negative Assoziationen gab. So wird die Farbe Rot etwa einerseits mit Kraft, Leidenschaft und Liebe in Verbindung gebracht, aber gleichzeitig für Korrekturen und Verbote verwendet. Die entscheidende Frage war also, welche Assoziationen eine bestimmte Person – in diesem Falle Susanne von Saalfeld – wohl am ehesten mit einer Farbe verband.

Alexandra fand, dass Gelb zu Frau von Saalfeld passen würde: die Farbe der Sonne und der Erleuchtung. In einem Buch über die Wirkung von Farben schlug sie nach, welche Wirkung der Farbe noch zugeschrieben wurde. Gelb, las sie dort, galt zwar als die Farbe von Neid und Egoismus, stand jedoch auch für Reife und sinnliche Liebe. Dieser Gedanke gefiel Alexandra. Ja, Gelb musste auf jeden Fall sein: ein tiefes Gelb, wie die Sonnenblumen es hatten. Für den Garten eigneten sich außerdem die Bulgarische Staudenkamille oder die gelbe Taglilie.

Dann ging sie den Stapel laminierter Fotos durch, die Pflanzen in der Blüte zeigten und die sie bereits am Anfang ihrer Recherchen als Anschauungsobjekte angefertigt hatte. Welche davon sollte sie sonst noch zum von Saalfeldschen Haus mitnehmen? Auf jeden Fall Blau, dachte sie – vielleicht Kronenanemonen, Blaukissen oder Herbstastern. Blau war Alexandras Lieblingsfarbe, und schon deshalb wollte sie es gern in Susannes neuem Garten wiederfinden. Außerdem hatte sie bemerkt, dass auch Susanne selbst offenbar ein Faible für Blau hatte. Sie hatte bei ihrer ersten Begegnung eine blaue Jeans und dazu eine etwas hellere blaue Bluse getragen. Blau symbolisierte Treue; auch das fand Alexandra passend: Für sie war Treue grundlegend für eine Beziehung.

Moment mal. Was hat das Wort ›Beziehung‹ hier zu suchen?, fragte sie sich. Aber dann rief sie sich rasch in Erinnerung, dass auch in der Freundschaft Treue und Loyalität unverzichtbar waren.

Na also . . . ist doch alles ganz harmlos.

Weiterhin symbolisierte Blau zwar auch Kälte, galt aber andererseits als die Farbe der Sehnsucht – man denke nur an die blaue Blume der Romantik. In diesem Zusammenhang fiel Alexandra das Gedicht *Mein blaues Klavier* von Else Lasker-Schüler ein. Als Teenager hatte sie Gedichte geliebt und die, die ihr besonders gefielen, auswendig gelernt. Ein paar davon hatte sie bis heute im Gedächtnis behalten. *Mein blaues Klavier* gehörte dazu.

Die Komplementärfarben von Gelb und Blau – Violett und Orange – sollten auch dabei sein, überlegte Alexandra weiter. Violett galt als Farbe der Extravaganz. Nur Kaiserinnen und Kaiser trugen purpurfarbene Kleidungsstücke als Zeichen ihrer Macht. Allerdings galt die Farbe auch als Ausdruck der Eitelkeit, die ja eine der sieben Todsünden darstellte.

Als Alexandra in ihrem Buch über Farben nachlas, war sie überrascht, wie vielfältig die Symbolik war, die dieser Farbe zugesprochen wurde. Unter anderem ordnete man Violett zusammen mit Rot auch der Wollust zu. Am besten aber gefiel ihr, dass Violett als Farbe der Kreativität galt. Und waren nicht lesbische Frauen oft in violette Garderobe gekleidet? Ob das etwas damit zu tun hatte, dass diese Farbe auch mit Magie in Zusammenhang gebracht wurde? Die Assoziationen waren schier endlos – und jede einzelne schien in Verbindung mit Susanne von Saalfeld Sinn zu ergeben.

Auch bei den violetten Blumen gab es eine reiche Auswahl. Bougainvillea zum Beispiel konnte man als purpurfarbene Blüte kaufen. Oder Purpur-Prunkwinde.

Orange gehörte für Alexandra zu den mediterranen Farben. Susanne hatte sie in ihrem Haus verwendet – bei einem flüchtigen Blick durch ein Fenster hatte Alexandra ganz deutlich einen orangefarbenen Schimmer gesehen. Das hatte sie überrascht, denn Orange war ihrer Erfahrung nach nicht sehr beliebt und galt vielen als Farbe der Aufdringlichkeit. Allerdings wurde der Farbe auch Energie zugesprochen, vor allem im Einklang mit den Farben Rot und Gelb.

Na immerhin, dachte Alexandra. Ihr gefiel die Farbe auf jeden Fall, und blaue Blüten in Kombination mit orangefarbenen machten sich hervorragend in einem Garten. Die orangerote Garten-Sonnenbraut fiel ihr ein, die besonders üppig wuchs. Die orangerote Lichtnelke konnte sie sich ebenso gut vorstellen.

Zufrieden klappte sie das Farbenbuch zu und legte die Auswahl der laminierten Blätter zurecht, die sie Susanne zeigen würde. Sie fühlte sich optimal vorbereitet für ihren ersten offiziellen Auftritt als professionelle Gartenarchitektin. Und nur deshalb freute sie sich auf diesen Termin wie eine Schneekönigin.

Warum auch sonst?

Am Dienstag stand Alexandra pünktlich um 17 Uhr vor Susannes Tür. Sie hatte Herzklopfen wie ein Teenager beim ersten Rendezvous. Aber das war sicher nur die Aufregung; schließlich war dies die erste Bewährungsprobe für ihre neu erworbene Kompetenz als Gartenarchitektin.

Als die Tür geöffnet wurde, blickte sie direkt in diese ozeanblauen Augen, die sie schon vom ersten Augenblick an fasziniert hatten. Ohne dass es ihr bewusst war, breitete sich ein Lächeln auf ihrem Gesicht aus.

Ihr Gegenüber lächelte ebenfalls und hielt ihr zur Begrüßung die rechte Hand hin. Als Alexandra sie ergriff, jagte ihr ein kribbeliger, nicht unangenehmer Schauer den Rücken hinunter. Gleichzeitig schien ihr Magen plötzlich ganz leicht, so als säße sie in einer Achterbahn, die bergab saust.

Komisch, dachte sie, *ich muss mich ein bisschen zu sehr beeilt haben mit dem Fahrrad.*

Für eine neutrale Begrüßung währte die Berührung einen Moment zu lang – was Alexandra vielleicht aufgefallen wäre, wenn sie sich nicht so über ihre körperlichen Reaktionen gewundert hätte. Susanne von Saalfeld hielt ihre Hand noch fest, während sie sagte: »Guten Tag, Frau Wegener, ich freue mich sehr, Sie zu sehen.« Ihre Stimme hatte einen so warmen Klang, dass ihre Worte sehr viel tiefgründiger wirkten als eine bloße Höflichkeitsfloskel. Dann ließ sie Alexandras Hand los und machte eine einladende Geste: »Kommen Sie doch herein.«

Gespannt folgte Alexandra ihr ins Haus.

Vom Flur aus gelangte man sofort in einen weiten, offenen Wohnraum, den Alexandra auf mindestens 100 Quadratmeter schätzte, mit integriertem Essbereich. Warme Farben dominierten die gesamte Einrichtung. Die Wände zierte ein in freundlichem Gelb gestrichener Rauputz. Vielerorts hingen großformatige Kunstwerke, ausnahmslos abstrakte Gemälde, deren Farben perfekt zu den Möbeln passten.

Gelb war also schon mal ein Volltreffer!, konstatierte Alexandra und sagte: »Schön haben Sie es hier. Weitläufig.«

»Mir gefällt es auch gut. Bitte, nehmen Sie doch Platz«, sagte Susanne und wies auf eine Couch: ein Traum in Royalblau. *Ich sage doch, dass Blau ihre Lieblingsfarbe ist. Noch ein Volltreffer,* dachte Alexandra sofort. Es war ein Zweisitzer in Leder, dessen Armlehnen sich in einer sanften Steigung von der Sitzfläche erhoben. Zum Liegen wirkte das äußerst komfortabel, aber zum Sitzen war es sicher nicht ganz so bequem, vermutete Alexandra, als sie sich vorsichtig darauf niederließ. *Na ja, Anlehnen scheint immerhin zu gehen.*

Die Armlehne war jedoch viel zu weit weg, um den Arm darauf platzieren zu können. *Und überhaupt bin ich ja auch nicht zum Ausruhen hier, sondern zum Arbeiten,* ermahnte sie sich.

»Sie glauben nicht, wie lange ich nach dieser Couch gesucht habe«, bemerkte Susanne. Sie schien Alexandras Skepsis bemerkt zu haben, denn sie fuhr fort: »Auf den ersten Blick sieht sie nicht so gemütlich aus, aber zum Liegen ist sie wirklich klasse. Ich kuschele mich hier oft ein und lese ein gutes Buch. Und ... zu zweit kann man übrigens auch prima drauf liegen.« Den letzten Satz sagte sie in beiläufigem Tonfall, während sie auf einem der beiden Bauhaus-Sessel in rotem Leder Platz nahm, die der Couch gegenüber standen.

»Mies van der Rohe?«, fragte Alexandra. Sie wunderte sich nicht schlecht über die Offenherzigkeit ihrer Gastgeberin über ihre Liegegewohnheiten, aber da es sich hier um ein Arbeitstreffen handelte, war es vermutlich am besten, gar nicht darauf einzugehen.

»Sie kennen sich auch noch bei der Inneneinrichtung aus. Ich bin wirklich beeindruckt«, gab Susanne zurück.

Neben diesem Ensemble von Designerstücken nahm sich der Tisch geradezu banal aus. Es war ein schlicht gehaltener Glastisch.

»Tja, da habe ich noch nicht das Richtige gefunden. Ich bin noch auf der Suche nach einem Tisch, der sich nicht von diesen exquisiten Stücken einschüchtern lässt«, erklärte Susanne, als sie Alexandras Blick folgte.

Das konnte Alexandra gut nachvollziehen. Vor allem, wenn man berücksichtigte, dass die Beschreibung »exquisit« ansonsten auf jedes einzelne Möbelstück passte. Ein zweiter Sitzbereich bestand aus einem Zwei- und einem Dreisitzer eines namhaften deutschen Möbeldesigners, wie Alexandra sofort erkannte; hellbraunes Leder war es dieses Mal, die Formen puristisch und geradlinig. Der Tisch dort war ebenfalls ein Glastisch, jedoch perfekt auf die Sitzmöbel abgestimmt und von schlichter, aber bestechend ungewöhnlicher Eleganz – mit zwei beweglichen Tischplatten auf verschiedenen Höhen. Auf einer davon prangte eine lange, schmale Vase, ebenfalls aus Glas.

Hier steht gar nichts herum. Ganz anders als bei mir, fiel Alexandra plötzlich auf. Sie war sich nicht ganz sicher, ob ihr das gefiel. Wenn Bücher oder Zeitschriften irgendwo herumlagen, bedeutete das doch, dass es Leben in der Bude gab. Das hier wirkte dagegen trotz aller Exklusivität etwas steril – oder vielleicht gerade deswegen. *Ihrem Garten werde ich eine persönliche Note verpassen,* dachte Alexandra.

Susanne schien zu bemerken, wie der Blick ihres Gastes durch das Wohnzimmer wanderte, und sagte: »Ich bin noch nicht sicher, ob ich einen Teppich für die Couchgarnitur kaufen soll. Auch hier hat sich das Passende noch nicht gefunden.«

»Vielleicht sollten Sie gar keinen Teppich dort hinlegen«, schlug Alexandra vor. »Der Parkettboden passt doch hervorragend zu den Sofas. Ein Teppich könnte ihnen die Schau stehlen.«

»Tja, Sie sagen es! Dieses Problem hat sich bei jedem Teppich ergeben, den ich bisher ins Auge gefasst hatte.«

»Dieses blaue Sofa finde ich übrigens ganz fantastisch. Und man sitzt bequemer, als ich zuerst gedacht hatte.« Alexandra fühlte sich bemüßigt, ihren ursprünglichen Eindruck von ihrem Sitzmöbel ausdrücklich zu revidieren.

»Ja, nicht wahr? So ist es mir auch ergangen, als ich zum ersten Mal darauf saß.«

In diesem Moment fiel Alexandra ein bombastischer schwarzer Flügel ins Auge, der die rechte hintere Ecke des Raumes ausfüllte. Er stand zwar nicht im direkten Licht – deshalb war er ihr zuerst auch nicht aufgefallen –, komplettierte aber dennoch das Gesamtkunstwerk dieses Raumes.

»Mein blaues Klavier«, sagte Alexandra nur – obwohl der Flügel gar nicht blau war. »Etwas despektierlich diesem hervorragenden Flügel gegenüber. Aber das kann einem hier ja nur einfallen.« Sie klopfte bekräftigend auf das royalblaue Leder des Sofas.

»Else Lasker-Schüler«, bemerkte Susanne.

»Natürlich, Sie als Germanistin müssen das Gedicht ja kennen.« Kaum waren die Worte heraus, hätte sich Alexandra am liebsten die Zunge abgebissen. Den Blick gesenkt, fügte sie hastig hinzu: »Ich habe ein wenig gegoogelt.« *Puh, gerade noch mal die Kurve gekriegt. Das hätte auch ins Auge gehen können.* Nicht nur, dass sie um ein Haar ihre fiktive Identität preisgegeben hätte – es war peinlich genug, Susanne gegenüber heraushängen zu lassen, dass sie sich über sie erkundigt hatte. Das konnte die von Saalfeld ja nur gegen sie einnehmen …

Aber Gott sei Dank, sie fragte nicht nach.

Um rasch das Thema zu wechseln, fragte Alexandra: »Spielen Sie? Klavier, meine ich?«

»Nein, leider spiele ich gar kein Instrument. Woher kennen Sie denn das Gedicht?«, fragte Susanne, und ihr Gesicht zeigte dabei wieder den Ausdruck neugierigen, ehrlichen Interesses, der Alexandra schon bei ihrer ersten Begegnung so unwiderstehlich erschienen war.

Alexandra fiel ein Stein vom Herzen: Offenbar hatte ihre unbedachte Äußerung der offenen, angenehmen Atmosphäre keinen Abbruch getan. »Ich habe mich in meiner Schulzeit vor allem mit Gedichten von Frauen befasst«, erklärte sie bereitwillig. »Und Else Lasker-Schüler war einmal meine Lieblingsdichterin. Ich kann das Gedicht sogar noch auswendig.«

»Das glaube ich jetzt nicht.« Susanne lächelte, überrascht und fast ein wenig ehrfürchtig.

Alexandra fühlte eine warme Welle in sich aufsteigen, erfreut und geschmeichelt durch den bewundernden Blick dieser faszinierenden Frau, die doch eigentlich alles hatte und alles kannte. Sie machte eine wegwerfende, etwas verlegene Handbewegung. »Früher wusste ich natürlich viel mehr Gedichte auswendig, aber ein paar sind noch hängen geblieben.«

»Sie sprachen davon, dass Else Lasker-Schüler Ihre Lieblingsdichterin *war*, wer ist es denn heute?«, erkundigte sich Susanne neugierig.

Alexandra räusperte sich. »Ich weiß nicht, ob ich mich heute so festlegen würde wie als Teenager, aber eine der Frauen, deren Gedichte ich liebe, ist Audre Lorde.«

»Ich kenne ihre Texte auch. Intensiv, würde ich sagen.«

Aha, dachte Alexandra. *Wer die Gedichte von Audre Lorde kennt, muss lesbisch sein …* »Finde ich auch«, sagte sie.

»Sagen Sie nicht, Sie können auch ihre Texte auswendig?«

»Ein paar.« Alexandra zuckte fast entschuldigend mit den Schultern beim Gedanken an ihr Lieblingsgedicht von Audre Lorde, das den Titel *Liebesgedicht* trug. Ein Text für nicht enden wollende Liebesnächte – etwas, das man der Liebsten leidenschaftlich ins Ohr flüsterte. Sie konnte spüren, wie ihr das Blut in die Wangen stieg.

Rasch wandte sie ihre Aufmerksamkeit wieder der Einrichtung

zu und betrachtete die Wände. Nicht alle, aber die meisten waren von den großflächigen, abstrakten Gemälden fast vollständig bedeckt. Alexandra versuchte, die Signaturen zu entziffern, und las ausschließlich Frauennamen.

Sie sammelt Werke moderner Malerinnen ... sie unterstützt hochwertige Kunst, vor allem die Kunst von Frauen. Hut ab! Und Geschmack hat sie außerdem. Aber das ist ja hier überall unübersehbar.

»Außer der Küche und dem Bad kennen Sie jetzt den gesamten unteren Bereich«, unterbrach Susanne von Saalfelds Stimme Alexandras Gedanken. »Können Sie nun schon mehr über die Gestaltung meines Gartens sagen?« Ein offener, neugieriger Blick aus ozeanblauen Augen traf Alexandra.

Die räusperte sich ein weiteres Mal. »Zumindest kann ich sagen, dass Sie warme Farben und klare Formen bevorzugen. Das Prinzip bei der Einrichtung lautet wohl ›Weniger ist mehr‹ – Sie ziehen es vor, Ihr Zuhause nicht zu überladen. Was mir im Übrigen sehr gut gefällt. Und Sie lieben die Weitläufigkeit. Das ist schon eine ganze Menge, was sich in Ihrem Garten widerspiegeln kann.« Sie hielt inne und sah in Susannes Richtung.

Die lächelte sie weiterhin ermutigend an.

Das gab den Ausschlag. Alexandra war sich nicht sicher gewesen, ob sie wirklich so offen sein konnte, aber durch das ehrliche Interesse ihres Gegenübers löste sich der Zweifel in Luft auf. Sie gab sich einen Ruck: »Ich vermisse ein wenig die Gegenstände des täglichen Lebens. Bücher, Zeitschriften. Einen Fernseher. Eine gewisse Unordnung. Lebendigkeit.«

»Tja, da haben Sie mich ertappt.« Susannes Lächeln war entwaffnend. »Ursprünglich war die Idee, möglicherweise Lesungen oder andere kulturelle Veranstaltungen hier unten stattfinden zu lassen. Deshalb auch der Flügel. Für Abende mit Publikum erscheinen mir alle persönlichen Gegenstände etwas unpassend, deswegen sind meine Bücher allesamt im Obergeschoss untergebracht, in meinen Privaträumen. Ich hatte diese Idee ein wenig aus den Augen verloren, aber unser Gespräch über Lyrik lässt sie doch wieder sehr attraktiv erscheinen.«

»Puh«, entfuhr es Alexandra, »und ich dachte schon, das ist Ihre persönliche Note!«

»Was meinen Sie?«

»Diese … entschuldigen Sie, dass ich es so direkt sage: die Sterilität.«

»Ja. Es ist wirklich ein bisschen steril, das merke ich auch immer, wenn ich mich hierhersetze. Deshalb halte ich mich auch überwiegend oben auf, in den privaten Räumen.«

Alexandra war froh, dass Susanne ihr recht gab. Sie hatte schon befürchtet, dass sich Susanne von Saalfelds Persönlichkeit in der gestalterisch vollendeten, aber im Grunde seelenlosen Perfektion dieses weitläufigen Raumes niederschlug. Um so neugieriger war sie auf Susannes persönlichen Wohnbereich. Aus rein professionellen Gründen natürlich. Schließlich konnte sie Frau von Saalfelds Garten nur dann effektiv planen, wenn sie genauer wusste, mit welchen Gegenständen, Farben und Formen sie sich in ihren Privaträumen umgab.

Aber Susanne machte keine Anstalten, die Besichtigung im oberen Stockwerk fortzusetzen.

Alexandra zögerte. Dann fragte sie forsch: »Wollen Sie denn nun einen repräsentativen Garten, der zu diesen Räumlichkeiten hier unten passt? Oder soll er eine persönlichere Handschrift tragen?«

»Die zweite Variante bedeutet, dass ich Ihnen meinen Privatbereich auch noch zeigen muss … meinen Sie das?«, fragte Susanne zurück.

»Sie müssen gar nichts«, sagte Alexandra lächelnd. »Aber hilfreich wäre es schon, wenn der Garten eine persönliche Note bekommen soll.«

»Hmm … Könnten Sie einen Vorschlag machen, ohne den oberen Teil zu kennen?«

»Sicher kann ich das.« Alexandra wunderte sich immer mehr über Susannes offensichtlichen Widerstand dagegen, sie in das erste Stockwerk zu lassen. *Ist sie ein Messie? Oder hat sie vielleicht überall Pornozeitschriften herumliegen? Oder ein ungemachtes Bett mit den eindeutigen Spuren einer heißen Liebesnacht* … Bevor ihre Fantasie mit ihr durchgehen konnte, sprach sie rasch weiter: »Nach dem, was ich bisher gesehen habe, schlage ich Ihnen einen Garten vor, in dem alles sehr klar und schnörkellos strukturiert ist. Möglicherweise werden wir Pflanzenkombinationen verwenden, die nicht unbedingt typisch sind. Das würde dem Garten eine individuelle

Note verleihen und ihn doch im Ganzen auf die Atmosphäre des Innenbereiches abstimmen.«

Sie holte ihren Skizzenblock hervor und zeichnete aus der Hand den Umriss des von Saalfeldschen Gartens auf. Mit wenigen Strichen deutete sie verschiedene Felder an, die für unterschiedliche Pflanzengruppen stehen sollten. Das Ende des Gartens grenzte sie mit einer Baumreihe ab. An die linke Seite zeichnete sie eine kleine Sonnenterrasse, die sie mit zwei Stühlen und einem passenden Tisch bestückte. Auch ein Sonnensegel fügte sie hinzu. Auf der anderen Seite des Gartens skizzierte sie einen Wall.

»Hier könnte ich mir einen Steingarten vorstellen. Um die klare Struktur aufrechtzuerhalten, würde ich durch gepflasterte Wege die einzelnen Bereiche voneinander trennen.«

Schnell zeichnete sie noch das Wegesystem ein, das ihr vorschwebte. So entstand innerhalb weniger Minuten ein kompletter Strukturentwurf für den Garten von Susanne von Saalfeld.

Zum Schluss deutete Alexandra an der ein oder anderen Stelle eine Skulptur an. »Da Sie sehr kunstinteressiert sind, schlage ich ein paar Kunstobjekte vor – Skulpturen, Installationen oder Ähnliches.« Sie wartete einen Moment, um die Anregungen auf die Hausherrin wirken zu lassen, und schlug dann vor: »Kommen Sie, gehen wir nach draußen, dann erkläre ich Ihnen, wie ich mir das Ganze vor Ort vorstelle.«

Ganz selbstverständlich übernahm sie die Führung und ging voraus. Aber Susanne schien das nicht zu stören. Sie folgte Alexandra eifrig und augenscheinlich sehr gespannt auf deren Erläuterungen.

»Sehen Sie, von hier aus haben Sie eine ganz andere Perspektive auf Ihr Haus«, sagte Alexandra, als sie den Rundgang durch den Garten abgeschlossen und Alexandra ihre Skizze genau erklärt und verdeutlicht hatte. An verschiedenen Stellen des Gartens hatte sie innegehalten, um Susanne die mitgebrachten Laminate zu zeigen, damit diese sich die einzelnen Bereiche ihres künftigen Gartens besser vorstellen konnte.

Jetzt wandte Susanne den Blick der Villa zu und dann verblüfft wieder zu Alexandra. »Sie haben recht. Von hier aus habe ich das Haus noch gar nicht betrachtet.«

»Wenn die Gartenumgestaltung abgeschlossen ist, wollen Sie

gar nicht mehr hier weg«, meinte Alexandra.

»Sie haben sich wirklich viel Mühe gemacht. Vor allem mit den Fotos – das hat mir sehr geholfen, ein genaues Bild zu bekommen, nicht nur einen vagen Eindruck. Vielen Dank dafür.«

Alexandra machte eine wegwerfende Geste und lächelte. »Hab ich sehr gern gemacht. Ich weiß, dass die meisten Menschen sich einen Garten nicht vorstellen können, bevor er fertig ist. Deshalb habe ich diese Methode mit den Laminaten erprobt und für gut befunden.«

»Dazu kann ich nur gratulieren«, sagte Susanne, und ihre Stimme klang aufrichtig. »Ich bin wirklich sehr zufrieden mit Ihren Vorschlägen. Und mir ist klar geworden, wie erschreckend wenig ich über die Farben der Blüten und über die dazugehörigen Pflanzen weiß. Die Auswahl ist erheblich größer, als ich dachte.«

»Niemand kann von Ihnen verlangen, das alles zu wissen, Sie sind ja schließlich keine Gartenarchitektin«, tröstete Alexandra und verschwieg geflissentlich, dass auch sie selbst sich einen großen Teil der Informationen, die sie an Susanne weitergegeben hatte, erst während der letzten Tage angelesen hatte. »Das hier ist natürlich nur ein erster Entwurf. Ich werde Ihnen die Details in den nächsten Tagen zukommen lassen. Die einzelnen Pflanzvorschläge sind ohnehin mit kleinen Fotos versehen; dann können Sie sich noch einmal alles ganz in Ruhe ansehen. Ich werde außerdem Alternativen für die Bepflanzung vorsehen, so dass Ihnen eine Auswahl zur Verfügung steht. Und wenn Sie noch Änderungswünsche oder andere Vorschläge oder Fragen haben, stehe ich jederzeit zu Ihrer Verfügung.«

»Vielen Dank. Das hört sich alles sehr vielversprechend an!« Wieder klang Susannes Enthusiasmus ehrlich, und ihre Augen blitzten in offensichtlicher Vorfreude. Dann fügte sie hinzu: »Wenn Sie noch Zeit hätten, würde ich Sie gern auf eine Tasse meines Sonntagstees einladen. So harte Arbeit muss schließlich belohnt werden.«

»Da sage ich nicht nein. Ich habe mich in diesen Tee verliebt.« Gerade als Alexandra das letzte Wort aussprach, fing sie den intensiven, tiefblauen Blick ihrer Gastgeberin ein. Nicht zum ersten Mal an diesem Tag errötete sie.

Alexandra hatte ihre übliche Runde mit dem Rad vor einer guten Stunde begonnen und gehofft, noch vor dem großen Regen wieder zu Hause zu sein. Es war Starkregen mit Gewitter angesagt, also nicht gerade die angenehmsten Wetterverhältnisse für eine Fahrradtour. Aber sie war optimistisch gewesen. Vielleicht verzögerte sich der Beginn des Unwetters ja noch ein wenig, das hatte sie hier in der Gegend schon öfter erlebt.

Doch diesmal hatte sie Pech. Gerade als sie in die Straße einbog, an der die von Saalfeldsche Villa lag, fing es wie aus Kübeln zu regnen an. Fast im selben Moment begann es unheilvoll zu blitzen und zu donnern. Alexandra blieb kaum eine andere Möglichkeit, als in Susannes Einfahrt einzubiegen, an der Tür zu klingeln und zu hoffen, dass die Dame des Hauses zugegen war.

Und wenigstens in dieser Hinsicht hatte sie Glück. Susanne öffnete ihre Tür – um im nächsten Augenblick laut loszulachen. Es war so ansteckend, dass Alexandra unweigerlich mitlachen musste, obwohl ihr eigentlich nach nichts weniger zumute war.

Susanne schaffte es so gerade eben, die triefend nasse Alexandra hereinzubitten, um dann in eine neue Lachsalve auszubrechen. Als beide sich einigermaßen beruhigt hatten, fragte Alexandra: »Warum lachen wir eigentlich so?«

»Ich weiß nicht, warum Sie so lachen, aber ich lache, weil Sie im wahrsten Sinne des Wortes aussehen wie ein begossener Pudel«, antwortete Susanne, immer noch glucksend.

»So was in der Art habe ich befürchtet«, sagte Alexandra mit kläglichem Grinsen. »Also ich lache, weil Ihr Lachen dermaßen ansteckend klingt, dass man gleich alles andere um sich herum vergisst.« Das war die reine Wahrheit. Sie überlegte, wann sie das letzte Mal jemand so zum Lachen gebracht hatte – so absolut sorglos, ausgelassen, voller kindlicher, ungetrübter Freude. So langsam wurde es ihr unheimlich, dass sie immer neue Übereinstimmungen zwischen sich und der Fremden entdeckte.

Denn das war Susanne von Saalfeld noch immer: eine Fremde. Auch wenn sie sich ab und zu begegnet waren. Privates hatte Susanne noch nicht von sich erzählt. Na gut, gestand Alexandra sich ein, sie selbst auch nicht. Wurde vielleicht mal Zeit?

»Oh je«, sagte Susanne in diese Überlegungen hinein. »Sie machen mir so ein schönes Kompliment, und ich lache über Sie. Aber schauen Sie selbst.« Sie führte ihren Gast zu einem deckenhohen Spiegel, und Alexandra konnte nicht anders, als beim Anblick ihres bedröppelten Spiegelbildes neuerlich loszuprusten. Worauf Susanne natürlich wiederum herzhaft mitlachte.

Irgendwann hatten die Lachanfälle ein Ende, und die Hausherrin bot Alexandra an, sich in ihrem Bad zu duschen.

»Das ist sehr freundlich, aber ... ich hab doch mein Rad dabei. Da werde ich anschließend ja gleich wieder nass«, wandte Alexandra ein.

»Na, ich glaube kaum, dass Sie so bald von hier wegkommen, wenn Sie auf besseres Wetter warten wollen. Der Wetterbericht sprach davon, dass dieser Regen bis in den späten Abend andauern soll«, entgegnete Susanne. »Aber ich kann Sie und Ihr Rad später nach Hause fahren.«

Alexandra fing bereits an zu zittern, und daher nahm sie das Angebot schließlich dankbar an. Neugierig betrat sie das Bad im Erdgeschoss. Es sah umwerfend aus – *fast so wie seine Besitzerin,* schoss es Alexandra durch den Kopf. Alles war in mediterranen Farben gehalten: von Orange über Blau bis hin zu Terrakotta. Der Boden war mit kleinen Mosaikfliesen bedeckt. Die Dusche hatte keine Duschtasse, sondern das Wasser lief direkt auf den Boden und von dort in den Abfluss. Das hatte etwas vom Charme einer spanischen Finca.

Sie streifte ihre völlig durchnässten Sachen ab, hüpfte unter die Dusche und genoss den heißen, vollen Strahl. Einen Moment später hörte sie plötzlich durch das Rauschen des Wassers hindurch ein ... war das ein Klopfen an der Tür?

»Ja?«, rief sie unsicher. Die Dusche hatte keinen Vorhang.

Undeutlich nahm sie wahr, dass die Tür geöffnet wurde. Dann erklang Susannes Stimme: »Ich gehe nicht davon aus, dass Sie wieder in ihre nassen Sachen steigen wollen. Ich habe ein paar Kleidungsstücke von mir herausgesucht. Wir haben ja ungefähr die gleiche Figur, das dürfte also passen. Ein Handtuch liegt auch dort. – Ich bin schon wieder weg.«

»Danke!«, konnte Alexandra noch so eben hervorbringen. An trockene Sachen oder ein Handtuch hatte sie gar nicht gedacht. Das hätte ja heiter werden können. Zum Glück war die Duschecke durch drei Wände begrenzt und lag von der Tür abgewandt, so dass Susanne keinen Blick auf die nackte Alexandra hatte werfen können. Oder doch? Alexandra hatte es nicht gewagt, sich in Richtung Tür umzudrehen. Also wusste sie auch nicht, wie weit Susanne in den Raum getreten war und was sie gesehen hatte.

Und wenn schon! Was wäre daran so schlimm, wenn sie dich nackt gesehen hätte?

Na ja: Sie ist attraktiv, und sie ist wahrscheinlich lesbisch. Vielleicht findet sie mich auch nicht ganz so hässlich. Nicht auszudenken, was da hätte passieren können.

Alexandra amüsierte sich über ihren inneren Dialog. *Aber bisher hat sie sich freundlich-distanziert verhalten,* führte sie ihn fort, *was sollte also schon passieren, wenn ich dasselbe Verhalten an den Tag lege?*

Tja, wer weiß? Immerhin dusche ich schon bei ihr.

Ein Grinsen trat auf ihr Gesicht.

Als Alexandra in trockene, angenehm duftende Kleidung gehüllt im Wohnzimmer erschien, war der Tee schon angerichtet. Ein paar Kekse lagen einladend auf einem Teller bereit. Die Jogginghose passte ihr wie angegossen und war sehr bequem, ebenso das T-Shirt, unter dem sie keinen BH trug – was ihr nun, da sie mit beschwingten Schritten auf die Sitzecke zuging, plötzlich überdeutlich bewusst wurde. Hastig verschränkte sie die Arme vor der Brust. Susanne sah sie amüsiert an.

»Tja, ich hätte Ihnen ja einen von meinen Büstenhaltern angeboten, aber ich dachte, das ist vielleicht zu intim. Nur keine Scham. Wir sind ja unter uns.«

Alexandra löste zögernd die Arme von ihrem Oberkörper und hoffte, dass ihre Brüste auf den letzten Metern zur Couch nicht allzu sehr wippten – und dass ihre aufgerichteten Nippel unbeobachtet blieben. Aber dieser Wunsch blieb unerfüllt. Susannes interessierter Blick, der auf ihren vollen Brüsten ruhte, und ihr vielsagendes Lächeln sprachen Bände.

»Nehmen Sie doch Platz«, sagte Susanne schließlich. »Ich habe uns den Tee gekocht, den Sie bereits kennen. Der wird Sie vielleicht ein wenig von innen wärmen. Für die äußere Wärme sorgt der Kamin. Ist das in Ordnung, oder soll ich Ihnen noch einen Pullover bringen?«

»Nein, danke, das ist völlig okay, so richtig kalt ist es ja eigentlich nicht. Und die Dusche hat mir wirklich gutgetan.« Alexandra sank in die Kissen der Couch – es war die hellbraune Ledercouch, die sie bei ihrem letzten Besuch nur aus der Distanz bewundert hatte. Dadurch war ihr auch der Kamin entgangen, der den Raum jetzt mit angenehmer Wärme erfüllte. »Das ist wirklich sehr freundlich von Ihnen, dass Sie mir gestatten, hier zu duschen, und mir auch noch Ihre Sachen leihen. Danke – Sie haben mich wirklich gerettet. Ich hätte mich kaum mehr auf dem Rad halten können, so stark ging der Regen nieder. Außerdem habe ich panische Angst vor Blitz und Donner. Ich weiß nicht, was ich gemacht hätte, wenn ich nicht gerade an Ihrem Haus vorbeigekommen wäre.«

»Was treibt Sie bei diesem Wetter aufs Rad?«, fragte Susanne.

»Ich hatte gehofft, es noch vor dem Regen zu schaffen – ist ja auch nicht mehr weit, vielleicht knapp zehn Minuten. Wenn ich den ganzen Tag am PC arbeite, brauche ich unbedingt eine bewegungstechnische Abwechslung. Außerdem versuche ich dadurch, mich einigermaßen fit zu halten und nicht einzurosten.«

»Ach richtig, die Arbeit. Sie sitzen doch sicher über einem detaillierten Entwurf zu meinem Garten?«

»Unter anderem. Ich arbeite zurzeit noch an einigen anderen Projekten«, sagte Alexandra und verdrängte den Gedanken daran, dass sie hier ja im Auftrag ihres Magazins saß. Diese Tatsache wurde ihr im selben Maße unangenehmer, wie Susanne von Saalfeld sie als Mensch zu interessieren begann. Denn das tat sie, gestand Alexandra sich ein. Immer stärker wurde der Wunsch, sie persönlich kennenzulernen – und immer schwerer fiel es ihr, in den Gesprächen mit ihr strikt auf der beruflich-distanzierten Ebene zu bleiben.

Am liebsten hätte Alexandra Regine den Auftrag vor die Füße geworfen. Aber dann wäre sie wahrscheinlich arbeitslos geworden; das erschien ihr nun doch zu riskant. Mit der Gestaltung von Frau von Saalfelds Garten ließ sich nun mal kein Dauergeschäft machen, wenn sie dieses Projekt überhaupt zu einem erfolgreichen Ende führen konnte.

»Noch etwas anderes als Gartengestaltung?«, fragte Susanne neugierig. Alexandras erschrockene Verlegenheit musste sich deutlich auf ihrem Gesicht widerspiegeln, denn Susanne schob schnell hinterher: »Oh, tut mir leid. Das war zu indiskret.«

»Nein, nein. Ich versuche, einen Roman zu schreiben«, hörte

Alexandra sich sagen.

In der Tat war es einer ihrer geheimsten Wünsche, einmal selbst einen Roman zu schreiben und nicht immer nur Texte über Romane. Und eigentlich hätte sie jetzt genügend Zeit gehabt, dieses Projekt endlich zu beginnen; schließlich hatte der Verlag sie für die Dauer der Reportage über Susanne von Saalfeld freigestellt, damit ihre Tarnung nicht aufflog. Aber dass sie diesen so persönlichen Wunsch ausgerechnet einer fremden Frau anvertraute … Sie wunderte sich über sich selbst.

Oder vielleicht schon nicht mehr ganz so fremd, dachte sie dann. *Wir sind uns jetzt schon ein paarmal begegnet und haben uns immer gut verstanden. Und ich sitze hier in ihrer Jogginghose. Ich trage keinen BH. Wenn das nicht intim ist … unter anderen Umständen könnten wir Freundinnen sein, ein Liebespaar vielleicht.*

»Das hört sich ja interessant an. Worüber schreiben Sie denn?« Susanne war offenbar neugierig geworden.

»Das ist nun wirklich noch ein Geheimnis«, wehrte Alexandra ab. »Ich bin auch noch nicht sehr lange dabei. Ich fange ja gerade erst an, mich in der Gartengestaltung freiberuflich zu etablieren, das nimmt natürlich eine Menge Zeit in Anspruch. Aber auf der anderen Seite habe ich dadurch erst die Möglichkeit, mir meine Zeit so einzuteilen, dass ich tatsächlich etwas zu Papier bringe. Das größte Problem ist für mich die Disziplin. Im Rahmen meines Broterwerbs habe ich keine Schwierigkeiten, zielgerichtet an den Aufträgen zu arbeiten, aber bei der Schreiberei ist das viel schwieriger.« Das war tatsächlich wahr. Der Hauptgrund dafür, dass sie nicht längst erste Schritte zur Verwirklichung ihres Herzenswunsches in Angriff genommen hatte, bestand in ihrem Job bei »Alexandra« – der nahm sie so sehr in Anspruch, dass sie abends zu Hause nicht mehr sehr viel Energie für das Schreiben aufbrachte. Aber vielleicht wäre das hier ja wirklich ein guter Anfang. Dann müsste sie nicht in allen Bereichen lügen, wenn sie Susanne begegnete.

Ohnehin war es schwierig genug, die tiefer gehenden Fragen zu persönlichen Themen zu vermeiden – zumal sie Susanne von Saalfeld ja im Grunde sehr gern näher kennenlernen wollte. Aber auch im weiteren Verlauf einer oberflächlichen Zusammenarbeit würde sie Fragen nach ihrem Privatleben, beruflichem Werdegang und

Ähnlichem irgendwann nicht mehr aus dem Weg gehen können. Dementsprechend hatte Alexandra bereits damit begonnen, sich einen fiktiven Lebenslauf zu überlegen, um schlüssige Antworten parat zu haben. Obwohl sie es eigentlich hasste zu lügen.

Plötzlich bekam sie große Lust, mit dem Roman zu beginnen. Dass sie Susanne von Saalfeld dadurch über einen wichtigen Bereich ihres Privatlebens nicht anlügen müsste, motivierte sie mindestens genauso sehr wie die Idee selbst. Gleich wenn sie nach Hause kam, würde sie sich an den Schreibtisch setzen und loslegen ...

»Das finde ich sehr spannend«, kommentierte Susanne ihren Bericht über die Tücken des Autorinnendaseins. »Darüber müssen Sie mir unbedingt mehr erzählen, wenn Sie weiter in Ihrer Arbeit fortgeschritten sind.« Ihr Interesse schien echt zu sein, wie Alexandra schon bei früheren Gelegenheiten festgestellt hatte.

»Aber jetzt machen wir es uns erst mal gemütlich«, fuhr Susanne fort, während sie Tee in beide Tassen goss. »Erzählen Sie ein wenig von sich, so dass ich meine Gartengestalterin etwas näher kennenlerne. Wie kommen Sie darauf, Ihren Auftraggeberinnen ins Wohnzimmer zu schauen?«

Tja, da geht es schon los! Aber zum Glück hatte sich Alexandra die Antwort auf diese Frage schon seit längerem zurechtgelegt. Sie lehnte sich gemütlich in die Kissen zurück und erzählte von ihren Methoden der gärtnerischen Gestaltung, während draußen die Welt unterging.

3. Kapitel

Es klopfte an der Haustür. Alexandra hatte bei ihrem Einzug die Klingel abgenommen und stattdessen einen Türklopfer auf einem Antikmarkt erstanden. Das Motiv war zwar ein bisschen kitschig – ein Löwenkopf, der den beweglichen Ring im Maul hielt –, aber andererseits auch ganz witzig, und es passte einfach zum gesamten Haus.

Mit dem Geräusch des Türklopfers begann zugleich auch ihr

Herz lauter zu pochen. Denn der Gast war Susanne, die sich ihr Haus und den Garten anschauen wollte.

Alexandra hatte im Garten ihren Lieblingsplatz auf der Holzterrasse vorbereitet. Von hier aus hatte man sowohl den Garten als auch das Haus gut im Blick, und so würde sie hier mit ihrer Auftraggeberin nicht nur die spätsommerliche Nachmittagssonne genießen, sondern gleich auch alle aufkommenden Fragen zur Gartengestaltung anschaulich erklären können. Die Terrasse schmückte ein alter Tisch mit einer karierten Tischdecke aus dem Bestand ihrer Oma; Sammeltassen aus den 1950er Jahren, dazu passende winzige Dessertteller und farblich abgestimmte Servietten vervollständigten das Ensemble. Der Tisch war zwar nicht sehr groß, aber sie brauchten zu zweit ja auch nicht so viel Platz.

Als Alexandra die Haustür öffnete, kam ihr ein riesiger Blumenstrauß aus Feldblumen entgegen.

»Wow«, entfuhr es ihr. »Sagen Sie bloß, Sie haben die Blumen selbst gepflückt?« Dann besann sie sich rasch auf ihre guten Manieren und bat ihr Gegenüber herein.

»Nein, nein. Leider nicht«, sagte Susanne und lachte. »Aber unser Dorf verfügt über ein schier unerschöpfliches Repertoire an Geschäften, darunter auch mehrere Blumenläden. Nur wusste ich nicht, welche Blumen Sie außer Gartenpflanzen bevorzugen.«

»Am liebsten sind mir die Blumen eigentlich im Garten, wo sie leben. Aber wenn es Blumen für die Vase sein sollen, so sind es Feldblumen. Sie haben ein gutes Gespür.« Alexandra lächelte Susanne an, während sie ihr den Strauß abnahm. Als sich ihre Hände unfreiwillig berührten, fuhr ein Kribbeln durch Alexandras Körper wie von einem elektrischen Schlag.

Ob es Susanne genauso geht?, fragte sie sich. Schon vor einer ganzen Weile hatte sie damit aufgehört, ihre Besucherin in Gedanken als »Frau von und zu« oder dergleichen zu bezeichnen. Diese Förmlichkeit passte einfach nicht.

Um ihre Reaktion zu überspielen, sagte sie: »Kommen Sie in die Küche, dann können wir sie gleich in eine Vase geben.«

»Könnten Sie dann bitte auch noch den Sekt in den Kühlschrank stellen? Ich habe uns eine Flasche mitgebracht.« Erst jetzt fiel Alexandra auf, was Susanne alles angeschleppt hatte.

Während sie den Kühlschrank öffnete, sagte sie: »Da hatten wir dieselbe gute Idee. Ich habe nämlich auch schon einen Sekt kalt gestellt. Wir können also aus dem Vollen schöpfen.«

Sie füllte eine Vase mit Wasser, stellte die Blumen hinein und lud Susanne anschließend auf einen kleinen Rundgang durch das Haus ein. Zuerst wies sie mit weiträumiger Geste auf den Teil des Hauses, der sich in dem offen gestalteten Erdgeschoss an die Küche anschloss: »Das ist der Wohnbereich mit integriertem Esszimmer. Hier unten ist eigentlich alles ein einziger großer Raum.«

»War das ursprünglich alles so offen?«, fragte Susanne.

»Nein. Ursprünglich waren es fünf kleine Räume. Die Wände wurden abgetragen und dafür diese Träger hinzugefügt, damit die Decke nicht einstürzt.« Alexandra zeigte auf drei Balken, die eine Art Raumteiler von der Küche zum Wohn- und Essbereich darstellten. Sie sahen aus, als seien sie immer schon dort gewesen, so perfekt waren sie dem Fachwerk-Ambiente angepasst.

»Gut gelöst«, kommentierte Susanne anerkennend. »Das wirkt alles sehr gemütlich. Haben Sie das selbst gemacht? Sie wohnen doch zur Miete.«

»Der Vermieter war so nett, das Haus nach meinen Wünschen zu gestalten. Es musste sowieso erst noch umgebaut werden. Und da ich den Mietvertrag unterschrieben habe, während hier gebaut wurde, durfte ich einiges mitbestimmen«, erklärte Alexandra. »Das war wirklich nett. Der Wermutstropfen war, dass ich nicht sofort in das Haus einziehen konnte. Dafür hat sich das Warten aber wirklich gelohnt, wie ich finde.«

»Da haben Sie absolut recht. Da ist Ihnen der Vermieter aber sehr entgegengekommen.«

»Ja, wir haben hier ohnehin eine nette Gemeinschaft. Mein Vermieter wohnt gleich nebenan, er steht also immer sofort zur Verfügung, wenn mal was ist. Auch die Nachbarn zur anderen Seite sind nett. Wir feiern einmal im Jahr zusammen, und alle Nachbarn aus der ganzen Straße kommen dazu. Man hilft sich gegenseitig. Als ich meinen Bauerngarten angelegt habe, den wir uns ja gleich noch ansehen, haben alle mit angepackt. Wir waren an einem Wochenende fertig damit. Und als Dankeschön habe ich ein kleines Fest gegeben.«

»Das hört sich ja wirklich toll an!«

»Ja, das ist es auch. Und wenn Sie den Garten sehen, werden Sie nicht glauben, dass wir nur zwei Tage gebraucht haben. Alle haben ihre Maschinen mitgebracht – nur deshalb ging es so schnell. Im Gegenzug tragen dafür einige Gärten der Umgebung meine Handschrift. Das war meine Art, danke zu sagen.« Wenigstens in diesem Bericht war nichts gelogen, und ihre Wohnsituation kam Alexandra während ihrer begeisterten Beschreibung plötzlich regelrecht paradiesisch vor. Die Straßengemeinschaft hatte sich von Anfang an als echter Glücksfall erwiesen, denn so ließen sich einige anfallende Arbeiten schnell im Team erledigen und dadurch auch gleich Kontakte knüpfen, denen sie dann wiederum nach ihren eigenen Möglichkeiten helfen konnte. So war das eben auf dem Land – und als Stadtkind wusste sie diesen Umstand besonders zu schätzen.

»Was ist das für ein Gefühl, an diesen Gärten vorbeizukommen, die Sie gestaltet haben?«, wollte Susanne wissen.

»Hmm … klar, man fühlt schon einen gewissen Stolz. Es verschafft große Befriedigung, mit den Händen zu arbeiten.« Alexandra hatte die Antwort noch nicht ganz ausgesprochen, als sie Susannes amüsiertes Lächeln auffing. Erst jetzt fiel ihr auf, wie zweideutig ihre Bemerkung gewesen war. Das Blut schoss ihr in die Wangen.

Susanne lächelte immer noch, als sie sagte: »Das kann ich mir vorstellen. Aber Sie haben offenbar auch ein Händchen für die Inneneinrichtung. Dieser Raum wirkt einerseits sehr gemütlich, ist aber andererseits äußerst stilvoll eingerichtet. Die Dame des Hauses hat Geschmack.« Bei der letzten Bemerkung zogen sich ihre Mundwinkel noch weiter nach oben. Alexandra rechnete beinahe damit, sie würde ein »Nicht so steril wie bei mir« hinzufügen, aber so weit ging Susanne dann doch nicht. Tatsache war, dass die Räumlichkeiten zwar nicht unordentlich, aber in jedem Fall bewohnt wirkten: hier lagen ein paar Bücher herum, dort eine Tasche, und über einem Stuhl hing eine Jacke.

»Danke«, beeilte sich Alexandra zu sagen.

Susanne war an ein Regal im Wohnbereich herangetreten, das die ganze Wand bedeckte und unzählige Bücher beherbergte. »Dieses Regal ist ja etwas ganz Besonderes. Sie scheinen wirklich eine Leseratte zu sein. Ist es eine Sonderanfertigung?«

»Ja. Im Nachbarort gibt es eine Schreinerin – die einzige Frau weit und breit, die als Handwerkerin arbeitet. Ich habe ihren Garten gestaltet, dafür hat sie mir bei dem Regal geholfen. Ich hatte ein Foto von einem ähnlichen Regal in einem Buch gefunden, und das Design hat sie kopiert. Ich glaube, ich habe bei diesem Deal mehr profitiert als sie.«

»Es ist wirklich großartig.« Susanne ließ ihre Hand fast ehrfürchtig über das Holz gleiten. »Kirschbaum, oder? Vielleicht können Sie mich mit dieser Schreinerin bekannt machen? Sie scheint ja eine echte Künstlerin zu sein. Und ich könnte auch noch Hilfe bei dem ein oder anderen Möbelstück gebrauchen.«

»Ja, ich könnte mir bei Ihnen im Wohnzimmer auch sehr gut ein von ihr angefertigtes Regal vorstellen. Ich werde sie anrufen.«

»Das wäre großartig.«

Während Susanne ihre Augen weiter durch den Raum schweifen ließ, fiel Alexandra ein weiteres Mal auf, wie ehrlich ihr Interesse war und wie authentisch ihre Bewunderung. *Da steht eine Frau, die sich gerade mal eben so nebenbei ein Millionen-Euro-Anwesen gekauft hat, in meinem bescheidenen Häuschen und himmelt mein im Tauschgeschäft mit einer Bekannten erworbenes Bücherregal an. Eigentlich unglaublich. Und bestimmt nicht das, was begeisterte Boulevard-Leserinnen gern hätten. Die wollen doch bestimmt lieber hören, bei welchen Stardesignern die Frau von und zu ihre Möbel für wie viele Millionen maßanfertigen lässt …*

Beim Gedanken an ihren Auftrag krampfte sich ihr Magen ein wenig zusammen.

In diesem Moment stieß Susanne einen kleinen Freudenschrei aus. Sie hatte den Kamin entdeckt. »Das ist wirklich der Gipfel an Gemütlichkeit«, jubelte sie. »In meinem Haus habe ich ja nur einen nachträglich eingebauten Kamin. Dieser hier sieht so aus, als wäre er schon immer hier gewesen.«

»Ja, ist er auch. Die alten Bauernhäuser wurden früher ja nur so geheizt«, meinte Alexandra. »Das haben wir uns hier auch zunutze gemacht. Ich heize im Winter fast das ganze Haus mithilfe des Kamins. Da ich inzwischen einige Bauern kenne, die ein kleines Waldstück besitzen, kann ich Feuerholz günstig einkaufen. Das lohnt sich.«

»Das kann ich mir vorstellen. Wie wird der Raum denn sonst geheizt? Ich sehe gar keine Heizkörper«, fragte Susanne weiter, deren Neugier unerschöpflich schien.

Alexandra beschrieb ihre mit Pellets betriebene Fußbodenheizung und die komplett durch die neu angeschaffte Solaranlage gedeckte Stromversorgung. Schließlich konnte es nicht schaden zu betonen, dass sie nicht nur stilsicher in der Innen- wie Außengestaltung war, sondern auch engagiert in Sachen Nachhaltigkeit und Energiesparen. Susanne hatte ja bestimmt noch nie in ihrem Leben an irgendetwas sparen müssen. Daher war Alexandra gespannt, ob sie mit solch »grünen« Ideen überhaupt etwas anfangen konnte.

Doch Susanne reagierte auf Alexandras Ausführungen mit demselben ehrlichen Enthusiasmus, den sie auch dem – zugegebenermaßen wirklich einmaligen – Regal hatte zuteil werden lassen. Und als sie sich dann auch noch einig waren, dass ein Glas Wein am warmen Kamin an einem kalten Winterabend so ziemlich das Idyllischste war, das man sich vorstellen konnte, hatte Alexandra endgültig die Gewissheit, sich in Gesellschaft einer Seelenverwandten zu befinden.

»Wenn Sie wollen, können wir uns auch die oberen Räume noch ansehen«, schlug sie vor, als Susanne ihre Initiativen zur effizienten Energieversorgung genug gelobt hatte.

»Gern.« Susanne folgte ihr bereitwillig in Richtung Treppe.

Als sie nach oben stiegen, dachte Alexandra bei sich: *Vielleicht motiviert sie das ja dazu, mir bei meinem nächsten Besuch ihrerseits ihr Allerheiligstes zu zeigen. Zeige mir, wie du wohnst, und ich sage dir, wer du bist!*

Wer sie selbst war, das verschwieg sie Susanne natürlich weiterhin zum großen Teil – gezwungenermaßen. Die neuerliche Erinnerung an ihren Job versetzte ihr einen kleinen Stich. Aber immerhin gewährte sie Susanne durch diese umfassende Besichtigung ihres Heims ja wirklich einen tiefen Einblick in ihren Charakter, ihre Persönlichkeit. Das machte die Gewissensbisse ein klein wenig erträglicher.

Oben angekommen, meinte Alexandra: »Ich habe auch hier einige Räume zusammengelegt. Das Schlafzimmer war zum Beispiel ursprünglich sehr klein, da hätte ich mein Wasserbett nicht unterbringen können.«

»Ach, Sie haben ein Wasserbett? Wie schläft es sich denn darauf?«

»Fantastisch.« Alexandra sah ihrem Gegenüber herausfordernd

in die Augen. »Und Sie wollen doch sicher wissen, wie es darin mit dem Sex geht, oder?«

Täuschte sie sich, oder huschte tatsächlich ein Hauch von Röte über Susannes Wangen? »War mir das so deutlich anzusehen?«, flachste Susanne.

Alexandra war sich überhaupt nicht sicher, wie ernst das gemeint war. Aber es machte sie mutig. »Sie sind nicht die einzige, die das wissen will. Ich sage nur: Im Wasserbett ist alles möglich.« Sie zwinkerte Susanne vielsagend zu.

Aber diese sagte nur: »Wie schön.«

Damit schloss sich die Tür zu einer intimeren Gesprächsebene auch schon wieder, und Alexandra beeilte sich, Susanne mit sachlichen Informationen über die Einrichtung zu versorgen, um sie nicht in Verlegenheit zu bringen. Wie schon unten im Wohnbereich hatte sie sich im Obergeschoss bemüht, antikes Mobiliar mit modernem Design zu kombinieren und Gemütlichkeit zu schaffen, ohne dass man sich beengt fühlte. »Ich musste mich von einer Menge Dinge trennen, sonst sähe es katastrophal voll aus.«

»Wow. Ich bin absolut beeindruckt. Sie haben einen guten Geschmack.«

»Und eine hervorragende Schreinerin«, ergänzte Alexandra, denn auch hier oben, in ihrem Arbeitszimmer, gab es ein Regal, das ihre Bekannte eigens für sie gefertigt hatte.

»Das können Sie aber nicht mitnehmen, wenn Sie ausziehen, oder?«, fragte Susanne.

»Nein. Ich kann von den Möbeln eigentlich kaum etwas mitnehmen. Aber ich verhandele gerade mit dem Vermieter, ob ich das Haus und das Grundstück nicht kaufen kann.«

Etwas blitzte in Susannes Augen auf, das Hoffnung sein konnte oder Sehnsucht – aber vielleicht bildete sich Alexandra das nur ein. »Und? Können Sie?«

»Er muss erst noch ein wenig darüber nachdenken.« Abgesehen davon, dass das die Wahrheit war, wollte sich Alexandra lieber nicht festlegen. Wer weiß, ob nicht ihre Tarnung hier schneller auffliegen würde als gedacht – und nicht ausgeschlossen, dass sie dann schleunigst von hier verschwinden müsste … Aber sie verdrängte diese unangenehmen Gedanken.

Susanne schien indes nicht locker zu lassen. »Dann wollen Sie hier sesshaft werden?«, fragte sie.

»Ich fühle mich sehr wohl hier.« Auch das entsprach der Wahrheit, doch ein ausdrückliches Ja wollte Alexandra nicht über die Lippen. »Man ist einerseits der Natur recht nah, und andererseits ist die Anbindung an Düsseldorf oder auch ins Ruhrgebiet nicht so schlecht. Und die Menschen sind richtig nett. Jedenfalls könnte ich mir vorstellen, eine Weile hier zu wohnen. Und Sie?«

»Ich muss sagen, dass auch ich dabei bin, mich hier gut einzugewöhnen. Das Haus ist sowieso mein Traum, und dass es nahe einem Städtchen gelegen ist, das wirklich einen sehr idyllischen Eindruck macht, kommt mir sehr entgegen – das war mir anfangs gar nicht so bewusst. Ich habe großes Glück gehabt. Noch dazu, wo es hier offenbar alles gibt, was das Herz begehrt.« Beim letzten Satz sah Susanne Alexandra tief in die Augen.

Die erschauerte unter dem intensiven Blick. Diese Zweideutigkeit war ja wohl mehr als eindeutig!

Doch diesmal war sie es, die sich lieber nicht darauf einlassen mochte – vielleicht wegen Susannes hartnäckiger Nachfragen über ihre Absicht zu bleiben. »Apropos was das Herz begehrt«, sagte sie ausweichend. »Wie wäre es mit dem köstlichen Perlgetränk, das Sie mitgebracht haben?«

»Nichts dagegen einzuwenden. Ich bin mit dem Fahrrad da, das ich zur Not auch noch nach Hause schieben kann.«

Sie stiegen wieder hinab ins untere Stockwerk. In der Küche öffnete Alexandra die Sektflasche, goss das Getränk in zwei Gläser, und sie prosteten sich zu. Der Sekt perlte prickelnd auf der Zunge. Erfrischend. Erregend. Erotisch …

»Ich hab draußen für uns gedeckt.« Alexandra wies durch die große Tür auf die Terrasse. »Der Garten ist nicht so weitläufig wie bei Ihnen, aber trotzdem ganz gut gelungen, wie ich finde.«

»Na ja, ich finde ja nicht, dass ein gut gestalteter Garten etwas mit Größe zu tun hat. Große Gärten können auch ungemütlich sein, wie man an meinem Garten sieht«, lachte Susanne.

»Diese Zeiten werden bald vorbei sein«, prophezeite Alexandra. Während sie auf die Terrasse traten, erklärte sie: »Meinem Garten habe ich Elemente eines Bauerngartens verpasst. Ich habe mir allerdings die Buchsbaumhecken gespart, die typischerweise zum Bauerngarten gehören und die verschiedenen Beete einfrieden.

Ursprünglich sollte ein Bauerngarten vor allem Nutzpflanzen beherbergen – davon habe ich ebenfalls Abstand genommen. Außer ein paar Tomaten und Zucchini finden Sie kaum etwas Nützliches.«

»Ich sehe aber frische Kräuter.« Susanne hatte eine gute Beobachtungsgabe.

»Stimmt, die sind nützlich. Vor allem herrscht in meinem Garten die Ordnung, die einen Bauerngarten charakterisiert – die einzelnen Abteilungen sind streng voneinander abgegrenzt und einigermaßen quadratisch angeordnet.«

»Tatsächlich. Und Sie haben ordentliche kleine Wege zwischen den Bereichen angelegt«, kommentierte Susanne, während sie ihren Entdeckerblick weiter durch den Garten streifen ließ.

Alexandra wies auf einige Pflanzen: »Außerdem heißt eines der Zauberwörter ›Stauden‹. Die sind in meinem Garten überall zu finden. Sie haben den Vorteil, dass man mehrere Jahre etwas von ihnen hat, im Gegensatz zu den ein- und zweijährigen Pflanzen. Sehen Sie hier zum Beispiel die Königskerzen.« Strahlend gelb leuchteten die Blüten an den hochgewachsenen Stauden in der Sonne.

»Ja, sie sehen wunderschön aus.«

»Kräuter lassen sich übrigens auch hervorragend in Ihrem Garten unterbringen«, meinte Alexandra, »und die Größe ließe sogar ein oder mehrere Nutzabteile zu.«

»Die natürlich dementsprechend gepflegt werden müssten«, vermutete Susanne.

»Das stimmt. Aber ein schöner Garten ist immer pflegeintensiv. Wenn Sie das nicht wollen, dann können Sie sich die Umgestaltung sparen.«

»Das sind harte Worte.«

»Realistische Worte.«

»Lerne ich gerade, dass mein Garten nur dann schön wird, wenn ich ihn pflege?«

»Keine Sorge, beim Schön*werden* bin ich Ihnen ja behilflich!« Alexandra lachte. »Aber er *bleibt* schön, wenn Sie ihn pflegen. Tut mir leid. Da kommen Sie nicht drum herum.« Sie setzte eine gespielt geknickte Miene auf. »Allerdings hat Gartenarbeit auch etwas Meditatives. Es beruhigt ungemein. Und man bewegt sich an der frischen Luft. Dadurch können Sie sich das Fitnessstudio sparen. Warum, glauben Sie, sind Sie mir in der Muckibude noch nie begegnet? Falls Sie selbst ab und zu hingehen, meine ich.«

Susanne lachte nun auch. »Ich sehe schon, mit Ihrem Fahrrad und Ihrem Garten ist für den Kalorienverbrauch mehr als gesorgt, richtig?«

»Genau.«

Alexandra goss das perlende Nass nach. Sie war so richtig in Sektlaune – und wenn sie sich nicht sehr täuschte, ging es ihrem Gast genauso.

Bevor sie das Glas zum Mund führte, sagte sie: »Ich schlage vor, wir stoßen auf unsere Gärten an.«

»Gute Idee. Auf unsere Gärten.«

Die Gläser stießen mit leisem Klingen aneinander.

»Der schmeckt sehr erfrischend«, meinte Alexandra. Es war wirklich ein ausgesucht guter Tropfen, den Susanne da mitgebracht hatte. »Bestimmt von Ihrem Lieblingswinzer?«

»Woher wissen Sie das?«, fragte Susanne perplex zurück.

»Das war geraten. Aber Sie sind ganz offensichtlich ein Genussmensch, genau wie ich.« Das Prickeln und zweifellos auch der Alkohol ließen Alexandras Bedenken, möglicherweise allzu indiskret zu werden, dahinschwinden. »Und wir Genussmenschen wissen für jede kulinarische Köstlichkeit genau die richtige Quelle. Welche ist Ihre?«

»Ein Winzer an der Nahe. Ein Freund.« Eine winzige Pause, dann fügte Susanne hinzu: »Sie haben schon recht. Es ist immer gut, jemanden zu kennen, der einem die Dinge anbietet, die man am liebsten mag.«

Jetzt war Alexandra ganz sicher, dass sich Susannes Wangen leicht röteten, obwohl ihr Gast betont unbeteiligt in sein Sektglas schaute. *Offenbar ist das der Nachmittag der Zweideutigkeiten,* dachte sie amüsiert und prostete Susanne erneut zu.

Dann besann sie sich wieder auf ihre gastgeberischen Pflichten. »Wie wär's mit einer Waffel und selbstgemachtem Erdbeereis? Eine solide Basis für den Sekt ... und wir haben ja auch noch Arbeit vor uns, für die wir uns vielleicht stärken sollten.«

»Hmm, hört sich gut an.«

»Prima – dann machen Sie es sich doch schon einmal am Tisch

gemütlich, die Waffeln muss ich nämlich frisch backen. Lassen Sie sich noch etwas von der Umgebung inspirieren, damit wir nachher schon ins Detail gehen können.«

Als Alexandra mit dem Waffelteller wieder aus dem Haus kam, sagte Susanne: »Sie haben es hier ausgesprochen schön. Ein richtiges Kleinod.«

»Ja, das finde ich auch. Und es geht mir wirklich gut hier.« Während Alexandra diese Worte aussprach, schien ihr erst richtig bewusst zu werden, dass es ihr wirklich so ging – dass sie sich tatsächlich an diesem Ort uneingeschränkt wohl fühlte. Das war ihr bisher gar nicht klar gewesen, nicht in dieser Deutlichkeit. Und gleichzeitig ging ihr noch etwas anderes auf: Sie war wieder bereit für eine neue Beziehung.

Sie wagte einen offenen, direkten Blick in Susannes ozeanblaue Augen und ergänzte: »Nur eine zweite Person im Haus fehlt vielleicht noch.«

Die beiden Frauen ließen sich die Waffeln mit Erdbeereis schmecken und unterhielten sich über alles und jedes. Dabei bemerkte Alexandra schon wieder, dass sie in vielerlei Hinsicht ähnliche Ansichten hatten. Sie lasen sogar dieselbe Literatur. Das stellte Susanne nach der Mahlzeit, als sie das Geschirr abräumten, bei einem Blick in das große Regal im Wohnzimmer fest.

»Das glaube ich ja fast gar nicht. Sie lesen dieselben Bücher wie ich«, rief sie laut in Richtung Küche, wo Alexandra die Teller in die Spülmaschine stellte.

Jetzt könnte es brenzlig werden, dachte Alexandra. *Das sind schließlich hauptsächlich die Bücher, die ich rezensiert habe.*

Sie gesellte sich wieder zu Susanne. »Na ja«, sagte sie, »eigentlich war ich schon immer eine Leseratte.« Das war schließlich nicht gelogen.

»Die meisten dieser Titel sind aber eigentlich nichts für Leseratten, sondern für Profis«, meinte Susanne. »Jedenfalls habe ich eine Menge davon in meinem Germanistikstudium lesen müssen.«

»Ich bin halt intellektuell.« Alexandra grinste. »Lässt sich aber wohl nicht vermeiden, wenn man ein paar Semester Germanistik studiert hat. Das habe ich nämlich auch.« *Gerade noch einmal davongekommen.*

»Das ist ja fast beängstigend, wie viele Gemeinsamkeiten wir haben.« Susanne konnte es augenscheinlich nicht fassen.

Aber Alexandra war es nach dieser gerade so eben umschifften Klippe einer möglicherweise notwendigen, komplizierten Lügengeschichte etwas mulmig zumute, und sie hatte keine Lust, das Thema weiter zu vertiefen. »Kommen Sie, gehen wir noch ein bisschen nach draußen. Langsam sollten wir mit der Arbeit beginnen, damit Ihr Garten etwas wird.«

»Einverstanden«, war Susannes Antwort. Und den restlichen Abend über sprachen sie nicht mehr über Bücher oder sonstige heikle Themen, sondern ausschließlich über Gartenpflanzen.

4. Kapitel

Während der nächsten Wochen wurde es Alexandra zur Gewohnheit, am Ende ihrer Radtouren bei Susanne zu klingeln. Dann tranken sie gemeinsam Tee und tauschten sich über die Gartenplanung, manchmal aber auch einfach nur über Gott und die Welt aus. Inzwischen hatten sie auch längst Telefonnummern ausgetauscht und telefonierten ziemlich regelmäßig miteinander. Oft ging es dabei um eine Rückfrage zum neusten Gestaltungsentwurf für den Garten, aber manchmal auch einfach nur um ein nettes Gespräch. Und es war nicht immer Alexandra, die als Erste anrief.

Diese unverbindlichen, angenehmen Unterhaltungen trugen dazu bei, dass ihr Susanne immer vertrauter wurde – und dass sie den ursprünglichen Zweck ihres Kennenlernens immer öfter verdrängte. Es war erstaunlich, wie gut es ihr mittlerweile gelang, ihren Auftrag für die »Alexandra« vollkommen auszublenden, während sie mit Susanne zusammen war oder mit ihr telefonierte. Es schien, als könne nichts die Harmonie ihrer sich vertiefenden Bekanntschaft trüben.

Dass das nur eine Illusion war, wurde Alexandra unsanft ins Gedächtnis gerufen, als Regine anrief und auf einem Arbeitstreffen bestand. Es sollte dazu dienen, die nächsten Schritte für die Reportage zu planen.

»So langsam müsstest du mal erste Ergebnisse vorlegen«, forderte Regine, als sie Alexandra in einem Café in Düsseldorf gegenübersaß.

Alexandra war mit einem Anflug von schlechtem Gewissen zu dem Treffen erschienen. Schließlich hatte sie die Reportage tatsächlich ziemlich vernachlässigt, auch wenn sie mit der Planung für Susannes Garten durchaus Fortschritte gemacht hatte. Doch sie wusste aus Erfahrung, dass ein solches Schreibprojekt irgendwann von selbst konkrete Formen annehmen würde; vielleicht musste das Kennenlernen in diesem Fall nur noch etwas weiter fortschreiten. Also entgegnete sie mit fester Stimme: »Da muss man behutsam vorgehen. In dem Dossier, das du für mich hast anfertigen lassen, heißt es, dass Frau von Saalfeld Journalisten zehn Meilen gegen den Wind riechen kann. Wenn sie auch nur den leisesten Hauch eines Verdachts spürt, wird sie sofort den Kontakt zu mir abbrechen. Und dann ist es sowieso vorbei mit einer Reportage über sie. Ich sollte also noch eine Weile recherchieren und den Kontakt vertiefen.«

»Aber wir brauchen Fakten«, hielt Regine ungeduldig dagegen. »Es muss sich bald etwas an unserer Auflage tun, sonst sehe ich schwarz für unsere Arbeitsplätze. Hat die Dame keine sozialen Kontakte?«

»Woher soll ich das wissen?«, fragte Alexandra.

»Mein Gott, Alexandra, du recherchierst seit sechs Wochen und wohnst um die Ecke, da wirst du doch wohl mal ihr Haus beobachtet haben!«

»Wie, ihr Haus beobachtet? Meinst du, ich setze mich in mein Auto und beobachte, was sie nachts so treibt? Verfolge sie womöglich noch, um festzustellen, dass sie am Wochenende irgendwelche Lesbentreffs in NRW aufsucht?« So langsam wurde Alexandra sauer. Wenn sie schon diesen Auftrag am Bein hatte, den sie nicht hatte haben wollen, dann wollte sie ihn wenigstens auf ihre Weise erfüllen. Nicht mit Methoden, die sie beim besten Willen nicht gutheißen konnte.

Aber Regine sagte: »Ja, das meine ich. Du solltest vielleicht mal mit Meike Kontakt aufnehmen. Die kennt ein paar Tricks im Zusammenhang mit Beschattung und Informationsbeschaffung.«

»Ich werde mich hüten. Entweder läuft die Recherche so, wie ich es will, oder sie läuft gar nicht«, erwiderte Alexandra trotzig.

»Alexandra, ich bin die Chefin. Ich bestimme, wo's langgeht, schon vergessen?« Regines Stimme wurde lauter. »Und dass du Ergebnisse bringst, ist wichtig, denn ich sagte es bereits: Das Wasser steht uns bis zum Hals. Also ist das weitere Vorgehen klar: Du beschattest die Gute mal eine Weile und erstattest mir dann in einer Woche Bericht.«

Alexandra zog ein Gesicht.

»Du erinnerst dich: Das hier ist nicht verhandelbar«, fügte Regine noch hinzu, und damit war für sie die Diskussion beendet. Dann begann sie Alexandra unvermittelt in freundlichen Small Talk zu verwickeln. Sie hatte ein besonderes Talent dafür, auch nach einer heftigen Auseinandersetzung die Wogen schnell wieder zu glätten, und als sie sich verabschiedeten, hatte Alexandra ihren Ärger über die Forderungen ihrer Chefredakteurin fast schon vergessen.

Wie sie allerdings die Beschattung einer Bekannten vornehmen sollte, die sie noch dazu sehr schätzte und auf keinen Fall noch mehr hintergehen wollte, war ihr absolut schleierhaft. Vielleicht sollte sie dazu ihr Äußeres etwas umgestalten, um nicht erkannt zu werden ... Sie seufzte schwer. Karneval gefiel ihr ungefähr so gut wie Boulevard-Journalismus.

Einen Tag später lag Alexandra in ihrem Jogginganzug auf der Couch, vor sich auf dem Tisch einen leeren Pizzakarton. Daneben lag ihr Diktiergerät. Sie nahm es vom Tisch und hörte sich noch einmal die Aufnahme vom frühen Abend an:

»Es ist Samstagabend, der schönste Abend der Woche, und ich sitze schon seit sieben Uhr in einem Leihwagen und versuche die Haustür von Susanne von Saalfelds Villa im Blick zu behalten, um zu beobachten, ob die Dame des Hauses dasselbe verlässt oder ob sie Besuch bekommt. Seit etwa drei Stunden vertreibe ich mir die Zeit mit Lesen, Essen und Trinken. Aber Lesen funktioniert nicht wirklich gut, weil ich immer wieder aufpassen muss, ob jemand das Haus betritt oder verlässt. Das Interessanteste war der Wagen des Pizzadienstes vor zehn Minuten, der Susanne offenbar eine Pizza lieferte. Als sie die Tür öffnete, versank ich so tief wie möglich in meinem Sitz. Ich glaube nicht, dass sie mich gesehen hat, aber der kurze Blick, den ich auf sie werfen konnte, offenbarte, dass sie in ihren Joggingklamotten öffnete. Alles deutet auf einen einsamen Abend vor dem Fernseher oder dem DVD-Player hin. Es sieht nicht so aus, als würde Susanne in dem Aufzug Besuch empfangen, noch würde sie derartig gekleidet die Hütte verlassen. Irgendwie habe ich das Gefühl, sie igelt sich erst mal ein. Diese Art der Tätigkeit ist nicht das, was ich oft wiederholen möchte. Ich muss mir etwas anderes ausdenken. Aber nicht heute Abend.« Danach hatte sich Alexandra über ihr Handy eine Pizza Vegetaria zum Bringen bestellt und sich von Susannes vermutlicher Gestaltung des Abends inspirieren lassen: ein paar gemütliche Stunden auf der Couch mit einer DVD. Einer herzzerreißenden Lesbenschnulze, versteht sich!

Spätestens jetzt konnte Alexandra nicht mehr leugnen, dass Susanne von Saalfeld ihr sehr gefiel. Immer öfter ertappte sie sich dabei, dass sie an Susanne dachte, sie vor sich sah oder sogar kurz davor war, sie anzurufen, nur um ihre Stimme zu hören. Wenn sie an den Entwürfen zur Gestaltung ihres Gartens saß, führte sie imaginäre Zwiesprache mit ihrer Auftraggeberin, um weitere Ideen zu diskutieren. Und obwohl sie sich das alles nur vorstellte, hatte sie das Gefühl, der Dame ihres Herzens dadurch nah zu sein.

»Dame ihres Herzens« – mein Gott, ich passe mich schon dem Stil meiner Kolleginnen an. Regine hätte ihre wahre Freude an mir, amüsierte sich Alexandra über sich selbst. Doch Boulevard-Stil hin oder her: Es war nicht mehr zu ignorieren – sie hatte sich ernsthaft in Susanne verliebt.

Allerdings hatte das andererseits auch den Effekt, dass ihr schlechtes Gewissen, weil sie Susanne die Wahrheit über ihre Identität vorenthielt, sie immer stärker quälte. Sie hatte zwar von Anfang an sehr darauf geachtet, dass sie sie so wenig wie möglich belog – schon allein, um sich nicht dauernd irgendetwas Erfundenes merken zu müssen oder sich in Widersprüche zu verwickeln –, und bisher hatte sie allzu persönliche Gespräche über ihren beruflichen Werdegang auch meistens recht problemlos abwenden können. Je stärker sie sich jedoch zu Susanne hingezogen fühlte, desto mehr dachte sie daran, ihr endlich reinen Wein einzuschenken. Und spätestens nach dem Gespräch mit Regine und der Beschattung, die diese ihr aufgezwungen hatte, war ihr sonnenklar, dass es so nicht weitergehen konnte. Ihre Loyalität der »Alexandra« gegenüber, auf Kosten der Ehrlichkeit zu Susanne, war durch nichts mehr zu rechtfertigen.

Aber die Angst vor Zurückweisung, gerade jetzt, wo sich eine Freundschaft zwischen ihnen zu entwickeln begann, machte sie zögerlich, und so schob sie das Geständnis immer weiter auf. Es konnte ihr und der Beziehung zu Susanne nicht guttun, die Wahrheit so lange zurückzuhalten, das wusste sie; aber wenn Gefühle im Spiel sind, lassen die Logik und der Verstand zu wünschen übrig, und Alexandra ging es nicht anders.

Nun aber nahm sie sich fest vor, bei einer ihrer nächsten Begegnungen Nägel mit Köpfen zu machen und Susanne die Wahrheit zu sagen. Was gleichzeitig bedeutete: Sie würde bei »Alexandra« kündigen.

Ein paar Tage nach der ergebnislosen Beschattungsaktion hatte Alexandra mal wieder Lust, sich eine romantische Liebesgeschichte zu Gemüte zu führen. Leider enthielt ihr Bücherregal zu Hause in dieser Hinsicht nichts, was sie nicht schon gelesen hatte. Aber da sie nach mehreren Stunden vor dem Computer sowieso eine Pause brauchte, begab sie sich in ihren Lieblingsbuchladen, um den neusten Lesbenroman zu bestellen, den ihre Liste enthielt. Es musste unbedingt ein Roman mit einem guten Ende sein, in dem sich die beiden Protagonistinnen in die Arme sanken und ewige Treue gelobten. Ja, weniger als ewige Treue würde Alexandra nicht gelten lassen.

Bei herrlichem Wetter und klarer, kühler Luft nahm sie das Rad und brauchte nicht lange, bis sie »in der Stadt« war, wie die Einheimischen das kleine, übersichtliche, aber idyllische Innenstädtchen zu bezeichnen pflegten. *Jetzt bin ich auch eine Einheimische,* dachte Alexandra. *Und das ist auch gut so.* Sie lächelte.

Noch bevor sie den Buchladen betrat, erkannte sie Susanne von Saalfeld, die, das Profil zu ihr gewandt, vor einem Regal stand und in einem Buch blätterte. Alexandras Herz schlug augenblicklich höher. An diesen Umstand musste sie sich wohl gewöhnen beim Zusammentreffen mit der Adligen.

»So eine Überraschung!«, rief Alexandra.

Susanne hob den Kopf, und ihr ozeanblauer Blick traf Alexandra.

Ein Lächeln breitete sich auf ihrem Gesicht aus. »Alexandra, schön, Sie zu sehen!«

Damit machte Susanne gleich deutlich, dass sie nicht mit ihrem Nachnamen angeredet werden wollte. Bisher hatten die beiden peinlichst vermieden, sich beim Namen zu nennen. Hätte Alexandra das getan, wäre es natürlich der Nachname gewesen, aber sie konnte verstehen, dass Susanne den hier in der Öffentlichkeit nicht preisgeben wollte.

»Was machen Sie denn mitten am Vormittag hier? Sollten Sie nicht fleißig am Schreibtisch sitzen?«, erkundigte sich Susanne mit einem Augenzwinkern.

»Sie haben völlig recht, Susanne.« Mit Bedacht sprach Alexandra den Vornamen aus, um deutlich zu machen, dass ihr die neue Stufe der Vertrautheit nicht entgangen war. »Aber manchmal läuft es am Schreibtisch nicht so, wie man es sich wünscht.«

»Oh ja, das kenne ich. Da hilft nur eine Pause oder Bewegung – oder beides.«

»Genau. Die Pause gönne ich mir gerade. Und was treibt Sie hierher?«, fragte Alexandra neugierig.

»Neue Lektüre. Oder besser gesagt, der Hunger danach. Wie Sie ja wissen, lese ich leidenschaftlich gern. Aber mein Bücherregal gab nicht das her, was ich lesen wollte, also brauche ich Nachschub«, erwiderte Susanne.

»Für mich ist das Lesen Inspiration«, meinte Alexandra. »Wenn ich eine Stunde gelesen habe, bin ich geradezu beflügelt. Was ich mir gerade bestellen möchte, ist übrigens die Belohnung für die Arbeit der letzten Tage, die ich mir morgen in Ruhe gönnen werde. Wenn eine Sache besonders gut wird – und das scheint trotz der kleinen Unterbrechung der Fall zu sein –, dann belohne ich mich mit einem Buch und einem gemütlichen Lesewochenende.«

»Was ist denn die Belohnung morgen?«, fragte Susanne arglos.

Einen Moment lang erwog Alexandra, ihren Plan zu ändern und statt der beabsichtigten Lesben-Liebes-Schnulze lieber etwas Anspruchsvolleres zu bestellen. Damit rechnete Susanne sicherlich, nachdem sie bei ihrem Besuch Alexandras intellektuell angehauchtes Bücherregal durchstöbert hatte. Doch dann zuckte sie innerlich die Achseln. *Was soll's. Man kann nicht immer intellektuell sein.* Sie nannte den Titel, der ja nicht unbedingt verfänglich war: »Liebe am Horizont.«

Überraschenderweise zeigte sich Susanne nicht etwa befremdet, sondern lächelte: »Habe ich letztes Wochenende gelesen. Mit einer Flasche Wein, einer Pizza und in Joggingklamotten. Herrlich!« Ihr Tonfall war regelrecht schwärmerisch.

Womit nicht nur endgültig geklärt wäre, was sie am Wochenende meiner Observierung genau getan hat, dachte Alexandra, *sondern auch unser beiderseitiger Lebenswandel in Bezug auf Frauen. Wer außer Lesben liest schon solche Bücher?* Aber das dürfte Susanne von Saalfeld ohnehin schon klar gewesen sein. Viele Lesben erkannten sich schließlich untereinander. Deshalb wäre es auch albern gewesen, nur um des äußeren Scheins willen ein anderes Buch auszusuchen. *Und so hätten wir das Thema kurz und schmerzlos abgehakt. Aber dass sie so was liest? Und dass ich so was lese, als Redakteurin für die hohe zeitgenössische Literatur? Wieder eine Übereinstimmung mit ihr – das nimmt allmählich wirklich überhand.*

»So in der Art habe ich mir das fürs Wochenende vorgestellt«, reagierte sie auf Susannes Bericht. »Muss ab und zu mal sein.«

»Ja, finde ich auch. Was halten Sie übrigens von einem Eis in gepflegter Umgebung?«, fragte Susanne. »In der Hoffnung, dass auch eine Pause Sie beflügelt, nicht nur das Lesen.«

»Ausdehnungen der Pausen sind in der Arbeitsphase, in der ich mich befinde, geradezu notwendig für den Fortgang der Arbeit«, erwiderte Alexandra mit einem kleinen Grinsen.

»Das ist ja eine interessante Sichtweise. So habe ich das noch gar nicht betrachtet.« Susanne schien Alexandras flapsige Bemerkung ernst zu nehmen. Sie wurde nachdenklich: »Ich neige eher dazu, die Pausen auszulassen.«

»Na, da freue ich mich ja um so mehr, dass Sie mich zu einer Ihrer seltenen Pausen einladen«, sagte Alexandra. »Ich bestelle dann nur schnell das Buch. Haben Sie schon etwas gefunden?«

»Nein, ich habe heute irgendwie Entscheidungsschwierigkeiten. Vielleicht inspiriert mich die Eispause ja auch.«

Kurze Zeit später nahmen die beiden in dem nicht weit entfernten italienischen Eiscafé unter der Jalousie Platz. Auch wenn die Temperaturen schon den nahenden Herbst ankündigten, war das Wetter einfach zu schön, um sich nach drinnen zu verkriechen, und durch die unter der Jalousie angebrachten Heizstrahler war es hier auf der Terrasse sogar gemütlich warm. Sie bestellten jede einen Amarettobecher – ohne Sahne. Normalerweise musste sich Alexandra immer dafür rechtfertigen, dass sie auf die Sahne verzichtete, weil es ja nun auf die paar Kalorien auch nicht mehr ankäme. Dabei mochte sie Sahne schlicht und ergreifend nicht. Außerdem gab es statt der Sahne ein Eisbällchen mehr. Köstlich.

»Sie scheinen dieselben Vorlieben zu haben wie ich«, stellte Susanne zweideutig fest, um dann rasch hinterherzuschieben: »In Bezug auf Eisbecher, Sahne und Bücher.« Ob ihr aufgefallen war, dass man ihre Bemerkung auch anders hätte verstehen können?

»Ja, hab ich auch schon festgestellt. Beim nächsten Mal geben Sie einen aus«, fasste Alexandra scherzhaft in Worte, was ihr im Grunde ihres Herzens durchaus bedeutsam erschien.

»Wo haben Sie eigentlich Ihre Lesbenschnulzen versteckt?«, erkundigte sich Susanne. »Mir ist in Ihrem Haus keine begegnet.«

»Das kommt daher, weil ich sie so gut versteckt habe«, lachte Alexandra. »Nein, Quatsch. Sie sind Ihnen nur nicht aufgefallen. In meinem Arbeitszimmer gibt es ein Regal, das nur für Lesbenliteratur reserviert ist. Sie können gern einmal dort stöbern und sich ausleihen, was Sie noch nicht kennen.«

»Darauf komme ich gern zurück. Das klingt verlockend. Ich kann dasselbe anbieten.«

Eine Weile genossen beide andächtig ihre Eisbecher. Dann nahm Susanne den Faden wieder auf: »Lesen Sie momentan noch etwas außer Liebesschnulzen?«

»Ich liebe eigentlich alles an Literatur – gern auch einmal seicht. Bloß keine Hetero-Schnulzen. Da fehlt mir einfach die Identifikationsfigur«, antwortete Alexandra.

»Das geht mir genauso. Vielleicht können Sie mir ja einen Roman empfehlen, den Sie in letzter Zeit verschlungen haben?« Susanne sah Alexandra mit ihrem gewohnt offenen, neugierigen Blick an.

»Meinen Sie etwas Intellektuelles oder etwas Schnulziges?«, fragte Alexandra vorsichtshalber nach. Sie konnte sich zwar nicht wirklich vorstellen, dass die Frau mit dem Doktortitel so dringend Empfehlungen für Liebesschnulzen benötigte – aber man wusste ja nie.

»Etwas Intellektuelles.«

»Da kann ich Ihnen tatsächlich etwas empfehlen«, sagte Alexandra. »Mein letztes Buch war *Fluchtstücke* von Anne Michaels. Ich habe es letzte Woche erst zu Ende gelesen und dafür, auch wenn ich das Ihnen gegenüber gar nicht erwähnen dürfte, meine Arbeit geschwänzt.«

»So was machen Sie?«, fragte Susanne gespielt entrüstet.

»Tja, seit ich selbständig bin, erlaube ich mir ab und an diesen Luxus und genieße ihn«, gab Alexandra lächelnd zurück.

»Worum geht es in dem Roman?«, fragte Susanne, nun wieder ernst.

Alexandra fand es für einen Augenblick beinahe surreal, dass Susanne, die promovierte Germanistin, sie selbst, die doch nach Susannes Wissen Expertin auf völlig anderen Gebieten war, so ernsthaft nach ihrer Meinung zu anspruchsvollen Romanen fragte. Aber sie fasste bereitwillig zusammen: »Um einen Dichter, der seine Kindheitsgeschichte im Rückblick erzählt. Er wurde als kleiner Junge in seiner Heimat Polen Zeuge des Mordes an seinen Eltern und der Entführung und Vergewaltigung seiner Schwester während des Holocaust. Nach dieser schrecklichen Beobachtung irrt er tagelang in der Gegend herum, bis er völlig verdreckt auf den griechischen Archäologen Athos trifft, der ihn bei sich aufnimmt und ihn mit nach Griechenland nimmt. Später wandern die beiden nach Kanada aus und pendeln zwischen Griechenland und Toronto hin und her. Jakob Beer, so heißt der Dichter, versucht die Ereignisse zu verarbeiten, was ihm nicht immer gelingt. Ein Buch, das ein Einzelschicksal beleuchtet und die Probleme des Weiterlebens nach den Nazi-Gräueltaten sprachlich fantastisch darstellt.«

Susannes Mimik verriet, dass der kleine Vortrag sie beeindruckte. »Sie klingen ja ganz so, als wenn Sie sich professionell mit Literatur befassen«, stellte sie fest. »Wenn Sie einmal keine Aufträge mehr als Gartenarchitektin bekommen, können Sie immer noch Romane rezensieren.«

Alexandra schluckte krampfhaft. *Wenn sie wüsste,* dachte sie und beeilte sich zu erklären: »Die paar Semester Germanistik haben einen bleibenden Eindruck hinterlassen.«

»Ich würde immer wieder Germanistik studieren. Ich fand es sehr inspirierend«, meinte Susanne und fragte dann unvermittelt:

»Aber finden Sie nicht auch, dass die vielen Gemeinsamkeiten zwischen uns langsam beängstigend sind?«

Schon wieder!, dachte Alexandra. Sie riskierte einen tiefen Blick in die Augen ihres Gegenübers und antwortete lächelnd: »Mir gefällt es eigentlich ganz gut!«

Hoppla, ging es ihr durch den Kopf, als ihr Herz erneut schneller zu schlagen begann. *Fühlt sich gut an ...*

Susanne erwiderte den Blick und lächelte ein klein wenig.

Alexandra versank gleichsam in den tiefblauen Augen ...

Nachdem sich ihre Blicke voneinander lösen konnten – es schien wie eine Ewigkeit –, schwiegen sie eine Weile. Ein unbeteiligter Beobachter hätte berichten können, dass sich da zwei gegenüber saßen, die sich in der Gegenwart der anderen sehr wohl fühlten ... und die dabei waren, sich heftig ineinander zu verlieben. Wenn das nicht schon längst geschehen war.

Da sich ihre Pause inzwischen auf fast zwei Stunden ausgedehnt hatte, musste Alexandra schließlich schweren Herzens die angenehme Gesellschaft aufgeben und wieder an die Arbeit. Sie erhob sich und machte Anstalten, sich zu verabschieden.

»Wie wär's«, kam Susanne ihr zuvor, »wenn Sie heute Abend nach getaner Arbeit zum Essen vorbeikämen und wir noch ein wenig über Literatur plauderten?«

»Oh, die Einladung nehme ich gern an.« Alexandra musste sich bemühen, ihre Begeisterung nicht allzu deutlich zu zeigen, aber sie strahlte über das ganze Gesicht. »Wäre sieben in Ordnung?«

»Völlig!«, antwortete Susanne.

»Soll ich etwas mitbringen?«

»Nein, nein. Ich kummere mich um alles.«

»Dann bis heute Abend.«

»Bis heute Abend.«

Susanne sah Alexandra nach, die mit schnellen Schritten zum Buchladen zurückging, wo sie ihr Rad hatte stehen lassen. Alexandra drehte sich noch einmal um und winkte. Susanne winkte zurück.

Als Alexandra um die Ecke gebogen und aus Susannes Blickfeld verschwunden war, ging sie schnell in die Buchhandlung und kaufte das letzte Exemplar des Romans *Fluchtstücke,* das sie von der Buchhändlerin als Geschenk einpacken ließ.

Pünktlich um sieben klingelte Alexandra an der Tür der Villa von Susanne von Saalfeld. Dass sie es überhaupt zum vereinbarten Zeitpunkt geschafft hatte, grenzte an ein Wunder. Denn sie hatte sich dreimal geduscht und bestimmt zehnmal umgezogen, bevor sie sich endgültig für ihre neuen Dark-blue-Jeans entschieden hatte, die ihre Figur gut zur Geltung brachten und in denen sie sich darüber hinaus auch am wohlsten fühlte.

Susanne öffnete die Tür. Auch sie trug Jeans – eine gute Wahl, denn sie sah fantastisch aus.

»Kommen Sie herein. Ich bin noch nicht ganz fertig, aber es wird nicht mehr lange dauern«, sagte Susanne. »Kommen Sie doch einfach mit und leisten mir ein wenig Gesellschaft in der Küche.«

»Gern«, erwiderte Alexandra und folgte Susanne in die Küche. Susannes Gegenwart, der dezente, aber betörende Duft ihres Parfüms und die Aussicht auf einen ganzen Abend in ihrer Gesellschaft nahmen sie so sehr gefangen, dass sie fast vergaß, ihr Geschenk zu übergeben.

»Ich glaube, ich ahne, was sich darin befindet«, sagte Susanne lächelnd, als sie das Geschenkpapier aufriss. »Sie haben es mir vor der Nase weggeschnappt. Ich wollte es nach unserer Eispause kaufen. Als die Buchhändlerin mir die Frau beschrieb, die es hatte einpacken lassen, war ich mir sicher. Vielen, vielen Dank! Ich werde es mit großem Interesse lesen.« Sie schlug das Buch auf, blätterte kurz darin und legte es dann vorsichtig zur Seite, bevor sie fragte: »Mögen Sie zur Begrüßung einen Sekt?«

»Sekt ist eine meiner weiteren Leidenschaften«, lachte Alexandra. »Vor allem das Tröpfchen, das Sie neulich bei Ihrem Besuch mitgebracht haben. Es mundet hervorragend.«

»Sie scheinen viele verborgene Leidenschaften zu haben. Was wird noch alles zum Vorschein kommen?« Susannes Augen blitzten anzüglich.

Oha, dachte Alexandra. *Wir haben doch noch gar nichts getrunken!* Sie blickte Susanne herausfordernd in die Augen und zwinkerte. »Lassen Sie sich einfach überraschen.«

Susanne wandte sich ab, aber nur, um die Sektflasche aus dem Kühlschrank zu nehmen. Dabei sagte sie: »Ich würde gern das steife ›Sie‹ in ein vertrautes ›Du‹ übergehen lassen, wenn Sie nichts dagegen haben.«

»Nur wenn wir darauf anstoßen und den obligatorischen Kuss nicht auslassen«, antwortete Alexandra mit einem Lächeln auf den Lippen.

»Nichts dagegen einzuwenden.« Susanne lächelte zurück.

Sie füllte zwei Gläser mit der perlenden Flüssigkeit, übergab Alexandra eines davon und nahm selbst das andere. Die beiden verschränkten ihre Arme ineinander und tranken einen Schluck. Alexandra hatte das Gefühl, das sanfte Kribbeln des Getränks erfasse augenblicklich ihren ganzen Körper. Aber vielleicht war es auch nur die Berührung, die sie so zappelig machte.

Dann neigte Susanne sich ihr entgegen. Im nächsten Augenblick spürte sie Susannes weiche Lippen auf ihren eigenen, einen Augenblick länger als nötig. Sie schloss die Augen. Nie zuvor hatte sie ein ›Du‹ auf so zärtliche Weise besiegelt, das war sicher ... Dann war es auch schon wieder vorbei. »Susanne!«, sagte Susanne.

Alexandra schluckte einen kleinen Seufzer hinunter und erwiderte: »Alexandra!«

Sie nahm einen weiteren Schluck von ihrem Sekt. Das Prickeln und das sanfte, aber intensive Aroma entschädigten sie für den Verlust von Susannes Berührung – oder jedenfalls fast. »Der schmeckt immer noch erfrischend und köstlich«, lobte sie.

»Finde ich auch. Wusstest du übrigens«, Susanne zog das *du* ein ganz klein wenig in die Länge, als ob sie die Intimität, die durch das Pronomen entstand, vorsichtig testen müsse, »dass man diesen Sekt auch Champagner nennen könnte, wenn man dürfte? Bernd stellt den Sekt nach dem Champagnerverfahren her. Er ist handgerüttelt.«

»Das wusste ich nicht. Aber er schmeckt auch wirklich gut«, betonte Alexandra noch einmal. »Außerdem duftet es hier so verlockend. Da läuft einem das Wasser im Mund zusammen.«

»Ja, nicht wahr? Kochen ist eine *meiner* Leidenschaften«, klärte Susanne Alexandra auf.

»Oh je«, rief Alexandra in gespielter Enttäuschung aus. »Da haben wir's. Jetzt ist es vorbei mit den Gemeinsamkeiten. Ich kann überhaupt nicht gut kochen.«

»Wie ernährst du dich dann?« Susannes Frage klang keineswegs herablassend, nur ihre charakteristische Neugier schwang darin mit.

Alexandra zuckte die Achseln: »Ich esse viel Rohkost. Und Nudeln kann ich gerade noch. Verschiedene Sorten Pesto habe ich auch in meinem Repertoire. Für mich ist es wichtig, dass es beim Kochen schnell geht und dass das Gericht leicht zuzubereiten ist.«

»Pesto hört sich doch auch lecker an«, meinte Susanne. »Und ein Mehr-Gänge-Menü koche ich schließlich auch nicht jeden Tag. Kochen ist für mich Meditation. Hier kann ich mich von den Anforderungen des Alltags erholen.« Sie drückte Alexandra ein Messer in die Hand und schob sie mit sanftem Druck Richtung Arbeitsplatte: »Aber das hier ist ein interaktives Abendessen. Wenn du Lust hast, ein bisschen mitzuhelfen, wird es noch besser.«

Mit Feuereifer machte sich Alexandra daran, die auf der Arbeitsfläche bereitliegende Paprika zu schnippeln. Susanne ließ unterdessen zwei Fischfilets in eine gusseiserne Pfanne gleiten und ein paar Minuten auf beiden Seiten brutzeln. Dabei erledigte sie jeden Handgriff hinter ihrem Kochblock, der die Mitte der Küche dominierte und sicher alles enthielt, was das Herz einer leidenschaftlichen Köchin höher schlagen ließ, mit traumwandlerischer Sicherheit.

Anschließend stellte Susanne den Fisch in den auf Augenhöhe angebrachten Ofen, damit er nachgaren konnte, fügte noch ein paar kleine Strauchtomaten hinzu und servierte die kalten Beilagen auf dem Tisch im Essbereich. Alexandra war einmal mehr angenehm überrascht von Susannes Stilsicherheit. Den Tisch zierten Dekorationen aus dem Garten: wilde Blumen, darunter viele kleine Margeriten, und ein paar kleine, knorrige Äste waren geschmackvoll um edles Porzellan und Besteck arrangiert. Die Gedecke ließen auf ein Fünf-Gänge-Menü schließen.

»Als ich deine Einladung zum Essen annahm, dachte ich an ein kleines, gemütliches Abendessen mit Pasta und einer leckeren Soße«, sagte Alexandra und wies auf die Kollektion von Besteck: »Hätte ich das gewusst, hätte ich seit vorgestern nichts gegessen.«

Susanne lachte. »Keine Panik, das sieht nur so gehaltvoll aus. In Wahrheit ist vornehm wenig auf dem Teller. Außerdem sind fünf Gänge nicht wirklich viel.«

»Na ja, da du als Besitzerin eines solchen Anwesens sicher in vornehmen Kreisen verkehrst, kann man davon ausgehen, dass du mindestens einmal in der Woche ein Zehn-Gänge-Menü aufgetischt bekommst.« Alexandra grinste. »Und es scheint dir in der Tat nicht zu schaden.«

»Ach was.« Susanne lachte erneut und machte eine wegwerfende Geste. »Aber es gab tatsächlich Gelegenheiten, bei denen man solchen Mahlzeiten nicht entkommen konnte. Und woher willst du außerdem wissen, dass ich nicht eine neureiche Lottogewinnerin bin?«

Alexandra wählte ihre Worte sorgfältig. Jetzt kam es darauf an, nicht zu viel von ihrem angelesenen Wissen über Susanne preiszugeben. »Ich bin zwar in der Boulevard-Presse keineswegs bewandert, aber ab und zu drängt sich einem schon mal ein solches Magazin auf. Du weißt schon, das Wartezimmer beim Arzt gibt meistens nicht viel anderes her ... Vor nicht allzu langer Zeit habe ich dich in einer dieser Zeitschriften gesehen. Daher weiß ich, dass du die Besitzerin der Firma *von Saalfeld Moden & Design* bist. Aber selbst wenn ich das nicht wüsste – du benimmst dich nicht gewöhnlich genug für eine Neureiche.«

»Erwischt«, sagte Susanne. Sie lächelte, aber es wirkte nicht mehr so sorglos wie vorher. »Ich konnte mir ja schon denken, dass es kein großes Geheimnis bleibt, wer ich bin. Schade. Es hat mir gefallen, einigermaßen anonym zu sein.« Bei den letzten Worten war das Lächeln erloschen.

»Du glaubst doch nicht, dass dich hier niemand erkennt, auch wenn unser Dorf etwas am Rande der Welt liegt, oder?«, fragte Alexandra. »Was im Übrigen nur eine Frage der Perspektive ist.«

»Zumindest hatte ich es gehofft.« Susannes Seufzer kam aus tiefstem Herzen.

Alexandra bereute ihre harte, wenn auch realistische Einschätzung der Lage ein wenig. Susannes Frustration krampfte ihr das Herz zusammen. Besänftigend sagte sie: »Na ja, immerhin hat dich die Presse offenbar noch nicht entdeckt. Das spricht für die Verschwiegenheit unserer Mitbürgerinnen und Mitbürger.«

»Das stimmt. Und darüber bin ich sehr froh. Einmal ganz unbehelligt zu sein, hat etwas sehr Beruhigendes.« Damit gab sich Susanne einen Ruck und sagte mit sehr viel resoluterer Stimme: »Wenn wir nicht bald beginnen, ist das schöne Menü ruiniert.«

Sie bedeutete Alexandra, am Tisch Platz zu nehmen, und servierte dann den gerade fertig gegarten Fisch mit einem leichten

Sommersalat, für den Alexandra die Paprika geschnitten hatte. Alexandra langte mit Begeisterung zu. Es schmeckte einfach köstlich.

»Susanne, wenn du nur halb so gut dein Unternehmen führst, wie du kochst, dann sage ich dir auch in den Zeiten der Wirtschaftskrise eine große Zukunft voraus«, sagte Alexandra zwischen zwei genussvollen Bissen.

»Das glaube ich kaum«, entgegnete Susanne leise, »denn ich habe vor zwei Monaten die Geschäftsleitung aufgegeben.« Sie verkündete diese Unglaublichkeit wie nebenbei, aber ihre Stimme zitterte leicht.

Alexandra traute ihren Ohren nicht. »Bitte?«

»Du hast schon richtig gehört. Ich bin derzeit arbeitslos.« Susannes gepresster Tonfall verriet, wie schwer ihr dieser Schritt gefallen sein musste und wie schwer es war, ihn auch noch auszusprechen.

»Was ist passiert? Ich meine, ich habe nicht viel Ahnung von großen Unternehmen, aber ... was hat dich zu dieser Entscheidung bewogen? Das ist ja ein ziemlich drastischer Schritt.« Alexandra hatte ihr Besteck hingelegt und versuchte all ihr Mitgefühl in ihre Stimme zu legen. Die Neuigkeit hatte ihr selbst fast den Atem genommen – aber ganz offensichtlich war Susanne jetzt diejenige, die moralische Unterstützung am nötigsten hatte. Sie suchte Susannes Augen, um ihr durch einen tiefen Blick ihre Solidarität zu vermitteln. Es schien ihr zu gelingen, denn Susanne lächelte, wenn auch nur gequält.

»Wärst du sehr sauer, wenn ich dir darüber im Moment nichts erzählen möchte?«, fragte Susanne. »Die Ereignisse sind einfach noch zu frisch. Die Firma war mein Leben, und jetzt ist alles vorbei ... Ich muss mich komplett neu orientieren.«

»Nein, natürlich nicht!«, erwiderte Alexandra mit Nachdruck. Ihr schwirrte immer noch der Kopf. Wenn Susanne ihre Arbeit nur halb so sehr liebte wie sie selbst, musste dieser Schritt wirklich desaströs sein. Alexandra konnte es sich überhaupt nicht vorstellen, ohne Arbeit zu sein. Und den Druck, der Susanne zu dieser schweren Entscheidung gezwungen haben musste, mochte sie sich noch viel weniger vorstellen.

Ganz, ganz kurz kam ihr in den Sinn, dass ihr Arbeitgeber »Alexandra« für diese Information sicherlich eine Extrasumme hingeblättert hätte. Aber der Gedanke verschwand sofort wieder. Er war einfach zu absurd. Auf keinen Fall würde sie eine solche ihr im Vertrauen mitgeteilte Information Dritten gegenüber erwähnen.

»Eigentlich wollte ich dir das auch gar nicht erzählen«, sagte Susanne. »Wir kennen uns doch kaum.« Einen Moment lang sah es so aus, als wolle sie noch mehr sagen, aber dann senkte sie den Blick und schob sich eine Gabel voll Salat in den Mund.

»Wenn du unerkannt sein willst,« fasste Alexandra einen Teil der Gedanken, die ihr im Kopf herumwirbelten, in Worte, »warum bist du dann nicht ins Ausland gegangen?«

»Ich weiß nicht genau. Vielleicht, weil ich Deutschland zu sehr als meine Heimat betrachte. Außerdem wurde mir zu dem Zeitpunkt meiner Überlegungen gerade dieses Haus hier angeboten, in das ich mich von der ersten Sekunde an verliebt habe.« Susanne hob den Kopf wieder und sah Alexandra offen in die Augen. In ihrem Blick lag keine Traurigkeit mehr, sondern die gewohnte interessierte Neugier, als sie hinzufügte: »Und wenn ich es nicht gekauft hätte, wären wir uns nicht begegnet.«

Alexandra erwiderte den Blick, und eine wohlige Wärme erfasste ihr Herz. »Da hast du recht. Das wäre wirklich schade gewesen. Lass uns darauf anstoßen, dass das Neue vor der Tür steht.« Sie hob ihr Glas.

Susanne tat es ihr gleich. Ihre Augen leuchteten jetzt. »Oder die Neue im Haus«, sagte sie, und ein schelmisches Lächeln umspielte ihre Lippen.

»Wie . . . äh, wie ist das jetzt gemeint?«, fragte Alexandra. Etwas Schlagfertigeres fiel ihr nicht ein.

»Finde es heraus!«, riet Susanne mit betont unbeteiligtem Schulterzucken. Damit stand sie auf und servierte den nächsten Gang.

Da sie sich zwischen den einzelnen Gängen viel Zeit ließen, erschien Alexandra das Menü doch nicht so üppig, wie sie zuerst gedacht hatte. Nach dem Dessert – einer selbstgemachten Mousse au chocolat, die wie alles andere fantastisch schmeckte – bat Susanne Alexandra nach draußen in den Garten, um den Abend auf der Terrasse ausklingen zu lassen. Der Sonnenschein des Tages strahlte noch vom Holz und der steinernen Hauswand ab, so dass es nicht zu kühl hier draußen war. Susanne kam nach ein paar Minuten mit einer Kanne Tee nach, aus der sie zwei Tassen einschenkte.

»Du hast dir ein wahrhaft schönes Plätzchen ausgesucht«, sagte Alexandra träumerisch. »Das Haus ist großartig, und auch der Garten wird bestimmt bald zu einer richtigen Attraktion werden.«

»Dank deiner Hilfe habe ich daran keine Zweifel«, gab Susanne zurück. Sie hob den Blick von ihrer Tasse und sah Alexandra einmal mehr tief in die Augen.

Für einige lange Momente schienen beide in den Augen der anderen zu versinken. Alexandra hatte das Gefühl, in diesem Blick ihre ganze Persönlichkeit zu offenbaren, Susanne alles zu zeigen, bis hin zu tief verborgenen Empfindlichkeiten und uralten Verletzungen. Und sie war sich fast sicher, dass Susanne genauso empfand, denn auch in ihrem Blick schien Verletzlichkeit zu liegen.

»Erzähl mir etwas von dir!«, bat Susanne mit leiser Stimme. »Von deiner ersten Liebe zum Beispiel.«

Für einen kurzen Moment schaltete sich Alexandras Verstand ein und merkte an, dass das vielleicht viel zu intim war, schließlich kannten sie einander noch nicht lange – und die Arbeit, und überhaupt ... Doch Alexandra fühlte sich viel zu wohl in Susannes Gegenwart, um dieser inneren Stimme Gehör zu schenken. Plötzlich war sie regelrecht begierig, Susanne zu erzählen, wie sie sich zum ersten Mal so richtig verliebt hatte.

»Da war ich 18, als ich mich zum ersten Mal verliebte. Spät, oder?«

»Bei mir war es auch nicht viel früher«, meinte Susanne. »Vielleicht sind wir Spätzünderinnen?«

»Ja, wahrscheinlich.« Alexandra machte eine winzige Pause, bevor sie leise fragte: »Du ahnst, dass meine erste große Liebe eine Frau war, oder?«

»Na, das will ich doch hoffen.«

Obwohl sie es schon vorher gewusst hatte, fiel Alexandra ein Stein vom Herzen bei dieser ganz direkten Aussprache. Sie lächelte Susanne warm an.

»Sie war zehn Jahre älter als ich und Referendarin an unserer Schule«, fuhr sie dann fort. »Ich habe ihr hinterher geschmachtet, ihr verliebte Zettelchen geschrieben, bis sie mich dann zu einem Spaziergang eingeladen hat und mir ganz vorsichtig erklärt hat, dass sie mich toll findet, aber als Person und nicht als Liebhaberin.

Sie war sehr einfühlsam. Aber es hat trotzdem ziemlich weh getan.«

Susanne kommentierte die Erzählung mit einem mitfühlenden Blick. »Hast du dich vorher nicht in Frauen oder Mädchen deines Alters verliebt?«, erkundigte sie sich.

»Doch, schon. Ich habe aber erst viel später gemerkt, was dahintersteckte. Am Anfang wollte ich es nicht wahrhaben, dass Jungs mich nicht interessierten. Meine Eltern redeten immer so abfällig über Schwule, dass ich tunlichst alle Gedanken und Fragen in Bezug auf meine sexuelle Orientierung von mir schob. Als ich Renate, die Referendarin, kennenlernte, ahnte ich zwar längst, dass ich lesbisch bin, aber mein Coming-out lag noch vor mir.«

»Und Verlangen nach dem Körper einer anderen Frau, danach, von einer anderen Frau berührt zu werden, hattest du das nicht?«, fragte Susanne. Ihre Stimme hatte einen ungewohnt heiseren, fast rauchigen Ton angenommen, der Alexandra einen leisen Schauer über den Rücken rieseln ließ.

»Natürlich hatte ich sexuelles Verlangen«, beantwortete sie die Frage. »Ich wusste, wie schön ein Orgasmus ist, denn mit Selbstbefriedigung hatte ich schon so einige Erfahrung.« Sie hielt einen Moment den Atem an: War das nun doch zu viel Offenheit? Es schien, dass Susannes Gesellschaft alle Schleusen öffnete, sie fast dazu zwang, ihr Innerstes nach außen zu kehren – es tat so unendlich gut, endlich einmal ganz sie selbst zu sein . . .

Und Susanne schienen ihre Offenbarungen keineswegs zu stören. »Das habe ich auch gemacht. Und ich tue es noch.« Sie sagte das so ungezwungen, als antworte sie auf die Frage, wie es ihr gehe.

Mein Gott, bin ich verklemmt, dachte Alexandra.

»Ich auch«, sagte sie ein wenig verlegen. »Gott, das habe ich noch nie jemandem gesagt.« Sie schaute zu Boden.

»Ich auch nicht«, erwiderte Susanne, leise, fast nur ein Hauch. Sie beugte sich über den Tisch und umfasste sanft Alexandras Hand.

Die Berührung durchfuhr Alexandra wie ein Blitzschlag.

»Wie hast du es denn genannt, als du dich in eure Referendarin verguckt hast?«, fragte Susanne nach.

»Hmm, genannt . . . eigentlich gar nicht. Ich war der Meinung, in die Person verliebt zu sein. Das Geschlecht spielte für mich keine Rolle.«

»Tja, ich glaube, das denken wir zuerst alle. Es ist ein Schutzmechanismus«, meinte Susanne. »Und wann war dein Coming-out?«

»Das dürfte erst knapp 20 Jahre her sein, als ich endlich mit dem Studium fertig war und mich mit einer Referentin in der Bibliothek anfreundete. Ich war nicht in sie verliebt, allenfalls ein kleines bisschen ...« Alexandra blickte wieder zu Susanne, die bei diesen Worten ein wenig lächelte. »Wir sprachen über alles Mögliche, bis sie mir auf den Kopf zusagte, dass ich lesbisch bin. Erst da habe ich es wirklich begriffen, dass ich mich wohl nie in einen Mann verlieben würde, sondern immer nur in Frauen. Immerhin hatte ich da auch schon die ersten Beziehungen zu Frauen hinter mir.«

»Und war diese Erkenntnis schlimm für dich?«

»Nein, eigentlich nicht. Ich hatte es ja die ganze Zeit über gelebt, also empfand ich es als ganz natürlich.« Alexandra wusste nicht, ob sie diese Überlegungen je zuvor reflektiert, geschweige denn in Worte gefasst hatte. Und schon gar nicht vor einer Frau, die sie erst seit wenigen Wochen kannte ... Aber mit Susanne fühlte es sich so natürlich an. »Außerdem war ich unendlich erleichtert, dass ich gar nicht mit einem Mann ins Bett gehen muss, wenn ich nicht will.«

»Das kann ich nachvollziehen. Mir ging es genauso.«

»Aber du warst verheiratet, habe ich gelesen«, wandte Alexandra ein.

»Das schon, aber die Ehe wurde nie vollzogen. Es war ein vertragliches Arrangement.« Susanne zögerte einen Moment, bevor sie Alexandra wieder offen ins Gesicht sah. »Ist es okay, wenn wir darüber ein anderes Mal reden?«

»Ja, sicher.« *Selbstbefriedigung ja, Ehe nein,* dachte Alexandra. *Und das Ende ihrer Arbeit ist auch ein wunder Punkt. Dann habe ich ja immerhin auch ein paarmal Nicht-darüber-reden-Wollen gut, wenn es mal heikel wird.*

Eine Weile schwiegen sie. Dann fragte Susanne fast flüsternd: »Magst du mir von deinem ersten Mal erzählen?«

Das hatte Alexandra nun nicht erwartet. Sie schluckte. »Das ist wirklich sehr persönlich ...«

Aber fürs Nicht-drüber-reden-Wollen dann doch noch nicht heikel genug.

»Ja.« Susannes Stimme war kaum noch zu hören. »Magst du mir etwas sehr Persönliches von dir erzählen?« Die beiden Frauen sahen sich lange in die Augen.

»Okay.« Alexandra hielt kurz inne. »Mein erstes Mal erlebte ich mit einer Frau, die älter war als ich.« Sie stockte ein weiteres Mal, als sich ihr Verstand wieder unüberhörbar einschaltete. *Willst du Susanne wirklich an deinem ersten Mal teilhaben lassen?*

Ja, warum eigentlich nicht. Es hat sich doch bisher alles sehr gut angefühlt. Sogar das Allerprivateste.

Vor Alexandras innerem Auge erschien die burschikose Renee. Versonnen lächelnd begann sie: »Mein erstes Mal erlebte ich mit meiner Basketballtrainerin, ein halbes Jahr nachdem ich mich in die Referendarin verliebt hatte. Renee hieß sie und war sieben Jahre älter als ich. Ich hatte sie schon eine ganze Weile angehimmelt, und sie hatte mir verstohlene Blicke zugeworfen. Schließlich durfte niemand merken, dass wir uns füreinander interessierten. Das war am Anfang der 80er Jahre, da war es noch nicht so einfach, in der Öffentlichkeit als lesbisch zu gelten. Und Renee war überaus ängstlich. Kaum zu glauben, dass es doch passierte zwischen uns. Jedenfalls lud sie mich eines Abends zu sich nach Hause ein – übrigens zum Tee. Das war meine erste Begegnung mit Tee. Scheint ein verhängnisvolles Getränk zu sein.« Sie hielt inne und grinste Susanne an.

»Wer weiß«, erwiderte Susanne, lächelte und bewegte ihre Hand ein wenig, so dass ihre Fingerspitzen Alexandras Handinnenfläche berührten. Der Kontakt nahm Alexandra fast den Atem. Plötzlich wurde ihr bewusst, wie erregt sie war.

»Erzähl weiter«, forderte Susanne sie mit ruhiger Stimme auf.

Alexandra nahm einen tiefen Atemzug. »Zuerst saßen wir jeweils an den beiden Enden ihrer Couch und waren weit voneinander entfernt. Dann kam sie ganz allmählich immer näher. Sie stand zwischendurch immer wieder auf, um mir ein Buch zu zeigen oder Fotos von Basketballturnieren, und jedes Mal, wenn sie sich wieder setzte, rückte sie etwas näher an mich heran. Und ich wurde immer nervöser. Sie schien aber auch nervös, denn ab und zu schüttete sie beim Nachgießen den Tee neben die Tasse. Schließlich saß sie direkt neben mir und berührte meinen Oberschenkel mit ihrem. Das war ein sehr erregender Moment, und mein Herz schlug bis zum Hals.«

Alexandra machte eine Pause und sah zu Susanne hinüber. Deren Augen waren geschlossen, und sie hatte den Kopf ganz leicht zur Seite geneigt, so dass das Licht der Kerze die sanfte Kurve ihres Halses und ihre Wangenknochen in warmes Licht tauchte.

Sie sieht toll aus, dachte Alexandra, für einen Moment ganz verloren in dem Anblick.

»Warum erzählst du nicht weiter?«, fragte Susanne, ohne die Augen zu öffnen.

»Du schläfst ja schon ein. Ist die Geschichte so langweilig?«, gab Alexandra zurück.

Nun öffnete Susanne ihre Augen doch und schoss einen entrüsteten Blick zu Alexandra herüber. »Ganz im Gegenteil. Sie ist äußerst erregend. Und deine Stimme ist so erotisch. Wenn ich die Augen schließe, kann ich mir die Szene viel besser vorstellen. Bitte erzähl weiter!«

Der prickelnde Zauber schien gebrochen. »Das hat ja voyeuristische Züge«, meinte Alexandra.

»Nein, gar nicht. Ich höre nur gern romantische Geschichten, die das Leben schreibt. Und erotische auch.« Susanne schloss die Lider wieder und lehnte sich zurück. »Erzähl schon weiter.«

Für einen Moment schloss Alexandra ebenfalls die Augen, um die Erinnerungen in aller Deutlichkeit heraufzubeschwören. »Wir saßen also Oberschenkel an Oberschenkel«, fuhr sie leise fort, »und erzählten immer noch weiter Geschichten aus unseren Leben, so als ob nichts wäre. Dann wurde es plötzlich still, und keine von uns sagte mehr ein Wort. Renee drehte sich zu mir um, sah mir in die Augen und nahm meine Hand. Ihre Fingerspitzen berührten meine eigentlich kaum, und trotzdem war ich wie elektrisiert. Außerdem merkte ich, dass ich bereits sehr erregt war. Zwischen meinen Beinen – du weißt schon … Endlich küsste sie mich. Vorsichtig, zart, und ich küsste vorsichtig und zart zurück. Zum ersten Mal machte sie das wohl nicht. Jedenfalls war ich davon ziemlich angemacht. Von der ganzen Situation überhaupt.« Alexandra hielt kurz inne, bevor sie weitersprach. »Und den Rest möchte ich dir lieber nicht erzählen.«

»Warum nicht?« Susanne hatte die Augen wieder geöffnet und sich ihr zugewandt.

Alexandra sah ihr direkt ins Gesicht. »Weil ich merke, dass mich diese Erzählung jetzt auch ganz schön anmacht«, erwiderte sie ehrlich.

»Was ist daran falsch?« Susannes Stimme war leise, sanft, in keiner Weise drängend. Alexandra hätte sie am liebsten in den Arm genommen. Aber es ging nicht – noch nicht.

»Gar nichts ist falsch. Aber das hier geht mir zu schnell.«

»Wir tun doch gar nichts.« Nun lächelte Susanne verschmitzt.

»Ach nein?«, sagte Alexandra und lächelte zurück.

»Nicht, bevor ich dir ...« Susanne brach ab, nun wieder ernst. Sie trank einen Schluck Tee und ließ ihren Blick durch den mittlerweile stockdunklen Garten schweifen. Dann glitten ihre Augen wieder zu Alexandra, und ein tiefes Verlangen schien darin zu liegen.

Alexandra erwiderte den Blick, und lange, lange konnte sie nichts anderes wahrnehmen als diese tiefblauen, so intensiv schimmernden Augen. Endlich ergriff Susanne wieder Alexandras rechte Hand. Ganz zart streichelte sie die Handinnenfläche.

Gott, was passiert hier? Wenn sie mir nur noch etwas näher kommt, mich weiter berührt, werden wir in ihrem Bett landen, dachte Alexandra. *Aber ... ich will doch, dass es passiert. Ich will es schon die ganze Zeit über. Das hier fühlt sich so richtig an. Es fühlt sich so gut an. Wovor habe ich Angst? Sie vertraut mir, und ich sage ihr nicht die Wahrheit.*

Ich muss es ihr sagen. Ich werde es ihr sagen. Jetzt!

»Susanne«, setzte Alexandra an. »Ich ...«

Susanne legte ihr den Zeigefinger auf die Lippen. »Ich würde dir gern mein Schlafzimmer zeigen«, flüsterte sie, so leise, dass Alexandra Mühe hatte, sie zu verstehen.

Sie errötete. Waren ihre Gedanken so offensichtlich? Hatte sie so viel sexuelle Energie ausgestrahlt, dass die Dame des Hauses das als Einladung verstand? Aber auch Alexandra spürte Susannes Begehren fast überdeutlich – nicht nur jetzt, schon bei ihrem Treffen heute Morgen. Sie hatten einander geradezu mit Blicken ausgezogen.

Alexandra hatte eigentlich noch eine Weile warten wollen, zumindest so lange, bis sie Susanne endlich die Wahrheit gesagt hatte. Aber die innere Stimme, die sie daran erinnerte, wurde immer leiser. Sie wollte Susanne, wollte sie mit wilder Begierde, am liebsten jetzt gleich.

Susanne ergriff Alexandras Hand, zog sie sanft von ihrem Stuhl hoch und dann mit sich ins Haus.

Im Wohnzimmer küssten sie sich zum ersten Mal leidenschaftlich und ohne Scheu. Spätestens jetzt war das beiderseitige Begehren keine Wunschvorstellung mehr, für die sie zaghaft nach konkreten Hinweisen suchten. Nein – es war spürbare und überwältigende Wirklichkeit, äußerte sich in Lippen, die nicht voneinander lassen konnten, Zungen, die immer mehr erforschen, ertasten und schmecken wollten.

Ohne sich von Alexandra zu lösen, machte Susanne einige Schritte in Richtung der Treppe, die nach oben zum Schlafzimmer führte. Dabei schob sie Alexandra die Hand unter das T-Shirt, streichelte über ihren Rücken nach oben zum Verschluss des BHs, den sie mit kundigen Händen öffnete. Alexandra merkte, dass ihre Brüste den Halt verloren. Aber sofort fanden sie sich in Susannes liebkosenden Händen wieder.

»Sie sind so weich«, schwärmte Susanne.

Nicht gerade der neuste Knaller von einer Bemerkung, konnte Alexandra nicht umhin zu denken, und sie schluckte ein Kichern hinunter. *Das haben Brüste nun mal so an sich.* Aber die Albernheit war schnell verflogen, denn Susannes Stimme *war* ein Knaller. Sie klang tief, erregt und erotisch. Die paar Worte genügten, um in Alexandra den wilden Wunsch zu wecken, ihr auf der Stelle die Kleider vom Leib zu reißen und sie stürmisch zu lieben.

Der Wunsch erfüllte sich, wenn auch etwas langsamer. Bis sie das Schlafzimmer erreicht hatten, waren sie beide nackt. Susanne zog Alexandra zum Bett und schob sie sanft darauf. Dann zündete sie eine beträchtliche Zahl von Teelichtern an, die überall im Raum verteilt waren.

Ob sie das extra so vorbereitet hat?, ging es Alexandra durch den Kopf. Vielleicht war die Einladung zum Abendessen in Wahrheit tatsächlich eine Einladung zu einer gemeinsamen Nacht gewesen. Aber selbst wenn – Alexandra hätte in diesem Moment nirgendwo lieber sein wollen als genau hier, auf Susannes Bett.

Flüchtig erinnerte sie sich daran, wie sie sich den Kopf darüber zerbrochen hatte, warum Susanne ihr ihre Privaträume zuerst nicht hatte zeigen wollen. Jetzt spürte sie von dieser Neugierde nichts mehr. Aus den Augenwinkeln nahm sie eine einfache, aber höchst geschmackvolle Einrichtung wahr – gedeckte Farben, nur wenige Möbel, das Bett war groß und sehr bequem –, doch ansonsten klebten ihre Augen förmlich an Susannes Körper, der sich mit geschmeidiger Eleganz durch den Raum bewegte. Susanne war gertenschlank, zeigte aber an den richtigen Stellen sehr weibliche Rundungen. Ihre Haut war makellos und schimmerte im Licht der Kerzen wie Seide. Alexandra hätte ihr stundenlang so zusehen können.

Da beendete Susanne ihren Teelichter-Rundgang, drehte sich zu Alexandra um und sah liebevoll auf sie herab. »Du bist so schön«, sagte sie leise.

Alexandra errötete. »Und du bist ... perfekt.«

Susanne ließ sich neben ihr nieder. Unendlich langsam näherte sie ihr Gesicht dem Alexandras, bis sich ihre Lippen und Zungen in einem leidenschaftlichen Kuss vereinten. Finger und Schenkel folgten ... Sie kosteten jede Sekunde, jeden Millimeter Haut und jeden stöhnenden Atemzug aus. Und als Alexandra kam, sah sie in Susannes Augen einen Ausdruck strahlender, überschäumender Freude.

Tief in der Nacht wachte Alexandra auf. Noch bevor sie richtig wusste, wer und wo sie war, spürte sie Susannes Blick auf sich ruhen. Sie öffnete die Augen und blickte in ein Paar tiefblauer Lapislazuli-Steine, in denen sich Erfüllung und Begehren gleichermaßen spiegelten. Susanne lächelte sie an, warm wie ein Sonnenstrahl.

Alexandra lächelte zurück – benommen vom Schlaf oder der vorausgegangenen Ekstase, sie wusste es nicht genau – und schob Susanne eine Strähne des dunkelbraunen, halblangen Haars zur Seite, die ihr den vollen Blick auf deren Gesicht verwehrt hatte. Susanne rutschte ganz nah an Alexandra heran, die sich bereitwillig bei ihr einkuschelte. Im Schein der zahllosen Teelichter, die noch immer brannten und beider Augen funkeln ließen, sahen sie sich für lange Momente nur an.

»Ich kann gar nicht genug von dir bekommen«, durchbrach Susanne schließlich die Stille.

Statt einer Antwort musste Alexandra ein Gähnen unterdrücken. »Wirst du gar nicht müde?«, murmelte sie.

»Also, dass du gähnen musst, ist nicht gerade schmeichelhaft für mich und meinen Körper.« Susannes Augen blitzten amüsiert.

»Ganz im Gegenteil. Du hast mich so geschafft, dass ich gar nicht anders konnte und schlafen musste«, beeilte sich Alexandra zu erwidern. Es tat ihr leid, nicht genauso wach zu sein wie Susanne.

Susanne lächelte wieder ihr warmes Lächeln. »Na, ich merke schon, du gehörst zur arbeitenden Bevölkerung, und dein anstrengender Job fordert schließlich seinen Tribut ... und ich übe mich den ganzen lieben langen Tag in Müßiggang und habe nun Energie für zwei. Ein hartes Los.«

»Du arme, arme reiche Frau.« Alexandra setzte sich mit einem Ruck auf, drehte Susanne auf den Rücken und legte sich auf sie, um sie danach überall mit Küssen und Liebkosungen zu bedecken. Sie gab nicht eher Ruhe, bis sie einen langen, entspannten Seufzer zu hören bekam.

Irgendwann, nach vielen weiteren Küssen, fragte Susanne: »Woher weißt du eigentlich, dass ich reich bin? Einmal abgesehen davon, dass das nicht stimmt.«

Alexandra spürte einen kleinen Stich bei dieser unerwarteten Erinnerung an die bittere Realität. Vorsichtig antwortete sie: »Na ja, ich weiß nicht mehr als in den Boulevard-Magazinen steht. Und die sprechen im Zusammenhang mit deinem Namen von Millionenerbin.«

»Es war einmal«, versetzte Susanne.

»Das ist wohl Definitionssache, oder? Wer sich so ein Haus leisten kann, den kann man wohl kaum arm nennen.«

»Am Hungertuch nage ich nicht, da hast du recht«, gab Susanne zu. »Allerdings habe ich vor zwei Monaten auf besagtes Millionenerbe verzichtet. Ich habe mein Privatvermögen aus der Firma abgezogen, um mir das Haus leisten und mir für einige Zeit einen angemessenen Lebenswandel erlauben zu können. Aber früher oder später werde ich mir entweder eine neue Bleibe oder einen Job suchen müssen.«

»Das dürfte mit deinem Know-how doch wohl gar kein Problem sein«, meinte Alexandra. Die Abwendung des Gesprächs von ihr und ihrem Wissen über Susanne hatte ihr eine Last von den Schultern genommen.

Susannes Stimme klang bitter, als sie antwortete: »Das ist der Haken an der Sache. Die Auflage, wenn ich die Firma verlasse, lautet, dass ich nicht wieder in die Modebranche einsteigen darf.«

Alexandra schluckte. Das war wirklich hart. Von welchen Druckmitteln würde sie noch erfahren, die Susanne das Leben und die eigenen Entscheidungen schwer gemacht hatten? Sie selbst konnte sich in keiner Weise vorstellen, wie sich Susanne gequält haben musste und immer noch quälte, und sie wusste nicht, wie sie sie trösten sollte. Schließlich nahm sie sie einfach wortlos in die Arme. Susanne drängte sich ganz nah an sie heran und barg ihr Gesicht in Alexandras Halsbeuge.

Nach einer Weile spürte Alexandra ganz leichte, zuckende Bewegungen. Susanne weinte.

Es brach Alexandra fast das Herz, sie so leiden zu sehen. Sie hielt sie ganz fest und streichelte ihr sanft über den Rücken.

Plötzlich brach es aus Susanne heraus wie ein Sturzbach, wie ein lange aufgestauter Druck, der sich mit Macht entlädt. Sie schluchzte hemmungslos. So hatte Alexandra nur ein einziges Mal selbst geweint – so voller Verzweiflung, so als könne man nie wieder aufhören: So weinte man nur, wenn man verlassen worden war. Konnte man Susannes Verlust ihres Berufs und ihrer Firma vergleichen mit dem Verlust einer Geliebten?

Alexandra traute sich nicht, nachzufragen. Susanne hatte ja schon deutlich gemacht, dass sie das Thema nicht diskutieren wollte. Also würde Alexandra es ihr überlassen, wann sie darüber sprach.

Aber ihr beistehen, ihr Wärme und Geborgenheit geben, das konnte sie. Eine Welle der Zärtlichkeit überkam sie, und sie liebkoste Susanne weiter, küsste ihr sanft die Tränen von den Wangen und bedeckte auch ihren Hals und ihre Hände mit Küssen.

Mittendrin kam ihr plötzlich wieder das *Liebesgedicht* von Audre Lorde in den Sinn. An jenem ersten Nachmittag in diesem Haus hatte der Gedanke daran sie erröten lassen. Aber jetzt spürte sie, dass derart intime, intensive Worte angemessen waren – mehr noch, in ihrem Geist fügten sich die Verse des Gedichts neu zusammen, nur für Susanne, inspiriert durch ihre Nähe, ihre Verletzlichkeit und die Leidenschaft, die sie miteinander erlebt hatten.

Liebevoll flüsterte sie Susanne ins Ohr: »Ich habe etwas für dich. Hör zu.«

Susanne antwortete nicht. Aber das Schluchzen verstummte, das Zittern ebbte ab, und ihr zusammengekrampfter Körper lockerte sich ein wenig.

Die Arme immer noch fest um Susanne geschlungen, begann Alexandra mit sanfter, aber gefühlvoller Stimme:

Liebesgedicht für Susanne

Tose, Ozean, und tränke mich
mit deinem tiefen Schmerz
lass mich treiben
in einen Himmel aus Traurigkeit
auf dass die Erde
mich mit ihren Schätzen segne.

Und der Wind trägt mich
zu dem Himmel hinter dem Himmel
wo Honig fließt
aus der Lichtung zwischen den Wäldern
gierige Münder
sich über Brüste breiten
und das Meer deiner Augen mich ganz umfängt
ich trinke Leben
aus der gespaltenen Öffnung
und komme.

Alexandra ließ die letzten Worte in der Stille nachhallen. Dann schmiegte sie ihren Kopf an Susannes Wange.

Einen Moment später hörte sie Susannes Stimme zärtlich an ihrem Ohr: »Das ist wunderschön. Danke!« Ein gehauchter Kuss auf die Wange folgte.

Alexandra küsste sie ganz sanft zurück und drückte sie wortlos noch ein wenig fester an sich.

Nach einer Weile drangen regelmäßige Atemzüge an ihr Ohr. Susanne war eingeschlafen.

Doch Alexandra war nun plötzlich hellwach. Mit klopfendem Herzen starrte sie an die Decke. Dies alles – Susanne, Susannes Zärtlichkeit, die intime Vertrautheit mit ihr – war das Beste, was ihr seit sehr, sehr langer Zeit passiert war. Allein schon deshalb konnte sie gar nicht anders, als bei »Alexandra« zu kündigen. Sie wollte, sie konnte diese wunderbare Frau nicht verraten und schon gar keine schmutzige Story über sie schreiben. Jetzt erst recht nicht mehr, angesichts dieser unglaublichen Nähe zwischen ihnen. Das hier war die Frau, die sie liebte – und die Letzte, die so etwas verdient hätte.

Ja, sie würde sich für Susanne entscheiden und gegen Regine. Koste es, was es wolle!

Ohnehin hatte sie Regine lange genug hingehalten. Deren ungeduldiges, ja aggressives Drängen bei ihrem letzten Zusammentreffen war Alexandra noch allzu gegenwärtig. Außerdem hatte ihr dieses Treffen endgültig verdeutlicht, dass sie beide unterschiedliche Auffassungen von Journalismus hatten. Die Zeit war gekommen, etwas Neues zu beginnen – so oder so.

Mit diesem Gedanken nickte Alexandra schließlich doch ein und schlief traumlos und sehr entspannt bis in die späten Morgenstunden.

Alexandra kam gerade aus der Dusche, als sie hörte, wie ein Schlüssel offenbar in großer Wut auf einen Tisch geschleudert wurde, darüberrutschte und auf der anderen Seite auf dem Steinboden auftraf. Danach herrschte Stille.

Alexandras Herz begann nervös zu pochen. Aber Susannes Zorn konnte nichts mit ihr zu tun haben. Der stand ihr im Gegenteil noch bevor, wenn sie endlich mit der Wahrheit über ihre Arbeit herausrückte ... Festen Schrittes ging sie in die Küche.

Dort saß Susanne ruhig an der Theke, vor sich die neuste Ausgabe der »Alexandra«. Als Aufmacher war auf dem Titelblatt zu lesen: »Millionenerbin von Saalfeld mit neuer Flamme?« Dazu ein schlechtes Foto, auf dem zwar eindeutig Susanne zu erkennen war, aber die zweite Person hätte jede sein können.

Alexandra glaubte nicht, dass sie das sein sollte. Trotzdem stockte ihr bei diesem unerwarteten und dennoch altbekannten Anblick der Atem. Eine eisige Angst stieg in ihr hoch.

»Ich frage mich, was das soll?« Susannes Stimme klang noch beherrscht, aber es war mehr als deutlich, dass es damit bald vorbei sein würde.

Alexandra bemühte sich, das Zittern in ihrer Stimme zu unterdrücken. »Das frage ich mich auch.«

Ihre Gedanken rasten. Ganz klar – Regine musste so ungeduldig geworden sein, dass sie auf eigene Faust gehandelt und Susanne und Alexandra hatte beschatten lassen, um so an kompromittierende Fotos zu kommen und aus den paar Informationen, die Alexandra ihr ab und zu hingeworfen hatte, ihre eigene Geschichte zu basteln. Dass Regine sie offenbar als Köder benutzt hatte, war mehr als nur schäbig. Es machte die Entscheidung von gestern Abend, das Magazin zu verlassen, geradezu unausweichlich.

Aber zunächst hatte sie hier ein viel dringlicheres Problem. Und eines, das viel, viel schwerer auf der Seele lag.

»Du scheinst offenbar ein Doppelleben zu führen«, sagte Susanne, immer noch ruhig, aber mit einem Blick, der Gift und Galle sprühte. »Oder wie erklärst du dir, dass dein Name im Impressum dieser ... dieser –« sie suchte nach einem passenden Wort – »Schmierenzeitung erscheint?«

Alexandra öffnete den Mund, schloss ihn aber gleich wieder. Sie war nicht in der Lage, einen klaren Gedanken zu fassen. Und sie hätte ohnehin nichts sagen können, was Susanne auch nur ansatzweise besänftigen würde.

»Jetzt ist mir klar, was du gestern meintest, als du davon sprachst, dass eine Sache besonders gut geworden ist. Die Dame ins Bett zu kriegen, hat ja hervorragend geklappt. Und den Artikel hast du sicher schon am Nachmittag geschrieben. Du durchtriebenes Miststück.« Beim letzten Satz hatte sich Susannes Stimme gehoben.

Alexandra wagte nicht, sie anzusehen. *Du hast mich in dein Bett gekriegt,* dachte sie hilflos.

»Lass mich erklären ... bitte!«, brachte sie schließlich heraus. Es klang dünn und heiser. Keine Erklärung würde ihr helfen, das wusste sie.

Susannes Stimme war wieder ruhig, aber eiskalt, als sie erwiderte: »Hier wird nichts mehr erklärt. Dafür ist es zu spät. Erspare mir den Satz ›Es ist anders als du denkst‹. Du verlässt auf der Stelle mein Haus und lässt dich hier nie wieder blicken.«

Es gab nichts mehr zu sagen. Alexandra raffte in aller Hast ihre Sachen zusammen und ging.

Erst draußen auf der Straße brach das Entsetzen in vollem Ausmaß über sie herein wie siedendes Pech. Was hatte sie nur getan? Als sie vor nur ein paar Minuten in die Küche getreten war, hatte sie nicht geglaubt, dass Susanne ihr zutrauen würde, sie zu verraten. Aber die Wahrheit war, dass sie genau das getan hatte. Sie hatte Susanne die Wahrheit verschwiegen, viel zu lange, obwohl sie die ganze Zeit gewusst hatte, dass es falsch war.

Und in dem Moment, in dem sie merkte, dass das zarte Pflänzchen Liebe tatsächlich zu wachsen begann, wurde es zertreten, und sie ganz allein trug die Schuld daran.

5. Kapitel

Mit geröteten Augen betrat Alexandra den Tabakladen und griff sich eine »Alexandra«. Die würde sie zu Hause in Ruhe lesen, um genauer herauszufinden, welche Ungeheuerlichkeiten die Titelstory beinhaltete.

Die Titelseite zierten Susanne und irgendeine x-beliebige Person im Hintergrund, aber eindeutig eine Frau. Daneben stand in großen Lettern »Millionenerbin mit neuer Flamme«. Das hatte sie ja schon gesehen. Bei dem Foto handelte es sich eindeutig um eine Montage. Aber wirkungsvoll wie immer – man musste einfach hinschauen.

Alexandra blätterte zu dem dazugehörigen Artikel und sah sich zunächst die Bilder an. Da saßen sie in dem Eiscafé, als sie sich unverhofft im Städtchen getroffen hatten. Erst gestern war das gewesen. Unter dem Bild hieß es: *Ist das die Neue an Susanne von Saalfelds Seite?* Alexandra fragte sich, ob Regine Meike nicht schon seit längerem beauftragt hatte, sie zu beschatten – vielleicht sogar gleich nach ihrem Treffen in Düsseldorf, als Regine so wütend geworden war. Die Existenz dieses Bildes sprach dafür. Um diese Aufnahme hinzukriegen, musste die Fotografin schon relativ vertraut mit Susanne und deren Tagesablauf gewesen sein.

Sie war wütend, so wütend, dass sie hätte schreien können. Und gleichzeitig so hilflos. Keine dieser unverfrorenen Unverschämtheiten, die sie hier sah, konnte sie rückgängig machen.

Und das war erst der Anfang, bis zum eigentlichen Artikel war sie ja noch gar nicht vorgedrungen. Widerstrebend las sie:

Heiße Liebesnächte im Schloss?

Die Villa von Susanne als Schloss zu bezeichnen, war ja nicht gerade treffend. Alexandra seufzte. Das war sicherlich nicht die letzte Ungenauigkeit.

> Susanne von Saalfeld, die Millionenerbin des Modehauses von Saalfeld Moden & Design, wurde wiederholt in Begleitung derselben Frau in einem kleinen Örtchen nahe der holländischen Grenze gesehen.

Na, vielen Dank auch, dass ihr nicht gleich den Ort genannt habt. Immerhin ist die holländische Grenze lang, dachte Alexandra.

> Nicht weit entfernt von diesem Dorf befindet sich ein großes, schlossähnliches Anwesen, in dem die von Saalfeld sich neuerdings aufhält. Alexandra W., ihre Begleiterin, die auf unseren Fotos zu sehen ist, geht inzwischen in diesem Haus ein und aus. Sie hat bereits die ein oder andere Nacht dort verbracht. Was passiert in diesen Nächten? Es wird wohl nicht bei Diners im Kerzenschein geblieben sein? Veranstalten die beiden heiße Sexpartys? Werden dort gar Orgien gefeiert?
> Wir berichten weiter von der holländischen Grenze.

Nahezu alles ist aus den Fingern gesogen, dachte Alexandra, bebend vor Zorn. *Ich habe ein einziges Mal dort übernachtet, und das war in der letzten Nacht.*

Aber sie wusste ja leider nur allzu gut, wie Boulevard-Journalisten – und leider auch Journalistinnen – arbeiteten. Das hatte mit Seriosität nichts mehr zu tun. Wichtigstes Kriterium für eine Behauptung waren die Verkaufszahlen, nicht etwa der Informationsgehalt oder gar die Wahrheit. Ja, Susanne war mit Recht wütend auf sie. Ihr selbst ginge es an Susannes Stelle genauso.

Alexandra bedeckte das Gesicht mit den Händen und stieß einen tiefen Seufzer aus. Dann hob sie den Kopf wieder. Vielleicht gab es Hoffnung – wenn sie sich ihren nächsten Schritt nun genau überlegte. Sie hatte sich ernsthaft in Susanne verliebt und diese offenbar auch in sie. Es durfte einfach nicht sein, dass diese noch zerbrechlichen Bande schon zerstört wurden, bevor ihre Beziehung überhaupt eine Chance bekommen hätte.

Aber zuerst einmal musste sie ihren Job kündigen. Nur dann würde sie Susanne überhaupt wieder unter die Augen treten können.

Wutentbrannt stürmte Alexandra in Regines Büro, warf die neuste Ausgabe der »Alexandra« auf deren Schreibtisch und schrie Regine wütend an: »Was denkst du dir dabei, ohne mein Wissen ein halbgares Geblubber abzudrucken?«

Doch wenn sie gehofft hatte, die Chefredakteurin würde sich in irgendeiner Weise beeindruckt zeigen, so hatte sie sich getäuscht. Mit ruhiger Stimme entgegnete Regine: »Wenn Madame nicht bereit ist, mir etwas Handfesteres abzuliefern, bin ich quasi gezwungen, so zu handeln.«

»Gezwungen? Das ist doch gequirlter Quatsch. Außerdem ist nicht mal die Hälfte wahr von dem, was du da verzapft hast.«

Regine zuckte die Achseln. »So ist er halt, der Boulevard-Journalismus. Das wusstest du von Anfang an, als du dich auf das heiße Spielchen einließest. Oder soll ich es heißes Liebesspielchen nennen? Denn so war es doch, oder? Zumindest hat mir Meike erzählt, dass sie euch gestern Abend beim Liebesspiel im Erdgeschoss beobachtet hat. Ihr konntet ja fast nicht mehr an euch halten. Sagte sie jedenfalls.« Ein süffisantes Lächeln breitete sich auf ihrem Gesicht aus. »Ich meine, ich kann dich ja verstehen. Sie ist wirklich süß, deine Susanne.«

Alexandra verschlug es einen Moment lang die Sprache. Dann sagte sie mit zornrotem Gesicht: »Das ist wirklich die Höhe, dass du die Unverfrorenheit hast, Meike auf mich anzusetzen, ohne mich darüber in Kenntnis zu setzen. Ich bin wirklich enttäuscht von dir. Ich dachte, wir hätten uns im Laufe der Zeit so etwas wie Respekt entgegengebracht. Nach dieser Aktion gehen meine Achtung und mein Respekt vor dir gegen Null.«

»Von Achtung und Respekt können wir aber unser Blatt nicht erhalten, geschweige denn dein Gehalt bezahlen. Das weißt du genau. Wir sind angewiesen auf Ergebnisse, die du in letzter Zeit nicht erzielt hast«, argumentierte Regine sachlich.

Doch damit konnte sie Alexandra nicht kommen. Sie redete sich immer mehr in Rage. »Ich wollte diese Geschichte von Anfang an nicht übernehmen. Und ich habe dir gesagt, dass ich es auf meine Weise mache oder gar nicht. Ich habe mich darauf verlassen, dass du das akzeptierst.«

»Ich habe dir sehr viel Spielraum gelassen«, entgegnete Regine. »Ich habe dich auch mehrfach darüber informiert, dass du langsam Ergebnisse anzubringen hast. Wenn du dich daran nicht hältst, darfst du dich nicht wundern, dass ich die Initiative ergreife. Schließlich trage ich die Verantwortung für die Existenz unserer Zeitschrift. Dass du dich in die Dame verliebt hast, ist außerdem reichlich unprofessionell – wobei du andererseits auf diese Weise sicher etwas mehr Einblick erhalten hast. Warum hast du mir davon nicht wenigstens eine kleine Kostprobe geliefert?«

Alexandra schluckte hart. Mit der fehlenden Professionalität hatte ihre Chefin recht, das musste sie sich bei aller berechtigten Wut eingestehen. Dennoch – Regine war definitiv zu weit gegangen. »Ich hätte schon etwas Handfestes geschrieben, wenn du mir die Zeit dafür gelassen hättest«, sagte sie mühsam beherrscht. »Aber das Ganze rechtfertigt dein Vorgehen in keiner Weise.«

»Pass auf, was du sagst.« Regines Tonfall war immer noch ruhig, aber die Warnung war unüberhörbar. »Du kannst froh sein, dass ich dich nicht vor die Tür setze.«

Das musste Alexandra sich nun wirklich nicht länger anhören. »Und *du* kannst froh sein, wenn ich dich nicht verklage. Ich kündige fristlos.« Sie drehte sich auf dem Absatz um und verließ Regines Büro genauso schnell, wie sie hineingebraust war.

Regines letzte Bemerkung bekam sie nicht mehr mit: »Ich sollte dich wirklich auf Schadenersatz verklagen. Und überhaupt wurde es Zeit, dass wir uns trennen. Wir sprechen schon lange nicht mehr dieselbe Sprache.«

Die nächsten Wochen waren hart.

Dass Alexandra nun arbeitslos war, war noch nicht einmal das Schlimmste. Sie hatte beschlossen, es zunächst einmal als freie Autorin zu versuchen. Schon früher hatte sie mehr oder weniger regelmäßig Artikel zu verschiedenen Themenbereichen in der seriöseren Presse unterbringen können, und diese Kontakte zahlten sich jetzt aus.

Nebenbei schrieb sie an Texten über Susanne von Saalfeld: basierend auf ihren eigenen Erfahrungen, aber sachlich, faktengetreu und vor allem frei von jeder Sensationslust. Ab und zu gelang es ihr sogar, einen davon zu veröffentlichen, entweder in örtlichen Tageszeitungen oder im Boulevard-Bereich. Ihre leise Hoffnung war, dass Susanne ihre Texte lesen und merken würde, dass Alexandra vollkommen auf ihrer Seite stand.

Aber sie wusste auch, dass Susannes Bedarf an Boulevard-Blättern erst einmal gedeckt war. Höchstwahrscheinlich würde sie die von Alexandra verfassten Texte gar nicht zur Kenntnis nehmen.

Viel schlimmer als der Verlust ihrer festen Stelle war der Liebeskummer.

Offenbar waren ihre Gefühle bereits tiefer, als sie geglaubt hatte. Es verging kaum ein Moment, in dem sie nicht an Susanne dachte. Sie glaubte sie vor sich zu sehen, ihre Stimme zu hören, ihre Arme um sich zu spüren … Die Erkenntnis, dass Susanne gar nicht da war, war fast unerträglich. Und die Nächte schienen endlos in der drückenden Stille der Einsamkeit und dem ständigen Bewusstsein, dass sie selbst alles kaputtgemacht hatte.

Immer wieder fuhr sie mit dem Fahrrad an Susannes Villa vorbei in der Hoffnung, dass sie sich zufällig begegnen würden. Vielleicht könnten sie doch noch das klärende Gespräch führen, nach dem Alexandra sich so sehnte. Vielleicht würde Susanne dann verstehen, dass Alexandra mit dem Artikel nicht so zu tun hatte, wie Susanne glaubte, würde einsehen, dass sie Susanne nicht verraten hatte.

Stattdessen kam eines Tages ein Brief von Susanne. Alexandras Herz klopfte bis zum Hals, als sie den Umschlag mit zitternden Händen öffnete. Ein Brief – das bedeutete Kommunikationsbereitschaft. Sollte Susanne ihr verziehen haben? Oder zumindest bereit sein, noch einmal über alles zu reden, Alexandra eine zweite Chance zu geben?

Aber als sie den offiziellen Briefkopf und den PC-geschriebenen Text sah, wusste sie, dass ihre Hoffnungen sich nicht erfüllen würden. Der Brief war nicht etwa eine Einladung zu einem Gespräch oder gar einem Besuch, sondern genau das Gegenteil: eine Ausladung.

Sehr geehrte Frau Wegener,
hiermit teile ich Ihnen mit, dass der Auftrag der Gartenneugestaltung meines Anwesens an ein anderes Gartenarchitektur-Büro vergeben wurde. Anbei eine Aufstellung bisher geleisteter Arbeiten. Die Summe im Kostenvoranschlag erscheint plausibel. Ich stelle einen Scheck in derselben Höhe aus und verbleibe mit freundlichen Grüßen
Susanne von Saalfeld

Keine einzige persönliche Zeile. Alles rein geschäftsmäßig. So als hätte es tatsächlich nie mehr zwischen ihnen gegeben als eine Geschäftsbeziehung. Die seelenlosen Zeilen verschwammen hinter den Tränen, die Alexandra in die Augen stiegen.

Aber was hast du denn erwartet?, schalt sie sich dann. Nach dem Artikel in der »Alexandra« konnte Susanne eigentlich gar nicht anders handeln als distanziert und professionell. Den Kontakt und hoffentlich auch die Nähe zwischen ihnen wiederherzustellen, das lag einzig an Alexandra. Sie war es ja schließlich auch gewesen, die das alles zerstört hatte.

Sie setzte sich an den PC und begann mit einer offiziellen Antwort an Susanne. Den Scheck, der eine äußerst großzügige Summe auswies, würde sie auf keinen Fall einlösen. Es ging ihr nur um den Kontakt.

Sehr geehrte Frau Dr. von Saalfeld,
dankend habe ich Ihr Schreiben erhalten. Ich bedauere es sehr, dass Sie Ihre Zusammenarbeit mit mir abbrechen. Ich habe sehr gern für Sie gearbeitet

Alexandra brach ab. Das ging einfach nicht. Auch wenn Susanne sich um Distanz bemühte – sie selbst fühlte diese Distanz nicht, und sie wollte sie auch nicht. Warum sollte sie also so tun?

Nein, sie würde Susanne einen persönlichen Brief schreiben. Handschriftlich. Auch auf die Gefahr hin, dass Susanne ihn gar nicht lesen würde. Vielleicht würde sie ihr sogar jeden Tag einen Brief schreiben. Nur ein paar Zeilen. Nett zuerst und unverbindlich, bis hin zu immer intimeren, persönlicheren Gedanken. Je mehr sie darüber nachdachte, desto besser gefiel ihr der Gedanke.

Mehr kann ich ja ohnehin nicht tun. Es wird gegen die Einsamkeit helfen und die Hoffnung erhalten, dass ich ihr doch noch erklären kann, wie die Dinge wirklich liegen. Zumindest für eine Weile, dachte Alexandra. *Und abschicken muss ich die Briefe ja nicht.*

Liebe Susanne,
bevor ich versuche, irgendetwas zu erklären, muss ich dir sagen, dass kein einziges Wort, das wir miteinander gewechselt haben, von meiner Seite aus gelogen war. Ich habe mich sehr in dich verliebt und hatte gehofft, noch viele weitere Nächte mit dir zu verbringen. Ich bedaure zutiefst, was passiert ist. Ich kann verstehen, dass du dich ausgenutzt und hintergangen fühlst. Und mir geht es gar nicht so anders, denn dieser Artikel war nicht mit mir abgesprochen. Meine damalige Redaktion hat im Alleingang gehandelt, ohne mich darüber in Kenntnis zu setzen.
Dennoch muss ich zugeben, dass ich aus dienstlichen Gründen Kontakt zu dir aufnehmen sollte, um eine Exklusivreportage daraus zu machen. Ich hatte längst alle zeitlichen Vorgaben von Seiten der Redaktion maßlos überschritten, als meine Chefredakteurin beschloss – ohne mein Wissen und schon gar nicht mit meinem Einverständnis –, mich von einer Kollegin beschatten zu lassen. Sie zog offenbar nach ein paar Tagen der Beschattung einige Schlüsse, die dann zu dem Artikel geführt haben.
Ich weiß nicht, ob es dich noch interessiert, aber ich habe sofort gekündigt und versuche seither, in den Medien eine andere Sichtweise der Dinge zu platzieren.
Ich möchte dich gern wiedersehen und dir alles von Angesicht zu Angesicht zu erklären versuchen. Ich bitte dich sehr darum!
In tiefer Zuneigung
Deine Alexandra

Es dauerte nicht lange, und der Brief kam ungeöffnet zurück. Und genauso erging es allen anderen Briefen, die Alexandra in den folgenden Tagen und Wochen abschickte.

Etwa vier Wochen nach ihrem ersten Brief an Susanne fiel Alexandras Blick beim Einkaufen im Supermarkt auf das Cover der neuen »Alexandra«. Es zeigte eine Großaufnahme von Susanne, die gerade eine ekelhaft jüngere Frau küsste.

Mein Gott, hat sie sich schnell getröstet. Ich war wohl doch nur ein Abenteuer, ging es Alexandra durch den Kopf.

Sie wusste, dass das wahrscheinlich nicht stimmte – dass dieser Aufmacher genauso gelogen war wie das, was sie über Susanne und sich selbst in der letzten Ausgabe der »Alexandra« gelesen hatte. Aber diese Gedanken gaben ihrem Schmerz wenigstens ein Ventil. Es war leichter, sich darüber zu grämen, allzu schnell durch eine Neue ersetzt zu werden, als sich immer wieder mit den eigenen Schuldgefühlen auseinanderzusetzen.

Das Blatt titelte:

Wer ist die Neue von Susanne von S.?

Alexandra schlug die entsprechende Seite auf und las:

> Die Millionenerbin Susanne von Saalfeld wird momentan in Cannes mit wechselnden Begleiterinnen gesehen. Nie sieht man sie länger als drei oder vier Tage mit derselben Frau an ihrer Seite. Welche ist denn nun die Auserwählte? Oder amüsiert sich die Dame nur?
> »Sie wollen alle nur mein Geld!«, klagt von Saalfeld. Kein Wunder, die Frau von und zu wirft derzeit mit ihrem Geld nur so um sich. Dabei verlautete vor kurzem, dass sie sich von der Modefirma getrennt hat, die lange in Familienbesitz war. Wovon ernährt sich Susanne? Wie finanziert sie ihre wechselnden Liebschaften?
> Eine der Verflossenen meinte bitter: »Wir haben immer nur das Billigste gegessen.« Muss die Adelige etwa sparen, weil das Millionenerbe schon verbraucht ist? Wird sie als Arbeitslose in Kürze von Hartz IV leben müssen?
> Wir berichten weiter aus Cannes.

Da wird Susanne aber wütend sein, wenn sie das liest, war Alexandras erster Gedanke. Und dann: *Wie tief kann man journalistisch eigentlich noch sinken?* Über den Wahrheitsgehalt des Artikels machte sie sich keine Gedanken: Der Teil, der nicht aus suggestiven Fragen bestand, war erfunden oder zumindest stark übertrieben. Und Fotos konnte man manipulieren . . .

Verträumt betrachtete sie das Titelfoto. Vertiefte sich in den Anblick des vertrauten Gesichts, der sanft geschwungenen Nase, der makellosen Haut, die sie so gern unter ihren Fingern gespürt hätte.

Sie ist wunderschön, dachte sie. *Und überhaupt eine tolle Frau. Was ihr hier nachgesagt wird, das hat sie doch gar nicht nötig.*

Angesichts des neuerlichen Klatschs über Susanne verstärkte Alexandra ihre Bemühungen, ihre eigenen Texte zu veröffentlichen und dadurch dem Boulevard etwas entgegenzusetzen. Und tatsächlich stellte sich bald ein erster Erfolg ein. Das *Silberne Blatt* druckte einen ihrer Artikel, und kurze Zeit später nahm die Chefredakteurin, eine Hannelore Walden, Kontakt mit Alexandra auf und lud sie zu einem Gespräch ein. So fand sich Alexandra schließlich im Büro der Chefredakteurin wieder.

»Frau Wegener, Ihr Artikel hat eine große Resonanz bei unseren Leserinnen ausgelöst«, begann Frau Walden. »Wir haben viele Briefe mit eindeutigen Sympathiebekundungen für Susanne von Saalfeld erhalten. Die Frauen möchten mehr über die ›andere‹ Millionenerbin wissen – Sie wissen schon, nicht nur den Tratsch von wegen ›wer ist die Neue‹, sondern ganz bodenständige Fakten, wie sie lebt und was für ein Mensch sie ist.« Sie hielt kurz inne und fragte Alexandra dann ganz direkt: »Wären Sie bereit, im Namen unserer Zeitschrift ein Interview mit Frau von Saalfeld zu führen?«

Alexandras Herz begann wild zu hämmern. Sie hatte nicht damit gerechnet – aber hier eröffnete sich eine Möglichkeit, Susanne wiederzusehen! Ganz offiziell und professionell. Ohne dass es nach Nachlaufen aussähe.

Andererseits ... bei näherer Betrachtung konnte das nicht funktionieren. Susanne würde sich niemals aus freien Stücken dazu bereit erklären, sich von ihr interviewen zu lassen.

»Ich weiß nicht, ob ich das möchte«, antwortete Alexandra gedehnt.

»Ich könnte Ihnen finanziell einiges bieten«, bemerkte Frau Walden. »Sie könnten sogar einen Posten in der Redaktion erhalten und wieder Vollzeit als Journalistin arbeiten.«

Na klar, dachte Alexandra, *sie weiß natürlich, dass ich bei der »Alexandra« gekündigt habe.* Solche Dinge sprachen sich schnell in der Branche herum. Und die Verantwortlichen wussten, dass ihnen mit Alexandra eine seriöse Redakteurin zur Verfügung stünde, die das Niveau heben könnte.

»Auf das Geld kommt es mir bei dieser Sache nicht an«, sagte sie. »Außerdem beginne ich gerade, meine freiberufliche Unabhängigkeit zu genießen. Solange es keine zwingenden Gründe gibt, möchte ich zur Zeit nicht wieder festangestellt sein.«

»Sie sind sehr offen«, meinte Frau Walden, »das spricht für Sie. Was könnte Sie sonst dazu bewegen, ein Interview mit Susanne von Saalfeld zu führen?«

Alexandra dachte kurz nach. Vielleicht gab es ja wirklich eine Möglichkeit, dieses Interview so zu planen, dass es sie und Susanne wieder zusammenbringen würde. »Ich würde verschiedene Bedingungen an den Auftrag knüpfen«, erklärte sie.

»Nur zu«, ermunterte Hannelore Walden.

Alexandra konnte sich denken, warum die Dame so begierig auf die Zusammenarbeit mit ihr war. Ihre journalistischen Qualitäten dürften dabei eher eine untergeordnete Rolle spielen. Sicher hatte Frau Walden bereits von Susannes angeblicher Geliebter »Alexandra W.« gelesen, dann Alexandras einfühlsamen und verständnisvollen Artikel über Susanne zur Kenntnis genommen und zwei und zwei zusammengezählt. Ein Interview, geführt von einer der Geliebten der von Saalfeld – besser konnte es gar nicht für ihre Zeitschrift laufen.

»Zunächst einmal möchte ich ohne Zeitdruck arbeiten«, begann sie. »Sie werden den Text zum Interview dann erhalten, wenn er fertig ist. Keine Abgabefrist, kein Drängeln.«

»Einverstanden.«

»Ich behalte mir vor, den Text zu kürzen und so zu gestalten, dass auch Frau von Saalfeld dem Interview-Abdruck zustimmen kann.«

»Einverstanden.«

»Sie müssten den Kontakt herstellen, ohne dabei offenzulegen, wer das Interview führt. Mich würde sie unter Umständen nicht empfangen wollen.« Hier versagte Alexandra die Stimme. Sie senkte den Blick und musste sich räuspern.

»Was haben Sie der Dame angetan?«, fragte Frau Walden neugierig.

Alexandra verschränkte die Arme, dann schaute sie der Chefredakteurin wieder fest ins Gesicht. »Ich finde, das geht Sie nichts an.«

»Also gut«, lenkte Frau Walden ein. »Das Vorgehen ist zwar ein wenig ungewöhnlich, aber warum nicht – nach Ihrem Artikel zu urteilen, kennen Sie die von Saalfeld offenbar besser als jede andere bei uns in der Redaktion. Das kann nur von Vorteil sein. Außerdem habe ich Ihre Artikel immer für gute journalistische Arbeit gehalten.«

»Danke.« *Wenigstens etwas,* dachte Alexandra. Dann forderte sie: »Ich muss darauf bestehen, dass wir diese Vereinbarungen vertraglich festhalten.«

»Warum denn das? Das dauert alles sehr lange.« Offensichtlich konnte es der Walden gar nicht schnell genug gehen. »Reicht nicht mein Wort, dass alles so läuft, wie wir mündlich vereinbart haben?«

Doch Alexandra blieb hart. »Nein. Ich muss auf einem Vertrag bestehen. Wenn Sie dem nicht zustimmen, mache ich die Sache nicht. Ich habe mit Boulevard-Magazinen äußerst schlechte Erfahrungen gemacht, und schließlich steht auch mein Ruf als Journalistin auf dem Spiel.«

»Also gut«, gab sich Frau Walden geschlagen. »Ich regele das und lasse Ihnen einen Vertrag zukommen. In der Zwischenzeit können Sie ja schon mal nach Cannes reisen und die Dame aufspüren, solange sie sich noch dort aufhält. Ich veranlasse einstweilen einen Termin mit unserem Notar und schicke Ihnen die Abmachung per E-Mail-Anhang, sobald sie fertig ist. Die Spesen gehen selbstverständlich auf uns. Einen Vorschuss kassieren Sie auch schon mal, damit Sie in Cannes angemessen auftreten können.«

Oh nein, kaufen lasse ich mich nicht, meine Liebe, dachte Alexandra. *Das könnte dir so passen. In diesem Fall bestimme ich ganz allein, wo es langgeht, ohne irgendjemandem verpflichtet zu sein.* »Das wird nicht nötig sein«, sagte sie rasch.

Wenig später verließ sie hochzufrieden die Redaktion. In ein paar Tagen würde sie in Cannes sein – nicht gerade ihre Traumstadt, aber sie würde Susanne wiedersehen.

Ihr Herz raste bei diesem Gedanken. Sie war sich nicht sicher, ob es Freude war oder Nervosität. Wahrscheinlich beides.

6. Kapitel

Susanne lag in einem Hotelbett in Cannes. Sie war nicht allein: Neben ihr räkelte sich eine junge, hübsche, blonde Frau, die auf den Namen Saskia hörte. Obwohl es schon Nachmittag war, hatten die beiden nicht die Absicht, das Bett in absehbarer Zeit zu verlassen. Gerade fiel Saskia erneut stürmisch über Susanne her, obwohl sie sich während der letzten zwei Tage schon fast ununterbrochen geliebt hatten.

Aber Susanne war nicht bei der Sache. Wann immer Saskia kurz einnickte, kamen ihre Gedanken nicht zur Ruhe. Und meistens drehten sie sich um Alexandra.

Verdammt. Das war schwieriger, als sie es sich vorgestellt hatte. Sie vermisste Alexandra. Sie dachte fast pausenlos an sie. Sogar während des Liebesspiels mit einer anderen verglich sie das junge Ding mit Alexandra.

Denn natürlich konnte keines der attraktiven Mädchen, die man neuerdings an ihrer Seite sah, Alexandra das Wasser reichen. Nicht beim Sex und nicht bei Gesprächen. Die Konversation mit ihnen beschränkte sich auf das, was man in Boulevard- und Modezeitschriften lesen konnte. Susanne war dessen bald so müde, dass sie sich immer wieder fragte, warum sie das alles tat. Hatte sie das denn wirklich nötig? Doch sobald sie einen Moment allein war, sich nicht mit einem schönen jungen Körper und seichtem Geplapper ablenkte, kehrten unweigerlich die Gedanken zurück, die sie so dringend loswerden wollte.

Lange würde sie sich diese Art der Ablenkung allerdings nicht mehr leisten können. Sie hatte mit ihrem Geld regelrecht um sich geworfen, aber inzwischen herrschte auf ihren Konten Ebbe. Sie würde sich von einigen Besitztümern trennen müssen: Schmuck, Autos, die Villa. *Letztere wäre noch das kleinste Übel,* dachte Susanne bitter. Diese Villa erinnerte sie allzu schmerzlich an Alexandra. Sie würde sie nicht behalten können, und sie würde sie auch gar nicht behalten wollen.

Es klopfte laut an der Tür. Siedend heiß fiel es Susanne wieder ein: Sie hatte einen Termin mit einer Journalistin eines etwas seriöseren Blattes – das heißt, wenn man das Wort *seriös* im Zusammenhang mit Boulevard-Magazinen überhaupt in den Mund nehmen konnte. Das betreffende Magazin wollte jedenfalls eine Gegendarstellung liefern.

Eigentlich hatte Susanne sich geschworen, mit Journalistinnen ein für allemal abgeschlossen zu haben. Geraldine, Saskias ebenso hübsche und ebenso blonde Vorgängerin, hatte sie jedoch zu einer anderen Meinung bewegen können: Es wäre doch vielleicht gar nicht so übel, wieder einen besseren Leumund zu haben. Außerdem zahlten sie gut, das musste man diesen Schmierenblättern lassen; für eine gute Story ließen sie einiges springen. Und das konnte Susanne in ihrer derzeitigen finanziellen Situation gerade recht sein.

Schnell zog sie sich einen Bademantel über – darunter war sie nackt. *Wie Sharon Stone in »Basic Instinct«,* dachte Susanne, und ein Lächeln stahl sich auf ihre Lippen. *Mal sehen, wie diese sogenannte Journalistin das findet.* Sie trat zur Zimmertür und öffnete sie.

Vor ihr stand Alexandra. Susannes erster Impuls war, die Tür zuzuschlagen, aber da Alexandra schon halb im Türrahmen stand, ging das nicht. Sie hatte sogar einen Fuß nach vorn geschoben, um Susanne keine Chance zu geben, die Tür gleich wieder zu schließen.

Sie versteht ihr Handwerk, dachte Susanne bitter. In scharfem Tonfall fragte sie: »Was willst du hier?«

»Hallo, Susanne. Ich habe ganz offiziell einen Termin mit dir. Frau Walden persönlich hat sich darum gekümmert.« Alexandras Stimme war freundlich. Falls ihr Susannes demonstrativ abweisende Begrüßung weh tat, zeigte sie es nicht.

»Arbeitest du jetzt für eine andere Schmierenredaktion?«, fragte Susanne, immer noch schroff.

»Nein, ich bin derzeit freiberuflich tätig. Frau Walden hat mir ein verlockendes Angebot gemacht und mir zugesichert, dass kein Wort abgedruckt wird, das ich nicht autorisiert habe.«

Susanne lachte kurz und freudlos. »Du warst schon immer leichtgläubig.« *Falls der Verrat an mir nicht ganz bewusst und beabsichtigt war. »Leichtgläubig« ist eine Auslegung zu deinen Gunsten.*

»Das mag sein. Aber ich habe einen Vertrag, der mir genau das zusichert«, betonte Alexandra. »Wenn sie den Vertrag nicht einhält, bekomme ich eine sechsstellige Summe als Entschädigung.

Das wird sie nicht riskieren. So viel sind deine Geschichten auch wieder nicht wert.« Es war offensichtlich, dass sie sich provoziert fühlte. Sie atmete einmal tief durch und fügte hinzu: »Außerdem erhältst du die Vorabversion, so dass du noch Einspruch erheben kannst. So ist es mit Frau Walden abgesprochen.«

»Na, da bin ich aber gespannt. Also gut. Komm rein. Setz dich.« Ohne Herzlichkeit wies Susanne auf die Sitzgruppe, die den Wohnbereich der Hotelsuite schmückte. Dann rief sie: »Saskia, kommst du? Ich möchte dich dabei haben.«

»Nackt oder mit was drüber?«, fragte Saskia aus dem Schlafzimmer zurück.

»Nackt wäre mir recht. Aber wir wollen doch unseren Gast nicht in Verlegenheit bringen, oder?« Susanne lächelte süffisant.

Saskia erschien nun, ebenfalls mit einem Bademantel bekleidet, in der Schlafzimmertür. Der Mantel war nachlässig zugeknotet, die festen Brüste nur notdürftig verhüllt. Als sie sich auf Susannes Schoß setzte, blitzte für einen Moment ihr Schamhaar hervor, bevor sie mit kokettem Augenaufschlag einen Zipfel des Bademantels darüberwarf.

Susanne beobachtete das Entsetzen in Alexandras Gesicht mit Genugtuung. Arme Alexandra. Sicher hatte sie geglaubt, die Berichte in den Gazetten seien mal wieder erstunken und erlogen gewesen. In diesem Moment musste ihr klar werden, dass sie ausnahmsweise alle stimmten. Auch dass Alexandra die Augen mit einer Mischung aus Horror und Faszination kaum von der knackigen Saskia abwenden konnte, blieb Susanne nicht verborgen. Bei dem kurzen Blick auf das Schamhaar hatten sich Alexandras Wangen gerötet.

»Tja, da staunst du, dass die Klatschblätter sich ihren Tratsch ausnahmsweise nicht aus den Fingern gesogen haben, was?«, fragte Susanne mit sanftem Hohn. »Du könntest auch deinen Spaß haben, wenn du wolltest, Alexandra. Saskia und ich machen es auch zu dritt, nicht wahr, Bärchen?«

Die Angesprochene warf sich an Susannes Hals und küsste ihn mit der offensichtlichen Absicht, einen Knutschfleck zu verursachen. Davon waren auf Susannes Haut noch einige weitere zu sehen. Susanne lächelte Alexandra herausfordernd an.

Und damit hatte ihre Provokation offenbar ihr Ziel erreicht, denn Alexandra erhob sich und verließ eilig und ohne ein weiteres Wort das Zimmer.

Schock und Demütigung hatten in Alexandra den Willen zur Wiederherstellung von Susannes Ruf restlos ausgelöscht. Nach ihrem überstürzten Abgang aus Susannes Zimmer hatte sie nur noch einen Wunsch: sich zu Hause in ihr Bauernhaus zu verkriechen und sich die Seele aus dem Leib zu weinen. Zu groß waren der Schmerz und die Liebe, die sie trotz der unerfreulichen Begegnung immer noch für Susanne empfand, als dass sie das geplante Interview tatsächlich noch hätte durchführen können. Sie war am Boden zerstört.

Als sie nach der schier unendlichen Heimreise schließlich in ihrem Haus angekommen war, nahm sie schnurstracks die Treppe ins Schlafzimmer, warf sich auf ihr Bett und ließ den Tränen endlich freien Lauf.

Irgendwann, sie wusste nicht, wie viel Zeit vergangen war, es konnten Stunden sein oder auch Tage, hatte sie keine Tränen mehr und begann sich zu fragen, was sie nun mit ihrem Leben anfangen sollte. Was überhaupt noch davon übrig war. Sie hatte eine ganze Menge an Hoffnung in dieses Treffen in Cannes gesetzt, und nun schien endgültig alles zerstört.

Mehr mechanisch als zielgerichtet stand sie auf und setzte sich an den Schreibtisch. Dort fiel ihr der Roman ein, den sie schreiben wollte. Ihr langgehegter Wunsch – der nun vielleicht in Erfüllung gehen würde. Denn jetzt hatte sie ja Zeit. Mehr als ihr lieb war. Und Ablenkung brauchte sie auch.

Sie startete ihren PC und begann zu tippen:

»Alexandra, hast du ein paar Minuten Zeit für mich?« Regine, die Chefredakteurin, war am Telefon. Ihre Stimme verhieß, dass sie keine Widerrede duldete – wie meistens.

Das Schreiben tat gut. All der Ballast, der sich angesammelt hatte, schien ihr gleichsam von der Seele gespült zu werden. Vor allem die Schuld. Ja, sie hatte sich schuldig gemacht, indem sie Susanne die Wahrheit verschwiegen hatte. Aber Susanne hatte sich ja an ihr gerächt. Zumindest konnte Alexandra nicht anders, als die vielen Liebhaberinnen, mit denen Susanne jetzt das Bett teilte, als Rache zu empfinden, Rache für das, was Alexandra ihr zweifelsohne angetan hatte. Also waren sie jetzt vielleicht quitt. Die Schuld war beglichen.

Aber sie liebte Susanne noch. Es würde eine Weile dauern, bis diese Frau wieder aus ihrem Kopf und aus Ihrem Herzen verschwunden sein würde.

Alexandra hatte schnell ein paar Seiten gefüllt, und das Erfolgserlebnis weckte ihre Lebensgeister wieder. Mit dem Schreiben reifte eine Entscheidung heran: Sie würde mit Susanne abschließen. Sie loslassen. Sich freimachen für einen neuen Anfang, eine neue Liebe. Die Begegnung in Cannes hatte gezeigt, dass Susanne niemals bereit wäre, sich ihre Sicht der Dinge anzuhören. Es hatte also keinen Sinn, weiter auf eine Wiederannäherung zu hoffen.

Als Erstes beschloss Alexandra, sich von ihren »Altlasten« zu befreien: den Briefen an Susanne, die sie ungeöffnet zurückerhalten oder gar nicht erst abgeschickt hatte. Sie speicherte ihr Dokument und griff dann nach ihrem Füllfederhalter, um einen letzten Brief an Susanne zu schreiben. Damit wollte sie ihr – und irgendwie auch sich selbst – deutlich machen, dass das Thema für sie erledigt war und es keine weitere Kontaktaufnahme geben würde.

Aber dennoch konnte sie eine leise Hoffnung nicht ganz zum Schweigen bringen: Vielleicht würde Susanne doch noch einen Blick in die Briefe werfen, um Alexandras Perspektive zu erfahren, und vielleicht doch ... Alexandra wagte es nicht, diesen Gedanken zu Ende zu denken. Für einen kurzen Moment erwog sie, die Briefe einfach wegzuwerfen, um den Hoffnungen endgültig keinen Raum mehr zu geben. Aber sie wollte Susanne entscheiden lassen, was letztendlich damit geschehen sollte. Ob diese sie las oder gleich vernichtete, musste ihr egal sein.

Sie band die Briefe zusammen und achtete darauf, dass der zuletzt geschriebene obenauf lag. Dann steckte sie das Bündel in einen Schuhkarton und fuhr damit zu Susannes Villa. Ein letztes Mal klingelte sie an der Tür, ein letztes Mal wartete sie, dass ihr geöffnet wurde ... Als sie ohne den Karton wieder in ihr Bauernhaus zurückkehrte, empfand sie tatsächlich Erleichterung. Jetzt schien es nicht nur möglich, das Kapitel »Susanne« endlich zu beenden und sich auf etwas Neues einzulassen – es schien sogar zum Greifen nahe.

Etwas Neues ... Wenn nur Susanne in ihren Gedanken nicht immer noch so viel Platz eingenommen hätte. Solange sie nur herumhing und sich selbst leidtat, statt aktiv zu werden und sich nach neuen, inspirierenden Kontakten umzusehen, dann konnte sie sicherlich nicht erwarten, Susanne so schnell zu vergessen.

Sie hatte sich wieder an ihren Computer gesetzt. Aber statt das Romandokument aufzurufen und weiterzuschreiben, startete sie den Browser und gab »Partnerinnen-Börsen für Lesben« in die Suchmaschine ein.

Wow. So viele Agenturen? Das hätte ich nicht gedacht. Sie schaute sich neugierig einige der Webseiten an und registrierte sich schließlich bei derjenigen, die ihr am seriösesten erschien.

Schnell hatte sie ein Profil erstellt und es veröffentlicht. Für alle Fälle hatte sie ihre private E-Mail-Adresse angegeben, die ihren wahren Namen nicht verriet. Außerdem hatte sie ihre Suche auf die nähere Umgebung eingeschränkt. Nachdem alle erforderlichen Angaben gemacht waren, merkte sie, dass sie nervös war. Aufgeregt. Wie beim Antreten einer spannenden Reise ... oder einem ersten Date.

Was ist das jetzt?, dachte sie belustigt. *Noch gibt es keinen Grund zur Aufregung.*

Sie sah sich ein paar Profile an, auf die sie nach der Registrierung zugreifen konnte. *Hübsche Fotos. Aber die sind sicher nicht besonders aussagekräftig.* Sie selbst hatte ihrem Profil kein Bild beigefügt; sie hatte immer schon gefunden, dass die meisten Fotos in solchen Börsen mit der Wirklichkeit nicht viel zu tun hatten, zumal man sie mit der entsprechenden Software beliebig bearbeiten konnte. Außerdem wollte sie neue Bekanntschaften nicht auf der Basis von Äußerlichkeiten schließen.

Sie beschloss, nicht in den Chat einzusteigen, sondern es vorerst mit der Kontaktaufnahme per E-Mail zu versuchen. Ein Profil gefiel ihr besonders. Die Verfasserin hatte wie sie auch kein Foto veröffentlicht, aber das Motto, mit dem sie ihre Charakterisierung überschrieb, weckte Alexandras Interesse: *Geliebt wirst du einzig, wo du schwach dich zeigen darfst, ohne Stärke zu provozieren.* Dieses Adorno-Zitat war einer ihrer Lieblingssprüche. Genau so stellte sie sich eine Beziehung vor: schwach sein zu dürfen, ohne dass die andere ihre Schwäche ausnutzte und die eigene Macht ausspielte.

Dass die Fremde das ebenso sah und obendrein offenbar ziemlich belesen war, ließ auf eine breite gemeinsame Basis schließen.

Sie klickte auf die Mailadresse und verfasste eine kurze Nachricht, die sie sofort abschickte, bevor sie es sich anders überlegen konnte.

Liebe Unbekannte,
bin auf der Suche nach einer interessanten Frau. Bist du die, die ich suche?
Es grüßt dich C. Dalloway

»C. Dalloway« hatte sie als Nickname gewählt, und außerdem war es der Name in ihrer privaten E-Mail-Adresse. Es war eine Anspielung auf Virginia Woolfs Roman *Mrs. Dalloway,* dessen Protagonistin Clarissa mit Vornamen hieß. *Mrs. Dalloway* war einer ihrer Lieblingsromane, und sie mochte auch die Verfilmung und die Hörspielversion sehr. Somit gab ihr Nickname schon einige Auskunft über sie für diejenigen, die sich ebenfalls für Literatur interessierten.

Das ist ja viel einfacher als ich dachte, und es geht so schnell.

Dann verließ Alexandra erst einmal ihren Schreibtisch, kochte sich einen Tee und blätterte in einer Zeitschrift. Schließlich konnte man sich ja nicht den lieben langen Tag in Partnerinnen-Börsen herumtreiben. Als sie eine Viertelstunde später ihren E-Mail-Account abfragte, hatte sie tatsächlich bereits eine Antwort erhalten. Mit klopfendem Herzen las sie:

Liebe Clarissa (darf ich dich so nennen?),
freue mich über deine Mail. Was kann ich dir auf diesem Wege noch schreiben (mein Profil kennst du ja schon), damit du mich interessant findest? Vielleicht, dass ich eine studierte Floristin bin, die einen eigenen Laden hat?
Schreib bald zurück!
V.

Immerhin kennt sie Virginia Woolf. Ob die Abkürzung »V.« darauf anspielt?, fragte sich Alexandra. *Aber vielleicht beginnt ihr Vorname auch mit einem V.* Sie schrieb zurück:

Liebe V.,
ich finde gleich mehrere Dinge interessant. Was hast du studiert? Wie

kommst du dazu, Floristin zu werden? Ist V. die Abkürzung deines Vornamens oder eine Abkürzung für die Autorin von »Mrs. Dalloway«?
Freu mich auf die nächste Antwort.
Clarissa

Alexandra blieb am Bildschirm sitzen. Offenbar war die Unbekannte auch an ihrem Computer, so dass sie unmittelbar hin- und hermailen konnten. Ihre Aufregung stieg. Und nur wenige Minuten später las sie:

Liebe Clarissa,
ich habe nach meiner Ausbildung zur Floristin Design studiert und hatte dann die Möglichkeit, einen Blumenladen zu übernehmen. Er ist aber mehr als das: Es ist eher ein Blumendesign-Geschäft. Bei mir bekommt man außergewöhnliche Blumenarrangements, die ich mit Designobjekten kombiniere. Ich richte Geschäftsräume und Privathäuser ein.
Mein Vorname ist Vera, ich benutze aber die Abkürzung V. immer wieder gern, denn viele berühmte Frauen tragen einen Vornamen mit diesem Buchstaben (Virginia Woolf, Violet Dickinson und Violet Trefusis, Vita Sackville-West). Sie alle schätze ich sehr. In meinem Drittberuf bin ich nämlich Leseratte.
Ich schicke dir die liebsten Grüße und freue mich auf eine schnelle Antwort!
Vera

Diese Frau wurde ja immer interessanter. Am liebsten hätte Alexandra sich sofort mit ihr getroffen und geplaudert – ihre Neugier war kaum zu bändigen.

Liebe Vera,
wenn du mir schon deinen richtigen Vornamen verrätst, will auch ich nicht länger ein Geheimnis um meinen machen.
Ich heiße eigentlich Alexandra und benutze den Namen Clarissa Dalloway, wenn ein Nickname angebracht ist. Aber jetzt kennen wir uns ja schon ein bisschen, und ich muss mich nicht hinter dem anderen Namen verstecken.
Am liebsten würde ich mich sofort mit dir treffen. Ich möchte dich gern näher kennenlernen (oder hältst du das für zu früh?). Du erscheinst mir so geheim und vertraut.
Alexandra

Sie war gespannt, ob Vera etwas mit den Worten »so geheim und vertraut« würde anfangen können, und ihr Herz pochte wieder heftiger, als sie die Mail abschickte. Es handelte sich um den Titel eines Buches, das die Briefe zwischen Virginia Woolf und Vita Sackville-West im Hinblick auf ihre Liebe zueinander analysierte. Man konnte die Worte also durchaus als Flirt verstehen, wenn man die Anspielung verstand.

Prompt kam eine Mail zurück:

Liebe Alexandra,
mir geht es wie dir, ich würde dich gern sofort treffen und mit dir von Angesicht zu Angesicht sprechen. Leider habe ich im Augenblick nicht viel Zeit, ich muss gleich zu einem ziemlich wichtigen Termin. Aber wie wäre es, wenn wir uns heute Abend träfen?
Ich weiß ein kleines, sehr gemütliches Lokal in Viersen. Vielleicht wäre es das richtige für ein erstes »geheimes« Kennenlernen?
Vera

Alexandra strahlte. Vor Aufregung wäre sie fast aufgesprungen und durch das Zimmer getanzt. Sie hatte eine Verabredung! Denn heute Abend hatte sie tatsächlich noch nichts vor – eigentlich hatte sie an recht wenigen Abenden etwas vor – und war fest entschlossen, den Vorschlag der Unbekannten in die Tat umzusetzen.

Liebe Vera,
das wäre mir sehr recht. Um wie viel Uhr treffen wir uns wo? Und wie erkenne ich dich?
Alexandra

Die Antwort ließ nicht lange auf sich warten. Vera schickte ihr einen Link zu der Webseite des Lokals, schlug 20 Uhr vor und bemerkte, dass sie einander schon erkennen würden.

Alexandra schrieb sofort zurück und bestätigte die Abmachung. Dann blieb ihr nur noch, sich auf den Abend zu freuen.

Sie versuchte, sich ihrer Arbeit zuzuwenden: der Rezension eines demnächst erscheinenden Romans für die ZEIT. Das Buch hatte ihr sehr gefallen, deshalb hatte sie den Auftrag mit Begeisterung angenommen. Aber nun fand sie es schwierig, ihre Gedanken davon abzuhalten, immer wieder zu Vera und dem heutigen Abend zu wandern.

Meine erste Verabredung nach Susanne, dachte sie, und ihr ganzer Körper kribbelte vor Vorfreude. Erst viel später fiel ihr auf, dass sie den ganzen Nachmittag über kein einziges Mal mit Wehmut oder Sehnsucht an Susanne gedacht hatte.

Alexandra saß bei einem Glas roter Traubensaftschorle in einer Ecke des Lokals, in dem sie mit Vera verabredet war. Der Versuch, sich nach dem E-Mail-Austausch auf ihre Arbeit zu konzentrieren, war hoffnungslos gescheitert. Stattdessen hatte sie schließlich einen langen Spaziergang unternommen und dabei festgestellt, dass sie sich wirklich freute und sehr gespannt auf Vera war. Das Kribbeln und das Herzklopfen hatten stündlich zugenommen. Nun war sie viel zu früh in dem Lokal und fragte sich, ob Vera wohl ähnlich aufgeregt war.

Sie lauschte gerade versunken der Musik – einem melancholischen Tango –, als jemand an ihren Tisch trat. Sie sah auf und blickte direkt in ein Paar blauer, funkelnder Augen, die sie unter kurzen, schwarzen Haaren anstrahlten.

»Hi. Ich nehme an, du bist Alexandra?«, sagte die Fremde mit einem Lächeln auf den Lippen.

»Die bin ich. Und du bist Vera.« Alexandra stand auf und gab Vera die Hand.

»Eben die.« Beide setzten sich. »Ich sehe, du hast es dir schon bequem gemacht.«

»Ja. Und du hattest recht, es ist wirklich gemütlich hier«, schwärmte Alexandra. »Und die Musik ist genau nach meinem Geschmack.«

Nachdem Vera ebenfalls eine Saftschorle bestellt hatte, sah sie Alexandra an. Ihre Augen blitzten. »Du siehst toll aus«, sagte sie.

Natürlich war Alexandra geschmeichelt, aber noch viel mehr gefiel es ihr, wie erfrischend geradeheraus Vera war. Sie spürte, dass das Kompliment von Herzen kam. »Danke. Du aber auch!«

Vera lächelte. »Ich kann nicht glauben, dass du auf der Suche nach einer Frau bist.«

»Na, dasselbe könnte ich auch über dich sagen.«

»Ich gerate immer an die Falschen«, meinte Vera, ohne dabei selbstmitleidig zu klingen. »Entweder haben sie einen Psychoknacks, oder sie trauern einem Typen nach, oder sie sind verheiratet und suchen mal ein Abenteuer mit einer Frau.« Sie blickte in ihr Glas.

»Tja … Und ich hatte schon lange keine Beziehung mehr, und dann traf ich eine Frau, in die ich mich sehr verliebt habe.« Noch während sie das sagte, dachte Alexandra: *Mein Gott, warum erzähle ich das einer Wildfremden. Das geht sie doch gar nichts an. Außerdem denkt sie vielleicht sofort, ich wäre auch die Falsche, weil meine Gedanken noch gar nicht frei sind.* Trotzdem fuhr sie fort: »Und dann habe ich einen ganz blöden Fehler gemacht. Und weg ist sie, meine große Liebe.«

Unvermittelt schossen ihr die Tränen in die Augen. *Meine große Liebe …* Es war, als begriffe sie erst jetzt, da sie es aussprach, dass es tatsächlich so war. Susanne war ihre große Liebe. Und der Schmerz, sie verloren zu haben, drückte sie mit einem Mal nieder wie eine schwere Last.

Vera berührte sanft ihre linke Hand. Wärme durchströmte Alexandra: Die Berührung war so tröstlich, vermittelte so viel Verständnis. Sie sah auf und lächelte.

»Liebst du sie noch?«, fragte Vera.

»Ich weiß es nicht. Ich will über sie hinwegkommen. An sie zu denken, tut sehr weh.« Alexandra seufzte, dann lächelte sie Vera schief an: »Schon wieder die Falsche, was?« Doch sie war froh, dass sie gleich am Anfang mit der Wahrheit herausgerückt war. So waren die Verhältnisse wenigstens von vornherein geklärt, und niemand musste sich unberechtigte Hoffnungen machen.

»Wir werden sehen«, meinte Vera. »Ist jedenfalls fair, dass du mir sofort reinen Wein einschenkst und mir nicht erst die Wahrheit sagst, wenn ich mich schon unsterblich in dich verliebt habe.« Sie grinste. »Wie geht's dir jetzt?« Über den Tisch hinweg streichelte sie Alexandra die Tränen aus dem Gesicht. Alexandra schloss die Augen und gab sich der zärtlichen Geste hin.

»Gut«, flüsterte sie, ohne die Augen zu öffnen. »Ich habe mich so auf dieses Treffen mit dir gefreut, dass ich gar nicht mehr an meine Verflossene gedacht habe.«

»Das ist doch schön.« Damit zog Vera ihre Hand wieder zurück. »Ich habe dir ja schon eine Menge über mich erzählt. Über dich weiß ich noch gar nichts außer deiner unglücklichen Liebe.«

Alexandra schlug die Augen wieder auf und sah direkt in Veras erwartungsvolles Gesicht.

»Das ist aber doch schon ganz schön viel und sehr privat«, meinte sie. »Aber du hast recht. Was willst du wissen?«

»Zum Beispiel, was du beruflich machst?«

»Ich bin freiberufliche Autorin.«

»Wow. Du bist Schriftstellerin?«

»Nicht ganz. Ich schreibe zwar gerade an meinem ersten Roman, aber bisher habe ich vor allem journalistisch gearbeitet – seit etwa zwei Monaten freiberuflich.«

»Wo kann man denn deine Texte lesen?«

»Ich war zuerst bei ›Alexandra‹ beschäftigt, einer Frauenzeitschrift, die inzwischen leider zunehmend in den Boulevard-Journalismus abdriftet. Dann habe ich dort gekündigt, und seitdem bin ich Freiberuflerin und schreibe vor allem für die seriöse Presse – die ZEIT, die *taz*, auch schon mal die Süddeutsche.« *Komisch,* dachte Alexandra, *wie wenige Worte man braucht für die vielen Jahre, die man irgendwo gearbeitet hat. Sind sie erst einmal vergangen, genügen ein paar Sätze, um diese lange Zeit zusammenzufassen. Bleibt so wenig von all dem übrig?*

»Ich bin beeindruckt«, meinte Vera.

»Sagt das nicht auch Peyton zu Elena, als die ihr ihre fotografische Arbeit zeigt?«

»Wow, und mit Lesbenfilmen kennst du dich auch noch aus.« Veras strahlender Blick ließ Alexandra nicht los.

»Ein wenig. Aber du offenbar auch.«

Vera bedeckte Alexandras Hand mit ihrer eigenen, ohne dabei ihre leuchtend blauen Augen von Alexandras abzuwenden. Alexandra bekam eine Gänsehaut. *Wow,* dachte sie. *Das hier ist intensiv.*

»*Elena Undone* ist einer meiner Lieblingsfilme. Hättest du Lust, mit mir nach Hause zu kommen und ihn dir anzuschauen?«, fragte Vera mit gesenkter Stimme.

Die Gänsehaut verstärkte sich. Es war nicht unangenehm, aber Alexandra war sich nicht ganz sicher, ob sie Vera folgen konnte – ob sie es wollte. »Also ... jetzt bin ich von deinem Tempo beeindruckt.«

»Das war eigentlich auch nicht geplant, dich schon zu einem Lesbenfilmabend einzuladen.«

»Da bin ich aber beruhigt.« Alexandra lächelte.

Vera lächelte auch, fuhr dann aber ernst fort: »Ich habe bloß das Gefühl, dass wir beide heute Nacht nicht allein sein wollen.«

Sie hat recht, dachte Alexandra. Die Vorstellung, an einen warmen, weichen Frauenkörper gekuschelt einzuschlafen, war mehr als verlockend. Aber vor nur wenigen Stunden hatte sie noch auf dem Bett gelegen und Susanne bittere Tränen nachgeweint – war es dann richtig, sich jetzt schon auf Veras Avancen einzulassen?

Andererseits hatte sie ja bereits Klartext gesprochen. Vera wusste, dass ihr Herz noch nicht frei war. Alexandra musste sich also nichts vorwerfen, wenn sie Veras verführerisches Angebot annahm. »Was macht dich so sicher?«, fragte sie vorsichtig.

»Sicher bin ich nicht. Du hast so traurige Augen.«

Eine interessante Beobachtung. Alexandra war sich nicht bewusst gewesen, dass das Leid der letzten Wochen so deutlich wahrnehmbar war. Aber auch in Veras Blick, stellte sie jetzt fest, spiegelte sich etwas wie unterschwelliger Schmerz, den ihr strahlendes Lächeln nicht völlig überlagern konnte.

»Du auch«, sagte Alexandra sanft.

Eine Weile sahen sie sich stumm in die Augen. Alexandra griff mit ihrer freien Hand über den Tisch, berührte Veras rechte Hand und lächelte ermutigend: »Magst du etwas darüber erzählen?«

Da brach Vera den Blickkontakt und schaute vor sich auf die Tischplatte. »Vor etwa einer Woche hat mir die Frau meiner Träume mitgeteilt, dass sie verheiratet ist.« Obwohl sie Alexandra nicht ansah, konnte diese die Tränen in Veras Augen erkennen.

Alexandra hielt Veras Hand ganz fest. »Das tut mir leid. Kann ich irgendwas tun, das dir helfen könnte?« Sie hatte das Gefühl, diese Frau schon lange zu kennen, ihren Schmerz mitzuempfinden. Es war selten, dass sie sich jemandem so nah fühlte. Und sie waren sich doch gerade erst begegnet.

»Sei einfach da«, bat Vera.

»Ja. Gern. Lass uns gehen. Wohnst du hier in der Nähe?«

Vera nickte. »Fahr einfach hinter mir her.«

Die Fahrt dauerte nicht lange. Vera wohnte in einer Wohnung, die sich über ihrem Floristenladen befand. Sie war sehr geräumig, hatte einen großen Balkon und war äußerst geschmackvoll eingerichtet. Alexandra hatte es nicht anders erwartet bei einer Designerin.

»Deine Wohnung ist toll«, sagte sie bewundernd.

»Danke. Ich fühle mich auch sehr wohl hier.«

Und die richtigen Bücher liest sie auch, dachte Alexandra, als sie Veras Regal begutachtete. Es enthielt nicht nur alles, was die Lesbenwelt so zu bieten hatte, sondern auch noch eine Menge an gehobener Belletristik bis hin zu Literaturnobelpreisträgerinnen.

»Und jetzt bin ich auch noch schwer beeindruckt von deinem Büchergeschmack«, bemerkte Alexandra.

Vera dankte ihr mit einem Lächeln. »Wenn ich nicht das Design für mich entdeckt hätte, hätte ich sicher Literatur studiert. Ich versuche, einigermaßen auf dem Laufenden zu bleiben auf den Feldern, die mich interessieren. Magst du einen Tee mit mir trinken?«

»Gern.« Alexandra stand immer noch vor dem Regal. Ach, da war ja auch das Buch *So geheim und vertraut,* auf das sie heute Nachmittag in ihrer Mail angespielt hatte. Natürlich kannte Vera es.

»Ah, du hast es entdeckt«, sagte Vera, als sie mit einer Kanne Tee aus der Küche zurückkam und das Buch in Alexandras Händen sah. »Leider hatte ich heute Nachmittag keine Zeit mehr, per E-Mail mit dir über mein Lieblings-Frauenpaar des letzten Jahrhunderts zu plaudern, auf das du angespielt hast. Aber vielleicht können wir das jetzt nachholen.«

Sie ließ sich auf der Couch nieder und bedeutete Alexandra, sich neben sie zu setzen. Auf dem Tisch vor ihnen dampften zwei Tassen Tee. Eine Teekanne mit Stövchen hielt den restlichen Tee warm. Dazu hatte Vera mehrere Kerzen im Raum angezündet, die einzige Lichtquelle im Wohnzimmer. Eine gemütliche, ja, romantische Atmosphäre war entstanden.

»Magst du etwas mehr erzählen über die Frau, die dich so verletzt hat?«, fragte Alexandra behutsam.

»Ehrlich gesagt, nein.« Vera sah sie verständnisheischend an, dann rückte sie ein wenig näher. »Ich würde jetzt viel lieber mit dir *Elena Undone* sehen. Und wenn es nicht allzu unverschämt ist, würde ich gern von dir in den Arm genommen werden.«

»Das lässt sich einrichten. Den Film habe ich ewig nicht gesehen.« *Und er ist wirklich klasse … und ziemlich explizit. Mal sehen, was noch so passiert.*

»Hast du Lust auf Elena und Peyton?«, fragte Vera und sah ihr weiter in die Augen. »Wir können auch einen anderen Film anschauen. Meine Auswahl kann sich sehen lassen.«

Alexandra fragte sich, ob Vera mit »Lust auf Elena und Peyton« sie beide meinte oder den Film. *Die Antwort ist Ja,* dachte sie. *Auf beide Fragen.* Laut sagte sie: »*Elena Undone* passt zu meiner Stimmung.«

»In was für einer Stimmung bist du denn?«, fragte Vera mit einem kleinen Lächeln.

»Hmm … euphorisch. Heute erst hatte ich mich dazu entschlossen, mein Profil in die Partnerinnenvermittlung aufnehmen zu lassen, und nur ein paar Stunden später treffe ich mich bereits mit einer Frau. Das ist doch aufregend, oder?«

»Ja, das ist es. Ich finde es auch aufregend.« Eine kleine Pause, dann fügte Vera hinzu: »Ich finde dich aufregend.« Sie sah Alexandra mit einem Lächeln an, das schwer zu deuten war.

Dann stand sie auf, suchte den Film aus dem Regal und schob ihn in den DVD-Player. Nachdem sie noch etwas Tee in ihre Tassen gegossen hatte, setzte sie sich wieder neben Alexandra. So dicht, dass kein Blatt Papier mehr zwischen sie gepasst hätte.

»Damit du auch eine Chance hast, mich zu umarmen«, sagte sie verschmitzt.

Alexandra kam der impliziten Aufforderung sofort nach. Veras Körper war warm, und ihr Haar war seidig weich und duftete zart nach irgendeiner Blume. Alexandra schloss kurz die Augen. *Der perfekte Moment,* ging es ihr durch den Kopf. Dann begann der Film.

Eng umschlungen verfolgten sie, wie sich Elena immer mehr in Peyton verliebte, die von der ersten Begegnung an sowieso schon verloren war. Als der längste Kuss der Filmgeschichte endete, drehte sich Vera mit dem Rücken zu Alexandra und schmiegte sich noch etwas fester an sie. Alexandra umfing sie wieder mit ihren Armen, und Vera hielt sich daran fest.

Wenig später kam die Liebesszene. Alexandra zog Vera noch näher an sich heran und lehnte ihren Kopf auf Veras Schulter. So hielten sie einander bis zum glücklichen Ende des Films. Alexandra hätte diese Nähe gern noch weiter ausgedehnt, hätte noch stundenlang so dasitzen können.

Doch Vera löste sich von ihr, schaltete die Apparate aus und drehte sich zu Alexandra um.

Für einen Moment, der wie eine Ewigkeit schien, sahen sich die beiden Frauen tief in die Augen. Dann – Alexandra hätte nicht sagen können, wer von ihnen beiden die Initiative ergriffen hatte – bewegten sich ihre Gesichter aufeinander zu, und ihre Lippen trafen sich. Der erste Kuss war zart, vorsichtig, wie ein sanftes Vorwärtstasten, das die Lust auf weitere Entdeckungen anfachte. Atemlos ließen sie voneinander ab, aber nur für eine Sekunde. Der zweite Kuss wurde leidenschaftlicher, fordernder.

»Ich möchte mit dir schlafen«, flüsterte Vera.

Alexandra zögerte. »Ich . . . habe das noch nie gemacht.«

»Du hast noch nie mit einer Frau geschlafen?« Vera sah sie ungläubig an.

»Nein. Ja. Ich meine, ich schlafe nur mit Frauen. Ich bin aber noch nie mit einer beim ersten Date ins Bett gegangen.«

»Wir müssen es nicht im Bett machen.« Veras Grinsen war vieldeutig.

Alexandra grinste zurück. »Du weißt genau, was ich meine.«

»Ich habe das auch noch nie gemacht«, sagte Vera, nun wieder ernst. »Ich meine, Sex beim ersten Date. Aber der Film ist so erotisch. Und deine Nähe. Und deine Küsse. Bist du nicht angemacht?«

Eigentlich hatte Alexandra die Entscheidung längst getroffen. Aber sie ließ Vera noch ein wenig zappeln. »Was denkst du denn?«

»Also so wie du mich gerade geküsst hast, musst du mindestens genauso angemacht sein wie ich.«

Alexandra grinste nur und küsste Vera erneut.

Als sich ihre Lippen nach langen Momenten wieder voneinander trennten, sagte Vera leise: »Dann lass uns sehen, wohin das führt.« Sie wartete Alexandras Zustimmung nicht ab, sondern küsste Alexandra einfach weiter, immer wieder und immer leidenschaftlicher.

Alexandra folgte Veras Führung bereitwillig. Sie spürte, dass Vera nichts überhastet geschehen lassen und, falls Alexandra das gewollt hätte, sofort aufhören würde. Aber Alexandra wollte gar nicht aufhören. Sie wollte genau das hier. Es tat so gut. Diese Frau war genau die richtige in diesem Moment. Sie genoss jede Sekunde, genoss die Ekstase, genoss es, Vera zur Ekstase zu verhelfen.

Zumindest in dieser Nacht fühlte sie sich bei Vera vollkommen geborgen. Und an Susanne dachte sie keinen Augenblick.

Die Morgendämmerung hatte längst eingesetzt, als die beiden

endlich Ruhe fanden. Eng aneinandergeklammert schliefen sie ein, so als wollten sie einander nie wieder gehen lassen.

Als Alexandra erwachte, hatte der Tag seine Blüte schon voll entfaltet. Gut erholt wie seit langem nicht mehr fühlte sie sich. Der Platz neben ihr war leer. Doch sie konnte Geräusche aus der Küche hören, und der Duft von frischen Brötchen und frisch aufgebrühtem Tee drang bis ins Schlafzimmer. Wenig später erschien Vera mit einem Tablett voller Köstlichkeiten.

»Guten Morgen, du meine Retterin in der Not!«, sagte Vera und schenkte Alexandra ihr strahlendes Lächeln.

»Guten Morgen, du zärtlichste aller Frauen!«, gab Alexandra zurück und lächelte ebenfalls. Sie hatte so fantastisch geschlafen wie seit Monaten nicht mehr, auch wenn der Schlaf nicht sehr lange gedauert hatte. Kein Traum hatte sie verfolgt. Keine Susanne erinnerte sie an den Fehler, den sie gemacht hatte, und vor allem hatte sie Ruhe gehabt vor diesen hässlichen Bildern aus Cannes, die sie seit dem geplatzten Interview verfolgten und scharfe Dornen in ihr Herz zu bohren schienen. Vera war eine ausgezeichnete Liebhaberin. Die Nacht mit ihr war traumhaft gewesen. Himmlisch.

Zu schön, um wahr zu sein, dachte Alexandra flüchtig.

Vera stellte das Tablett zwischen sie und kletterte auf ihre Seite des Bettes. Sie beugte sich über das Tablett zu Alexandra und gab ihr einen sanften Kuss auf den Mund, den Alexandra liebevoll erwiderte.

»Hast du gut geschlafen?«, fragte Vera.

»So was von gut!«, antwortete Alexandra. »Und du?«

»Fantastisch.«

Sie saßen nebeneinander im Bett, aßen Brötchen mit Marmelade, tranken Tee und sahen einander dabei immer wieder von der Seite an. *Eine tolle Frau,* dachte Alexandra. *Eine etwa gleichaltrige Frau. Eine Frau auf der Suche nach einer neuen Beziehung ...? Wenn wir uns nur ein wenig Zeit lassen, könnten wir vielleicht ...*

Sie wagte nicht, diese Gedanken weiterzuspinnen. »Musst du nicht arbeiten?«, fragte sie stattdessen.

Vera schüttelte den Kopf. »Ich habe unten schon Bescheid gesagt, dass es heute später wird. Heute Morgen habe ich keine Termine außer Haus. Wir haben also noch etwas Zeit ... wenn du magst.«

»Und ob ich mag«, sagte Alexandra und biss herzhaft in ihr Brötchen. »Deine Marmelade schmeckt übrigens köstlich!«

»Selbstgemacht.«

»Hmm, fast so gut wie deine Küsse gestern Abend ...«

Vera grinste, beugte sich wieder zu Alexandra hinüber und verschloss ihr den Mund mit den Lippen. Ihre Zunge forderte Einlass und verwickelte Alexandras Zunge in ein lustvolles Spiel. Gleichzeitig rückte Vera näher an Alexandra heran.

Die unterbrach die Verbindung nur für einen Augenblick, um ihre Tasse auf den Nachttisch und das Tablett auf den Boden zu stellen.

Vera setzte sich Alexandra gegenüber und glitt mit ihrer Zunge über deren Hals bis zum Mund, der ihre Zunge erneut bereitwillig in Empfang nahm. Ihre Hände streichelten über Alexandras nackten Rücken, während Alexandra Veras T-Shirt hochschob und es ihr schließlich über den Kopf zog. Ihre nackten Brüste berührten sich.

Alexandra tastete mit der Hand zwischen Veras Schenkel, schob einen Finger in Veras Mitte und spürte die Feuchtigkeit, die die nächtliche Leidenschaft dort hinterlassen hatte. »Du bist noch nass«, flüsterte sie Vera ins Ohr.

»Für dich!«, flüsterte Vera zurück.

Alexandra streichelte Veras Scham mit einer Hand. Gleichzeitig glitt sie mit einem Finger der anderen Hand in sie hinein und wieder heraus, zuerst langsam, dann immer rascher. Es dauerte nicht lange, bis Vera kam. Sie seufzte und stöhnte in Alexandras Ohr: »Ich liebe das, was du da tust!«

»Und ich liebe deinen Orgasmus«, flüsterte Alexandra und drängte sich ganz nah an Vera, um auch das Nachbeben von deren Höhepunkt hautnah zu erleben.

Eng umschlungen saßen sie einander noch eine Weile gegenüber, hielten sich aneinander fest, genossen den Nachhall der Liebe. Dann drückte Vera Alexandra sanft auf das Bett und legte sich auf sie. Ihre fordernde Zunge in Alexandras Mund machte schnell deutlich, was sie wollte: Alexandras Befriedigung. Und die ließ nicht lange auf sich warten, denn auch Alexandra war noch feucht und empfindsam von der Nacht, in der sie sich unzählige Male geliebt hatten, und ihr Orgasmus war ähnlich intensiv wie Veras.

Nachdem Alexandras Atem sich allmählich wieder beruhigt hatte, blieben sie noch lange regungslos liegen, Vera halb auf Alexandra liegend, ihre Wangen aneinander geschmiegt.

»Das war schön«, flüsterte Alexandra irgendwann. »Gott, wie habe ich das vermisst! Du warst so sanft ...«

»Danke, gleichfalls!«, flüsterte Vera zärtlich zurück.

Alexandra war erst am späten Nachmittag wieder zu Hause. Vera und sie hatten sich noch mehrmals ausgiebig geliebt, und Alexandra hatte jedes einzelne Mal genossen, war geradezu unersättlich gewesen. Ihr war nicht bewusst gewesen, dass sie die Berührungen, die Liebkosungen, den Sex mit einer Frau so sehr vermisst hatte.

Jetzt nahm sie beschwingt ihre Arbeit an der Rezension wieder auf. Anders als gestern konnte sie sich wunderbar konzentrieren, und der Artikel kam nun schnell voran. Sie ließ sich nicht ablenken und gönnte sich kein Innehalten, keinen Gedanken an Vera und die vergangene Nacht, bis sie den letzten Punkt gesetzt hatte.

Die vergangene Nacht. Sie hatte Alexandra gut getan. Daran bestand kein Zweifel. Und Vera hatte es offensichtlich auch gefallen, denn sonst hätte sie sicher dafür gesorgt, dass Alexandra schon viel früher das Haus verließ. Dass sie das nicht getan hatte, ließ Alexandra hoffen, dass Vera sich nun genauso gelöst, entspannt und ausgeglichen fühlte wie sie selbst. Die Unruhe der letzten Wochen war vollständig von ihr gewichen.

Sie belohnte sich nach getaner Arbeit mit einer Tasse Tee auf ihrer gemütlichen Terrasse, nachdem sie sich eine warme Jacke übergezogen und den Heizstrahler eingeschaltet hatte. *War eine gute Idee, den Strahler zu installieren. Die Luft ist im Spätherbst so schön klar – viel zu schade, immer nur im Wohnzimmer zu hocken.* Tatsächlich schien die frische, kühle Luft auch ihre Gedanken zu klären. Bedächtig ihren Tee schlürfend, ließ sie die vergangenen 24 Stunden Revue passieren.

Ob sie in Vera verliebt war? Konnte man das nach einer Nacht überhaupt sagen? Nein, sicher nicht. Sie hatten sich gut verstanden, das schon. Und sie harmonierten gut im Bett, fühlten sich wohl miteinander. Es schien alles zu stimmen.

Aber tief in ihrem Inneren machte sich ein Gefühl breit, das sie noch nicht einordnen konnte. Bisher hatte sie beginnende Beziehungen so erlebt, dass sie die Frau sofort wiedersehen wollte, nachdem sie einmal mit ihr im Bett gewesen war. Bei all ihren vergangenen Beziehungen hatte nach der ersten Nacht eine ständige Sehnsucht ihren Alltag bestimmt. Und sobald sie der neuen Geliebten gegenüberstand, konnte sie ihre Hände nicht mehr bei sich behalten, musste sie küssen, wollte geküsst werden, wollte die Hände der anderen auf ihrer Haut spüren, sie in sich fühlen. So endete jedes Treffen unweigerlich im Bett. Auch mit Susanne war es ihr so ergangen. Nach ihrer gemeinsamen Nacht und dem Hinauswurf am nächsten Morgen war sie wie auf Entzug gewesen. Das machte den Schmerz über das vorzeitige Ende ihres Kennenlernens noch schwerer zu ertragen.

Doch jetzt, in ihren Gedanken an Vera, verspürte Alexandra dieses körperliche Verlangen gar nicht. Hieß das, sie hatte sich nicht in Vera verliebt? Hieß es, ihre Sehnsucht, einen anderen Menschen zu berühren und berührt zu werden, war etwas Temporäres gewesen und jetzt einfach gestillt? Alexandra fand keine Antworten.

Das Telefon klingelte. Alexandra hatte es mit auf die Terrasse genommen und meldete sich schon vor dem zweiten Klingeln.

»Wegener!«

»Brandt! Hallo, Alexandra. Ich wollte einfach nur deine Stimme hören«, klang Veras Stimme durch den Hörer.

»Vera! Eine schöne Überraschung. Ich hatte mit deinem Anruf gar nicht gerechnet.«

»Sauer?«

»Nein, warum sollte ich denn sauer sein? Ich freue mich auch, *deine* Stimme zu horen.«

»Das ist schön. Ich war nämlich gestern Mittag ziemlich am Ende. Psychisch, meine ich.«

»Das habe ich am Abend gar nicht gemerkt.«

»Tja, ich bin eine Meisterin im Überspielen von Gefühlen.«

»Vielleicht war ich einfach nicht sensibel genug.« Alexandra versuchte sich Veras Auftreten, ihre Stimmung gestern Abend ins Gedächtnis zu rufen. Ja, sie hatte diese Traurigkeit in Veras Augen gelesen. Aber auch nur deshalb, weil Vera selbst von traurigen Augen gesprochen hatte, gestand sie sich ein. Abgesehen davon gelang es ihr nicht, sich an irgendwelche Anzeichen von Anspannung oder

Gedrücktheit zu erinnern.

»Das ist schon okay«, sagte Vera. »Als wir uns getroffen haben, war es schon nicht mehr so schlimm. Aber ich hatte gestern Morgen mal wieder einen Disput mit meiner Exfrau am Telefon, und dann kam deine Mail genau im richtigen Augenblick. Du hast mir sehr gut getan. Ich wollte dir danke sagen. Du hast mich gerettet.«

»Heißt das, es geht dir jetzt wieder besser?«

»Ja. Dafür hast du gesorgt. Die Nacht mit dir war unvergleichlich.«

»Danke, gleichfalls. Ich fand sie auch fantastisch ... mehr als das. Meine Arbeit ging mir heute wieder richtig gut von der Hand, und das schreibe ich dir zu.«

»Danke. Schön, dass es dir auch geholfen hat.«

»Auf jeden Fall.«

»Warum ich dich anrufe«, wechselte Vera das Thema: »Ich habe heute und morgen Abend keine Zeit für dich. Ich habe einen umfangreichen Auftrag angenommen, für den ich bis übermorgen die Entwürfe liefern muss. Ich hoffe, du bist mir nicht böse.«

»Nein, warum sollte ich? Haben wir nicht gestern vereinbart, dass wir sehen wollen, wohin uns der Weg führt?« Alexandra wunderte sich ein wenig über Veras fast übertriebene Besorgnis und ihre Entschuldigungen. Es kam ihr nicht in den Sinn, dass an jedem anderen Morgen »danach«, den sie zuvor erlebt hatte, solche Befürchtungen nur allzu berechtigt gewesen wären, weil sie sich vor Sehnsucht nach der Geliebten verzehrt hatte.

Einer Sehnsucht, die jetzt nicht einmal durch Veras Stimme am Telefon neu angefacht wurde.

Vera klang erleichtert, als sie antwortete: »Ja. Ich wollte nur sichergehen, dass die Vereinbarung noch gilt.«

»Da hast du wohl schlechte Erfahrungen gemacht?«

»Kann man so sagen.« Vera hielt einen Moment inne und fuhr dann fort: »Jedenfalls hat es so gut gepasst mit uns gestern Abend, und ich wollte mich einfach mal melden und hören, dass es dir auch so gut geht wie mir.«

»Ja, mach dir keine Sorgen. Mir geht es sehr gut.«

»Und wann sehen wir uns? Hast du am Donnerstag schon etwas vor?«, fragte Vera nun doch.

Alexandra antwortete nicht gleich, weil sie überlegen musste, für wann sie ihr nächstes Interview geplant hatte. Sie sollte eine Reportage über ein Frauenhaus hier in der Gegend schreiben. Aber das betreffende Gespräch war erst am Freitag. Donnerstag konnte sie also.

Aber willst du auch?, fragte eine kleine Stimme in irgendeiner verborgenen Ecke ihres Bewusstseins.

»Oder war das eine blöde Frage?«, hakte Vera in diesem Moment nach. »Geht es dir zu schnell?«

»Nein, nein«, erwiderte Alexandra rasch. »Ich habe nur überlegt, wann ich den nächsten Termin habe. Er ist aber erst am Freitag. Und ich kann nicht abschätzen, wie viel Zeit das Interview in Anspruch nimmt, kann also für Freitag keine Pläne machen. Am Donnerstag können wir uns treffen.«

»Gut. Telefonieren wir vorher noch? Oder simsen?«

»Das machen wir.«

»Dann noch einen schönen Abend.«

»Danke. Dir auch.« Alexandra legte auf.

Je näher der Donnerstag rückte, desto weniger sicher war sich Alexandra, wie es mit Vera weitergehen sollte. Nicht, dass sie die Nacht mit ihr bereut hätte. Vera war zärtlich und einfühlsam gewesen, genau das, was Alexandra gebraucht hatte. Aber irgendwie war der Gedanke an sie mit einem mulmigen Gefühl verbunden, das immer stärker wurde.

Wahrscheinlich nur deshalb, weil es zu schnell gegangen ist, dachte sie. *Wir sollten ein wenig auf die Bremse treten. Uns erst mal besser kennenlernen.*

Als sie schließlich telefonierten, schlug Alexandra einen Kinobesuch für ihr Treffen vor – einen neutralen Ort, ohne weiter gehende Implikationen. Sie hatte das Gefühl, Vera klinge etwas enttäuscht, als sie auf diesen Vorschlag einging. Aber vielleicht interpretierte sie zu viel in Veras Stimme hinein. Schließlich kannte sie sie eigentlich gar nicht gut genug, um solche Nuancen im Tonfall richtig einordnen zu können.

Nach dem Film gingen sie noch in eine kleine Kneipe. Auch hier war Alexandra nicht sicher, ob Veras Zustimmung zur Gestaltung des Abends von Herzen kam. Unruhig spielten ihre Finger mit einem Bierdeckel, als sie Vera an einem kleinen Zweiertisch gegenübersaß und sie ihre Getränke auswählten.

Sie musste mit Vera sprechen. Da gab es keinen Zweifel und auch keinen Aufschub.

Alexandra wartete, bis ihre Getränke auf dem Tisch standen, dann gab sie sich einen Ruck: »Vera?«

»Ja?« Vera sah aufmerksam zu Alexandra hinüber.

»Ich . . . muss etwas mit dir besprechen.«

»Sicher.« Vera sah sie mit offenem Blick an. Ihre wunderschönen blauen Augen glänzten warm im Widerschein der abgedimmten Beleuchtung. Alexandra fand die Vorstellung, in diesem Blick einfach zu versinken und gar nichts mehr zu sagen, äußerst verlockend, aber dann rief sie sich in Erinnerung, dass ihr Unbehagen dadurch keineswegs aus der Welt geschafft würde. Sie zwang sich, ihren Blick abzuwenden, und sagte: »Ich weiß nicht genau, was du von mir erwartest.«

»Wie meinst du das?«

»Ich . . .« Verflixt, gab es eigentlich keine Möglichkeit, ihre Überlegungen in sanfte, freundliche Worte zu fassen? »Ich habe das Gefühl, als würdest du mich schneller wiedersehen wollen als ich dich.«

»Ich dachte, es hätte dir in unserer ersten Nacht genauso gefallen wie mir.« In Veras Tonfall schwang keine Anklage mit, nur eine leichte Verwunderung.

Alexandra sah ihr wieder in die Augen und nahm ihre Hand. »Das hat es. Sehr sogar. Ich habe es wirklich genossen.« Sie stockte, aber es musste gesagt werden: »Nur – wir hatten doch vereinbart, dass wir sehen wollen, wohin uns das führt. Ob es uns überhaupt irgendwohin führt.«

»Ich hatte geglaubt, du wolltest mich auch wiedersehen.« Nun klang Vera eindeutig alarmiert.

Alexandra seufzte. »Ja, das will ich auch. Aber irgendwie geht mir das hier zu schnell.«

»Du willst nicht mehr mit mir schlafen?«, fragte Vera, nun ungläubig und verletzt. »Wieso denn das auf einmal? Du hast doch selbst gesagt, es hat dir gefallen.«

»Ich habe nicht gesagt, dass ich nicht mehr mit dir schlafen will. Der Sex mit dir war unglaublich.« Alexandra seufzte erneut. Warum musste das so kompliziert sein. »Ich weiß nur nicht, ob ich bereit für eine Beziehung bin.«

»Ich habe das Wort ›Beziehung‹ doch gar nicht in den Mund genommen.« Vera klang verwirrt. Beleidigt. Das hier war schwieriger, als Alexandra gedacht hatte, und sie hasste es, Vera so offensichtlich weh zu tun.

Ob es helfen würde, genauer zu beschreiben, wie sie sich fühlte? »Ich kann es dir nicht genau erklären. Nur spüre ich nicht das unbedingte Verlangen, dich wiedersehen zu wollen, so oft es geht, verstehst du? Vor unserer gemeinsamen Nacht habe ich bei jedem ersten Kennenlernen eine ständige Unruhe verspürt. Aber nach unserer Nacht ist das nicht so. Bis jetzt nicht.«

»Du meinst, du hast keine Sehnsucht mehr nach mir ... nach meinem Körper?« Offenbar wollte Vera verstehen, was los war, wollte unbedingt eine Antwort auf die Frage nach dem Warum. Aber die hatte Alexandra ja selbst nicht.

»So was in der Art. Ich weiß auch nicht, was mit mir los ist. In dieser Nacht mit dir ist nichts passiert, was ich nicht auch wollte. Aber jetzt ist es so, als wäre mein Bedarf gedeckt.«

»Dein Bedarf an Sex oder dein Bedarf an mir?«

»Wohl eher mein Bedarf an Sex. Ich glaube nicht, dass es etwas mit dir zu tun hat. Es ist etwas in mir ...« Alexandra zuckte hilflos mit den Schultern.

»Das heißt, wir hatten einen One-Night-Stand?«

»Ich weiß es nicht«, murmelte Alexandra. »Es tut mir leid, wenn du dir mehr erhofft hast. Wie gesagt, ich habe keine Erklärung dafür.«

»Ich verstehe es nicht.« Vera schüttelte den Kopf.

Ihr tief gekränkter Blick traf Alexandra ins Herz. »Ich doch auch nicht.«

Als Alexandra nach Hause kam, war sie sehr zerknirscht. Der Abend mit Vera war abrupt zu Ende gewesen, nachdem Vera sich unter einem Vorwand von ihr verabschiedet hatte. Alexandra konnte Veras Reaktion nachvollziehen, und es tat ihr leid, sie so vor den Kopf gestoßen zu haben.

Aber ein schlechtes Gewissen hatte sie nicht. Sie hatte das Richtige getan.

Mit einem Glas Rotwein, dick angezogen, in eine Decke gewickelt und den Heizstrahler im Rücken, ließ sie den Abend auf ihrer Terrasse ausklingen. Ihr Blick schweifte durch den Garten. In der Dunkelheit war von Blüten, Blättern und Dolden kaum etwas zu erkennen. Dafür sah sie plötzlich Susanne vor ihrem inneren Auge – so unvermittelt, dass sie fast erschrak.

Mit einem Mal fühlte sie eine große Leere in sich. Sie stand langsam auf, schüttelte den Gedanken an Susanne ab und begab sich ins Bett.

7. Kapitel

Nachdem Alexandra wütend aus dem Hotelzimmer gestürmt war, ohne das geplante Interview auch nur ansatzweise einzuleiten, wurde Susanne von Saskia weiter verwöhnt. Saskia wusste inzwischen, welche Berührungen Susanne besonders erregten. Die versuchte nach Kräften, sich dem Genuss hinzugeben und alle Gedanken an Alexandra weit von sich zu schieben.

Aber es gelang ihr nicht, wie so oft in den letzten Wochen.

Saskia war tief in ihre Geliebte eingedrungen und liebkoste deren Perle in einem immer schneller werdenden Rhythmus. Susanne wand und bog sich unter Saskias geübten Fingern. Ihr Atem beschleunigte sich. Sie schloss die Augen und konzentrierte sich ganz auf das Fühlen, das Hören. Die feuchten Geräusche, die von ihrer Mitte ausgingen, erregten sie immer mehr.

Dass Susanne zerfloss, lag allerdings nicht an Saskia. Die war einigermaßen verwundert darüber, dass Susanne so nass sein konnte; das war ihr zuvor nicht gelungen. Sie wäre wenig begeistert über den wahren Grund von Susannes Erregung gewesen – nämlich die Tatsache, dass diese sich während des gesamten Aktes vorstellte, nicht von Saskia, sondern von Alexandra geküsst und gestreichelt zu werden.

Als Susanne viel später endlich gekommen war, war Alexandra noch immer bei ihr, und es dauerte eine Weile, bis sie wieder in der Welt war und ihr Saskias Anwesenheit bewusst wurde. Brüsk und ohne ein Wort stand sie auf und verschwand im Bad, ohne das junge Mädchen eines Blickes zu würdigen. Sie duschte ausgiebig, kleidete sich an und verkündete Saskia anschließend, dass sie verschwinden solle.

»Aber …«, setzte Saskia zum Widerspruch an. Es war ja auch wirklich nicht fair, so unzeremoniell rausgeworfen zu werden, nachdem sie sich solche Mühe gegeben hatte. Susanne wusste, dass sie gemein zu der Kleinen war. Doch sie kannte kein Pardon – jetzt nicht mehr.

»Kein Aber«, schnitt sie Saskia das Wort ab. »Ich habe dich satt, und ich werde noch heute abreisen. Pack deine Sachen und verschwinde, so schnell es geht.« Ihr Tonfall machte deutlich, dass jeder weitere Widerspruch zwecklos war. Sie wandte sich zum Gehen, um die Formalitäten an der Rezeption zu erledigen.

»Du hattest was mit der, oder?«, schrie Saskia sie an.

Statt einer Antwort knallte Susanne die Tür laut ins Schloss.

Als sie wenig später zurück ins Zimmer kam, war Saskia tatsächlich verschwunden. Susanne stieß erleichtert die Luft aus. Auch sie hatte nicht die Absicht, länger als unbedingt nötig am Ort ihrer gänzlich misslungenen Flucht zu verweilen. Ihre Sachen zu packen dauerte keine halbe Stunde, und dann saß sie in ihrem Auto und trat den langen Weg nach Hause an.

Dort würde sie sich verbarrikadieren und weinen, einfach nur weinen. Um ihre Firma, um ihr ganzes verkorkstes Leben, vielleicht auch ein bisschen um die jungen Mädchen, die sie in den letzten Wochen als Ablenkung missbraucht hatte – und um Alexandra. Alexandra, die Erste nach langer Zeit, die sie ein wenig aus ihrem Schneckenhaus hatte herauslocken können, bevor sie Susannes Vertrauen komplett zerstört hatte.

Und was, wenn das doch alles irgendein großes Missverständnis war? Wenn Alexandra gar nicht die Hauptverantwortliche für den Artikel in diesem Schmierenblatt war? Susanne konnte diese Gedanken nicht ganz ignorieren. Aber auf eine innere Diskussion einlassen wollte sie sich nicht.

Einerlei, dachte sie. Ob sie Alexandra noch einmal wiedersehen wollte, wusste sie so oder so nicht. Es würde in jedem Fall zu weh tun.

Als Susanne die Augen kaum noch offen halten konnte, entschloss sie sich, einen Rastplatz aufzusuchen und eine Runde zu schlafen, um danach für den Rest der Fahrt einigermaßen fit zu sein. Bis kurz vor Paris war sie gekommen, aber jetzt wurde sie von Müdigkeit überwältigt. Kaum hatte sie angehalten und sich auf ihrem Rücksitz in einer Decke eingeigelt, schlief sie auch schon ein.

Sie sitzt in einer Frauenbar an der Theke und saugt an ihrem Strohhalm. Wenn sie in eine solche Bar geht, bestellt sie immer nur alkoholfreie Getränke, um die Kontrolle nicht zu verlieren. Und heute Abend hat sie fest vor, die Kontrolle nicht zu verlieren. Die Theke ist im Viereck um einen Barbereich herum gebaut. Die Flaschen und Gläser befinden sich auf einem Regal, das von der Decke herunter reicht, so dass man rundherum freie Sicht hat auf die Frauen, die sich auf der gegenüberliegenden Seite an ihren Getränken festhalten. Außerdem hat man die hübschen Barfrauen vor Augen, die sich ab und an nach oben recken, um eine Flasche aus dem Regal zu nehmen, und dadurch den Blick freigeben auf makellos rasierte Achselhöhlen und wohlgeformte Brüste, die sich aufwärts neigen.

Seit geraumer Zeit sitzt ihr gegenüber eine Frau, deren Gesicht sie nicht genau erkennen kann, aber von der sie dennoch spürt, dass sie sie ansieht. Sie fühlt die Augen dieser Frau dermaßen intensiv auf sich ruhen, dass sich ihr Herzschlag beschleunigt. Blau sind die Augen. Das Lächeln in dem vage verschwommenen Gesicht ist nur angedeutet.

Susanne kann erkennen, dass die Frau aufsteht. Sie geht an der Theke entlang und kommt auf Susanne zu, die sofort weiß, dass sie sie zum Tanzen auffordern wird. Ihr Herz klopft noch schneller, denn sie findet den femininen, wohlgeformten Körper sehr attraktiv, obwohl sie die Gesichtszüge noch immer nicht komplett wahrnehmen kann.

Als die Frau ihr ganz nahe gekommen ist und mit Gesten andeutet, dass sie mit ihr tanzen möchte, sieht Susanne, dass es sich um Alexandra handelt. Sie will sich gegen die Nähe wehren, aber Alexandra hält sie schon am Arm, und ihr Griff ist fest und bestimmt. Susanne hat gar keine Chance, sich loszureißen. Es wird ein Blues gespielt, und Alexandra drückt Susanne sogleich an sich. Susanne spürt eine plötzliche Wärme durch ihren ganzen Körper strömen, schließt endlich die Augen und lässt sich völlig auf diesen Tanz ein. Ohne bewusste Absicht, wie von selbst drängt sie sich ganz dicht an Alexandra.

Die beiden Frauen tanzen so eng, dass es scheint, als gehörten ihre Körper zusammen, als seien sie eins. Susanne hat ihre Arme um Alexandras Hals gelegt. Ihre Wange berührt Alexandras Wange. Alexandra schlingt ihre Arme um Susannes Leib, ihre Hände bewegen sich sanft über deren Rücken. Sie löst ihre Wange von Susanne und sieht ihr in die Augen. Susanne hat das Gefühl, in diesem Blick zu versinken. Alexandras Pupillen sind weit geöffnet, als stehe sie unter Drogen. Aber Susanne weiß, dass allein ihre Anwesenheit und Nähe dafür verantwortlich sind. Alexandra scheint genauso erregt zu sein wie sie selbst.

Alexandras Gesicht nähert sich dem von Susanne. Die schließt ihre Augen wieder, öffnet ihre Lippen und erwartet die Lippen der anderen sehnsüchtig. Alexandras Mund berührt ihren nur flüchtig, vorsichtig, sanft, wie um Susanne nicht zu verletzen. Susanne selbst ist es, die dem Kuss Leidenschaft einhaucht. Vorsichtig tastet sich ihre Zunge in Alexandras Höhle vor. Dort wird sie zurückhaltend von Alexandras Zunge empfangen, die immer wieder scheu zurückweicht. Schließlich lockt Susanne sie in ihren Mund, indem sie sich abrupt zurückzieht. Das veranlasst Alexandra, mit ihrer Zunge zuerst Susannes Lippen zu liebkosen, bevor sie eine leidenschaftliche Massage in Susannes Mund durchführt. Susanne atmet schneller, und sie kann Alexandras Atem im gleichen, beschleunigten Rhythmus hören, spüren. Längst haben die beiden vergessen, dass sie sich an einem öffentlichen Patz befinden ...

Als Susanne auf dem Rücksitz ihres Wagens aufwachte, raste ihr Puls immer noch, und ihr Atem beruhigte sich nur langsam. Der Traum war so real gewesen. Fast glaubte sie, Alexandras Haar noch unter ihren Händen zu spüren, ihre Zunge in ihrem Mund ... Sie hatte nicht gewusst, dass noch so viel von Alexandra in ihr war. Es würde schwer werden, diese Frau wieder aus ihren Gedanken und ihrem Leben zu vertreiben.

Nach schier endloser Fahrt betrat Susanne endlich wieder ihre Villa und fand als Erstes einen Schuhkarton auf dem Treppenabsatz, über den sie fast gestolpert wäre. Obenauf lag eine Notiz ihrer

Reinigungskraft: »Der Karton wurde für Sie abgegeben. Die Frau ließ sich nicht abwimmeln. Tut mir leid. F.«

Zu erschöpft, um sich über den Inhalt oder irgendetwas anderes Gedanken zu machen, warf sie ihre Schuhe in Richtung der Garderobe, nahm den Karton und schleppte sich die Treppe hinauf ins Schlafzimmer, wo sie sich aufs Bett warf und sofort einschlief. Der Karton lag neben ihr auf dem Kopfkissen.

Sie erwachte am Mittag des nächsten Tages und fühlte sich alles andere als ausgeruht. Als sie sich umdrehte, stieß sie mit dem Kopf an etwas Hartes. Ach ja, der Schuhkarton. Sie öffnete ihn und nahm einen ordentlich zusammengebundenen, etwa zwei Finger breiten Stapel von Briefen heraus. Alle waren an sie selbst adressiert, in einer Schrift, die ihr nur allzu bekannt war: Alexandras. Sie musste es auch gewesen sein, die den Karton hier abgegeben hatte. Es handelte sich offenbar um all die Briefe, deren Annahme Susanne verweigert hatte.

Warum schickte Alexandra diese Briefe noch einmal – wo sie doch wusste, dass Susanne sie nicht lesen wollte? Und warum gerade jetzt?

Vielleicht, weil Alexandra wirklich weniger Schuld trug an dem, was passiert war, als Susanne zugeben wollte. Diesen Gedanken hatte sie ja schon bei ihrer Abfahrt aus Cannes gehabt, und er schien sich nicht verflüchtigen zu wollen. Vielleicht wollte Alexandra mit allen Mitteln eine Chance erwirken, Susanne zu erklären, wie es wirklich gewesen war.

Nachdenklich drehte Susanne den Stapel Briefe in den Händen. Alles, was sie in den letzten Wochen unternommen hatte, war deshalb geschehen, weil sie den Schmerz nicht zulassen wollte. Den Schmerz über das, was Alexandra ihr angetan hatte – und auch den Schmerz darüber, dass sie Alexandra verloren hatte. Dieser Schmerz wäre unendlich.

Sie hatte angefangen, wieder jemandem zu vertrauen. Mit Alexandra hatte sich alles so gut angefühlt. Sollte sie sich tatsächlich so in einem Menschen getäuscht haben? Wenn Alexandra tatsächlich so ein linkes, hinterhältiges Biest wäre, wie der Artikel in der »Alexandra« zu beweisen schien, hätte Susanne dann nicht zumindest eine Vorahnung haben müssen, ein negatives Bauchgefühl?

Doch anstatt diese Frage konsequent zu Ende zu denken, hatte sie sich in Abenteuer gestürzt, die sie sich finanziell keinesfalls leisten konnte. Und emotional auch nicht. Die jungen Frauen, die von ihrem Geld angezogen wurden und im Rampenlicht stehen wollten, hatte sie nach zwei oder drei Tagen längst wieder satt gehabt. Aber es war Susanne immer mehr zur fixen Idee geworden, die Aufmerksamkeit der Boulevard-Presse zu erregen, um Alexandra damit eins auszuwischen.

Nur: eigentlich wischte sie sich damit selbst eins aus. Sie merkte schnell, dass Sex mit diesen blutjungen Frauen ihr weniger bedeutete, als sie geglaubt hatte. Anstatt Alexandra zu vergessen, hatte sie immer sehnsüchtiger an die letzten Wochen mit ihr zurückgedacht, in denen sie jede Begegnung mit dieser amüsanten und faszinierenden Frau voller Vorfreude erwartet hatte. Alexandra war das genaue Gegenteil von all den hübschen, aber letztendlich nicht besonders interessanten jungen Frauen, die sich in Cannes nur allzu gern mit ihr gezeigt hatten: Sie war intelligent, geistreich, witzig, konnte sich selbst auf die Schippe nehmen, und außerdem sah sie auch noch gut aus ... und war in Susannes Alter. Sie hatte ähnliche Erfahrungen gemacht wie Susanne. Und lesbisch war sie noch dazu. So eine lässt man nicht wieder gehen.

Wann immer Susanne ihren Gedanken ein wenig Raum gewährt hatte und an diesem Punkt angekommen war, hatte sie sich kategorisch ins Gedächtnis gerufen: *Aber Alexandra hat sich durch den Artikel in der Regenbogenpresse selbst disqualifiziert.* Und damit war die Sache erledigt.

Doch jetzt ließen sich die Fragen und Zweifel, die sich daraus ergaben, nicht länger zurückdrängen. War es wirklich so, wie es schien? Weshalb hatte Alexandra alles unternommen, Susanne erneut zu interviewen – wenn nicht deshalb, weil sie etwas wieder geraderücken wollte, an dem sie nur bedingt Schuld trug? Susanne hatte die Artikel ja sogar gelesen, die Alexandra zu ihrer, Susannes, Verteidigung geschrieben hatte. Jedes Wort war wahr gewesen; Susanne hatte sich selbst in diesen Texten wiedererkannt, als blicke sie in einen Spiegel. Alexandra schrieb einfühlsam. Sie *war* einfühlsam. Ihre Augen waren klar und blickten ehrlich interessiert – nicht sensationslüstern. War das die wahre Alexandra? Welcher konnte sie glauben – der Autorin dieser sensiblen, authentischen Porträts oder derjenigen, die an den reißerischen Klatschgeschichten über sie beteiligt war?

Nein. Der Artikel in der »Alexandra« hatte alles zerstört. Sie würde ihr nie wieder vertrauen können, dessen war Susanne sich sicher.

Plötzlich merkte sie, dass ihr Tränen über die Wangen liefen. Ungeduldig wischte sie sie weg und nahm den oben aufliegenden Brief in die Hand. Vielleicht würden Alexandras Worte sie ein wenig trösten. Vielleicht konnte sie durch die Lektüre einfach eintauchen in die Vergangenheit, in der alles noch gut und das Vertrauen zwischen ihnen noch intakt war ...

Sie entnahm dem Umschlag einen in Alexandras gleichmäßiger Handschrift verfassten Brief, der das Datum von gestern trug, und las:

Liebe Susanne,
ich bin seit gestern aus Cannes zurück und furchtbar traurig darüber, wozu dich der Artikel in der »Alexandra« getrieben haben muss. Ich kann nur annehmen, dass das Gefühl, verraten worden zu sein – obwohl ich dich nie verraten habe, ich war kurz davor zu kündigen; von mir hat niemand etwas über dich erfahren, was nicht schon bekannt war –, zu solchen Ausschweifungen geführt hat. Alles andere wäre mir unerträglich.
Ich habe dich als empfindsame und einfühlsame Person kennengelernt. Als eine Frau, die andere respektiert. In Cannes fühlte ich mich erniedrigt. Plötzlich kam mir alles, was wir bis dahin zusammen erlebt hatten, wie eine Täuschung vor. So als hättest du mit mir gespielt. Mir ist klar, dass du dich nach dem Artikel genauso gefühlt haben musst: erniedrigt, bloßgestellt, enttäuscht. Von der Person, die dir (vielleicht) etwas bedeutet hat – verraten.
Du jedenfalls hast mir etwas bedeutet. Die Frau, die mich sanft in ihre Arme nahm und mich nach allen Regeln der Kunst verführt hat an unserem letzten Abend, die bedeutet mir immer noch etwas. Ihr werde ich lange nachtrauern. Um sie werde ich lange weinen. Jetzt muss ich irgendwie darüber wegkommen. Ich weiß nicht, ob es mir gelingt, aber ich weiß, dass ich diese Frau hinter mir lassen muss, wenn ich wieder frei sein will für die Liebe. Das hat mir unsere kurze Bekanntschaft gezeigt – ich traue mich nicht mehr, von Freundschaft zu reden, die uns zweifellos verbunden hat –, dass ich wieder eine Frau suche, die das Leben mit mir teilt und die nicht bei den ersten Anzeichen von Problemen wegrennt. Eine, die sich erst einmal die zweite Perspektive anhört.
Ich habe sicher einen Fehler gemacht, weil ich dich von Beginn an über meine

Identität im Unklaren gelassen habe, aber ich habe an keiner Stelle gelogen. Ich habe wirklich Gartenarchitektur studiert – wenn auch nicht bis zum Examen –, ich schreibe wirklich an einem Roman, und nichts von dem, was in unserer ersten und einzigen gemeinsamen Nacht geschehen ist und was ich gesagt oder getan habe, war gespielt, erfunden oder vorgetäuscht. Alles kam aus tiefstem Herzen. Ich hatte mich längst in dich verliebt. Ich hatte genau in der Nacht den Entschluss gefasst, bei »Alexandra« zu kündigen, was ich noch am selben Tag des Rauswurfs bei dir getan habe.

Es tut sehr weh. Meine Liebe zu dir hört einfach nicht auf. Ich werde noch eine Weile trauern. Und dich sehr vermissen. Aber ich werde nach vorn blicken!

Mach's gut, und lass es dir gut gehen. Ich wünsche dir aus tiefstem Herzen Glück und Erfolg!

Deine Alexandra.

PS: Dies ist wirklich der letzte Brief. Entscheide du, was damit und mit den anderen passiert – wenn du überhaupt bis hierher gelesen hast.

Susanne ließ den Brief sinken und schloss für einen Moment die Augen. Dann nahm sie die übrigen Briefe genauer in Augenschein. Alexandra hatte offenbar nicht alle davon tatsächlich an Susanne geschickt, denn einige Briefumschläge waren unfrankiert. Also stellte dieser Brief, den sie gerade gelesen hatte, der oberste in dem Stapel, wohl eine Art Abschluss dar. Alexandra hatte ihr alles zukommen lassen, was sie je an sie geschrieben hatte, und wollte sich damit von der Last der Vergangenheit befreien, einen neuen Anfang machen.

Doch sie hatte genau erahnt, wie Susanne sich nach der Entdeckung des Artikels in der »Alexandra« gefühlt hatte. Das zeigte dieser letzte Brief mehr als deutlich. Als würde ihr der Boden unter den Füßen weggezogen, so war es Susanne vorgekommen. Sie hatte sich verraten gefühlt – und allein. Entsetzlich allein.

So, wie sich auch Alexandra nach ihrer letzten Begegnung in Cannes gefühlt haben musste …

Auch Susanne war eine einfühlsame Frau. Sie hatte im Grunde ihres Herzens schon die ganze Zeit über gewusst, dass sie sich nicht in Alexandra getäuscht hatte. Dass Alexandra sie nicht verraten hatte. Irgendwie hatte sie auch gespürt, dass Alexandra diesen Artikel in der »Alexandra«, durch den ihre Beziehung ein vorzeitiges Ende gefunden hatte, so nicht geschrieben hätte. In der Situation jedoch, als Susanne den Artikel entdeckt hatte, war ihr keine andere Reaktion als die erlebte möglich gewesen.

Den Stapel Briefe noch in der Hand, ließ sich Susanne wieder zurück aufs Bett sinken und rief sich die Ereignisse jenes Morgens noch einmal in Erinnerung – zum ersten Mal unvoreingenommen und ohne dass der Schmerz ihr die Sicht vernebelte. Nicht in dem Bestreben, Alexandras Schuld hervorzuheben, sondern mit der Absicht, fair und neutral zu sein.

Sie war nach ihrer ersten Nacht mit Alexandra in einem Liebestaumel gewesen, hatte sich genau in dem Moment der Entdeckung des Titelfotos glücklich und eins mit sich selbst gefühlt. Sie war so erfüllt gewesen von Alexandra und ihren Berührungen. Sie hatte sich nach langer, langer Zeit endlich wieder richtig verliebt mit Schmetterlingen im Bauch, großer Sehnsucht im Herzen und dem übrigen Drum und Dran. Sie schwebte wie auf Wolken. Und dann die Schlagzeile in der »Alexandra« und ihr eigenes Konterfei auf der Titelseite – der Fall hätte nicht tiefer sein können.

Als sie Alexandras Namen im Impressum fand, war eine Welt für sie zusammengebrochen. Sie, die gerade wieder Hoffnung geschöpft hatte, ihr Leben könnte doch noch die lang ersehnte glückliche Wendung nehmen, stürzte in einen schier bodenlosen Abgrund. Und als Alexandra dann das Haus verlassen hatte, wollte sie selbst nur noch fliehen – von dem Ort, an dem sie gerade zuvor eine perfekte Liebesnacht verbracht hatte, gefolgt vom schlimmsten aller Schmerzen. Auf keinen Fall wollte sie über alles nachdenken, geschweige denn Alexandra überhaupt eine Chance lassen, sich zu erklären. Sie hätte nicht gewusst, wie sie sich ihr gegenüber verhalten sollte, ob sie ihr überhaupt in irgendeiner Verfassung gegenübertreten könnte, in der sie fähig wäre, vernünftig zu kommunizieren.

Sie erinnerte sich daran, wie sie am ganzen Körper gezittert hatte und nur noch rastlos im Haus umhergelaufen war. Sobald sie sich dann nach einer langen Weile wieder einigermaßen in der Gewalt hatte, bereitete sie in aller Eile ihre Reise vor. Dazu hatte auch gehört, die anderen Boulevard-Blätter – außer der »Alexandra« – darüber zu informieren, dass sie nach Cannes fahren würde, um sich dort eine oder mehrere Geliebte zu »halten«. Und genau so war es dann ja auch gekommen: Die erste Geliebte hatte nicht lange auf sich warten lassen, und auch danach hatte an jungen Frauen, die sowohl hinter ihrem Geld als auch hinter ihrem Ansehen als Modemagnatin her waren, kein Mangel geherrscht.

Aber schon die erste dieser Liebschaften war Susanne recht schnell auf die Nerven gegangen. Unterhalten konnte man sich mit diesen Mäuschen über nichts Ernsthaftes. Sie wollten alle nur Sex und in Saus und Braus leben. Und natürlich wollten sie in der Zeitung stehen, mit Foto, nach Möglichkeit auf der Titelseite.

Susanne war es, wenn sie ehrlich war, inzwischen zu viel, an jedem Tag und in jeder Nacht mehrfach Sex zu haben. Sie hätte gern auch andere Dinge getan: gute Bücher lesen, Ausstellungen besuchen, ins Theater gehen. Aber dazu kam sie gar nicht, denn die jungen Frauen hielten sie ganz schön auf Trab. Immerhin ergab sich als Nebenwirkung tatsächlich die Betäubung ihrer Gefühle zu Alexandra ... das hatte sie zumindest geglaubt.

Nur beim Sex hatte sie des Öfteren Alexandra vor Augen gehabt. Anfangs hatte sie das verstörend gefunden. Doch am Ende hatte sie feststellen müssen, dass sie oftmals nur dann zum Höhepunkt gelangte, wenn sie ihre jugendlichen Liebhaberinnen ausblendete und an Alexandra dachte, und sie hatte diese Gedanken zugelassen – als Mittel zum Zweck, sozusagen.

Natürlich führte ihr Lebenswandel in Cannes dazu, dass die Regenbogenpresse das Interesse an ihr nicht verlor und fleißig über ihre immer neuen Liebschaften Bericht erstattete. Und das war ja im Grunde auch genau ihre Absicht gewesen: Alexandra würde diese Artikel zu Hause sicherlich lesen, und sie würden sie verletzen. Auf diese Weise konnte sich Susanne an ihr rächen, ohne noch einmal persönlich mit ihr in Kontakt zu treten – was sie nicht ertragen hätte. Aber tief in ihrem Inneren verabscheute sie diesen Lebenswandel. Und schließlich war es ausgerechnet Alexandra gewesen, die durch ihren Besuch dem Ganzen ein Ende bereitet und sie wieder zur Vernunft gebracht hatte. Susanne schluckte schwer, als ihr diese Tatsache nun schlagartig bewusst wurde.

Schon als Alexandra fluchtartig die Hotelsuite verließ, hatte Susanne ihr Benehmen bereut und wäre Alexandra am liebsten nachgelaufen, um sie um Verzeihung zu bitten. Diese Regung hatte sie sich in diesem Moment nicht eingestanden, aber nun, im Rückblick, konnte sie nicht mehr leugnen, dass dies der Augenblick der

Besinnung gewesen war. Bis dahin hatte sie gedacht, für Verzeihungen sei es ohnehin zu spät, und es sei nur gerecht, es Alexandra mit gleicher Münze heimzuzahlen. Aber was war dabei herausgekommen? Geholfen hatte es ihr jedenfalls nicht. Im Grunde ging es ihr in Cannes mit jeder neuen Geliebten immer schlechter. Sie fühlte sich keineswegs befreit, wie sie gehofft hatte, und schon gar nicht führte sie dort das Leben, von dem sie immer geträumt hatte.

Susanne entnahm dem Stapel Briefe den untersten, der wohl der erste sein musste, den Alexandra ihr geschrieben hatte. Er enthielt Alexandras Erklärungsversuche dafür, wie es zu dem unglückseligen Artikel gekommen sein musste.

Das kam ein bisschen zu spät, dachte Susanne, und ein bitteres Gefühl kroch in ihrer Kehle hoch und ließ sie neuerlich schlucken. *Du hättest mir von Anfang an erklären müssen, dass du Journalistin bist, damit ich die Möglichkeit der Entscheidung gehabt hätte. Ob ich unsere Bekanntschaft beenden oder weiterführen möchte. Vielleicht hätten wir auch gemeinsam überlegen können, was weiter passieren soll …* Aber ganz tief innen wusste sie, sie wäre so oder so enttäuscht gewesen. Vermutlich hätte sie den Kontakt zu Alexandra abgebrochen, sobald das Wort »Journalistin« gefallen war – egal, zu welchem Zeitpunkt. Ihre Abneigung gegen das öffentliche Interesse, das unweigerlich mit ihrem Reichtum einherging, saß zu tief, als dass sie sich je auf eine Bekanntschaft mit einer Journalistin eingelassen hätte. Ganz zu schweigen von einer Beziehung.

Aus Alexandras Sicht, das musste Susanne nun zugeben, war deren Verhalten nachvollziehbar: Sie musste gewusst haben, dass sie als Journalistin keine Chance gehabt hätte, Susanne in irgendeiner Weise näherzukommen. Und was den Artikel betraf, hatte ihre Chefredakteurin dann offenbar tatsächlich eigenmächtig gehandelt. Aber das wiederum hätte Alexandra vorhersehen können und müssen. Susanne biss die Zähne zusammen. Doch wie sie es auch drehte und wendete, Alexandra war in einer schwierigen Situation gewesen.

Dass sie schon vor dem Artikel den Entschluss gefasst hatte, bei der Zeitschrift zu kündigen, glaubte Susanne ihr. *Aber warum nur hat sie nicht vorher mit mir gesprochen, dann wäre vielleicht doch alles ganz anders gekommen …*

Susanne griff den nächsten Brief aus dem Stapel. Plötzlich war sie regelrecht begierig nach Alexandras Worten. Mehr noch: sie spürte, dass sie nun sogar eine Unterhaltung mit ihr führen könnte – und sollte. Aber zuerst wollte sie die Briefe zu Ende lesen.

Der zweite Brief lautete:

Geliebte Susanne,
leider habe ich auf meinen ersten Brief keine Antwort erhalten, sondern stattdessen den Brief ungeöffnet zurückbekommen. Das tut weh, aber ich kann dich verstehen. Ich würde an deiner Stelle genauso reagieren. Ich weiß, dass du unendlich verletzt sein musst und enttäuscht. Das wären auch meine Gefühle in einer ähnlichen Situation.
Ich habe einen Fehler gemacht, den ich zutiefst bereue. Ich hätte den Auftrag erst gar nicht annehmen dürfen – aber dann hätten wir uns nie kennengelernt. In jedem Fall hätte ich dir spätestens bei unserem ersten gemeinsamen Nachmittag reinen Wein einschenken müssen. Aber ich hatte Angst davor, dass du mich zurückweisen würdest. Ich fand dich schon nach unserem ersten Treffen sehr interessant und sympathisch – als ich vor deinem Garten stand und du dazu kamst, um ein erstes Gespräch über Gartengestaltung mit mir zu führen. Nichts davon war gestellt oder gelogen. Alles fühlte sich so natürlich für mich an, und eine Weile redete ich mir ein, dass ich tatsächlich deine Gartenarchitektin sei. Ich hatte einfach Angst, dass sich zwischen uns etwas verändern könnte, wenn ich dir die Wahrheit sagte.
Und eines kannst du mir glauben: Ich war sehr unglücklich mit dieser Lüge. Eigentlich war es ja keine Lüge – das redete ich mir wenigstens ein –, eigentlich hatte ich dir ja nur nicht die ganze Wahrheit gesagt. Aber das ist natürlich Augenwischerei. Ich war mir bewusst, dass ich dir immer nur die Hälfte der Wahrheit sagen konnte, und versuchte, mich nicht in Lügen zu verstricken. Das ist sehr anstrengend auf die Dauer. Aber ich war wirklich fest entschlossen, dir die Wahrheit zu sagen und dir auch zu sagen, dass ich den Artikel oder die Reportage nicht schreiben würde. Regine, meine Chefredakteurin, hat hinter meinem Rücken gehandelt, aber das hätte ich wohl voraussehen müssen.
Eigentlich wollte ich dir meine wahre Identität an dem Abend preisgeben, an dem du mich verführt hast, aber dann kamst du mir mit deinem Flirt und deinen Avancen dazwischen, und ich konnte – und wollte – auf diese Augenblicke, auf die erste Liebesnacht mit dir, nicht verzichten. Kannst du das verstehen? Dass du am Kiosk diesen Artikel entdeckt hast, war einfach das denkbar schlechteste Timing. Spätestens an diesem Morgen hätte ich dir die Wahrheit gesagt. Auch auf die Gefahr hin, dich zu verlieren.
Meine Liebe zu dir ist nicht gelogen!

Ich habe beschlossen, dir einen Brief zu schreiben, wann immer mir danach ist. Ich werde die Briefe aber nicht abschicken, sondern sie sammeln und dir vielleicht später schicken – oder gar nicht. Aber mir tut das Schreiben gut, es gaukelt mir noch eine Weile vor, dass du mich auch liebst. Und dass vielleicht irgendwann alles gut werden kann. Das ist mein größter Wunsch.
Deine Alexandra

Je weiter Susanne las, desto stärker wuchs in ihr ein merkwürdiges Gefühl der Verbundenheit. Einige Stellen drückten fast wortwörtlich ihre eigenen Gedanken aus. Hier schrieb eine Frau, die so dachte wie sie selbst, so fühlte wie sie selbst …

Mein Gott, sie scheint es wirklich ernst gemeint zu haben. Und auch wenn sie sich mir gegenüber nicht korrekt verhalten hat – im Grunde wurde sie genauso betrogen wie ich.

Mit jedem Brief, den sie las, verflüchtigte sich ihre Wut auf Alexandra etwas mehr. Stattdessen überkam sie eine tiefe Reue. Sie hatte Alexandra ja tatsächlich als liebenswürdige Person erlebt – und sich offenbar doch nicht in ihr getäuscht, wie sie sich selbst so lange weisgemacht hatte. Aus Alexandras Briefen sprachen Loyalität und Respekt, aber auch tiefe Gefühle, die sich scheinbar eher verstärkten als weniger zu werden. Alexandra hatte beim Schreiben häufig so getan, als seien sie nur räumlich voneinander getrennt, und ließ Susanne dadurch ganz direkt an ihrem Leben, ihrem Denken und Fühlen teilhaben. Manchmal liefen Susanne die Tränen über die Wangen, so gerührt war sie von dem, was Alexandra geschrieben hatte. Manchmal musste sie herzhaft lachen, wenn Alexandra ihr eine lustige Begebenheit aus ihrem Alltag schilderte. Alexandras Worte schufen eine große Nähe zwischen ihnen, ja, Geborgenheit. Hier sprach die Frau, zu der sie gehörte.

Mit einem Mal vermisste sie Alexandra ganz schrecklich. Nein – vermisst hatte sie sie schon die ganze Zeit über, sie hatte es sich nur nicht eingestehen wollen. Doch diese Briefe ließen Susanne keine Möglichkeit mehr, sich Verachtung oder gar Hass einzureden. Sie zeigten ihr die wahre Alexandra, die wundervolle Alexandra, die sie selbst durch ihre impulsive, kindische Racheaktion vielleicht für immer vertrieben hatte.

Endlich las Susanne noch einmal den letzten Brief, denjenigen, den sie zuallererst gelesen hatte und in dem Alexandra ihre

Schlussfolgerung aus dem unglückseligen Zusammentreffen in Cannes darlegte. Sie seufzte tief, als sie die Lektüre beendete.

Bei Problemen wegrennen … sich die zweite Perspektive anhören … Oh, wie recht Alexandra damit hatte. Susannes Flucht nach Cannes war nichts anderes gewesen als ein Weglaufen, eine egoistische Schutzhandlung. Es war ihr nur um sich selbst gegangen und ihren Schmerz. Sie hatte Alexandra nicht einmal zugestanden, dass es überhaupt eine zweite Perspektive geben könnte, hatte nicht einmal in Erwägung gezogen, dass es für das Problem vielleicht eine Lösung gab.

Aber jetzt würde sie es lösen! Mit einiger Verspätung zwar, aber vielleicht noch nicht zu spät. Entschlossen und beflügelt von neuer Hoffnung legte Susanne die Briefe zurück in den Karton und stand vom Bett auf. Ihr erster Impuls war, sich sofort bei Alexandra zu melden. Doch dann fiel ihr ein, dass diese ja vielleicht in der Zwischenzeit gar nichts mehr von ihr wissen wollte. Immerhin zog ihr letzter Brief einen deutlichen Schlussstrich. Vielleicht gab es sogar schon eine neue Frau an ihrer Seite … Das galt es zuerst herauszufinden, bevor Susanne sich Alexandra wieder näherte.

Alexandra unternahm nach wie vor ihre tägliche Radtour, um sich einerseits Bewegung zu verschaffen und andererseits den Kopf freizubekommen, wenn sie wieder einmal eine Mini-Schreibblockade hatte. Wenn der kreative Fluss versiegte, diese Erfahrung hatte sie schon häufig gemacht, war Bewegung die beste Möglichkeit, ihn wieder anzukurbeln. Meistens konnte sie sich nach solchen Ausflügen vor Ideen kaum retten.

Eine Weile hatte sie es vorgezogen, die von Saalfeldsche Villa bei ihren Touren zu meiden, weil die Erinnerungen einfach noch zu schmerzhaft waren. Seit einiger Zeit jedoch hatte sie sich geradezu verordnet, doch wieder die gewohnte Route zu nehmen. Schließlich konnte sie nicht auf ewig um alles, was mit Susanne zu tun hatte, einen großen Bogen machen. Und irgendwann musste der Schmerz doch auch einmal aufhören.

Das Anwesen hatte sich nicht verändert in den Wochen, die sie es nicht gesehen hatte. Die rot lackierten Fensterläden waren geschlossen, und der Garten sah noch immer so trostlos aus, wie Alexandra ihn kennengelernt hatte. Zumindest meinte sie das aus den Augenwinkeln zu erkennen – denn sie wagte keinen direkten Blick auf das Gelände, und anzuhalten verbot sie sich erst recht. Sie wollte auf keinen Fall als Voyeurin gelten, weder aus der Sicht eines vorbeikommenden Spaziergängers noch für eine Person, die sich möglicherweise im Haus befand und zufällig den Blick nach draußen richtete.

Heute jedoch gönnte sie sich zum ersten Mal einen längeren Blick auf die Villa – und erlebte prompt eine Überraschung: Die Fensterläden waren geöffnet. Ihr Herz begann wild zu hämmern.

Verdammt, ich liebe sie immer noch, dachte Alexandra. *Sie ist wieder da, und mein ganzer Körper spielt verrückt. Obwohl ... wahrscheinlich ist es nur ihre Haushaltshilfe, die beim abgestandenen Geruch, der sie schon an der Tür erwischte, beschlossen hat, die Läden zu öffnen, um zumindest etwas Licht und frische Luft in die Räumlichkeiten einzulassen.*

Alexandra stieg wieder auf ihr Rad und bog nach rechts ab statt nach links, was die Richtung nach Hause gewesen wäre. Auf diese Weise konnte sie einen Blick auf den kleinen von Saalfeldschen Fuhrpark werfen – und der bescherte ihr die zweite Überraschung. Susannes Jeep stand dort. Das war an sich nichts Besonderes: Susanne ließ ihn normalerweise immer draußen stehen, denn er passte nicht in die Garage. Aber die letzten Tage, als Alexandra hier vorbeigeradelt war, war der Platz leer gewesen. Susanne musste also mit diesem Fahrzeug nach Cannes gefahren sein – und dass der Wagen jetzt hier zu sehen war, konnte nur bedeuten, dass Susanne tatsächlich wieder zurück war.

Alexandras Herz schlug einen freudigen Salto. Sie konnte gerade noch dem Impuls widerstehen, an der Tür der Villa zu klingeln, um kurz Hallo zu sagen und auf einen Tee eingeladen zu werden – so wie sie es früher manchmal getan hatte. Die harte Realität war wie ein Schlag ins Gesicht.

Diese Zeiten sind vorbei, dachte Alexandra seufzend.

Den kurzen Weg nach Hause radelte sie ganz langsam. Als sie schließlich vor der Tür ihres Bauernhauses stand, war sie kaum in der Lage, den Schlüssel ins Schloss zu stecken, weil sie vor lauter Tränen nichts mehr sehen konnte und ihre rechte Hand zitterte.

Die Neugestaltung von Susannes Garten war nach Alexandras Rauswurf aus der Villa völlig zum Erliegen gekommen. So sehr

Susanne Alexandras Vorschläge gefallen hatten, so wenig konnte sie sich dazu durchringen, sie wieder aufzugreifen und einen anderen Dienstleister mit ihrer Umsetzung zu beauftragen. Doch nach ihrer Lektüre von Alexandras Briefen fühlte sich Susanne endlich in der Lage, Alexandras Skizzen erneut zur Hand zu nehmen.

Ja, die Vorschläge waren wirklich gut. Besonders gefiel ihr die Idee mit dem Steingartenbereich. Alexandra hatte angeregt, an einer Seite des Gartens einen kleinen Wall aufzuschütten und einen Steingarten dort anzulegen. Das Angebot an Steingartenpflanzen schien schier unerschöpflich zu sein, und Susanne hatten es vor allem die purpurfarbenen Pflanzen, die zur Blütezeit besonders kräftig leuchteten, angetan. Alexandra hatte ihr die Laminate dagelassen, damit Susanne ihre Entscheidungen in Ruhe treffen konnte.

Beim Blättern durch die farbenfrohen Abbildungen bekam Susanne plötzlich große Lust, diese Gartenumgestaltung jetzt endlich anzugehen. Ein paar Telefonate waren schnell erledigt, dann hatte sie die nötigen Partner für das Unternehmen engagiert. Einen Gärtner hatte sie bei ihrem Einzug bereits eingestellt, der sich bisher darum gekümmert hatte, dass die nötigsten Arbeiten verrichtet wurden; er würde die Neugestaltung koordinieren. Als sie ihm die Entwürfe zeigte, war er ganz begeistert davon. Er hatte Alexandras Ideen nichts hinzuzufügen, sondern würde auf der Basis ihrer Vorschläge sofort mit der Pflanzenauswahl, Beschaffung und Anpflanzung beginnen. So würde das »Projekt Garten« abgesehen von einigen Alleebäumen, deren Lieferung ein paar Wochen dauerte, innerhalb weniger Tage zum Abschluss kommen.

Susanne beobachtete von ihrem Küchenfenster aus, wie Arbeitskräfte und Maschinen emsig vor sich hin werkelten, und war hochzufrieden über den Fortschritt. Wann hatte sie sich das letzte Mal so gut gefühlt? In Cannes nicht, das war sicher. Doch die Transformation ihres Gartens machte ihr klar, dass das Leben weiterging und viele Dinge bereithielt, die Vorfreude lohnten.

Schließlich waren alle Umgrabe- und Einpflanzarbeiten abgeschlossen, und Susanne unternahm einen ersten Rundgang durch ihren neu gestalteten Garten. Beim Kauf der Pflanzen hatte ihr Gärtner darauf geachtet, dass sie nicht zu klein waren, damit man schon einen Eindruck davon bekam, wie der Garten sich noch entwickeln würde. Alles sah so frisch aus. Die kalte, klare Luft ließ

Farben und Düfte besonders intensiv erscheinen. Begeistert nahm Susanne Sträucher und Beete in Augenschein, atmete tief den satten, reichhaltigen Geruch frischer Erde ein und freute sich an der Farbenvielfalt – denn Alexandra hatte die Pflanzen mit Bedacht so ausgewählt, dass zu jeder Jahreszeit einige in Blüte standen und dem Garten selbst jetzt, im beginnenden Winter, die Trostlosigkeit nahmen.

Schließlich nahm sie in ihrem dicken Mantel auf der kleinen Sonnenterrasse Platz, die Alexandra als Letztes entworfen hatte. Der Garten wäre schließlich groß genug, dass man ein paar Sitzplätze einfügen und so zum Verweilen animieren könnte, hatte sie gemeint. Susanne hatte die Idee schon damals gefallen, hatte sie doch in Alexandras Garten bereits längere Aufenthalte im Grünen, die friedliche Ruhe und die frische Luft schätzen gelernt. Als Möbel hatte Alexandra damals zwei wunderbar bequeme Liegen besorgt. Eine davon hatte sich Susanne nun aus dem Gartenschuppen geholt, wo alles für den Winter schon sorgfältig verpackt war. Sie ließ sich darauf nieder und dachte an den Tag, als Alexandra mit den beiden Möbelstücken vorbeigekommen war.

Es hatte unerwartet geklingelt. Susanne hatte es sich gerade mit einem guten Buch und einer Kanne Tee auf einem bequemen Sessel im Wohnzimmer gemütlich gemacht. Als sie die Tür öffnete, musste sie einen etwas ungehaltenen Eindruck gemacht haben, denn Alexandra entschuldigte sich gleich ob des Überfalls an einem so herrlichen Samstagnachmittag.

»Verzeihen Sie bitte die Störung. Ich konnte es nicht mehr abwarten, Ihnen meine Errungenschaft von heute Morgen zu zeigen.« Alexandra hatte innegehalten und augenscheinlich Susannes Reaktion abgewartet.

Susanne, durch Alexandras Anblick schon wieder besänftigt, schaute ihr tief in die Augen und lächelte kaum wahrnehmbar. Alexandra war ganz leicht errötet und hatte den Blick abgewendet. Susanne lächelte bei der Erinnerung daran.

»Ich schaffe es nicht allein. Wären Sie so nett, mir zu helfen?«, fragte Alexandra und zeigte auf ihren Wagen. »Ich habe eine Überraschung für Sie.«

»Was denn für eine Überraschung?«, fragte Susanne neugierig.

»Das sehen Sie dann schon.«

Interessiert nahm Susanne zur Kenntnis, dass Alexandras Auto voll beladen war. Zwei große Pakete wuchteten die beiden Frauen aus dem Kofferraum. Sogar die Rückbank hatte umgeklappt werden müssen, weil die beiden Kartons sonst nicht genug Platz gehabt hätten. Als die Ungetüme schließlich im Garten standen, forderte Alexandra Susanne dazu auf, sie zu öffnen. Es war nicht zu erkennen, was sich darin befand; Alexandra hatte offensichtlich alle verräterischen Aufkleber entfernt, um die Überraschung komplett zu machen.

»Ich habe vorsichtshalber ein Teppichmesser mitgebracht, damit sich die Kartons leichter öffnen lassen. Ich wusste nicht, wie gut Sie ausgestattet sind«, hatte Alexandra bemerkt – und dann rasch hinterhergeschoben: »Mit Werkzeug, meine ich.« Dann war sie knallrot geworden. Susanne hatte frech gegrinst. Auch jetzt musste sie wieder kichern bei der Erinnerung an diese ungewollte Zweideutigkeit.

Als sie die Pakete geöffnet hatte und zwei elegante, aber sehr bequem aussehende Alu-Liegen vor ihr standen, sagte sie beeindruckt: »Die sind toll. Wenn das ein Geschenk sein soll, kann ich es nicht annehmen.«

»Warum nicht?«

»Weil die Gartenarchitektin einer Kundin keine Geschenke machen soll.«

»Und warum nicht?«

»Weil sie sonst kaum etwas daran verdient.«

»Betrachten Sie es als Geschenk einer Freundin«, sagte Alexandra.

Aber Susanne hatte weiter gezögert. Zwar betrachtete auch sie Alexandra bereits als Freundin, aber in erster Linie hatten sie eben doch eine Geschäftsbeziehung, und Susanne wollte ihr nichts schuldig sein. »Aber …«

»Na gut, wenn Sie darauf bestehen«, meinte Alexandra, »erbitte ich die angemessene Entlohnung in Form einer Tasse Tee.«

»Na gut. Entlohnung gewährt.« Susanne lächelte breit. »Was halten Sie davon, wenn wir die Liegen gleich einweihen und Sie Ihren Lohn sofort bekämen?«

»Das nenne ich mal einen guten Vorschlag. Lassen Sie uns die Liegen am Ende des Gartens aufstellen. Dann haben Sie mal eine ganz andere Perspektive auf Ihr Anwesen.« Alexandra wandte sich noch einmal in Richtung ihres Wagens um: »Außerdem habe ich noch ein Sonnensegel mitgebracht, das wir dazustellen können, dann ist man der Sonne nicht direkt ausgesetzt.«

»Das kann ich nun wirklich nicht annehmen.«

»Doch, können Sie. Bitte. Ich möchte Ihnen so gern zeigen, dass solch ein Sonnenplatz ein richtiges Kleinod ist.«

Sie einigten sich schnell auf einen Platz, stellten gemeinsam das Sonnensegel auf und transportierten den Tee dorthin. Schließlich lag jede auf einer Liege, eine Tasse Tee neben sich im Gras und ein gutes Buch in der Hand. Susanne hatte Alexandra eine kleine Auswahl ihrer Lieblingslektüre angeboten, und die hatte sich *Das Begehren* von Pina Mandolfo ausgesucht.

Die beste denkbare Wahl, fand Susanne, denn dieser Roman gehörte zu ihren Lieblingsbüchern. Er erzählte vom Ende einer Liebe zwischen zwei Frauen, und Susanne hatte ihn als sehr intensiv empfunden. Nun betrachtete sie mit einem kleinen Lächeln Alexandras Gesichtsausdruck, als diese sich in die Lektüre vertiefte. Ab und zu erschien eine kleine Falte auf ihrer Stirn, als müsse sie innehalten, nachdenken, die Worte eine Weile auf sich wirken lassen – genauso, wie es Susanne beim Lesen auch ergangen war.

Hin und wieder klappte Alexandra das Buch zu und schloss die Augen. Als Susanne sie bei einem dieser intimen Momente beobachtet hatte, begann ihr Herz schneller zu schlagen. *Sie sieht so entspannt aus,* lächelte sie in sich hinein und konnte gerade noch dem Impuls widerstehen, Alexandra sanft über das Gesicht zu streicheln.

Ein gutes Buch, ein ruhiger Spätsommernachmittag im Garten und eine schöne Frau neben mir, die meine Lesevorlieben teilt, hatte sie gedacht. *Was könnte es Angenehmeres geben?*

Das war ein sehr entspannender Nachmittag gewesen, erinnerte sich Susanne nun. Und obwohl sie sich kein einziges Mal berührt hatten, hatte sie eine große, bis dahin nicht empfundene Nähe gespürt ...

Ein Lächeln huschte über ihr Gesicht, und ihr Herz klopfte ein wenig schneller als sonst.

Einige Tage später machte sich Susanne zu einem Spaziergang auf. Sie hatte beim Aufbruch nicht darüber nachgedacht, wohin sie gehen wollte, doch plötzlich merkte sie, dass sie die Richtung zu Alexandras Bauernhaus eingeschlagen hatte. Es war automatisch passiert – wie eine liebgewonnene Gewohnheit.

Ob sie bei Alexandra anklingeln sollte? Nach der Lektüre von Alexandras Briefen hatte sie schließlich den Entschluss gefasst, den Kontakt wieder aufzunehmen. Doch seitdem waren inzwischen mehrere Wochen vergangen, und sie hatte bisher gezaudert, dieser Entscheidung konkrete Planung folgen zu lassen – zumal sie auch noch nichts weiter über Alexandras Lebenssituation hatte in Erfahrung bringen können. Oder genauer: darüber, ob Alexandra vielleicht inzwischen neu liiert war. Ob es überhaupt sinnvoll war, sich ihr zu nähern und eine Vergangenheit wieder aufleben zu lassen, mit der Alexandra möglicherweise gar nicht mehr konfrontiert werden wollte.

Susannes Weg führte sie durch einen kleinen Wald, durch den sie früher öfter mit Alexandra geschlendert war. An vielen Stellen waren sie stehen geblieben, weil Alexandra immer wieder Fotos gemacht hatte – eine weitere ihrer Leidenschaften, für die Susanne sie bewunderte. Sie hatte es geliebt, Alexandra in diesen Momenten der höchsten Konzentration zu beobachten, in denen ihr Gesichtsausdruck angespannt und entspannt zugleich schien. Alexandra kam Susanne in diesen Augenblicken vor wie die schönste Frau der Welt.

Nein – Alexandra ist *die schönste Frau der Welt für mich,* dachte Susanne. *Auch jetzt noch.*

Die Sehnsucht erfasste sie wie ein körperlicher Schmerz. Wie hatte sie das nur verdrängen können: diese wunderbaren Momente, in denen es nur sie beide gegeben hatte und sie auch nichts weiter brauchten als einander. Während die ersten wirklich intensiven Sonnenstrahlen des Jahres die klirrende Kälte etwas abmilderten und ihr angenehm ins Gesicht schienen, wünschte sich Susanne nichts mehr, als dass Alexandra diese Intensität, diese Ruhe und den Frieden des Waldes mit ihr teilen möge.

Von weitem konnte sie ein Frauenpärchen ausmachen, das stehen geblieben war und sich umarmte. Susanne musste lächeln: Das da hätten sie und Alexandra zu Beginn ihrer Bekanntschaft sein können. Auch sie beide hätten eng umschlungen auf den Waldwegen schlendern können, hätten sich gegenseitig ihre Lebensgeschichten erzählt, wären hin und wieder stehen geblieben, um sich zu küssen. Lang, leidenschaftlich, intensiv.

Wenn sie, Susanne, die Fortsetzung ihrer Bekanntschaft zugelassen hätte.

Sie überlegte kurz, ob sie umkehren sollte, um das Glück der beiden nicht zu stören, aber dann zuckte sie die Achseln und ging auf das Pärchen zu. Als sie nah genug war, um Gesichter zu erkennen, lösten sich die beiden Personen aus ihrer Umarmung und blickten in ihre Richtung.

Im nächsten Augenblick stockte Susanne der Atem, als habe ihr jemand einen schmerzhaften Schlag in die Magengrube versetzt. Eine der beiden Frauen war Alexandra.

Ohne nachzudenken, drehte Susanne sich um und rannte den Weg zurück nach Hause. Ihr Herz klopfte zum Zerspringen, und das lag nicht nur am Laufen. Sie hatte nur eines im Sinn: sich zu verstecken, zu verbarrikadieren, die ganze Welt möglichst weit weg zu wissen. Aber als sie keuchend und mit zitternden Händen die Haustür ihrer Villa aufschloss, hörte sie Schritte hinter sich.

Sie wandte sich um und sah direkt in Alexandras Augen.

»Ich muss mit dir reden«, sagte Alexandra in forderndem, ernstem Ton.

Susannes Gedanken rasten. »Ich wüsste nicht, was es da noch zu reden gibt«, brachte sie mit gepresster Stimme heraus. »Und jetzt sag bloß nicht: Es ist nicht so, wie du denkst.«

»Ist es aber wirklich nicht«, erwiderte Alexandra sofort, um danach ohne Pause und ohne Luft zu holen hervorzusprudeln: »Marion ist eine meiner besten Freundinnen. Sie hat ihre Freundin in flagranti mit einer anderen erwischt und mich besucht, um sich von mir trösten zu lassen.«

Allmählich kehrte Susannes Hirn zu seiner normalen Funktionsweise zurück. Wut brodelte in ihr hoch.

»Na, das war nicht zu übersehen«, schnappte sie und war der Ansicht, dass es nichts weiter zu sagen gab. Sie wollte ins Haus gehen und die Tür schließen. Sollte Alexandra doch machen, was sie wollte. Mit oder ohne ihre sogenannte Freundin.

Doch Alexandra schlüpfte gewandt unter Susannes Arm hindurch und war als Erste im Haus.

»Ich kann mich nicht erinnern, dich hereingebeten zu haben«, sagte Susanne schroff.

Alexandra ging gar nicht darauf ein. Leise, aber eindringlich bat sie: »Susanne, wir müssen reden. Es hat so viele Missverständnisse gegeben. Bitte, lass mich meine Version erzählen. Du hast mich schon einmal nicht erklären lassen, lass es mich wenigstens jetzt tun.«

»Und du hast mir schon einmal nicht die ganze Wahrheit erzählt.« Susanne blieb misstrauisch.

»Treffer«, gab Alexandra zu. »Aber ich will dir jetzt alles, alles erzählen. Danach kannst du mich immer noch rauswerfen.« Ihre Stimme hatte einen flehentlichen Tonfall angenommen.

Susannes Widerstand begann zu bröckeln. Vielleicht reagierte sie schon wieder unangemessen. Vielleicht hatte Alexandra tatsächlich recht – und dies hier war eine zweite Chance, die Dinge geradezurücken. Das wollte sie ja schließlich, sie hätte alles dafür getan, die hässlichen Ereignisse der jüngsten Vergangenheit ungeschehen zu machen ... oder zumindest die Nähe, die sie verloren hatten, wiederherzustellen, soweit das möglich war.

Aber vorerst war sie noch auf der Hut. Schließlich hatte sich ihre Frage, ob Alexandra in einer neuen Beziehung war, gerade allem Anschein nach beantwortet, und nicht unbedingt so wie erhofft. Sie bat Alexandra in ihr Büro, um ihr deutlich zu machen, dass sie dieses Gespräch als eine offizielle Unterhaltung betrachtete, nicht als eine persönliche Aussprache.

»Nimm doch bitte Platz«, sagte sie entsprechend geschäftsmäßig, während sie sich auf dem Schreibtischstuhl Alexandra gegenüber platzierte.

Alexandra setzte sich. Sie lächelte amüsiert.

»Was gibt's da zu grinsen?«, fragte Susanne entrüstet. »Und sag jetzt nicht, ich sehe süß aus, wenn ich wütend bin.«

»Nein!«, antwortete Alexandra und erwiderte Susannes Blick fest. »Aber ... du siehst wirklich umwerfend aus. Nicht nur, wenn du wütend bist.«

Susanne schwieg entwaffnet, sie wusste nichts zu entgegnen. Außerdem musste sie die kribbelige Wärme niederkämpfen, die Alexandras Worte in ihr ausgelöst hatten. Ihr lag noch so viel mehr an Alexandra, als sie sich in diesem Moment hätte eingestehen wollen. So nüchtern wie möglich forderte sie Alexandra auf: »Jetzt komm endlich zur Sache.«

Die kam der Bitte bereitwillig nach. »Wie ich schon sagte, ist Marion meine beste Freundin, die gerade meinen Trost braucht. Dazu gehört nun einmal eine Umarmung im richtigen Augenblick ... und der war genau da gekommen, als du uns gesehen hast. Ich habe nichts mit Marion, sie ist die Einzige, die aus meiner Studienzeit übrig geblieben ist. Wir pflegen unsere Freundschaft sehr unregelmäßig, aber wir pflegen sie. Sie wohnt in Hamburg und arbeitet dort in der Redaktion der ZEIT.«

»Wow. Und wieso arbeitest du bei der Regenbogenpresse?«, fragte Susanne dazwischen.

»Ich arbeite nicht mehr dort«, erwiderte Alexandra. Ein sanfter Ausdruck schlich sich in ihre Augen, als sie etwas leiser fragte: »Hast du meine Briefe gelesen?«

Susanne nickte nur – und glaubte in Alexandras Augen ein ganz kurzes Aufleuchten zu erkennen.

Aber im nächsten Moment gab sich Alexandra wieder kühl und sachlich. »Dann weißt du ja darüber Bescheid«, fuhr sie fort, »dass ich noch an dem Tag bei der ›Alexandra‹ gekündigt habe, als du den Artikel gelesen hast. Ich habe danach immer wieder versucht, Artikel zu schreiben, die dich in einem besseren Licht darstellen ... und so eine Art Gegendarstellung zu platzieren. Als ich diesen mir selbst gegebenen Auftrag erledigt hatte, habe ich mich als freie Autorin verdingt. Marion hat dafür gesorgt, dass ich des Öfteren Texte in der ZEIT veröffentlichen konnte. Daneben schreibe ich tatsächlich an dem Roman, von dem ich dir erzählt habe.«

»Du hast meine Frage nicht beantwortet«, warf Susanne bissig ein.

Alexandra zuckte mit den Schultern. »Marion hatte einfach die besseren Verbindungen. Nach ihrem Studium konnte sie sofort bei der ZEIT einsteigen, während meine Bewerbung abgelehnt wurde. Ich musste damals nehmen, was ich kriegen konnte. Aber Boulevard wollte ich nie machen. Musste ich auch eigentlich nicht, weil ich bei der ›Alexandra‹ verantwortlich war für den Kulturteil, hauptsächlich für die Neuerscheinungen auf dem Buchmarkt. Ich habe also jahrelang genau das gemacht, was ich wollte: lesen, lesen, lesen. Und ab und zu Romane rezensieren, Autorinnen interviewen und Reportagen über Schriftstellerinnen, Wissenschaftlerinnen und andere interessante Frauen verfassen. Für mich bestand kein Handlungsbedarf. Ich gehörte zu den ersten Autorinnen der Zeitschrift. Dass sie im Laufe der Jahre so zum Boulevard-Journalismus abgerutscht ist, konnte ich nicht verhindern. Immerhin habe ich dadurch eine Menge verdient.«

»Schlimm genug«, sagte Susanne patzig. Eigentlich glaubte sie Alexandra, und sie konnte es ihr auch nicht übel nehmen, dass sie, auch wenn sie nicht ihren Traumjob im seriösen Journalismus ergattert hatte, irgendwie ihr Geld verdienen musste. Solange sie gewisse Grenzen nicht überschritt ... Und in dieser Hinsicht war die Verletzung, das wurde Susanne jetzt klar, doch noch zu groß, als dass sie Alexandra nicht hätte provozieren wollen.

Doch Alexandra reagierte gar nicht auf die Provokation. Stattdessen seufzte sie tief. »Du hast völlig recht. Ich hatte das Nachdenken über meine ursprünglichen Ziele einfach verdrängt, weil es bequem war, so wie es lief. Aber als ich gezwungen wurde, die Reportage über dich zu machen, fing ich wieder an, darüber nachzudenken.« Sie hielt kurz inne und sah Susanne direkt in die Augen: »Genau in dem Moment, in dem ich dir von meinem Auftrag und meinem Vorhaben, dort zu kündigen, berichten wollte, hast du mich angemacht.«

»*Du* hast *mich* angemacht«, erwiderte Susanne.

»Nein. Das hätte ich mich nie getraut. Wir waren gesellschaftlich nicht auf derselben Stufe.«

»Was soll das denn heißen? Und was hat das mit Verführen zu tun?«, fragte Susanne, aus dem Konzept gebracht.

»Das ist Quatsch, stimmt«, lenkte Alexandra ein. »Ich habe mich einfach nicht getraut. Ich wollte die Nacht mit dir verbringen. Aber ich hatte nicht zu hoffen gewagt, dass du dich vielleicht auch in mich verliebt haben könntest.«

»Das hast du nicht gemerkt?« Susanne war immer noch ein wenig verwirrt. »Das war doch wohl nicht zu übersehen, oder?«

»Aus heutiger Sicht vielleicht nicht, aber zum damaligen Zeitpunkt schon.« Alexandra sah Susanne immer noch an, und ihr Blick wurde eindringlicher. »Ich wollte dir an dem Abend wirklich sagen, was ich beruflich mache. Das musst du mir glauben. Und Regine, meine damalige Chefredakteurin, hat mich reingelegt.«

»Hättest du das nicht erkennen müssen?« Das war einer der

Punkte, die Susanne weiterhin Bauchschmerzen bereiteten. Über die sie nicht so ohne weiteres hinwegsehen konnte.

»Hätte ich, habe ich aber nicht. Es tut mir wirklich leid.« Alexandras Blick war jetzt tieftraurig. Dann schlug sie die Augen nieder. »Aber du hast es mir heimgezahlt.«

»Du meinst Cannes?« Es war eher eine Feststellung als eine Frage. Susanne hatte die Racheaktion ja ganz bewusst ausgeführt. Und Alexandra war eine kluge Frau. Sie hatte es gleich so verstanden, wie es gemeint gewesen war.

Jetzt nickte Alexandra nur.

Susanne senkte ebenfalls den Blick. »Ich war wütend und verletzt. Ich habe mich verraten gefühlt. Weißt du, zum ersten Mal nach Anne fing ich an, wieder einer zu vertrauen – die dann nichts Besseres zu tun hatte, als mein Vertrauen zu missbrauchen. Ja, ja, ich weiß, du wolltest mir reinen Wein einschenken. Ist angekommen. Aber das wusste ich zu dem Zeitpunkt ja noch nicht. Außerdem hat mich diese Aktion in Cannes ziemlich viel Geld gekostet. Eigentlich müsste ich dich verklagen.« Zum ersten Mal in dieser Unterhaltung wagte sie ein Lächeln. Aber sie wusste nicht, ob Alexandra es sehen konnte, weil ihr Blick nach wie vor auf der Tischplatte ruhte.

Eine Weile schwiegen beide. Susanne wartete vergebens darauf, dass Alexandra auf ihren kleinen Scherz reagieren würde. Dann schalt sie sich selbst: *Das war ja wohl die dümmste Strategie, das Eis zu brechen, die dir einfallen konnte.*

»Wie geht es jetzt weiter?«, fragte Alexandra schließlich vorsichtig.

»Ich weiß es nicht«, antwortete Susanne wahrheitsgemäß. Plötzlich spürte sie die Angst ihre kalten Finger nach ihr ausstrecken – Angst, Alexandra die Wahrheit zu sagen über ihre Gefühle zu ihr. Gut, Alexandra hatte glaubhaft versichert, dass Marion offenbar nur eine gute Freundin war. Aber würde sie Alexandra überhaupt je wieder vertrauen können? Was, wenn sie es erneut versuchte, sich erneut öffnete, verletzbar machte – würde nicht das Misstrauen bleiben, die Befürchtung, dass die schlimme Verletzung sich wiederholen könnte?

»Was hältst du davon«, fragte Alexandra weiter, »wenn wir morgen Abend essen gehen? Für den Anfang, meine ich?«

Essen gehen. Ein neutraler Ort, nicht eine ihrer Wohnungen, die so viele emotionale Erinnerungen bargen. Ja, das war vielleicht eine gute Idee, um ein wenig auszutesten, wie sie sich in Alexandras Gegenwart fühlte. »Na ja, dabei werde ich mir wohl keinen Zacken aus der Krone brechen«, meinte Susanne betont lässig und fügte dann mit verschmitzter Miene hinzu: »Wenn du zahlst.«

Alexandra lächelte und nickte. »Ich hole dich dann morgen Abend so gegen sechs ab, einverstanden?«

»Ist gut«, sagte Susanne. Und da die Unterhaltung somit ein zufriedenstellendes Ende gefunden hatte, stand sie auf und brachte Alexandra zur Tür. Dort setzte sie noch hinzu: »Dann bis morgen also.«

Alexandra blieb kurz stehen und bewegte sich auf Susanne zu. Doch dann schien sie es sich anders zu überlegen und trat nach draußen.

Susanne blieb noch eine ganze Weile vor der geschlossenen Tür stehen. *Ein Abendessen. Ein Neuanfang ... aber was kommt danach?*

Sie atmete ein paarmal tief und gleichmäßig ein und aus, um ihren rasenden Herzschlag unter Kontrolle zu bringen.

8. Kapitel

Als Alexandra ihr Haus betrat, kam ihr Marion mit vielsagendem Lächeln entgegen und fragte: »Hast du mir etwa etwas verschwiegen?«

»Ach, das ist eine lange Geschichte ...« Alexandra erwog einen Moment lang, Marion einfach ihr Herz auszuschütten, sich das ganze Drama von der Seele zu reden, verwarf den Gedanken aber wieder. Marion hatte auch an ihrer eigenen Trennung schon genug zu knabbern. So setzte sie nur hinzu: »Die hoffentlich auch noch nicht zu Ende ist. Ich will zunächst mal warten, wie sich alles entwickelt.« Damit öffnete sie den Kühlschrank, um das Abendbrot vorzubereiten. Aber so ganz bei der Sache war sie nicht. Ihr Herz schlug immer noch heftig, und ihre Bewegungen waren so fahrig, dass ihr fast die Butterdose aus der Hand gefallen wäre.

Was Marion natürlich nicht entging. »Die Dame scheint dich ja mächtig aufzuregen. Oder sollte ich besser sagen: zu *er*regen?«, stichelte sie.

Alexandra tat die Sache mit einer flapsigen Bemerkung ab: »Tja, da muss ich jetzt wohl durch.«

Und das war ja auch die Wahrheit. Das totale Gefühlschaos, das in ihrem Inneren herrschte, musste sie zumindest die nächsten 24 Stunden ertragen, bis sie Susanne wiedersah. Nein – »Gefühlschaos« war das falsche Wort. Über ihre Gefühle war sie sich nach ihrer Liaison mit Vera nur allzu klar geworden: Sie liebte Susanne. Es war Susannes Verhalten, das sie verunsicherte. Würde Susanne bereit sein, den Vertrauensbruch, den Alexandra ihr gegenüber begangen hatte, zu verzeihen? Wenn sie sich weiterhin so kühl und unnahbar gab wie vorhin – wäre dann nicht ein Neubeginn von vornherein zum Scheitern verurteilt? Würde der Fehler, dessen sie sich schuldig gemacht hatte, für immer zwischen ihnen stehen und jede neuerliche Annäherung vereiteln?

Alexandra seufzte tief.

Dann ermahnte sie sich: *Nicht aufgeben.* Immerhin hatte Susanne ihren Vorschlag für das morgige Treffen angenommen. Mit jemandem, dem man nicht verzeihen konnte, traf man sich doch nicht zum Abendessen, oder?

In 24 Stunden würde sie mehr wissen.

»Hallo!«, sagte Alexandra, als Susanne ihr die Tür öffnete. »Wie geht es dir?«

»Es geht . . . Komm rein, ich bin noch nicht soweit. Setz dich ruhig.«

»Nein, nein. Wir sitzen ja die ganze Fahrt über«, erwiderte Alexandra und bemühte sich um ein zwangloses Lächeln. Doch ihr Herz krampfte sich zusammen, und ihr Puls legte einen nervösen Sprint ein. »Es geht« war nicht gerade eine Antwort, die ihre Hoffnungen beflügelte.

»Du hast gestern nichts davon gesagt, dass wir lange fahren müssen«, bemerkte Susanne, während sie Schlüssel und Portemonnaie in ihrer Handtasche verstaute.

Alexandra hob entschuldigend die Schultern. »Da habe ich es auch noch nicht gewusst.« Tatsache war, dass ihr die Idee zur Gestaltung des heutigen Abends erst vor wenigen Stunden gekommen war. Aber angesichts von Susannes wenig ermutigendem Auftreten kamen ihr nun plötzlich leise Zweifel.

»Wo fahren wir denn hin?«

»Nach Köln. Der Rest ist … eine Überraschung«, sagte Alexandra. Und da Susanne keinerlei Anzeichen von Freude erkennen ließ, sondern nur fragend in ihre Richtung sah, setzte sie schnell noch hinzu: »Wenn du es nicht möchtest, fahren wir woanders hin.«

»Na ja. Ich kann ja mal sehen, was du vorhast.« Zum ersten Mal zeigte sich der Anflug eines Lächelns auf Susannes Gesicht.

Im Auto sprachen sie wenig. Alexandra war Susannes Gegenwart und vor allem die Distanz zwischen ihnen überdeutlich bewusst, und sie musste sich zwingen, sich aufs Fahren zu konzentrieren. Ihre Unsicherheit wuchs mit jedem Kilometer.

Schließlich hielt sie es nicht mehr aus. Sie setzte den Blinker und bog auf einen Parkplatz ein.

»Was machen wir hier?«, fragte Susanne. Die Anspannung in ihrer Stimme war deutlich zu hören.

Alexandra parkte den Wagen und stellte den Motor ab, dann drehte sie sich zu Susanne um. »Ich muss dir sagen, wohin ich mit dir gehen wollte, weil es mir jetzt doch zu unpassend vorkommt.«

»Was kann das für ein merkwürdiges Restaurant sein? Ist es ein Restaurant nur für Frauen, in dem die Kellnerinnen mit nacktem Oberkörper herumlaufen?« Susanne war sichtlich bemüht, ihre Nervosität durch Lockerheit zu überspielen.

Dankbar lächelte Alexandra sie an: Zumindest zog Susanne sich nicht völlig von ihr zuruck, sondern versuchte das Beste aus dieser etwas unbehaglichen Situation zu machen. »So merkwürdig finde ich diese Idee gar nicht, sondern äußerst interessant und anregend«, meinte sie.

Gott sei Dank, Susanne lächelte zurück. Alexandra entspannte sich ein wenig. »Aber, nein, in unserem Restaurant sind die Kellnerinnen nicht halbnackt«, fuhr sie fort. »Es ist ein Restaurant, in dem es völlig dunkel ist und Blinde dich bedienen.«

»Ein Blind Date sozusagen … Ich habe davon gehört.«

Ein Scherz! Das hätte Alexandra nicht zu hoffen gewagt. Sie lächelte breiter. Dann fragte sie: »Ist dir das zu intim?«

»Das kann ich dir erst sagen, wenn ich dort sitze und du mir im Dunkeln an die Wäsche willst. Dann werde ich schreien.« Susanne lächelte nicht.

Okay, sie will deutlich machen, dass Romantik bei diesem ersten Treffen nach einigen gravierenden Missverständnissen nicht angesagt ist. Das ist ihr gutes Recht, dachte Alexandra. Aber es schien schwieriger zu sein als gedacht, Susanne klarzumachen, dass ihr Wohlergehen Alexandra wirklich am Herzen lag. Dass sie nicht nur auf eine Gelegenheit aus war, Susanne erneut zu verführen, sondern eine neue Basis schaffen wollte für sie beide.

»Ich kann dir versprechen, dass ich dir nicht an die Wäsche gehe. Ich möchte nur sichergehen, dass du dich wohlfühlst«, versicherte Alexandra mit großem Ernst.

»Das kann ich dir erst sagen, wenn wir dort sitzen.«

»Wir können jederzeit gehen, wenn es dir nicht gefällt. Oder wir gehen von vornherein in ein anderes Restaurant.«

»Warum suchst du dann dieses Lokal aus, wenn du dir nicht sicher bist, dass es mir gefällt?«

Himmel, sie macht es mir aber wirklich schwer. Oder vielleicht bin ich einfach nur eine große Idiotin ... »Heute Nachmittag war ich es noch«, erklärte Alexandra, ehrlich zerknirscht. »Ich fand die Idee großartig. Ich bin überhaupt nicht darauf gekommen, dass es zweideutig wirken könnte. Aber jetzt gerade fällt es mir wie Schuppen von den Augen.« Sie senkte den Kopf und wünschte sich weit weg.

Da hörte sie Susanne in ganz normalem Tonfall, sogar mit einem kleinen Lachen in der Stimme sagen: »Nun fahr schon. Ich habe einen ziemlichen Hunger. Und ich habe vor, deine Geldbörse mächtig zu schröpfen.«

Puh, noch mal gutgegangen. Alexandra stieß hörbar die Luft aus. »Ich habe es wohl nicht anders verdient«, murmelte sie mit einem erleichterten Grinsen, startete den Motor und fuhr wieder auf die Autobahn auf.

Bevor man das eigentliche Restaurant betrat, in dem es tatsächlich stockdunkel war, bekam man an einer Rezeption eine Menükarte und musste die Bestellung aufgeben. Getränke gab es natürlich auch. Beide Frauen bestellten Wasser. Alexandra trank grundsätzlich keinen Alkohol, wenn sie fahren musste, aber sie fragte sich, ob Susanne wohl deshalb darauf verzichtete, weil sie fürchtete, sonst die Kontrolle zu verlieren.

Es war sehr ungewohnt, sich im Dunkeln zu bewegen. Alexandra hatte bei jedem Schritt Angst, dass etwas im Weg stehen könnte, über das sie stolpern könnte. Aber natürlich war das völlig unbegründet, weil ja auch die Kellnerinnen und Kellner nichts sehen konnten und alle Wege dennoch genau kannten.

Vielleicht war es doch keine so schlechte Idee, dachte Alexandra. *Hier haben wir beide dieselben Voraussetzungen. Jede hat dasselbe Problem mit der Fortbewegung in der Dunkelheit. Jede von uns beiden kommt sich schutzlos vor in dieser Umgebung. Und niemand kann uns beobachten, weil alle im Dunkeln sitzen.*

Als sie am Tisch saßen, sprachen sie nicht, sondern erkundeten zunächst durch vorsichtiges Tasten, was alles auf dem Tisch stand. Man konnte hören, wie die Weingläser abgeräumt und das Fischbesteck neben den Tellern platziert wurde, denn sie hatten beide ein Menü mit Fisch bestellt.

Dann wurden die Getränke serviert. Alexandra suchte behutsam ihr Glas und hörte, dass auch Susanne auf dem Tisch herumtastete.

»Wollen wir mal versuchen anzustoßen?«, fragte Alexandra.

»Mit Wasser muss man doch nicht unbedingt anstoßen«, erwiderte Susanne.

»Ich weiß, aber es ist doch verlockend zu sehen, ob man sich findet. Beziehungsweise zu spüren.« Alexandra begann die Herausforderung Spaß zu machen.

Von Susanne kam ein kleines Lachen, dann ein »Na gut. Also los!«

Vorsichtig bewegte Alexandra ihr Glas in die Richtung, in der sie die Mitte des Tisches vermutete. Ein plötzlicher Widerstand und ein leises Klirren deuteten an, dass sie offenbar beide in der richtigen Richtung unterwegs gewesen waren.

»Prost!«, sagten sie gleichzeitig.

Dann sprachen sie eine Weile nicht, sondern lauschten nur. Zumindest ging Alexandra davon aus, dass Susanne genau wie sie selbst die Umgebung akustisch auf sich wirken ließ. Es faszinierte sie, wie reichhaltig die Geräuschkulisse plötzlich schien, wenn man nichts mehr sah: das Klappern von Besteck, das gleichmäßige Tappen, wenn die Kellnerinnen und Kellner zügig durch den Raum schritten, die sehr gedämpften Unterhaltungen der anderen Gäste.

Keines der Geräusche war laut, und offenbar sprach auch niemand laut, um sich der Umgebung anzupassen.

»Merkwürdig, wie still es einem vorkommt, oder?«, brach Alexandra als Erste das Schweigen. Auch sie flüsterte beinahe – Sprechen in normaler Lautstärke wäre ihr wie Schreien vorgekommen.

»Ja, aber ich finde es nicht unangenehm«, hörte sie Susanne antworten. »So langsam scheine ich auch meine Unsicherheit in der Dunkelheit zu verlieren.«

»Das heißt, du schreist nicht?«

»Na, du hast mich ja noch nicht berührt. Es gibt also keinen Grund zu schreien. Noch nicht jedenfalls.« Susanne grinste, das konnte Alexandra ganz deutlich hören. Sie war so fasziniert von den Nuancen, die sie, ihres Gesichtssinnes beraubt, nun plötzlich mit ihren anderen Sinnen wahrnehmen konnte, dass sie fast vergaß, sich über Susannes Scherz zu freuen.

Die Vorspeise wurde serviert, eine Suppe. Den Löffel zu finden, war einfacher als Alexandra gedacht hatte. Sie führte ihn zum Mund und nahm wahr, dass auch Susanne zu essen anfing. Der Geschmack traf ihren Gaumen mit einer Intensität, die sie überraschte.

Susanne schien es nicht anders zu gehen, denn sie sagte: »Diese Suppe ist köstlich. Ich glaube, ich habe schon ewig nicht mehr so intensiv den Blumenkohl geschmeckt. Ich frage mich, wie dann erst der Fisch munden wird. Das könnte eine Gaumenexplosion geben.«

»Ich habe auch davon gehört, dass man alles intensiver schmeckt, weil man die Speisen nicht sehen kann«, meinte Alexandra. »Ich habe mir allerdings nicht vorgestellt, dass es *so* intensiv ist.«

Susannes leise Essgeräusche verstummten, als sie fragte: »Du warst noch gar nicht hier?«

»Nein, ich hatte nur von diesem Lokal gehört und war sehr neugierig darauf. Aber bisher hatte sich noch keine Gelegenheit ergeben«, erklärte Alexandra. Nach einer winzigen Pause fügte sie hinzu: »Ich bin froh, dass du mitgekommen bist. Ich glaube nämlich, dieses Vergnügen wäre allein nur die Hälfte wert.«

»Ja, das glaube ich auch.«

Danach gaben sich beide wieder schweigend dem unvergleichlichen Geschmackserlebnis hin. Es war insgesamt eine angenehme

Atmosphäre, fand Alexandra: die gedämpften Geräusche, kein Lärm, keine Hektik, dazu diese intensiven Aromen – sie fühlte sich wohl. Entspannt. Sie hoffte, dass es Susanne genauso ging.

Als ihr das Schweigen zu lang wurde, erkundigte sie sich: »Weißt du schon, in welche Richtung du beruflich gehen willst?«

»Nein, noch nicht«, kam Susannes Antwort. »Noch reicht das Geld eine Weile. Und wenn ich das große Haus verkaufte, würde es noch länger reichen.«

»Du willst die Villa verkaufen?«, fragte Alexandra entsetzt. Sie konnte sich zwar gerade noch verkneifen, laut herauszuschreien, aber trotzdem schien ihre Frage die allgemeine Ruhe scharf zu durchbrechen.

»Das habe ich zwar nicht gesagt, aber warum denn nicht. Es kann ja auch ruhig eine Nummer kleiner sein.« Susannes Stimme klang gleichmütig.

Alexandras Gedanken fuhren Karussell, ohne dass sie den einen oder anderen hätte festhalten und näher beleuchten können. *Sie will weg – weg von mir! Sie gibt das Haus auf, das ihr doch so gefallen hat … das heißt, es ist aus … ich hätte mir nie Hoffnungen machen dürfen.*

»Aber du hattest dich doch in das Haus verliebt?«, fragte sie, immer noch fassungslos.

»Das schon. Aber es verschlingt eine Menge Geld, das ich an anderer Stelle besser gebrauchen könnte. Außerdem frage ich mich mittlerweile, was ich mit den ganzen leer stehenden Räumen mache. Ich kann sie doch nicht alle auf einmal bewohnen.«

Inzwischen hatte sich das Gedankenkarussell wieder beruhigt, und Alexandra hörte genauer hin. »Du sprichst im Indikativ. Heißt das, du behältst das Haus vielleicht doch?«, fragte sie vorsichtig nach.

»Die Erinnerungen, die mich mit diesem Haus verbinden, sind immer noch sehr schmerzlich«, bemerkte Susanne statt einer Antwort.

Das saß. Alexandra sagte nichts mehr. Dass Susanne vor allem an die schmerzhaften Erinnerungen dachte … Sie hatten doch auch schöne Stunden gemeinsam in dem Haus verlebt. Aber offensichtlich war Susanne entschlossen, nur die negativen Seiten ihres vergangenen Beisammenseins herauszustellen. Eine Träne lief ihr über die Wange, und sie war froh, dass niemand sie sehen konnte.

Die Suppenteller wurden abgeräumt, und die Kellnerin fragte, wie es geschmeckt habe. Alexandra hatte sich wieder gefasst, und beide reagierten sehr enthusiastisch.

»Sagen Sie, sind alle Kellnerinnen hier blind?«, erkundigte sich Susanne bei ihrer Bedienung.

»Ja, wir sind alle entweder blind oder stark sehbehindert«, kam die Antwort.

»Ich glaube, ich kann jetzt zum ersten Mal nachempfinden, wie ein blinder Mensch die Welt erlebt«, meinte Susanne.

»Das ist ja auch eines der Ziele unseres Konzeptes. Außerdem sollen auch die nicht sehbehinderten Menschen einmal in den Genuss eines großen Geschmackserlebnisses kommen, das wir schließlich jeden Tag erleben. Und ein besonderes Geruchserlebnis noch dazu«, erklärte die Kellnerin und fügte hinzu: »Der Hauptgang kommt sofort.«

Tatsächlich brachte sie den Fisch nur eine Minute später und riet: »Am besten, Sie lassen zunächst den Duft auf sich wirken, bevor Sie mit dem Essen beginnen. Es dürfte heiß genug sein. Guten Appetit!«

»Danke! Machen wir«, antworteten Susanne und Alexandra im Chor und brachen reflexartig in Lachen aus. Damit war die gedrückte Stimmung wie weggeblasen. Andächtig atmete Alexandra den Duft ein, der ihr von ihrem Teller entgegenwehte, und konnte hören, wie Susanne ebenfalls einen tiefen Atemzug tat.

»Mein Steinbutt riecht nach Meer. Ich kann es richtig rauschen hören«, sagte Susanne leise.

»Und ich habe das Meer förmlich auf der Zunge«, sagte Alexandra begeistert. »Mein Lachs riecht fantastisch.«

Sie ließen sich ihre Mahlzeit im wahrsten Sinne des Wortes auf der Zunge zergehen, was sehr viel mehr Zeit in Anspruch nahm als ein normales Essen. Dass sie währenddessen kein Wort sprachen, hatte einen sehr viel erfreulicheren Grund als das vorherige Schweigen, nämlich die Hingabe, mit der sie sich beide ihrem Fisch widmeten. Als die Hauptspeise bis auf den letzten Spritzer Soße verzehrt war, war Alexandra so überwältigt, dass sie zunächst weiterhin sprachlos war. Versunken kostete sie auch den letzten Nachgeschmack aus.

»Ich weiß nicht, wann ich je so ein intensives Geschmacks- und

Geruchserlebnis hatte«, sagte Susanne, die ihr Mahl ebenfalls beendet hatte. »Danke, dass du mich hierher eingeladen hast.«

Alexandra lächelte in die Dunkelheit. »Ich freue mich, dass es dir gefällt. Mich hat das Essen auch schwer beeindruckt. Aber ich glaube, es ist vor allem die Atmosphäre, die alles abrundet.«

So gern hätte sie hinzugefügt, wie sehr sie Susannes Gegenwart genoss. Deren betörender Duft war hier besonders schwer zu ignorieren, trotz aller Aromen der Speisen; ihre Nase erinnerte sie jeden Augenblick daran, wie nah Susanne war. Das machte die Sehnsucht nach körperlicher Nähe fast unerträglich. Aber jede Berührung hätte Susanne in die Flucht geschlagen, das wusste Alexandra. Also behielt sie ihre Finger bei sich.

Als Nachtisch gab es eine köstliche Mousse au Chocolat – aus eigener Herstellung, ohne Geliermittel und handgerührt, wie sie der Speisekarte hatten entnehmen können. Sie war himmlisch und bildete einen mehr als angemessenen Abschluss für das fantastische Menü.

»Kannst du von dem leben, was du als freie Autorin verdienst?«, fragte Susanne, während Alexandra die letzten Restchen aus der Dessertschale kratzte.

Alexandra schluckte die Köstlichkeit bedächtig hinunter, bevor sie antwortete: »Es funktioniert einigermaßen, weil ich mir bei ›Alexandra‹ offenbar einen Namen als fachkundige Rezensentin moderner Frauenliteratur gemacht habe. Außerdem bekomme ich inzwischen auch immer wieder Aufträge sowohl von der Lokalpresse als auch von überregionalen Blättern. Vor ein paar Wochen habe ich über die Arbeit eines Frauenhauses in der Gegend berichtet.«

»Wie konntest du mir so gut die Gartenarchitektin vorspielen? Du hast so fachkundig geklungen, und es hörte sich alles plausibel an.« Susanne klang fassungslos.

Alexandra schluckte erneut, aber diesmal um ihre Kehle freizubekommen, die sich plötzlich wie zugeschnürt anfühlte. Es war hart, immer wieder an ihre Lüge erinnert zu werden. Doch jetzt würde sie bedingungslos ehrlich zu Susanne sein, selbst wenn es weh tat. »Ich habe tatsächlich einmal zwei Semester Gartenarchitektur studiert«, erklärte sie. »Außerdem gehört Gartengestaltung zu meinen Leidenschaften, das hast du in meinem Garten ja selbst sehen können. Nichts von dem, was ich dir über die Gärten meiner Nachbarn gesagt habe, war gelogen. Für den Auftrag bei dir habe ich mir eine Menge angelesen und mir so eine Art Konzept überlegt.«

»Das mit dem Anschauen der Wohnräume?«

Susannes Frage hatte nicht vorwurfsvoll geklungen; jetzt ließ ihre Stimme ihr gewohntes neugieriges Interesse durchschimmern. Das ermutigte Alexandra. »Ja, genau. Ich fand dieses Konzept sehr überzeugend und einleuchtend. Ich finde, wenn man den Garten eines Menschen gestaltet, sollte man dessen Einrichtung kennen und dadurch etwas über die Vorlieben seiner Kunden in Bezug auf Form und Farbe erfahren. Du hast mir allerdings nicht deine privaten Räume gezeigt, bis …« Sie unterbrach sich und musste sich räuspern, bevor sie weitersprach. »Das Konzept des zu dir passenden Gartens wurde erst durch unsere vielen Gespräche abgerundet.«

»Wenn du mal als Autorin nicht mehr genug Geld verdienst, kannst du es durchaus noch einmal mit Gartenarchitektur versuchen«, meinte Susanne. »Ich finde, dieses Konzept hat etwas. Ich kenne niemanden sonst, der so vorgeht. Es würde dich einzigartig machen. Deine Vorschläge hat übrigens mein Gärtner mittlerweile in die Tat umgesetzt. Er hat sehr über die Kreativität gestaunt und die Kenntnisse über die Pflanzen und Gehölze gelobt. Der Garten ist wirklich sehr schön geworden – und er erinnert mich an dich. Er sieht jetzt genau so aus, wie du ihn entworfen hast. Hast du ihn schon gesehen?«

Während Susanne sprach, hatte sich Alexandra kerzengerade aufgesetzt. Wenn es hell gewesen wäre, hätte man ihre Augen strahlen sehen können. Susanne hatte es tatsächlich getan! Nachdem sie vorhin vom Verkauf des Hauses gesprochen hatte, hatte Alexandra nicht mehr zu hoffen gewagt, dass ihre Gestaltungsvorschläge irgendwo anders hingeführt hatten als in den Altpapiercontainer. Aber nein, Susanne hatte ihre Entwürfe nicht nur behalten, sondern sogar umgesetzt. Und als sie gesagt hatte, der Garten erinnere sie an Alexandra, hatte das nicht so geklungen, als missfielen ihr diese Erinnerungen …

Hieß das nun, dass ein Neuanfang doch möglich war?

Zumindest bedeutete es mit einiger Sicherheit, dass Susanne das

Haus nicht verkaufen würde. Es ergäbe keinen Sinn, mit dieser Absicht im Hinterkopf so viel Geld in die Gartengestaltung zu stecken.

Ehe sie sich weiter in Überlegungen über ihrer beider Zukunft verstricken konnte, beeilte sich Alexandra zu antworten: »Ehrlich gesagt, nein, ich habe ihn noch nicht gesehen. Ich habe zwar bemerkt, dass etwas verändert war, habe aber nicht angehalten, wenn ich mit dem Fahrrad vorbeikam. Während der Fahrt kann man nicht so viel erkennen, und anzuhalten habe ich mich einfach nicht getraut. Deine Gartenarchitektin hat den Garten geschickt von der Außenwelt abgeschirmt.«

»Ja. Das hat sie gut hinbekommen. Ich kann sie nur weiterempfehlen.« Wieder konnte Alexandra Susannes Grinsen genau hören.

»Du fährst immer noch mit dem Fahrrad an meinem Haus vorbei?«, fragte Susanne nach einer kleinen Pause.

»Ja, aber nicht mehr so oft.« Alexandra stockte. *Bedingungslose Ehrlichkeit,* ermahnte sie sich. »Es schmerzt immer noch, dein Haus zu sehen, und ...« Ihre Stimme brach, und sie konnte die Tränen plötzlich nicht mehr zurückhalten. Hoffentlich bekam Susanne nichts davon mit. Sie bemühte sich nach Kräften, nicht zu schluchzen, sondern gleichmäßig zu atmen.

»Vielleicht sollte ich dich einmal auf einen Tee einladen«, kam es leise von Susanne, »damit du das Ergebnis ansehen kannst. Denn der Garten ist wirklich traumhaft.«

Ob sie doch gehört hatte, dass Alexandra weinte, und sie trösten wollte? Andererseits hatte sie die Einladung zum Tee nicht wirklich ausgesprochen. Alexandra wurde einfach nicht schlau aus ihr.

Sie hoffte, dass ihre Stimme wieder normal klang, als sie antwortete: »Ich würde die Einladung gern annehmen.« Dann machte sie eine kleine Pause. Was sie sagen wollte, ging schwer über die Lippen, weil es den Schmerz über ihr Vergehen wieder gegenwärtig machte. Aber sie hatte sich Ehrlichkeit geschworen, und den wichtigsten Grund, warum sie Susanne so gut hatte täuschen können, hatte sie ihr noch nicht genannt.

»Susanne, die Überzeugung kam durch dich. Ich meine, dass ich als Gartenarchitektin so überzeugend war. Mir war ziemlich schnell klar, dass ich mich in dich verliebt hatte ...«

»Dann hättest du mir erst recht reinen Wein einschenken müssen.« Jetzt klang Susannes Stimme eindeutig vorwurfsvoll.

Alexandra steckte den Hieb ein und schluckte den Schmerz hinunter. Dass dieses Gespräch nicht leicht und auch nicht angenehm werden würde, hatte sie ja von vornherein gewusst. »Du hast recht«, sagte sie leise. »Ich habe viel zu lange gewartet. Aber ich hatte Angst, dass du mich dann sofort rausschmeißen würdest. Ich habe mich mit dir so wohl gefühlt. Lange schon hatte es keine Frau mehr in meinem Herzen gegeben.«

»Der gesunde Menschenverstand hätte dir sagen müssen, dass man eine Beziehung nicht auf einer Lüge aufbaut.« Keine Entschärfung des Vorwurfs in Susannes Stimme.

Sie war wirklich gnadenlos. Zumindest auf ein gewisses Verständnis hatte Alexandra gehofft, auch wenn es mit dem Verzeihen noch dauern mochte. Doch dass Susanne immer wieder Salz in die Wunde streute, schmerzte außerordentlich. Alexandra musste ihre gesamte Konzentration aufbringen, um nicht erneut in Tränen auszubrechen.

Das Schlimmste war, dass Susanne einfach recht hatte – sie hätte ihr von dem Moment an die Wahrheit erzählen sollen, als ihr klar geworden war, dass sie sich verliebt hatte. Aber sie hatte es nicht getan, sondern so lange gewartet, bis alles zu spät gewesen war. Hier lag ihre Schuld, und hier lag der Grund für den Schmerz, den Susannes Vorwürfe nicht verursachten, nur verstärkten. Sie hatte gedacht, sie könnten vielleicht einen neuen Anfang wagen, nachdem sie sich ausgesprochen hatten. Aber das war offenbar nicht möglich. Ihre Schuld schien zu groß, zu fundamental, zu entsetzlich.

Alexandra strömten Tränen über die Wangen. Sie weinte lautlos, neuerlich froh, dass Susanne sie nicht sehen konnte. Es schien, als hätte sie die Frau, in die sie so verliebt war, erst jetzt endgültig verloren.

Schweigend bezahlte Alexandra die Rechnung für sie beide, und schweigend fuhren sie zurück in die kleine Stadt am Niederrhein. Schließlich hielt Alexandra vor der Tür von Susannes Villa und wartete darauf, dass Susanne endlich ausstieg, damit sie sich ihren Tränen ohne Zuschauer hemmungslos hingeben konnte. Doch Susanne blieb sitzen.

Alexandra wagte nicht, sie anzusehen. *Wenn du noch was zu sagen hast, tu es jetzt,* dachte sie. *Ich habe es lange genug versucht. Du hast mir mehr als deutlich gemacht, dass es für eine Versöhnung zu spät ist.*

Nach ein oder zwei Minuten des Schweigens, die sich eher wie zwei Stunden anfühlten, sagte Susanne endlich: »Mir hat der Abend mit dir sehr gefallen. Ich möchte dich wiedersehen.« Die letzten Worte waren so leise, dass Alexandra sie kaum verstand.

Sie traute ihren Ohren nicht. Hatte sie sich vielleicht verhört? Susannes Ton im Restaurant war eindeutig gewesen: hart und unerbittlich. Ob sie gemerkt hatte, wie sehr Alexandra die ganze Situation zu schaffen machte, und ihr jetzt symbolisch die Hand reichte? Aber warum sollte sie sie wiedersehen wollen, wenn sie doch immer noch so voller Bitterkeit über Alexandras Verrat war, wie sie im Restaurant deutlich gemacht hatte? Hoffnung keimte wieder in Alexandra auf und mischte sich mit Trauer und Schmerz. Ihre Stimme zitterte, als sie antwortete: »Das klang vorhin aber ganz anders.«

»Alexandra, es tut mir leid.« Susannes Ton war jetzt klar und fest. »Dass du mir nicht die Wahrheit gesagt hast, nagt immer noch an mir. Aber eins kannst du mir glauben: Wenn ich nicht so in dich verliebt wäre, wäre mir das egal. Dann würde ich dich abhaken und zur Tagesordnung übergehen, aber ich würde nicht so einen Aufstand machen. Lass uns einfach Zeit miteinander verbringen und sehen, was daraus wird.«

Die Hoffnung versuchte, die Trauer niederzukämpfen. Aber die Erinnerung an die Vorwürfe trat dazwischen und blockte die Hoffnung ab. »Ich weiß nicht, ob ich das kann und will«, sagte Alexandra verzagt. »Seit unserer Begegnung ist mir klar geworden, wie sehr ich in dich verliebt bin. Ich weiß genau, dass ich mit dir zusammen sein und deine Geliebte sein will. Nein, nicht nur das – ich will in deiner Nähe sein, mein Leben mit dir verbringen, und ich will mit dir schlafen. Und ich will nicht immer Angst haben müssen, dass du mir meinen Fehler vorhältst. Das alles gehört zu einer Beziehung dazu, wie ich sie verstehe.«

»Ich bin ganz deiner Meinung.« Aus Susannes Stimme klang Zuneigung. »Für mich gehört das doch auch dazu. Aber ich weiß einfach im Moment noch nicht, ob ich mich darauf schon einlassen kann. Ich möchte Zeit mit dir verbringen, viele Dinge mit dir teilen, sehen, wie sich das für mich anfühlt ... aber eine Beziehung –

das geht mir einfach zu schnell. Kannst du mich nicht verstehen?«

Alexandra seufzte. Das war eine klassische Pattsituation. »Wer könnte das besser verstehen als ich. Aber für mich dauert es schon eine Ewigkeit. Ich sage es dir ehrlich: Ich weiß nicht, ob ich bereit bin, noch lange zu warten.« Sie zögerte einen Moment, dann sagte sie ganz direkt: »Ich habe das Gefühl, du kannst mir nicht verzeihen. Das wäre aber der erste Schritt, um wieder auf gleicher Ebene miteinander zu reden. Und dass ich mit der Frau meines Herzens auf der gleichen Ebene bin, halte ich für fundamental in einer Beziehung. Ich glaube, das Verzeihen ist der Schlüssel zu allem.«

Susanne schwieg und sagte dann leise: »Ich lasse mich nicht erpressen.«

Alexandra schluckte hart. Die Schlussfolgerung aus Susannes Worten war unausweichlich. Es fiel ihr unendlich schwer, sie auszusprechen: »Wenn du das hier als Erpressung verstehst, dann ... ist es wohl besser, unsere Wege trennen sich.« Tonlos und ohne Susanne anzusehen fügte sie noch hinzu: »Würdest du bitte aussteigen.«

Ohne ein weiteres Wort kam Susanne der Aufforderung nach. Als sie die Beifahrertür zuschlug, fuhr der laute Knall Alexandra mitten durchs Herz.

Sie brauste davon, die Augen von Tränen verschleiert. Nur gut, dass der Weg nicht lang war und sie ihn so gut kannte.

Als Alexandra die Tür ihres Bauernhauses aufschloss, war ihr Gesicht bereits tränenüberströmt. Sie hatte die letzte Strecke im Auto eigentlich nur noch instinktiv zurückgelegt.

Marion war noch wach; sie saß im Wohnzimmer mit einem guten Buch und einem Glas Wein. Als sie Alexandra den Raum betreten sah, sprang sie auf und nahm sie in die Arme. Froh, dass ihre Freundin da war, um sie aufzufangen, ließ Alexandra den angestauten Tränen endlich freien Lauf. Sie weinte heftig und lange und zitterte am ganzen Körper, während Marion ihr beruhigend über den Rücken strich.

Als sie endlich wieder so weit war, dass sie zusammenhängende Sätze hervorbringen konnte, erzählte Alexandra von den Ereignissen des Abends. Anschließend schwiegen sie eine Zeitlang – Marion nachdenklich, Alexandra mit einer tiefen Leere im Herzen.

Schließlich fragte Marion: »Warum ist es so schwierig für dich, ihr noch eine Weile Zeit zu lassen?«

Alexandra sah sie aus geröteten Augen an. »Weil ich das Gefühl habe, dass sie uns beiden etwas vormacht. Entweder sie will mich noch, oder sie lässt es ganz sein. Da spielt doch die Zeit keine Rolle.«

»Na, so wie du es mir geschildert hast, hast ja wohl gerade du den Schlussstrich gezogen.«

»Ja, weil ich dieses Hin und Her so leid bin. Es tut zu weh. Ich will klare Verhältnisse. Es ist für uns beide besser so, wenn wir uns auf eine neue Beziehung einlassen wollen.« Müde zuckte sie die Achseln, dann erhob sie sich schwerfällig von dem Sofa, auf dem sie gesessen hatten. »Und jetzt gehe ich ins Bett. Morgen fängt der Tag eins nach Susanne an.« Sie wünschte Marion eine gute Nacht und ging nach oben in ihr Schlafzimmer.

Schon mein zweiter Tag eins nach Susanne. Ob das wohl etwas wird, dieses Mal?, ging es ihr durch den Kopf, während sie sich auszog.

Als sie im Bett lag, konnte sie nicht schlafen; ihre Gedanken kamen nicht zur Ruhe. Sie wusste, dass es nicht so einfach sein würde, Susanne zu vergessen. Aber sie war fest dazu entschlossen, ihr neues Leben ohne Susanne in Angriff zu nehmen. Es hatte einfach keinen Sinn mehr, ständig zwischen Hoffnung und Verzweiflung hin und her zu pendeln. Auf die Dauer hielt das kein Mensch aus. Deshalb war der einzig folgerichtige Schritt, jetzt einen wirklichen Schlussstrich zu ziehen und neu durchzustarten, ganz neu.

Vielleicht sollte ich mit Marion zusammen in Hamburg eine WG aufmachen, dachte sie, als der Schlaf sie endlich doch übermannte. Hier jedenfalls hielt sie nichts mehr.

9. Kapitel

Am nächsten Morgen fuhr Marion früh nach Hamburg zurück. Es war schön gewesen, dass sie da war, doch die Einsamkeit nach ihrer Abreise war schwerer zu ertragen, als Alexandra gedacht hatte.

Sie beschloss, Vera mal wieder einen Besuch in ihrem Blumendesignerladen abzustatten. Das Geschäft war am Sonntagvormittag geöffnet, damit Besucher ihre Gastgeberinnen mit Blumen überraschen konnten, das wusste Alexandra. Meistens stand die Besitzerin selbst sonntags im Laden. Alexandra hoffte, dass das auch heute der Fall wäre. Die beiden Frauen hatten nach dem etwas unbehaglichen Ende ihres letzten Treffens nichts mehr voneinander gehört. Aber sie hatten sich ja im Grunde sehr gut verstanden, und Alexandra sehnte sich plötzlich sehr nach Veras Nähe und ihrer Freundschaft.

Sie betrat den Laden, und die Türglocke erklang. Vera hatte keinen dieser üblichen, nervig lauten Klingeltöne installiert, sondern eine Art Gong, der durch seinen tiefen Klang eine meditative Ruhe aufkommen ließ. Leise klassische Musik plätscherte sanft durch den Laden, und es gab verschiedene Sitzgelegenheiten hier und da, damit man die Blumenensembles genauer in Augenschein nehmen konnte. Alexandra nahm auf einem kleinen Sofa Platz. Von hier aus hatte sie den ganzen Laden im Blick. Es waren einige Kunden im Geschäft, die Vera freundlich, aber zügig bediente. Erst als der letzte Kunde den Verkaufsraum verlassen hatte, bemerkte sie Alexandra.

»Alexandra! Was für eine angenehme Überraschung. Was machst du denn hier?«, fragte sie, und ein Lachen breitete sich auf ihrem Gesicht aus. Sie eilte zur Tür und schloss den Laden von innen ab.

Alexandra fühlte sich auf der Stelle willkommen. Veras warmes Lachen und ihre fröhliche Stimme waren genau die Medizin, die ihre verletzte Seele so dringend nötig hatte. »Wir haben uns lange nicht mehr gesehen«, sagte sie.

»Stimmt. Es war viel zu tun hier.«

»Hast du Lust, den Nachmittag mit mir zu verbringen?«

»Habe ich.« Veras Grinsen wurde noch breiter, falls das überhaupt möglich war. Sie band sich die Schürze ab und wusch sich die Hände an einem kleinen Waschbecken. »Ich brauche allerdings erst mal eine Pause. Ich habe einen Salat vorbereitet, der auch für zwei reichen wird. Wir könnten also gemeinsam bei mir oben essen. Was hältst du davon?«

»Klingt großartig.«

Sie saßen in Veras geräumiger, heller Küche, in der ein großer Esstisch unter dem Dachfenster stand. Vera hatte Musik im Wohnzimmer aufgelegt, und Maria Menas Stimme strich sanft über sie hinweg. Ihr »Viktoria« hatte etwas Tröstliches.

»Schon wieder ein Name, der mit einem V beginnt«, sinnierte Alexandra, als Maria Mena den Refrain sang.

»Ja. Das scheint unsere große Gemeinsamkeit zu sein, dass wir auf Vornamen mit einem V achten.« Vera lächelte und machte eine Pause, bevor sie fragte: »Was machen wir heute Nachmittag?«

»Wie wär's mit einem Spaziergang an der Niers?«, schlug Alexandra vor. Es war ein strahlend sonniger Wintertag, zum Spazierengehen wie geschaffen.

»Diese Idee haben bestimmt viele Leute. Ich weiß nicht, ob ich Lust auf viele Leute habe.« Wieder eine kleine Pause, dann schaute Vera Alexandra tief in die Augen und sagte leise: »Ich könnte mir vorstellen, den Nachmittag hier ganz allein mit dir zu verbringen.« Sie ergriff Alexandras Hand und streichelte mit ihrem Daumen über deren Handrücken.

Alexandra erschauerte leicht bei der Berührung, dann fühlte sie Wärme in sich aufsteigen. Sie hielt Veras Hand fest, drückte sie und erwiderte den Blick liebevoll. »Ich habe mich nicht getraut, danach zu fragen. Wir haben uns so lange nicht gesehen. Es ist so viel passiert.«

»Das stimmt«, sagte Vera nur. Sie erhob sich, zog Alexandra vom Stuhl hoch und führte sie zielstrebig in ihr Schlafzimmer, wo sie sie sanft auf das Bett drückte.

Sie liebten sich so zärtlich und so sanft, wie Alexandra es mit keiner anderen Frau erlebt hatte. Immer wieder – über Stunden. Irgendwann sank draußen bereits die Dunkelheit nieder.

Warum ist der Sex mit Vera so schön, obwohl mein Herz doch eigentlich gar nicht frei für sie ist?, fragte sich Alexandra. *Vielleicht, weil er so tröstlich ist.* Von Veras Nähe ging eine Kraft und Intensität aus, die sie zuvor kaum je mit einer anderen Frau gespürt hatte. Auch mit Susanne nicht. Aber sie hatte ja auch erst einmal mit ihr geschlafen . . . Sie dachte an ihre erste gemeinsame Nacht zurück, und ein Lächeln stahl sich in ihr Gesicht. Dann spürte sie Veras aufmerksamen, warmen Blick auf sich ruhen. Sie hoffte, Vera würde ihre Gedanken nicht erraten.

»Warum ist Sex mit dir so schön?«, sprach sie stattdessen aus, was ihr zuerst durch den Kopf gegangen war.

»Ich weiß es nicht. Mit dir ist es auch schön.« Vera sah Alexandra tief in die Augen. »Mit dir empfinde ich eine tiefe Ruhe, nicht diese Getriebenheit, die ich bei Doro gespürt habe. Komisch, oder?«

»Ja, mir geht es genauso. Mit dir ist alles so zärtlich. Du bist so zärtlich.« Alexandra strich Vera mit einem Finger sanft über die Wange.

Vera begann Alexandra erneut zu streicheln und küsste an ihrem Hals entlang. Ein neues, unendlich zärtliches und langsames Liebesspiel begann, an dessen Ende die beiden Frauen tief und fest einschliefen.

Alexandra wachte mitten in der Nacht auf, und im selben Moment traf sie die Erkenntnis wie ein Hammerschlag. Plötzlich wusste sie ohne jeden Zweifel, dass die Liebe mit Vera nur ein Ersatz gewesen war: ein Ersatz für die sexuelle Hingabe an Susanne. So wunderbar es mit Vera auch war – eigentlich wollte sie genau dieses Erlebnis, diese große, erfüllende Nähe, diese Intensität mit Susanne teilen. Vera war nicht die Richtige.

Sie stellte fest, dass Vera auch wach war und sie beobachtete. Jetzt, da Alexandra die Augen aufgeschlagen hatte, sagte Vera zärtlich: »Du strahlst eine große Zufriedenheit aus. Das liebe ich so an dir, wenn wir uns geliebt haben.«

Alexandra lächelte und drückte Vera einen Kuss auf die Wange. Aber der Kuss fiel ein wenig flüchtig aus; die plötzliche Einsicht beim Aufwachen hatte sie tief erschüttert. Sie musste Vera die Wahrheit sagen.

»Vera, ich muss dir etwas sagen«, begann sie.

»Alexandra, ich muss dir auch etwas sagen.« Vera blickte Alexandra zerknirscht an. »Ich bin seit ein paar Wochen wieder mit Birgit zusammen. Du weißt schon, die Frau, die ich wegen Doro verlassen habe.«

»Doro, die verheiratete Frau?«, fragte Alexandra.

»Ja, die. Vor kurzem haben Birgit und ich uns wiedergetroffen und uns neu ineinander verliebt. Und ich möchte mit ihr zusammenbleiben. Sie weiß, dass ich manchmal nicht treu bin, und sie akzeptiert es. Aber ich kann nicht mit dir zusammen sein ... ich liebe Birgit. Es tut mir leid.« Vera wandte betreten den Blick ab und fügte dann hinzu: »Aber dennoch ist Sex mit dir wirklich wunderschön.« Sie strich Alexandra eine Strähne aus dem Gesicht.

»Da fällt mir aber ein Stein vom Herzen«, meinte Alexandra. »Beim Aufwachen vorhin dachte ich sofort an Susanne. Ich liebe sie immer noch. Es war nicht fair dir gegenüber, mit dir zu schlafen. Aber es war eine so große Sehnsucht in mir. Ich glaubte, nur du könntest sie stillen – und du hast sie gestillt. Es war wirklich wunderbar.« Sie beugte sich zu Vera herüber und drückte ihr einen zärtlichen Kuss auf die Wange.

Die lächelte sie dankbar an. »Es war ja auch nicht fair von mir, dir nicht zu sagen, dass Birgit und ich wieder ein Paar sind. Aber als du gestern Mittag in meinem Laden standst, hatte ich sofort Lust, mit dir zu schlafen. Und die hattest du ja offenbar auch.«

»Sehr große.« Alexandra grinste. Die Erleichterung machte sie ganz kribbelig. Doch dann seufzte sie. »Ich wünschte nur, Susanne hätte auch solche Lust auf mich.«

»Hat sie nicht?«

Alexandra zuckte mit den Schultern und starrte an die Decke. »Ich weiß es nicht. Ich hab dir ja erzählt, dass ich ihr Vertrauen missbraucht habe. Das kann sie nicht vergessen. Also habe ich einen Schlussstrich gezogen. Ich dachte, ich könnte das mit ihr jetzt wirklich abschließen. Mit dir zu schlafen sollte so eine Art Neuanfang werden. Das hat aber wohl nicht geklappt ... Mein Kopf ist so voll von Gedanken an Susanne.« Alexandra dachte einen Moment nach. »Und ich bin noch so voller Liebe zu ihr.«

»Hast du an sie gedacht, während wir zärtlich miteinander waren?«, fragte Vera leise.

»Nein.« Alexandra wandte sich wieder zu Vera und schaute ihr direkt in die Augen. »Ich war ganz hier bei dir, und ich habe deine Berührungen voll ausgekostet. Aber ich will sie. Und wenn sie mich nicht will, muss ich es erst schaffen, sie aus meinem Herzen zu verbannen. Ich muss sie erst vergessen, bevor ich wieder mit einer anderen Frau zusammen sein kann. Es tut mir leid.«

»Das muss es nicht.« Vera lächelte. »Wir sind ja irgendwie in einer ähnlichen Lage. Ich kann dich also verstehen. Und wir haben das hier wahrscheinlich beide gebraucht.«

»Wirst du es Birgit erzählen?«, erkundigte sich Alexandra. Das

Konzept einer offenen Beziehung, in der Sex mit anderen Frauen kein Hindernis für die Liebe darstellte, war ihr fremd, aber es war natürlich ganz allein Veras und Birgits Sache zu entscheiden, ob sie es leben konnten.

»Ja. Sie verdient es, dass ich ehrlich zu ihr bin«, antwortete Vera. »Aber ich liebe sie wirklich. Das ist mir erst klar geworden, als es mit dir ernst zu werden begann, zumindest von meiner Seite aus. Ich danke dir, dass du mir zu dieser Erkenntnis verholfen hast.« Sie schwieg kurz, dann fügte sie noch hinzu: »Ich hoffe, du bist nicht sauer.«

»Nein, bin ich nicht. Aber du müsstest ja auch sauer sein.«

»Jedenfalls hast du mir gut getan.«

»Du hast *mir* gut getan.« Alexandra strahlte Vera an.

»Sehen wir uns wieder?«

»Ich weiß nicht, ob es so klug ist, wenn wir uns wiedersehen«, erwiderte Alexandra nachdenklich. »Du hast eine sehr starke Wirkung auf meinen Körper, und ich bin nicht sicher, ob mir das dabei hilft, mein Gefühlsleben wieder auf die Reihe zu kriegen. Vielleicht sollten wir uns besser erst wieder treffen, wenn ich eine neue Beziehung habe?«

»Ja, vielleicht.«

Vera küsste Alexandra auf den Mund und erkundete ihn ein letztes Mal mit ihrer Zunge, was Alexandra bereitwillig geschehen ließ. Dann stand Vera auf, zog sich an und sagte: »Ich werde jetzt zu Birgit fahren und ihr sagen, dass ich sie liebe. Du kannst gern noch bleiben.«

»Nein. Ich gehe auch. Danke. Ich schlafe am besten in meinem eigenen Bett.«

Als sie auf der Straße standen, umarmten sie sich ein letztes Mal innig und nahmen dann Abschied voneinander.

10. Kapitel

In den nächsten Tagen und Wochen festigte sich in Alexandra die Einsicht, dass sie mit dem Kontaktabbruch zu Susanne nicht glücklich war. Sie konnte gedanklich einfach nicht von ihr lassen. Entgegen ihrer Vereinbarung traf sie sich zwar noch mehrmals mit Vera, ging aber nicht mehr mit ihr ins Bett; nach ihrer Erkenntnis beim letzten Mal wäre es ihr falsch vorgekommen, obwohl sie wusste, dass sie es durchaus hätte genießen können. Und Vera ihrerseits wusste nun ganz sicher, dass sie Birgit tatsächlich liebte, und versuchte, ihr das durch ihre sexuelle Treue zu zeigen.

Für Alexandra jedenfalls stand fest: Sie liebte Susanne noch immer. Genau genommen war es sogar so, dass sie sie immer mehr liebte. Dass Susanne, wie sie ihr bei ihrer letzten Begegnung zu verstehen gegeben hatte, auch immer noch starke Gefühle für sie hegte, tat ein Übriges, um ihr das Vergessen schwer zu machen. Aber vergessen musste sie sie; das nahm sie sich jeden Tag von neuem fest vor. Es hatte einfach keinen Sinn, zu warten, bis Susanne ihr verzeihen konnte und bereit für eine Beziehung mit ihr war. Denn wie lange sollte sie warten – ein halbes Jahr? Ein Jahr? Für immer? Letztendlich bedeutete das nichts anderes, als dass Susanne sie sich warmhielt und ihr eigenes Liebesleben währenddessen brachlag.

Und Alexandra wollte nichts mehr als wieder ein wirkliches Liebesleben haben, eine Beziehung. Das wurde ihr in diesen Tagen ebenfalls klar. Sie hatte es gewagt, sich zu öffnen, sich mit Haut und Haar zu verlieben, und sie wusste, sie würde es wieder können. Wenn sie Susanne hinter sich ließ.

Aber erst muss ich Susanne wieder aus dem Kopf und vor allem aus meinem Herzen verbannen, dachte sie. *Sonst wird das nichts mit der neuen Beziehung. So ein Mist!*

Während Alexandra sich mit mäßigem, oder genauer: ohne jeden Erfolg bemühte, in der Disziplin »Susanne vergessen« endlich Fortschritte zu machen, war auch Susanne selbst unglücklich über das Ende ihres Kontakts und fühlte sich einsam.

Sich zu Ablenkungszwecken in eine bedeutungslose Affäre zu

stürzen, kam allerdings nicht mehr in Frage. Sie hatte noch genug von den jungen Häschen aus Cannes, die sie reihenweise vernascht hatte – nur dass das Naschen nicht gut geschmeckt hatte und kein wirkliches Vergnügen gewesen war, sondern einen üblen Bauchschmerz verursacht hatte. Um so mehr vermisste sie die tiefe Verbundenheit, die sie mit Alexandra erlebt hatte. Alexandra fehlte ihr als Gesprächspartnerin bei Spaziergängen. Sie fehlte ihr beim Einkaufen und Kochen köstlicher Speisen. Sie fehlte ihr auf dem Sofa, wenn sie versuchte, ein gutes Buch zu lesen. Sie fehlte ihr beim Frühstücken, und, ja, sie fehlte ihr auch beim Aufwachen neben sich im Bett.

Regelmäßig fragte sie sich, ob es Alexandra wohl ebenso erging. Alexandra hatte ihr ja schließlich erklärt, dass sie eine Beziehung wolle. Eine Beziehung mit allem Drum und Dran: gemeinsam essen, gemeinsam schlafen, gemeinsam aufwachen … War das nicht genau das, wonach Susanne sich nun so sehr sehnte?

Ich hätte es haben können, dachte sie traurig. *Wenn mir nicht meine verfluchte Angst, meine Übervorsichtigkeit im Weg gestanden hätte. Aber ab und zu muss man auch mal etwas wagen, trotz aller Angst. Wer nicht wagt, der nicht gewinnt!*

Selbst schuld, dass ich nun alles verloren habe.

Aber wenn Alexandra sie tatsächlich genauso vermisste wie umgekehrt Susanne Alexandra vermisste, wäre es doch völlig verrückt, wenn sie es nicht noch einmal miteinander versuchen würden. Dieser Gedanke keimte irgendwann in Susanne auf und wurde allmählich immer drängender – aber in gewisser Weise auch wieder beängstigend. Denn sie wusste, es lag an ihr, den Versuch in die Wege zu leiten. Sie hatte Alexandra durch ihr Zaudern und Hinhalten endgültig in die Flucht geschlagen. Und Alexandra war eine starke Frau, eine Frau mit Prinzipien und Selbstrespekt. Sie hatte den Kontakt aus gutem Grund beendet, und sie würde ihn nicht wieder aufnehmen, solange Susanne kein Zeichen aussandte, dass sie ihr verzieh.

Sie hatte lange über Alexandras Worte nachgedacht: dass Verzeihen der Schlüssel zu allem war. Dass es ohne Verzeihen keine gemeinsame Basis geben konnte. Und sie hatte eingesehen, dass Alexandra recht hatte. Susanne konnte ihr nicht dauernd vorwerfen, dass sie einen Fehler gemacht hatte, auch wenn die Vorwürfe nur implizit waren; das würde ihre Beziehung auf Dauer nicht aushalten. Alexandra dürfte nicht ständig das Gefühl haben, dass Susanne ihr ein altes Vergehen weiterhin nachtrug und deshalb misstrauisch war. Nein: sie, Susanne, musste diese unglückselige Vergangenheit loslassen, sich freimachen von ihren Ängsten. Nur so konnte eine Beziehung funktionieren.

Je mehr sie sich diese Zusammenhänge durch den Kopf gehen ließ, desto zuversichtlicher wurde sie. Hatte sie nicht Alexandra nach dem letzten Treffen angefahren, dass sie sich nicht erpressen ließe? Jetzt war ihr sonnenklar geworden, dass Alexandra nichts weniger im Sinn gehabt hatte, als sie zu erpressen. Im Gegenteil, sie hatte eine Grundlage für ihre Beziehung schaffen wollen! Nur dass Susanne damals noch nicht bereit gewesen war, ihren Teil der Verantwortung für diese Grundlage anzunehmen. Doch jetzt war sie es.

Natürlich gab es die Möglichkeit, dass Alexandra inzwischen eine neue Frau kennengelernt hatte. Sie hatte in ihrem Brief nach der Rückkehr aus Cannes so entschlossen geklungen, als würde sie sofort einen neuen Anfang wagen wollen. Und das unglückselige Ende ihres letzten Treffens, als sie hatte feststellen müssen, dass Susanne zum Verzeihen und Loslassen noch nicht in der Lage war, konnte sie in dieser Absicht nur bestärkt haben.

Diese Überlegungen ließen Susanne weiterhin zögern. Aber schließlich fasste sie sich ein Herz und entschloss sich, den Kontakt mit Alexandra wieder aufzunehmen. *Etwas Schlimmeres als eine Abfuhr wird mir schon nicht passieren,* sagte sie sich, obwohl ihr Magen sich schon beim bloßen Gedanken an einen negativen Ausgang ihres Vorhabens schmerzhaft zusammenkrampfte.

Außerdem war da noch die Frage, wie sie es anfangen sollte. Wie könnte sie Alexandra am besten zeigen, dass sie den wichtigen Schritt des Vergebens bereit war zu tun oder schon getan hatte? Dass sie bereit war, Alexandra wieder zu vertrauen?

Sie könnte Alexandra anrufen und eine Frage bezüglich des Gartens stellen. Nein, das war nicht deutlich genug; es wirkte wie eine geschäftliche Anfrage.

Was sonst? Sie ins Restaurant nach Köln einladen und im Dunkeln anmachen? Nein, das war zu platt, zu durchschaubar.

Eine große Werbeanzeige in der Tageszeitung platzieren? Nein, vielleicht las Alexandra gerade diese Zeitung nicht.

Ein Flugzeug mit einem Banner losschicken, auf dem sie ihre Liebe gestand? Nein, das war zu kitschig. Und bestimmt auch viel zu teuer.

Vielleicht konnte sie einen miesen Regentag abwarten und mit dem Rad vor Alexandras Haus eine Panne haben, anklingeln und . . . Nein, das war wie ein Déjà-vu.

Schließlich fiel ihr etwas ein. Sie würde eine Liebes-Lesben-Schnulze aus ihrer umfangreichen DVD-Sammlung an Alexandra schicken mit einer Einladung zu einem DVD-Abend in gemütlicher Kleidung – gern auch in Joggingklamotten –, mit Pizza vom Bestellservice und einer guten Flasche Wein. Das hörte sich originell an. Susanne war überzeugt, dass Alexandra die Einladung annehmen würde.

Nein, war sie nicht. Um die Wahrheit zu sagen, hatte sie große Angst vor einer Absage. Aber sie hoffte inständig, dass dieser Weg der richtige war.

Als Alexandra ihren Postkasten leerte, fand sie darin einen wattierten C5-Umschlag ohne Absender, der offenbar etwas Hartes enthielt. Neugierig öffnete sie den Umschlag, aus dem ihr eine leere DVD-Hülle entgegenfiel. Die Hülle gehörte zu dem Film *Loving Annabelle,* einem amerikanischen Lesbenfilm mit deutschen Untertiteln, der sich auch in ihrer eigenen DVD-Sammlung befand. Sie hatte ihn schon das ein oder andere Mal gesehen. Nett. Der Umschlag enthielt außerdem einen handschriftlich verfassten Brief. Alexandra las mit hämmerndem Herzen:

Liebe Alexandra,
ich möchte dich gern zu einem DVD-Abend mit Pizza-Taxi-Pizza oder -Pasta im Jogginganzug auf meiner Couch einladen. Der Film ist optional. Ich habe eine einigermaßen große Auswahl an Lesbenfilmen. Oder du bringst einfach einen Film deiner Wahl mit.
Über eine positive Antwort würde ich mich sehr freuen.
Es grüßt dich deine
Susanne

Unter dem Brieftext befand sich ein Abschnitt, auf dem Alexandra um Antwort gebeten wurde und ankreuzen konnte, ob sie die Einladung annähme oder nicht. Eine dritte Möglichkeit wurde auch gegeben: »Ich nehme die Einladung vielleicht an.« Außerdem konnte sie noch zwischen drei Samstagabenden wählen. Es lag ein an Susanne adressierter und frankierter Rückumschlag bei. Sie hatte an alles gedacht.

Unwillkürlich musste Alexandra grinsen. Die Art der Einladung war einfallsreich, liebenswürdig und witzig. Susanne hatte sich wirklich Mühe gegeben.

Gleichzeitig fragte sie sich, welches Signal Susanne mit diesem Brief wohl senden wollte. Eigentlich war Alexandra davon ausgegangen, nach dem Abend in Köln sei klar gewesen, dass es endgültig aus wäre zwischen ihnen beiden. Susanne wollte sich ja, wie sie es ausgedrückt hatte, nicht dazu erpressen lassen, Alexandra so zu akzeptieren, wie sie war – einschließlich ihrer früher begangenen Fehler. Deshalb konnte sie sich nicht so recht erklären, was jetzt los war. Ein eindeutiges Zeichen der Vergebung, dachte Alexandra, war dies hier jedenfalls nicht. Oder doch?

Sie seufzte. Im Grunde konnte sie Susanne noch nicht mal vorwerfen, dass sie ihre Bemühungen, einen Schlussstrich zu ziehen und einen neuen Anfang zu machen, sabotiere, denn das hatte sie selbst schon ohne Unterlass getan. Susanne schwirrte dauernd in ihrem Kopf herum. Es war ihr nur möglich, an ihrem Roman weiterzuarbeiten, wenn sie sich sehr dazu zwang, nicht an Susanne zu denken. Aber Alexandra wusste auch, dass sie darüber hinwegkommen würde, wenn sie sich selbst nur genug Zeit ließ.

Und gerade jetzt, da sie wirklich anfing, wieder besser ins Gleichgewicht zu kommen, kam von Susanne diese amüsante, aber auch verwirrende Einladung. Im Jogginganzug einen Lesbenfilm auf Susannes Couch zu sehen, das wäre das komplette Gegenteil der stillschweigenden Übereinkunft am Ende ihres letzten Abends in Köln. Es hörte sich fast verführerisch an.

Andererseits – was, wenn Susanne einfach nur einen gemütlichen Abend mit ihr verbringen wollte? Ohne weitere Absichten, ohne eine tiefere Aussage? Für Alexandras emotionale Entwicklung könnte das einen herben Rückschlag bedeuten ...

Na gut. Sie fasste sich ein Herz und kreuzte den letzten der drei Termine an, bevor sie den Antwort-Abschnitt in den Umschlag steckte. Das ließ ihr einerseits genug Zeit, noch einmal über die

Bedeutung des Briefes nachzudenken und gegebenenfalls wieder abzusagen – und andererseits konnte sie ganz unverbindlich von einem netten Abend träumen.

Allerdings verging die Zeit bis zum besagten Samstag nur äußerst schleppend. Und Alexandra wurde zusehends hibbeliger. Vorfreude, Aufregung und Nervosität brodelten in ihrem Innern durcheinander, was die Konzentration auf ihre Arbeit noch schwieriger machte, als sie es ohnehin schon war, und je näher der Abend der Einladung rückte, desto schlimmer wurde es. Sie verfluchte sich dafür, den letzten Termin angekreuzt zu haben. Aber da musste sie jetzt durch.

Alexandra trug unter ihrem Wintermantel tatsächlich ihren Jogginganzug, als sie an Susannes Tür klingelte. Gleich darauf stand sie einer ebenfalls in Joggingzeug gekleideten Susanne gegenüber. Die beiden strahlten sich an – ein wenig verlegen, ein wenig unsicher.

»Schön, dich ...«, setzten beide gleichzeitig zu sprechen an, um gleichzeitig wieder abzubrechen.

Erneutes verlegenes Grinsen, erneutes unsicheres Zögern.

»Schön, dich zu sehen!«, versuchte Alexandra es dann noch einmal.

»Gleichfalls.« Susanne machte Alexandra Platz, damit sie eintreten konnte. »Ich freu mich so, dass du die Einladung angenommen hast. Komm rein. Ich dachte, wir setzen uns oben in meinem Wohnzimmer auf die Couch, trinken etwas und suchen in Ruhe die Pizza aus.«

»Klingt gut.« Alexandras Herz schlug einen Trommelwirbel nach dem anderen, als sie Susanne zur Treppe und dann hinauf in deren Allerheiligstes folgte. Sie wusste überhaupt nicht, wie sie sich verhalten sollte. Susannes Gegenwart, ihre körperliche Nähe war vertraut und verwirrend zugleich; es fiel ihr enorm schwer, sich zurückzuhalten und Susanne nicht anzufassen. Schon vorhin bei der Begrüßung war ihr erster Impuls gewesen, ihr um den Hals zu fallen. Und auch wenn sie es sich niemals eingestanden hätte – die Liebe und das Verlangen hatten sich in den letzten Wochen eher verstärkt als nachzulassen. Während der nicht enden wollenden Warterei auf den heutigen Abend hatte sie irgendwann nur noch Susanne im Kopf gehabt, hatte Schmetterlinge im Bauch, wenn sie nur deren Namen vor sich hin buchstabierte, und wenn sie Susannes Auto von weitem auf dem Parkplatz vor dem Supermarkt sah, war sie fast ohnmächtig geworden. Die Sehnsucht hatte sie schier verrückt gemacht.

Und jetzt war das Objekt ihres Sehnens so nah – aber nichts zwischen ihnen beiden war in irgendeiner Weise geklärt. Allein schon deshalb verbot sich eine körperliche Annäherung. Doch die Distanz zu wahren war schwer, unglaublich schwer, gerade weil es so widernatürlich schien.

»Was trinkst du? Sekt, Wein, Bier?«, fragte Susanne.

»Ich hätte am liebsten ein Wasser.« Es war besser, ihre Gefühle und Reaktionen unter Kontrolle zu behalten. Das fiel Alexandra auch ohne Alkohol schon schwer genug.

Wortlos schenkte Susanne zwei Gläser Wasser ein, reichte Alexandra eins davon und gab ihr dann die Speisekarte des Pizzadienstes. »Ich habe mir schon etwas ausgesucht«, sagte sie.

»Was nimmst du denn?«, fragte Alexandra, froh, für ein Weilchen auf der Small-Talk-Ebene und damit auf ungefährlichem Terrain verweilen zu können.

»Ich nehme die Pizza Vegetaria. Die können sie am besten.«

»Hört sich lecker an. Mal sehen ...« Alexandra las die Karte durch und entschied sich für eine Pizza Tonno ohne Zwiebeln.

Nachdem Susanne beim Pizzadienst angerufen und die Bestellung durchgegeben hatte, sagte sie: »So, jetzt müssten wir uns auf eine Schnulze einigen.« Sie blickte ruhig in Alexandras Richtung.

Die erwiderte den Blick, und ihr Puls begann erneut zu rasen. Wenn sie doch nur wüsste, was Susanne wirklich bezweckte mit diesem Treffen und seinen eindeutig romantischen Implikationen. Aber solange das nicht klar war, würde sie mitspielen und so tun müssen, als sei das hier eine ganz normale Abendunterhaltung zwischen zwei guten Freundinnen.

»Was kannst du denn anbieten?«, fragte sie zurück.

»Komm einfach mit zum DVD-Regal. Dann kannst du dir die Titel selbst ansehen.«

Alexandra stand auf und nahm das Regal in Augenschein. Dort war alles zu finden, was in den letzten Jahren auf dem Lesben-Filmmarkt erschienen war. Sie ging die Titel durch, einmal, dann noch einmal, ohne eine Auswahl treffen zu können. Am liebsten wäre sie einfach wieder nach Hause gefahren.

Nein, das stimmte nicht. Am liebsten hätte sie Susanne selbst verführt. Anstatt sich einen Film anzusehen, in dem das Verführen von anderen erledigt wurde.

»*Loving Annabelle* finde ich genau richtig«, sagte sie schließlich und reichte Susanne die Hülle, die diese ihr zugeschickt hatte.

»Du kennst ihn sicherlich?«, fragte Susanne.

»Ja.«

»Wie findest du ihn?«

»Ein schöner Film, der traurig endet.«

»Ich finde eigentlich nicht, dass er ein trauriges Ende hat. Zuletzt sagt Simone, sie liebe Annabelle, das ist doch nicht traurig.«

Eine interessante Sichtweise, fand Alexandra: »Traurig ist, dass sie erst mal ins Gefängnis muss.«

»Erin Kelly ist süß, oder?«, fragte Susanne.

Seit wann gehört das Wort »süß« in Susannes Wortschatz?, wunderte sich Alexandra und bemerkte: »Schon, aber mir wäre sie zu jung. Aber du scheinst ja auf junge Frauen zu stehen.« Die kleine Spitze konnte sie sich nicht verkneifen – um sie im nächsten Augenblick schon wieder zu bereuen. *Kein guter Anfang,* dachte sie, *wenn das hier wirklich ein Neubeginn sein soll, welcher Art auch immer ...*

Doch Susanne ging darüber hinweg. »Na ja«, sagte sie. »Ich finde, die beiden passen zusammen. Auch wenn Simone als Lehrerin etwas älter ist als Annabelle.«

»Und vor allem hat sie eine sexuelle Beziehung mit einer Schutzbefohlenen«, betonte Alexandra das eigentliche Problemthema des Films. »Obwohl sie sich ja immerhin einige Zeit dagegen wehrt.«

»Aber schließlich ist Annabelle zu verführerisch«, ergänzte Susanne. Dann seufzte sie hingebungsvoll: »Ach! Ich habe den Film eine Zeitlang sehr häufig angesehen und war regelmäßig in Simone verliebt.«

»Ich dachte, in Annabelle. Wo du Erin Kelly doch so süß findest ...«

»Nein ... oder nur kurz. Richtig attraktiv fand ich eigentlich nur Simone. Annabelle ist einfach zu jung«, meinte Susanne, um dann – einigermaßen unglaubwürdig – hinterherzuschieben: »Eigentlich stehe ich gar nicht auf so junge Frauen.«

»Ach.« Alexandra ließ diese einzelne Silbe vor Sarkasmus nur so triefen.

Susanne schoss einen leicht zerknirschten Blick zu ihr herüber. »Ich weiß, klingt nicht überzeugend. Aber Simone ist so herrlich traurig. Und intensiv.«

»Diesen Zug an dir kenne ich ja noch gar nicht.«

»Welchen?«

»Dass du sentimental wirst.« Alexandra war sich im Klaren darüber, dass sie sich nun auf dünnem Eis zu bewegen begann. Vordergründig sprachen sie zwar über den Film; aber eigentlich, das musste auch Susanne klar sein, ging es längst auch um sie beide, ihre Gefühle zueinander und darum, wie sie mit diesen Gefühlen umgehen sollten.

Susanne konterte prompt: »Du kennst mich eben noch gar nicht richtig.«

Ein unverkennbar herausfordernder Tonfall hatte in Susannes Entgegnung mitgeschwungen, da war sich Alexandra sicher. Vorsichtig fragte sie: »Möchtest du etwas dagegen unternehmen?«

»Ja.«

»Und . . . was?«

»Mehr Zeit mit dir verbringen!«

Eine so direkte Antwort hatte Alexandra nicht erwartet. Ihr Herz setzte eine Sekunde lang aus, um dann wieder wild zu pochen. Schon beim Anblick von Susanne an der Tür war ihr klar geworden, dass sie diese Frau noch immer begehrte – und wie Susannes Worte vermuten ließen, beruhte das auf Gegenseitigkeit.

Aber das heißt noch gar nichts. Für Hoffnung gibt es noch lange keinen Anlass, ermahnte Alexandra sich selbst. Susanne hatte ja schon bei ihrem letzten Abschied, nach dem Abend in Köln, ganz offen gesagt, dass sie gern mehr Zeit in Alexandras Gegenwart verbringen wollte – nur eben nicht unter der Festlegung »Beziehung«. Solange sich an dieser Einstellung nichts änderte, hatte Alexandra keine andere Möglichkeit, als alle Gedanken an eine gemeinsame Zukunft konsequent zu verbannen.

Sie presste die Lippen fest aufeinander. Warum musste das alles so schwierig sein?

»Du sagst ja gar nichts«, bemerkte Susanne. »Ist das ein gutes oder ein schlechtes Zeichen?«

Alexandra tat einen tiefen Atemzug. Auch wenn es schwerfiel – sie würde weiterhin ehrlich zu Susanne sein. »Ich bin ein wenig verwirrt. Bei unserem letzten Zusammensein waren wir an so einem ähnlichen Punkt angekommen ... aber nicht darüber hinaus.« Sie hielt inne und sah Susanne an. Ob sie sich zu kryptisch ausgedrückt hatte?

Doch die Botschaft war offenbar angekommen. Susanne schaute kurz zurück, nickte unmerklich, dann senkte sie den Blick. »Weißt du ... seitdem habe ich viel über das nachgedacht, was du gesagt hast. Ich müsste verzeihen, sonst könnte ich mich auf eine Liebe mit dir nicht einlassen. Ich wollte dir mit dieser Einladung signalisieren, dass ich es verstanden habe. Ich habe fest vor, dir nicht dauernd nachzutragen, dass du mir damals nicht die Wahrheit gesagt hast. Damit habe ich ein für alle Mal abgeschlossen. Und ich habe eingesehen, dass ich überreagiert habe, als ich das Bild von mir in diesem Boulevard-Blatt gesehen und dich dafür verantwortlich gemacht habe. Ich habe einfach die falschen Schlüsse gezogen und dir nicht vertraut. Ich hätte sofort mit dir darüber reden müssen, anstatt in einer Kurzschlussreaktion einfach abzuhauen.«

Während Susannes kleiner Ansprache hatte Alexandra kaum zu atmen gewagt. Konnte es wirklich wahr sein? Susanne hatte verstanden – war vielleicht sogar bereit, zu verzeihen? War ein Neuanfang, eine wirkliche, ehrliche Liebesbeziehung zwischen ihnen beiden demnach doch möglich ...?

Doch sie hatte zu lange gebangt, gezittert und umsonst gehofft, als dass sie jetzt so ohne weiteres von »zu Tode betrübt« auf »himmelhoch jauchzend« hätte umschalten können. Entsprechend sachlich erwiderte sie: »Vielleicht. Aber das Misstrauen zwischen uns ging von mir aus. Es war grundfalsch, dir nicht die ganze Wahrheit über mich zu erzählen. Nur was meine Gefühle zu dir anging, war nichts gespielt.«

»War?« Susannes kurze Frage war leise, vorsichtig, fast ein wenig ängstlich.

Ohne dass sie diese Überlegungen bewusst initiiert hätte, begann Alexandras Verstand bereits die Bedingungen für einen Beziehungsneubeginn zu kalkulieren. »Na, wir können wohl kaum da weitermachen, wo wir aufgehört haben, bevor du den Artikel kanntest. Da stimmten die Voraussetzungen ja nicht. Wir müssen noch mal ganz von vorn beginnen.«

Susanne lächelte. »Okay. Dann fangen wir mit einem romantischen Liebesfilm an. Ich höre das Pizzataxi. Es kann gleich losgehen.«

Wenig später saßen sie zusammen auf der Couch in Susannes Wohnzimmer – in einem dem Neuanfang angemessenen, züchtigen Abstand voneinander –, kauten an ihrer Pizza und sahen sich den Film an. Alexandra hatte insgeheim entschieden, dass es keinen Sinn hatte, sich dieses Treffen durch übermäßiges Nachdenken und Analysieren zu verderben: Susanne hatte signalisiert, dass sie ihre Einstellung tatsächlich grundlegend geändert hatte – das zählte, und das war ein großer Fortschritt, der durchaus zur Hoffnung berechtigte. Alles Weitere würde sie auf sich zukommen lassen. Sie hatten Zeit.

»Aber nicht, dass du jetzt anfängst, mir zu erzählen, was als Nächstes kommt«, ermahnte sie Susanne mit vollem Mund, während sie sich noch etwas tiefer in die Couchkissen lümmelte.

»Na, du hast mit vollem Mund aber auch schon mal besser gesprochen«, antwortete Susanne, ebenfalls kauend. »Keine Angst, ich denke mir meinen Teil.«

Als die Szene mit dem Pfarrer auf der Kanzel begann, griff Susanne nach der Fernbedienung. »Das ist die Stelle, an der ich immer vorspule.«

»Lass ruhig weiter laufen«, bat Alexandra. »Das erhöht die Spannung.«

»Spannung worauf?«, fragte Susanne leise.

Beide sahen sich tief in die Augen, während der Pfarrer die Geschichte von den beiden Fröschen im Sahnefass erzählte. Die Geschichte nahmen sie aber kaum wahr. Sie sahen nur einander, tauchten in die Augen der anderen ein, lasen darin jeweils tiefe Zuneigung, Vertrauen und, ja, auch eine gewisse Erregung. Nur mühsam konnten sie ihre Blicke voneinander lösen, um den Film zu Ende zu sehen.

Als die Darstellerin der Annabelle, Erin Kelly, das Lied *All Over Me* sang, sagte Susanne leise: »Das ist meine Lieblingsstelle, kurz bevor sie sich in den Armen liegen und sich dann leidenschaftlich lieben. Danach spule ich immer zurück und sehe mir die Szene noch ein zweites Mal an.«

Gemeinsam mit Erin Kelly sangen beide den Refrain, mit dem das Mädchen ihrer Lehrerin eine indirekte Liebeserklärung macht. Und genau in dem Moment, in dem ihre Schülerin die letzte Zeile singt, dreht sich Simone um und will die Halle verlassen, weil sie so sehr in Annabelle verliebt ist, es aber als deren Lehrerin nicht zeigen darf – ganz zu schweigen davon, ihre Gefühle zu leben. Doch Annabelle weiß natürlich, dass Simone in sie verliebt ist. Sie läuft hinter Simone her, fasst sie am Arm und hält sie zurück. Und schließlich ist es mit Simones Selbstkontrolle vorbei. Was ihr schon unzählige Male zuvor gelungen ist, geht jetzt nicht mehr: Sie schafft es nicht mehr, ihre Gefühle zu unterdrücken, zu stark ist ihre Liebe zu Annabelle. Sie küsst die junge Frau leidenschaftlich. Die sich anschließende Bettszene ist schnell vorbei; die Realität holt beide sofort ein, denn sie werden erwischt, während sie sich anziehen. Nachdem Simone der Direktorin der Schule mitteilt, dass sie Annabelle liebt, wird sie verhaftet.

»Eine schöne Geschichte, oder?«, fragte Susanne, als der Abspann des Films über den Bildschirm flimmerte.

»Ja«, begnügte sich Alexandra zu erwidern. Doch tief im Innern dachte sie, dass sie den Film unrealistisch fand. Sie konnte sich nicht vorstellen, dass eine Lehrerin, die ihren Job ernst nahm, ihrer Schülerin tatsächlich so deutliche Zeichen ihrer Zuneigung geben würde – wie Simone im Film es etwa tat, indem sie mit Annabelle ans Meer fuhr, obwohl sie mit ihren Schützlingen das Schulgelände nicht verlassen durfte. Alexandra dachte an ihre eigene Schulzeit zurück. Nie im Leben hätte es eine solche Beziehung mit einer Lehrerin geben können, da war sie sich sicher.

»Ich sehe dir an, dass du nicht überzeugt bist«, meinte Susanne.

»Na ja . . . mir ist das in meiner Schulzeit nie passiert.«

»Vielleicht war keine deiner Lehrerinnen lesbisch.«

Alexandra dachte nach. »Das kann ich mir nicht vorstellen. Sie hatten nur wahrscheinlich eine Heidenangst vor der Entdeckung und hätten sich niemals irgendeine Blöße gegenüber einer ihrer Schülerinnen gegeben.«

»Ja«, sagte Susanne, »das war bei mir in der Schule nicht anders. In den 1970ern waren wir noch weit davon entfernt zu glauben, Frauen zu lieben, sei normal. Und unsere Lehrerinnen waren doppelt und dreifach vorsichtig. Aber deswegen ist es ja ein so toller

Film, weil Simone zwar dagegen ankämpft, aber Annabelles Drängen schließlich nachgibt – allen gesellschaftlichen und gesetzlichen Normen zum Trotz. Ach, ich könnte den Film sofort wieder sehen.« Sie seufzte.

Alexandra gluckste amüsiert. Mit ihrem schwärmerischen Gesichtsausdruck sah Susanne aus wie ein verknallter Teenager.

»Was ist?«, fragte Susanne. »Ich meine das ganz ernst.«

»Du würdest dir also lieber den Film noch einmal anschauen«, erkundigte sich Alexandra mit frechem Grinsen, »als dich der sexy Frau, die auf deiner Couch sitzt, zu widmen?«

Susanne begann ebenfalls zu grinsen, aber es wirkte eine Spur verlegen. »Na ja, das kann man so nicht sagen. Ich . . . ich weiß nur nicht genau, wie ich es anstellen soll. Bei unserem letzten Rendezvous habe ich es ziemlich vermasselt, und jetzt habe ich Angst, das Falsche zu tun.« Sie holte tief Luft und fügte hinzu: »Vielleicht will die Frau, die mir viel bedeutet, nicht das, was ich will.«

Wenn das kein klarer, eindeutiger Schritt in Richtung Beziehung ist, dachte Alexandra, und innerlich jubelte sie. Doch nach außen hin gab sie sich unnahbar. »Vielleicht erklärst du ihr, was du vorhast, und sie sagt dir, ob sie das für angemessen hält.«

»Warum machst du es mir so schwer?«, fragte Susanne lächelnd.

»Weil du es nicht anders verdient hast!«

»Wie lange willst du mich denn noch zappeln lassen?«, fragte Susanne und rückte etwas näher an Alexandra heran. »Schließlich hast du schon den letztgenannten Termin genommen, den ich dir angeboten habe. Ich bin fast wahnsinnig geworden vor lauter Warten.«

Alexandra verschwieg wohlweislich, dass es ihr nicht anders ergangen war. »Es liegt aber nicht unbedingt an mir, wie lange ich dich noch zappeln lassen soll, wie du es nennst. Wir haben ja zum Beispiel bestimmte Dinge noch nicht geklärt.«

»Was zum Beispiel?«

»Zum Beispiel, ob du mir verzeihen kannst.« Alexandra sah Susanne direkt in die Augen, entwaffnend, herausfordernd. Es war heraus. Was immer Susanne nun sagte – dies war der Moment, der ihre Zukunft entschied.

Susanne erwiderte den Blick ebenso direkt. Ein zaghaftes Lächeln stahl sich in ihre Mundwinkel. »Was denkst du denn? Hätte ich dich sonst eingeladen?«

Alexandra senkte die Augen. Sie wollte nicht, dass Susanne ihr geradezu unverschämt breites Strahlen sah. »Wahrscheinlich nicht«, gab sie zu. »Ich wollte es einfach noch einmal hören. Ausdrücklich. Von dir.«

»Okay. Und was müssen wir noch klären?«

Alexandra hob den Blick wieder. »Ich weiß, dass ich dein Vertrauen in schändlicher Weise missbraucht habe, und ich weiß auch, dass es schwierig ist, einer wieder zu vertrauen, wenn man einmal mit ihr auf die Nase gefallen ist. Die Frage, die ich für elementar halte, ist, ob du mir wieder ohne Wenn und Aber vertrauen kannst. Und vor allem, wie das Vertrauen dauerhaft werden kann, ohne dass du mir bei der nächsten Gelegenheit von neuem misstrauen wirst.«

»Tja.« Susanne schob sich ein weiteres Stückchen in Alexandras Richtung. »Das ist in der Tat ein Problem, dessen Lösung ich mich in den letzten Wochen genähert habe.« Sie rückte noch dichter heran, bis sich ihre Oberschenkel berührten.

Alexandra zuckte zusammen, und ihr Herz begann schon wieder zu rasen. Dieser erste körperliche Kontakt zwischen ihnen schien elektrische Ströme durch ihren ganzen Körper zu jagen. Mühsam beherrscht fragte sie: »Und zu welcher Lösung bist du gelangt?«

»Interessant, dass du nicht *gekommen* sagst.« Susanne grinste.

Alexandra grinste zurück. »Schien mir nicht angemessen.« Das elektrische Knistern hatte sich ein wenig beruhigt, stattdessen kribbelte und prickelte es bis in ihre Haarspitzen. Undenkbar, dass Susanne diese sehr eindeutige Energie nicht auch spürte. Doch Alexandra wollte es diesmal so lange wie möglich hinauszögern und die vielversprechende Unerfülltheit bis zur letzten Sekunde auskosten – Simone und Annabelle hatten es gewissermaßen vorgemacht.

Unterdessen war Susannes Miene wieder ernst geworden, und sie sagte: »Ich habe herausgefunden, dass es keine Garantie für lebenslanges Vertrauen gibt. Du könntest mich jederzeit wieder hintergehen, so wie ich auch dich jederzeit hintergehen könnte. Aber dein Verhalten nach unserer kurzen Verbindung hat mir gezeigt, dass ich dir vertrauen kann. Inzwischen ist mir klar geworden, dass du mich in wichtigen Fragen unserer Beziehung nicht mehr anlügen würdest. Du wirst mir gegenüber so ehrlich sein, wie es nur geht.« Sie sah Alexandra wieder ganz direkt an und fügte betreten hinzu: »Ich weiß, ich habe lange gebraucht, um zu diesem Schluss zu gelangen.«

»Das hast du«, pflichtete Alexandra ihr bei. Sie sah Susanne mit offenem Blick in die Augen und lächelte kaum wahrnehmbar.

Susanne löste ihren Oberschenkel von Alexandras, um sich Alexandra zuzuwenden und ihren Oberkörper zu ihr hinüberzulehnen. Gleichzeitig, fast unwillkürlich, neigte sich auch Alexandra zu Susanne hin. Man konnte die Luft zwischen ihnen förmlich knistern hören, als sich ihre Gesichter wie in Zeitlupe einander annäherten. Schließlich, nach einer Ewigkeit, trafen ihre Lippen aufeinander. Ohne sich zu umarmen, nur mit Lippen und Zungen einander berührend, küssten sie sich lange und leidenschaftlich.

Als sie sich voneinander lösten, war es Alexandra, als tauche sie aus einer anderen, paradiesischen Welt auf. In ihrem Kopf drehte sich alles, und sie musste nach Luft schnappen. Auch Susanne atmete schneller. Ihre Wangen waren gerötet, und ihre Augen funkelten Alexandra an wie zwei besonders helle Sterne.

»Würdest du mich in deine Arme nehmen?«, fragte sie. Ohne Alexandras Antwort abzuwarten, drehte sie sich um und lehnte sich mit dem Rücken an Alexandra an.

Alexandra umfing sie mit ihren Armen und hielt sie fest. Sie war noch nicht wieder ganz in der Realität angekommen, konnte noch nicht richtig fassen, was hier gerade passierte. Aber plötzlich spürte sie etwas Feuchtes auf ihrem rechten Arm. Eine Träne war darauf niedergetropft.

Mitgefühl, tiefe Liebe und der starke Wunsch, Susanne unter allen Umständen schützend zur Seite zu stehen, überwältigten Alexandra beinahe. Sie schlang ihre Arme noch etwas fester um Susanne, um ihr zu signalisieren, dass sie bei ihr war und verstand.

Lange saßen sie so, eng aneinandergeschmiegt und jede tief in die Gegenwart der anderen versunken. Es waren keine Worte nötig für diese intensive Verbundenheit. Sie wussten beide, dass sie dort angekommen waren, wohin sie gehörten – wo sie für den Rest ihres Lebens bleiben wollten. Es war ein Moment, der einem nur einmal im Leben vergönnt ist, manchen Leuten vielleicht nie. Und ohne dass sonst etwas passiert wäre an diesem Abend, glitten beide irgendwann sanft in den Schlaf hinüber.

Erst gegen Mitternacht wachten sie wieder auf. Susanne regte sich als Erste und löste sich aus Alexandras Armen.

»Ich möchte es noch etwas hinauszögern«, flüsterte Susanne. »Ist das in Ordnung?«

»Was?«, murmelte Alexandra schlaftrunken, nicht ganz sicher, ob sie noch träumte.

»Du weißt schon, was ich meine.«

Alexandras Lebensgeister regten sich wieder. Die Erinnerung und die Gewissheit, dass dieses allumfassende, wärmende Glücksgefühl, das sie erfüllte, keinem Traum zu verdanken war, sondern der Wirklichkeit, zauberten ein seliges Lächeln auf ihr Gesicht. »Weißt du was?«, meinte sie. »Ich wäre jetzt sowieso zu müde dazu. Aber wie wäre es, wenn wir morgen zusammen frühstückten und ich jetzt erst einmal nach Hause führe?«

»Das wäre okay. Kommst du zum Frühstück hierher?«

»In Ordnung.« Alexandra erhob sich von der Couch und sah einen Moment lang liebevoll auf Susanne hinunter, bevor diese ebenfalls aufstand. »Und ich besorge die Brötchen. Um wie viel Uhr?«

»Sobald du wach bist.« Susanne lächelte Alexandra warm an.

»Wecke ich dich dann nicht?«

»Na, ich denke, ein bisschen schlafen müssen wir wohl beide, oder?«

Sie waren inzwischen die Treppe hinuntergestiegen und standen an der Haustür. Alexandra beugte sich zu Susanne und küsste sie ganz sanft zum Abschied auf den Mund. »Bis morgen … und träume etwas von mir.«

»Sowieso. Und du träumst von mir.«

»Das habe ich jetzt gar nicht mehr nötig«, antwortete Alexandra und schwang sich auf ihr Rad. Ihr Strahlen während des Heimwegs erhellte die ganze Nacht.

Susanne ließ sich mit einem breiten Lächeln in ihr Bett fallen. Sie hatte mit Alexandra in einem Raum vor einem Bildschirm auf derselben Couch gesessen, sie hatten sich berührt, sie hatten sich geküsst – und es hatte nicht mit Schmerzen und einem Kontaktabbruch geendet. Ganz im Gegenteil, es war wunderbar gewesen.

Wenn sie an den Kuss zurückdachte, konnte sie Alexandras weiche Lippen wieder ganz deutlich spüren, fühlte ihren eigenen Körper wieder dahinschmelzen, in dieser Vereinigung von Lippen und Zungen ganz aufgehen.

Sie war glücklich darüber, dass sie das »zweite erste Mal« langsam angehen würden. Dass es eine neue Chance für sie beide gab ... So lange hätte sie es nicht einmal ernsthaft hoffen mögen. Nun breitete sich eine große, prickelnde Freude in ihrem Körper aus. Immer noch lächelnd bei dem Gedanken an den nächsten Morgen, sank sie in einen traumlosen, erholsamen Schlaf.

Alexandra hatte es nicht so gut getroffen. Sie war nach der kurzen Radfahrt durch die kalte Winterluft hellwach, und das unbändige Glücksgefühl, das in ihr loderte wie ein ganzes Feuerwerk, trug mit dazu bei, dass an Schlaf nicht mehr zu denken war.

Endlich war es vorbei: die Ungewissheit, das verzweifelte Hoffen, die immer neuen Enttäuschungen. Endlich wusste sie, woran sie mit Susanne war. Dass Susanne dabei war, ihr zu verzeihen, und alles daran setzen würde, ihr wieder zu vertrauen. Diese Ziele waren vielleicht noch nicht erreicht, aber von jetzt an würden sie den Weg gemeinsam beschreiten; Alexandra würde sich dieses Vertrauensvorschusses würdig erweisen. Heute Abend hatte sie gespürt, dass Susanne sie trotz der langen Zeit, die seit ihrem »ersten ersten Mal« verstrichen war, und trotz all der Verletzungen, die sie einander in dieser Zeit willentlich und unwillkürlich zugefügt hatten, noch immer liebte. Und die Liebe schien sogar stärker geworden zu sein, mutiger – genauso wie ihre eigene Liebe zu Susanne nicht abgestorben, sondern im Gegenteil immer weiter gewachsen war.

Sie freute sich so sehr auf morgen, dass es beinahe weh tat. Wenn sie sich das nächste Mal sahen, würde es endlich, endlich wieder Grund zur Hoffnung geben.

Susanne war zeitig wach geworden und sofort aus dem Bett gesprungen. Bis Alexandra kam, würde es sicher noch ein Weilchen dauern, aber untätig herumzusitzen und sich vielleicht auf ein Buch zu konzentrieren, dazu war sie einfach nicht in der Lage. Also hatte sie den ganzen Morgen eifrig herumgewerkelt. Sie hatte den Tisch im Essbereich gedeckt, den Tee vorbereitet, den sie später frisch zubereiten würde, und vorsichtshalber auch schon einen Sekt kalt gestellt. Wenn es gestern Abend schon keinen Alkohol gegeben hatte, könnten sie sich ja heute einen Schluck gönnen.

Sie lief hin und her, tat hier noch einen Handgriff und dort einen, und wer sie dabei beobachtet hätte, hätte sich gewundert, dass sie bei all der Geschäftigkeit die ganze Zeit strahlte.

Alexandra wachte gegen neun Uhr wie gerädert auf. Sie hatte vor lauter Freude und Aufregung einfach nicht einschlafen können und brauchte nun ein paar Sekunden, um sich die Ereignisse des gestrigen Abends ins Gedächtnis zu rufen. Als ihr wieder einfiel, dass sie sich mit Susanne versöhnt hatte, war sie jedoch sofort hellwach.

Sie schwang sich aus dem Bett und duschte ausgiebig, damit sie nicht ganz so zerknittert aussähe, wenn sie bei Susanne zum Frühstück erschien. Die Radfahrt durch den Wintermorgen, erst zum Bäcker und dann zu Susannes Haus, zauberte eine rosige Farbe auf ihre Wangen. So machte sie einen frischen, ausgeschlafenen Eindruck, als sie bei Susanne klingelte. Aber gleichzeitig spielten ihre Finger nervös mit der Brötchentüte: So ganz unvoreingenommen konnte sie Susanne doch noch nicht gegenübertreten. Es war zu viel passiert, als dass Alexandra ohne weiteres daran hätte glauben können, dass nun alles gut war.

Susanne öffnete die Tür so prompt, als habe sie bereits dahinter gewartet.

»Wo bleibst du denn? Ich habe einen Mordshunger.« Das klang nur gespielt vorwurfsvoll, und das unglaublich glückliche Lächeln, das die Begrüßung begleitete, strafte Susannes Worte Lügen. Sie nahm Alexandra sanft in die Arme und küsste sie vorsichtig auf den Mund, was Alexandra ebenso vorsichtig erwiderte. Ihr Herz hämmerte, und sie konnte auch Susannes beschleunigten Herzschlag deutlich spüren.

Schließlich hielten sie inne und sahen sich tief in die Augen, bevor sie sich voneinander lösten. Susanne lächelte nicht mehr, aber ihr Blick war tief und voller Hingabe. Alexandra glaubte ein Versprechen darin zu lesen: Sie würden es dieses Mal sehr behutsam angehen. Nichts übereilen. Einander ganz langsam näherkommen und nichts tun, das sie später bereuen könnten.

Ihr Puls beruhigte sich etwas, und sie lächelte Susanne an. Immer noch ein wenig atemlos, beantwortete sie mit einiger Verspätung deren Frage: »Ich konnte nach der kurzen Bewegung mit dem Rad gestern nicht einschlafen und bin erst vor einer knappen halben Stunde aufgewacht. Aber ich versichere dir, ich habe mich sofort auf den Weg zu dir begeben.«

»Schön, dass du da bist.« Susanne strahlte wieder. »Komm mit, ich habe schon für uns gedeckt. Vom Essbereich aus hat man den Garten wunderbar im Blick, dann kannst du ihn dir auch gleich einmal genauer ansehen. Ich mache nur schnell den Tee, und dann können wir frühstücken.« Sie führte Alexandra an den Frühstückstisch und verschwand in der Küche.

Alexandra ließ sich auf einem der beiden Stühle nieder und nahm erst den reich gedeckten Tisch, dann den Garten in Augenschein. Es war das erste Mal, dass sie ihn seit der Neugestaltung betrachtete, und was sie sah, ließ ihr Herz neuerlich höher schlagen. All die Ideen, die ihr, durch den Kontakt mit Susanne inspiriert, damals nur so zugeströmt waren – und auf die sie durchaus einigermaßen stolz war –, hatten hier Gestalt angenommen. So genau hatte Susanne sich an ihre Entwürfe gehalten, dass es fast ein Déjà-vu-Erlebnis war. Und der Anblick war traumhaft.

Alexandra lächelte glücklich. Dann lehnte sie sich in ihrem Stuhl zurück und streckte sich, denn nach der schlafarmen Nacht war sie noch ein wenig steif.

»Welch köstlicher Anblick!«, bemerkte Susanne, die in diesem Moment mit der Teekanne erschien.

Alexandra hatte den Verdacht, dass sich der Kommentar weniger auf den Garten als vielmehr auf ihren flachen Bauch bezog, den das hochgerutschte Oberteil beim Strecken freigelegt hatte. Unschuldig antwortete sie: »Das finde ich auch, wenn ich mir deinen Garten so ansehe. Wer hat denn den entworfen?«

»Ist gut gelungen, oder? Ich habe dir ja schon erzählt, dass mein Gärtner ihn nach den Plänen meiner Gartenarchitektin gestaltet hat und dass er von der Kreativität dieser Frau ganz begeistert war. Er wollte sogar ihre Adresse haben. Ich habe die Architektin fürstlich entlohnen wollen, aber sie hat das Geld nicht angenommen.« Scheinbar unbeteiligt zuckte Susanne die Achseln. Während sie Tee in ihre Tassen goss, fügte sie hinzu: »Ich hätte mir jedenfalls keine bessere Gestaltung für meinen Garten vorstellen können. Vielleicht solltest du ein Gartenarchitektur-Büro aufmachen. Ich könnte deine Assistentin sein.« Sie setzte sich und schaute Alexandra erwartungsvoll an.

»Hast du beruflich denn gar nichts in Aussicht?«, fragte Alexandra.

»Ach, ich weiß noch nicht, wo ich genau hin will. Ich überlege gerade, ob ich wieder zu meinen germanistischen Wurzeln zurückkehren soll. Bin aber noch zu keinem Schluss gekommen. Und wie läuft's bei dir?« Sie bot Alexandra die Brötchen an, die sie in einem kleinen Korb arrangiert hatte.

»Ganz gut. Das Freiberuflerdasein ist genau das Richtige für mich«, sagte Alexandra, während sie nach einem Brötchen griff und es aufschnitt. »Jetzt kann ich wirklich so arbeiten, wie ich es mir immer gewünscht habe. Da mein Name bereits bekannt ist, ist es nicht so schwierig, weiter Rezensionen in der Presse unterzubringen, vornehmlich über Bücher von Autorinnen. Sie werden mir sogar fast aus der Hand gerissen. Außerdem arbeite ich wirklich ernsthaft an meinem ersten Frauenroman.«

»Komme ich auch drin vor?«, erkundigte sich Susanne neugierig.

»Wer weiß.« Alexandra grinste geheimnisvoll. »Mal sehen, wie sich alles entwickelt.« Und das meinte sie durchaus zweideutig.

Nach einigen Minuten des Schweigens, in denen sie den knusprigen Brötchen und dem herrlichen Tee ihre ganze Aufmerksamkeit widmeten, fragte Susanne: »Was machen wir mit dem Rest des Nachmittags?«

»Wie wär's mit einer Radtour? Es ist nicht so kalt, und das Wetter ist herrlich. Ich könnte dir ein wenig die schöne Gegend zeigen«, schlug Alexandra vor. »Du wohnst zwar schon eine Weile hier, aber ich bezweifle irgendwie, dass du deine Umgebung schon richtig kennengelernt hast.«

»Hört sich gut an. Und du hast absolut recht mit deiner Vermutung.« Susanne sah gespielt zerknirscht aus. »Anschließend gibt's noch einen selbstgebackenen Kuchen und einen köstlichen Five-o'clock-Tee«, vervollständigte sie dann die Planung des restlichen Tages.

»Klingt toll. Wann hast du denn den Kuchen gebacken?«

»Heute Morgen.«

»Du hast damit gerechnet, dass ich bleibe?«, erkundigte sich Alexandra vorsichtig. Sie erinnerte sich noch gut daran, dass sie selbst eher mit gemischten Gefühlen und einer gewissen Nervosität hier angekommen war. Wenn sich Susanne jetzt schon sicher war, dass Alexandra ihren Tag nach Susannes Wünschen planen würde, war das vielleicht kein gutes Zeichen ...

»Du meinst wegen des Kuchens?«, fragte Susanne zurück. »Nein, damit gerechnet nicht. Ich habe es einfach gehofft. Außerdem war ich früh wach und musste auf dich warten, da musste ich mir irgendwie die Zeit vertreiben. Was ist falsch daran?«

»Gar nichts«, sagte Alexandra und lächelte. Aber vorsichtshalber setzte sie noch hinzu: »Nur lass es uns dieses Mal nicht vermasseln. Ich weiß nicht, ob ich das noch einmal durchstehen könnte.«

»Ich werde mir Mühe geben«, versprach Susanne ernst.

»Ich mir auch.« Alexandra legte all ihre Zärtlichkeit in ihren Blick – und ihre Zuversicht. Auch wenn sie weiterhin vorsichtig war, so wagte sie doch jetzt definitiv die Hoffnung, dass es diesmal funktionieren konnte mit der Frau, die sie liebte.

Nach dem ausgiebigen Frühstück unternahmen sie eine lange Radtour, bei der sie einen See nach dem anderen erkundeten. Das strahlend schöne und relativ milde Winterwetter hatte Massen von Menschen aus ihren Häusern gelockt, und so verweilten sie nirgendwo lange, weil es sowohl auf den Wegen als auch in den Cafés einfach zu voll war. Doch sie sprachen wenig während ihres Ausflugs. Jede von ihnen war allzu sehr darauf bedacht, nichts Falsches zu tun, zu sagen oder auch nur zu denken. Aber gerade dadurch, stellte Alexandra irgendwann fest, verkrampften sie beide ein wenig, und keine Unterhaltung wollte so richtig in Fluss geraten.

Alexandra war fast erleichtert, als sie wieder an Susannes Villa ankamen. *Das war alles ein bisschen viel ... ich brauche Zeit für mich,* dachte sie und sagte beim Eintreten: »Ich habe noch zu tun. Ist es in Ordnung, wenn ich nach dem Nachmittagstee nach Hause fahre?«

»Kein Problem.«

Susanne wandte sich dem Tisch zu, an dem sie auch gefrühstückt hatten, um den Tee darauf anzurichten. Alexandra trat währenddessen ans Fenster und vertiefte sich erneut in den Anblick des Gartens.

Mein Garten ebenso wie Susannes, dachte sie voll Freude. *Und vielleicht unser Garten ...? Wenn sie überhaupt hier wohnen bleibt, heißt das. Darüber war ja, soweit ich mich erinnere, das letzte Wort noch gar nicht gesprochen.* Sie schluckte.

Susannes Stimme hinter ihr unterbrach ihre Gedanken: »Weißt du was? Lass uns was Verrücktes machen – lass uns den Kuchen im Garten essen. Hinten auf der kleinen Terrasse, für die du letzten Sommer die beiden Liegen gekauft hast. Auf diese Weise kannst du dein Werk aus allen Blickwinkeln bewundern.«

Alexandra drehte sich um und lachte. »Spinnst du? Es ist Januar. So verliebt in mein Werk bin ich nun auch wieder nicht, dass ich unbedingt zu jeder Jahreszeit mittendrin sitzen muss.«

»Papperlapapp. So kalt ist es nicht, schon gar nicht, wenn wir unsere Jacken wieder anziehen. Und da hinten sitzt man nicht nur in der Sonne, sondern auch im Windschatten.« Susanne hielt inne und fügte etwas leiser hinzu: »Ich möchte dir einfach zeigen, wie großartig dieser Garten ist, den du ... den du mir geschenkt hast. Und zwar genau jetzt. Nicht erst in ein paar Monaten, wenn es wärmer ist.«

Alexandra hatte erneut zu einer flapsigen Antwort angesetzt, schluckte sie aber bei den letzten Worten hinunter. Susanne hätte keine schönere Art und Weise wählen können, um ihr ihre Dankbarkeit zu zeigen. Gerührt holte sie ihre Jacken, dann folgte sie Susanne zu der kleinen Sonnenterrasse am anderen Ende des Gartens.

Der Blick in den neu gestalteten Garten aus dieser Perspektive war noch schöner als vom Fenster des Essbereichs aus. Und die Nachmittagssonne schien mit überraschender Kraft, so dass ihnen tatsächlich nicht kalt war.

Zwischen zwei Schlucken Tee fiel Alexandras Blick auf eine interessante Skulptur, die man vom Haus aus nicht hatte sehen können. Sie bestand aus zwei nebeneinander stehenden, an die zwei Meter hohen abstrakten Objekten aus rostendem Stahl, an denen von der Hälfte an aufwärts kleinere, würfelförmige Körper verschiedener Größen angebracht waren. Und wenn sie sich nicht sehr täuschte, ging von dem Kunstwerk ein leises, tiefes, zwischen verschiedenen Tönen hin und her gleitendes und wehendes Summen aus.

»Was ist denn das für eine atemberaubende Skulptur?«, fragte sie erstaunt.

Susanne stellte ihre Teetasse ab. »Du hattest mir damals vorgeschlagen, ein paar Skulpturen im Garten aufstellen zu lassen. Erinnerst du dich?«

»Natürlich.«

»Tja, leider sind wir dann nicht mehr dazu gekommen, darüber zu diskutieren, was für Skulpturen es sein könnten. Aber als ich mich vor ein paar Tagen entschloss, das Haus zu behalten ...«

Alexandra wäre um ein Haar aufgesprungen. »Du willst hierbleiben?«, rief sie begeistert und vergaß völlig, dass sie sich Vorsicht und Zurückhaltung auferlegt hatte.

Susanne lächelte ruhig. »Ja.«

»Das freut mich sehr.« Alexandra musste sich regelrecht zwingen, auf ihrer Liege sitzen zu bleiben, statt einen wilden Freudentanz aufzuführen und Susanne stürmisch zu umarmen und zu küssen. Sie blickte in Susannes Richtung, nahm deren Hand und drückte sie sanft. Erst jetzt wurde ihr bewusst, dass genau dies der letzte ungeklärte Punkt gewesen war – und der Grund, warum sie zwar Zuversicht und Hoffnung hatte empfinden, aber an ein glückliches Ende noch nicht hatte glauben können. Nun hatte ihr Susanne den letzten Beweis dafür geliefert, dass sie es ernst meinte.

Minutenlang sahen sie sich stumm in die Augen. Alexandra hatte keinen Zweifel, dass auch Susanne sich über die Bedeutung dieses Augenblicks im Klaren war.

»Entschuldige, dass ich dich unterbrochen habe«, sagte Alexandra schließlich. »Aber ich bin einfach so erleichtert, dass du bleiben willst. Erzähl bitte weiter.« Gleichzeitig dachte sie: *»Erleichtert«, das ist die Untertreibung des Jahres.*

Als habe die Unterbrechung gar nicht stattgefunden, fuhr Susanne fort: »Jedenfalls dachte ich, es sei eine gute Idee, noch ein paar Skulpturen einzufügen. Bei der Suche danach stieß ich auf dieses Objekt. Es ist eine Klangskulptur. Der Künstler hat sein Atelier ganz in der Nähe, und ich bin gleich hingefahren und habe es mir demonstrieren lassen. Schon bei leichtem Wind sind die Töne sehr beruhigend – man kann sie selbst jetzt ganz leise hören. Als er sagte, er könne dieses Objekt sofort aufstellen, war ich begeistert und habe es ihn gleich installieren lassen. Er behauptete auch, dass die

Skulptur ihren eigenen Charakter dadurch bekommt, dass sie Wind und Wetter ausgesetzt ist.«

»Ein tolles Objekt. Und es sieht auch noch fantastisch aus. Du hast einen guten Geschmack … was Kunst angeht.«

»Nur was Kunst angeht?«, fragte Susanne verschmitzt nach.

Alexandra wagte zum ersten Mal, die körperliche Zurückhaltung aufzugeben. Sie beugte sich zu Susanne hinüber und küsste sanft ihren Hals, über den sich daraufhin sofort eine Gänsehaut zog. Susanne neigte den Kopf sacht zur Seite, um sich der Berührung hinzugeben, aber sie sagte nichts.

Auch Alexandra kommentierte ihren Schritt auf eine neue Ebene der Annäherung nicht weiter, sondern fragte nur: »Ich dachte, du bist pleite?« Es war keine besonders sensible Frage, und sie wusste auch nicht, ob dies der richtige Zeitpunkt dafür war, aber es interessierte sie durchaus, wie Susanne ihre stark eingeschränkten Finanzen nun managte.

»Ich habe meinen Porsche verkauft«, sagte Susanne sachlich. »Sonst wäre die Gestaltung des Gartens schon nicht möglich gewesen.« Wie zum Zeichen dafür, dass das Thema damit beendet war, stand sie auf und nahm einen großen Klöppel zur Hand, der neben der Klangskulptur an einem Pfosten hing.

»Man kann die Töne auch ohne den Wind erzeugen«, erklärte sie und klopfte mit dem Klöppel auf den einen der beiden hohen, schmalen Stahlkörper. Ein tiefer, warmer, beruhigender Ton erklang.

Alexandra lauschte beeindruckt. »Hört sich wirklich toll an. Ich bin überwältigt.«

»Du musst dir dieses Klangspiel bei richtigem Wind anhören«, meinte Susanne. »Man kann nicht genug davon bekommen.«

»Das glaube ich sofort. Du hast eine gute Wahl getroffen.«

»Danke. Ein solches Lob aus dem Munde meiner Gartenarchitektin hätte ich gar nicht erwartet.«

Meine Gartenarchitektin – mehr nicht?, dachte Alexandra. *Irgendwann, meine liebe Susanne, möchte ich für dich doch auch etwas mehr sein als nur deine Gartenarchitektin.*

Aber sie musste Susanne Zeit lassen, das wusste sie. Sie musste ihnen beiden Zeit lassen. Und jetzt, da es nicht mehr darum ging, ob Susanne eine Beziehung wollte oder nicht, sondern nur noch darum, dass sie sich beide wirklich auf die Beziehung einlassen konnten, würde sie das auch mit Freuden tun. Jetzt hatten sie alle Zeit der Welt.

Schweigend aßen sie ihren Kuchen. Auch beim Backen war Susanne erstklassig. Der Kuchen war ein einfacher Rodonkuchen, aber er zerging auf der Zunge.

»Dein Kuchen schmeckt köstlich«, murmelte Alexandra schwärmerisch.

»Danke.« Susanne kratzte die letzten Krümel auf ihrem Teller zusammen.

Entspannt und rundum mit sich und der Welt zufrieden, streckte sich Alexandra auf ihrer Liege aus. »Das war eine gute Idee, den Kuchen auf der Terrasse zu vertilgen. Ich könnte auf der Stelle einnicken, so wohl fühle ich mich hier.«

»Mach doch!«

»Na ja, spätestens nach fünf Minuten würde ich mir dann aber doch ganz schön einen abfrieren. Außerdem wollte ich ja noch etwas arbeiten – und das werde ich auch. So konsequent muss man sein.« *Und wenn du in meiner Nähe bist, fällt es mir einfach verdammt schwer, mich auf irgendetwas anderes zu konzentrieren,* fügte Alexandra in Gedanken hinzu. Sie erhob sich von der Liege. »Deshalb mache ich mich jetzt auf den Weg. Wir telefonieren, oder?«

»Na klar.«

Beim Abschied küssten sich die beiden Frauen vorsichtig. Zurückhaltend. Dann ein ganz, ganz kleines bisschen leidenschaftlicher . . .

Alexandra zog sich zurück, sanft, aber bestimmt.

»Das ist schön!«, hauchte Susanne ihr ins Ohr.

»Ja«, flüsterte Alexandra zurück. »Aber lass es uns trotzdem noch ein bisschen hinauszögern.«

»Warum?« Susanne fiel es sichtlich schwer, ihre Erregung im Zaum zu halten. Alexandra spürte, wie sie ganz leicht zitterte.

Doch sie blieb standhaft, obwohl sie ebenfalls die Erregung aufsteigen fühlte wie eine heiße Welle. »Weil es dann um so mehr bedeutet. Und um so intensiver wird.«

»Aber ich halte es kaum noch aus«, klagte Susanne.

»Mir fällt es auch schwer. Aber lass es uns versuchen.« Alexandra rang nach Atem und löste sich aus der Umarmung. Mit einem

»Danke für den schönen Tag!« und »Bis bald!« eilte sie davon, bevor sie es sich anders hätte überlegen können.

Während der nächsten Tage war Alexandra nicht so ganz Frau ihrer Sinne, und sie konnte sich denken, dass es Susanne ähnlich ging. Sie konnte an nichts anderes denken als an Susanne. Zwar versuchte sie, ihr aus dem Weg zu gehen und sich irgendwie abzulenken – aber irgendwann würde sie es nicht mehr aushalten, es war nur eine Frage der Zeit. Sie hoffte nur, dass es Susanne war, die zuerst aufgab.

Etwa zehn Tage nach ihrem Frühstück – so lange hatten sie sich tatsächlich nicht gesehen, nur kurz miteinander telefoniert – erhielt Alexandra eine SMS: »Wie wär's am Samstag mit dem Restaurant in Köln, in dem wir mit allen Sinnen gespeist haben?«

Dafür, dass Alexandra mehr als eine Woche auf dieses Zeichen gewartet hatte, gelang es ihr bemerkenswert gut, sich mit der Antwort zurückzuhalten. Sie schaffte es, Susanne für volle achtundzwanzig Minuten warten zu lassen. Dann schrieb sie zurück: »Ich hol dich um 18 Uhr ab und bestelle einen Tisch für 7, ok? Freu mich!«

Prompt kam die Antwort: »IO. Freu mich auch!«

Alexandra grinste. Sicher hatte Susanne die ganze knappe halbe Stunde neben ihrem Handy gesessen und es nicht aus den Augen gelassen, bis Alexandras Nachricht eintraf. Sie war froh, dass Susanne den Anfang gemacht hatte. Und es würde ein furioser Anfang werden, dessen war sie sich ganz sicher.

In den letzten drei Stunden vor der Abfahrt nach Köln herrschte in Alexandras Bauernhaus enorme Hektik. Während die Zeit bis zum Samstag scheinbar unendlich langsam vorbeigekrochen war, verging sie jetzt plötzlich viel zu schnell.

Alexandra duschte, suchte hundert verschiedene Kleidungsstücke heraus, rannte hin und her, war verschwitzt, duschte ein zweites – und später ein drittes – Mal, versuchte ein Kleidungsstück nach dem anderen und entschied sich am Ende für ihre Lieblingsjeans und eine schnörkellose, einfache Bluse: ihre Wohlfühlklamotten, die gleichzeitig ihren Körper betonten. Als sie sich endlich zufrieden im Spiegel betrachtete, fiel ihr ein, dass man in dem Restaurant sowieso nichts sehen konnte. Warum man allerdings drei Stunden braucht, um das herauszufinden, das wissen nur Verliebte, die sich für das erste – oder zumindest ein wichtiges – Date zurechtmachen.

Als sie bei Susanne eintraf, stand die schon vor dem Haus, genau wie sie selbst in bequemen und zugleich figurbetonten Jeans und einfacher Bluse. Vor Alexandras innerem Auge lief ein Film ab, in dem sie und Susanne parallel hin und her rannten, duschten, Kleidungsstücke probierten und wieder verwarfen, alles in perfekter Synchronität. Sie kicherte.

Susanne schlug vor, mit ihrem Wagen zu fahren, da sie beim letzten Mal ja Alexandras Auto benutzt hatten. Die hatte nichts dagegen und nahm auf der Beifahrerseite von Susannes Jeep Platz.

Die Fahrt verlief einsilbig. Alexandra konnte nicht verhindern, dass die Erinnerung an das letzte Mal sich aufdrängte: Genau wie damals spürte sie Susannes Nähe überdeutlich, fast körperlich. Dabei hatten sie sich bis jetzt noch nicht berührt – noch nicht einmal einen Kuss auf die Wange hatte Alexandra gewagt, aus Angst, sofort die Beherrschung zu verlieren. Die Spannung zwischen ihnen war fast greifbar. Schwer zu ertragen. Aber auch sehr erotisch …

Alexandra fiel eine Zeile aus einem Lied von Udo Lindenberg ein: »Ich fand dich so erregend.« Dazu konnte sie förmlich die Celloklänge hören. *Ich weiß nicht, ob ich das den ganzen Abend durchhalte,* dachte sie. *Oder ob ich irgendwann über sie herfalle, weil es einfach nicht mehr geht.*

Mit viel Glück fanden sie in Köln in der Nähe des Restaurants einen Parkplatz – denn in der Stadt wimmelte es nur so von Jecken. Vor lauter Vorfreude auf das Treffen war ihnen beiden völlig entgangen, dass Karneval war.

Im Restaurant erwartete sie zunächst dasselbe Prozedere wie bei ihrem letzten Besuch: Sie suchten sich ein Menü aus, bestellten die Getränke – auch dieses Mal alkoholfrei – und wurden durch den stockdunklen Raum zu ihrem Tisch geleitet. Die Kellnerin dort begrüßte sie mit den Worten: »Guten Abend. Schön, dass Sie wieder bei uns sind.«

»Woher wissen Sie, dass wir schon einmal da waren?«, fragten Susanne und Alexandra fast gleichzeitig und gleichermaßen perplex.

Ein helles Lachen erklang. »Erstens informieren wir uns immer darüber, wer an unseren Tischen sitzt, und zweitens habe ich Sie an Ihren Stimmen erkannt.«

»Das gibt's ja nicht«, sagte Alexandra verblüfft.

»Sie waren vor etwa sechs Wochen da.«

»Stimmt. Was haben Sie noch behalten?«

»Dass Sie in nicht so guter Stimmung unser Lokal verlassen haben.«

»Oha«, kam es von Susanne. »Da waren wir wohl nicht sehr diskret.«

»Na ja, als Kellnerin bekommt man die Menschen ja im wahrsten Sinne des Wortes hautnah mit. Aber machen Sie sich keine Gedanken, außer mir hat die Spannungen niemand bemerkt.«

»Wir versuchen, dieses Mal etwas diskreter zu sein«, beeilte sich Alexandra zu versichern. Und fragte sich im nächsten Augenblick, ob dieser Versuch nicht von vornherein zum Scheitern verurteilt war angesichts der schwer zu ignorierenden Spannung einer ganz anderen Art, die diesmal zwischen ihnen herrschte.

Wieder ein kurzes Lachen. »Aber nicht wegen mir. Ich bringe Ihnen gleich die Getränke. Ich wünsche Ihnen einen schönen Abend und freue mich wirklich sehr, dass Sie wieder meine Gäste sind.«

»Danke!«, antworteten Alexandra und Susanne wie aus einem Munde. Sie setzten sich.

»Tja«, begann Susanne die Unterhaltung, »das hätten wir uns wohl denken können, dass wir nicht so diskret waren, wie wir es uns gewünscht hätten.«

»Und ob uns das heute gelingt, weiß ich nicht«, verlieh Alexandra ihren Überlegungen von vorhin Ausdruck. »Ich habe das Gefühl, dass unsere Spannung durch den ganzen Raum reicht.«

»Welche Spannung?« Susannes Stimme klang ganz unschuldig.

»Na, welche Spannung meine ich wohl?«, fragte Alexandra zurück, während sie mit ihrer Hand auf dem Tisch nach Susannes Hand suchte. Als sie sie fand, hatte sie tatsächlich das Gefühl, ein Knistern zu hören.

Susanne ging auf Alexandras Berührung ein. Fingerspitzen glitten über Fingerspitzen, strichen leicht über Handballen, tasteten sich zart über Handflächen. Jede neue Berührung schoss Stromstöße durch Alexandras Körper. Erotik pur.

Als die Kellnerin die Getränke brachte, konnten sich beide kaum in einer normalen Atmung bedanken. Das sollte sich während des ganzen Abends nicht mehr ändern. In der Dunkelheit empfanden sie jede Berührung mit nie gekannter Intensität. Sie sprachen wenig, konzentrierten sich ganz auf die Reaktionen des eigenen Körpers wie auch die der anderen. Und obwohl sich hauptsächlich ihre Hände und Knie berührten, war jeder Kontakt wie ein Feuerwerk, eine Explosion der Sinne.

Als sie nach dem Essen endlich im Auto saßen, küssten sie sich wild und hemmungslos. In einer kurzen Pause schlug Susanne, nach Atem ringend, vor: »Ich kenne in der Nähe einen abgelegenen Parkplatz. Soll ich uns dorthin fahren?«

»Du meinst, wir sollen es wie die Teenager im Auto tun?«, fragte Alexandra, ebenfalls atemlos.

»Ja. Ich halte es sonst wirklich nicht länger aus. Und später machen wir es sanft und langsam in meinem Bett.«

Allein die Vorstellung ließ Alexandra vor Erregung fast zerspringen. »Hört sich verlockend an. Fahr los.« Sie riss sich zusammen, setzte sich auf dem Beifahrersitz zurecht und legte ihre Hand auf Susannes Oberschenkel. Susanne zog scharf die Luft ein. Es war offensichtlich, dass sie sich nur mit größter Mühe aufs Fahren konzentrieren konnte.

Auf dem Parkplatz waren sie die Einzigen. Sobald Susanne den Motor ausgeschaltet hatte, fielen sie förmlich übereinander her. Zu lange hatte ihr Vorspiel im Restaurant gedauert – ach was, es hatte ja bereits die ganzen Tage, fast Wochen seit ihrem letzten Treffen angedauert. Es war höchste Zeit, dass sich die Spannung endlich entlud.

Als Susanne in Alexandras Feuchtigkeit eindrang, flüsterte sie ihr ins Ohr: »Ich schwimme in einem See. Ich habe das Gefühl, genauso zu zerfließen.«

Alexandra kam fast augenblicklich, obwohl die Stellung etwas unbequem war. Die Zeiten, in denen man im Auto Liebe machte, waren für beide eigentlich lange vorbei. Nachdem sie ihrerseits Susanne befriedigt hatte, fuhren sie in die Villa, um ihr Liebesspiel dort fortzusetzen.

Es wurde eine durchliebte Nacht, in der es keine Grenzen oder Tabus gab. Beide gingen ineinander auf, waren füreinander da, wurden eins. Zärtlichkeit und Behutsamkeit spielten dabei eine große Rolle. Und sie konnten nicht glauben, dass sie darauf so lange gewartet hatten. Vor allem war keiner von beiden klar, warum sie nicht schon längst ihr Leben miteinander teilten. Denn in dieser Nacht erkannten sie ohne jeden Zweifel, dass der Harmonie im Bett schon lange die Harmonie im Geiste vorausgegangen war.

Als Alexandra am nächsten Morgen aufwachte, war von Susanne weit und breit nichts zu sehen. Nur ein Zettel lag auf Susannes Kopfkissen: »Hole uns Brötchen. Fühl dich wie zu Hause – die Dusche kennst du ja schon! S.«

Für einen kurzen Augenblick stockte Alexandra der Atem: Genau das hatte sie schon einmal erlebt – kurz bevor Susanne sie aus dem Haus geworfen hatte.

Aber das ist vergangen, rief sie sich ins Bewusstsein. Nun standen keine Unwahrheiten mehr zwischen ihnen. Mit einem glücklichen Lächeln machte Alexandra sich auf ins Badezimmer, um angenehm warmes Wasser über ihren verschwitzten Körper laufen zu lassen.

Kurze Zeit später trat Susanne nackt neben sie in die Dusche, die groß genug für zwei war. Alexandra hatte sie nicht hereinkommen hören, aber sie begrüßte sie freudig mit einem langen, leidenschaftlichen Kuss. Unter dem Strahl des Wassers umarmten, küssten, streichelten, liebten sie sich. Konnten gar nicht genug voneinander bekommen.

Unendlich viel später sagte Alexandra: »Ich bin aufgeweicht und hungrig. Lass uns woanders hingehen.«

Als sie beide in Bademäntel gehüllt am Frühstückstisch im Essbereich saßen – den sie *nicht* direkt nach der Dusche aufgesucht hatten –, sagte Alexandra: »Weißt du noch, als du mich zum ersten Mal verführt hast?«

Susanne schluckte ihren Bissen hinunter. »Natürlich. Wie könnte ich das vergessen. Auch wenn ... nun ja, auch wenn der Morgen danach etwas weniger angenehm für uns beide war als der jetzige.«

Doch darauf wollte Alexandra gar nicht hinaus. »Ja, aber an dem Abend ... Bevor du mich in dein Schlafzimmer gezerrt hast –«, hier machte Susanne ein gespielt entrüstetes Gesicht, »– hast du einen Satz nicht zu Ende gesprochen. Du hast gesagt, du würdest nicht mit mir schlafen, bevor ...« Sie hielt inne und sah Susanne erwartungsvoll an. »Kannst du dich daran noch erinnern? Jetzt bin ich neugierig, was dieses ominöse *bevor* wohl sein könnte. Wo wir inzwischen doch schon ziemlich viele Male miteinander geschlafen haben.«

Susanne lachte. »Ja, ich erinnere mich. Dass du das behalten hast ... Du hattest mir an dem Abend von deinem ersten Mal erzählt. Und ich wollte sagen, dass ich nicht mit dir schlafe, bevor ich dir von *meinem* ersten Mal erzählt habe. Ich habe es mir dann anders überlegt, weil ich dich doch lieber sofort ins Bett kriegen wollte.« Ihre Augen blitzten Alexandra vergnügt an.

Die hob die Augenbrauen: »Ach nee. Dann wird es aber langsam Zeit für diese Geschichte, finde ich.«

»Willst du sie jetzt hören?«

»Ja!«

»Also gut, du hast es nicht anders gewollt ... Du kennst doch sicher das Lied *Und es war Sommer* von Peter Maffay?«

»Na ja«, meinte Alexandra, »wer aus unserer Generation kennt es nicht? Ich kann jede Zeile mitsingen. – Wenn niemand zuhört.«

»Tja, und genau so war's bei mir«, sagte Susanne.

»Wie jetzt? Du kannst es auch mitsingen?«

»Nein. Das heißt, kann ich schon. Aber ich meinte, mein erstes Mal war genauso wie in dem Lied.«

»Geht's ein bisschen präziser?«, fragte Alexandra und goss sich Tee nach. »Wo war es? Wann war es? Wie war es? Vor allem: mit wem war es?«

»Okay. Ich merke schon, du gibst dich nicht mit der Kurzversion zufrieden. Also der Reihe nach«, begann Susanne, ging zur Stereoanlage im Wohnzimmer hinüber und legte das Lied auf. Leise sang sie mit: die Geschichte eines Sechzehnjährigen, der von einer wesentlich älteren Frau verführt und dadurch zum Mann wird. Sie hatte die Augen geschlossen und schien ganz in die Melodie versunken.

»Hey, das ist unfair«, beschwerte sich Alexandra. »Ich hab dir jedes Detail erzählt, und du speist mich mit dem Lied ab. Den Text kenne ich selbst. Du musst schon mehr erzählen.«

Susanne öffnete die Augen wieder. »Also gut«, sagte sie mit einem Grinsen, während das Lied im Hintergrund weiterlief. »Ich war zusammen mit einigen Klassenkameradinnen in die Ferien gefahren. Wir hatten eine Sprachreise in England gebucht. Eastbourne, wenn du es genau wissen willst. Es war sehr heiß in diesem Sommer, und ich wollte mal meine Ruhe haben, genau wie der Junge in dem Lied. Ich teilte mir ein Zimmer ausgerechnet mit Sabrina, die ich nicht so gut leiden konnte ... da brauchte ich einmal eine Auszeit. Ich wusste, dass es etwas weiter außerhalb einen fast menschenleeren Strand gab, und radelte dorthin. Es war auch tatsächlich niemand zu sehen außer einer Frau. Sie lag auf dem Rücken, hatte ein Buch in der Hand und las. Sie war nackt und wunderschön.«

»Du hast sie beobachtet?«, warf Alexandra ein, jetzt wie gebannt an Susannes Lippen hängend.

»Ja. Ich zog mich auch nackt aus. Ich hatte zwar einen Bikini dabei, aber ich dachte, es wäre unfair, wenn ich einen Bikini trage und sie nicht. Ab und zu ging ich schwimmen. Nackt schwimmen hat etwas ganz Erotisches.«

»Ich weiß.« Alexandra lächelte.

»Auch sie ging hin und wieder ins Wasser. Und ich bemerkte, dass auch sie mich beobachtete. Und auf einmal stand sie direkt vor mir. Sie kam gerade vom Schwimmen, und die Tropfen perlten an ihrer nackten, braunen Haut ab. Das sah sexy aus. Sie sagte: ›Hi, I'm Joan.‹ Und ich erwiderte: ›Hi, I'm Susanne.‹ ›Come with me, Susanne.‹ Das klang verführerisch – und genau das war es auch. Wir gingen zu ihrem kleinen Haus, nicht sehr weit entfernt. Es war sicher ihr Ferienhaus, denn es war nur spärlich eingerichtet. Und es war auch sicher nicht das erste Mal, dass sie so etwas tat. Ich ging mit ihr, und sie verführte mich nach allen Regeln der Kunst. Ich meine, na ja, ich wusste bereits, dass ich lesbisch bin, aber sie zeigte mir, was das hieß. Wir taten es den ganzen Nachmittag und die halbe Nacht. Niemand störte uns. Ich hoffte, niemand konnte uns hören, denn wir waren ab und zu ziemlich laut, und die Wände in England können sehr dünn sein ... Kurz vor Mitternacht musste ich mich aufmachen zu meiner Gastfamilie. Dort hieß es ›Be home by midnight.‹ Nachdem sie mich im Nachthemd zur Tür begleitet hatte, gaben wir uns einen letzten, sehr intensiven Kuss und gingen auseinander.«

Susanne machte eine Pause und schaute verträumt aus dem Fenster. Dann fuhr sie fort: »Wir sahen uns nie wieder. Ich ging natürlich am nächsten Tag wieder zum Strand und am übernächsten und am überübernächsten, bis meine Ferien zu Ende waren. Ich war fast krank vor Sehnsucht nach den Berührungen dieser Frau. Zu ihrem Haus zu gehen, traute ich mich nicht. Seither ist dieses Lied mein Lied, denn Maffay beschreibt darin genau, was ich erlebt habe.«

Alexandra musste schlucken. »Wow.«

»Ja, so habe ich mich auch gefühlt. Ich weiß nicht, ob sie wirklich einunddreißig war, wie die Frau in dem Lied, oder erst achtundzwanzig oder schon Ende dreißig, aber das spielte auch keine Rolle. Und ich war auch nicht sechzehn, sondern schon fast achtzehn.«

»Habt ihr gar nicht miteinander geredet?«

»Nein, außer den paar Worten zu Beginn haben wir kaum gesprochen. Es lief alles nur über Gesten, oder sie zeigte mir, wie sie berührt werden wollte, wenn ich nicht sofort die richtige Stelle fand. Ich war ja immerhin ein totales Greenhorn. Und am Ende sagte sie noch: ›Now you are not a virgin anymore.‹ Verrückt, oder? Sie hatte genau gewusst, dass ich es zum ersten Mal gemacht habe.«

»Nein, nicht verrückt … furchtbar schön. Schade, dass du sie nie wiedergesehen hast.«

»Das fand ich damals auch. Es schien mir, meine Sehnsucht nach ihr wurde größer von Tag zu Tag. Und es dauerte dann auch noch eine ganze Weile, bevor ich die erste Frau kennenlernte, mit der ich eine Beziehung hatte. Aus heutiger Sicht erscheint mir mein erstes Mal so geheimnisvoll. So mysteriös. Vielleicht war sie ja in Wirklichkeit verheiratet und unternahm nur von Zeit zu Zeit solche Ausflüge in eine andere Welt – und nahm auf diese Weise eine Auszeit, so wie ich an dem Nachmittag. Allerdings trug sie keinen Schmuck, auch keinen Ehering. Und sie hat mich zur Frau gemacht. Vom Gefühl her und von der ersten sexuellen Erfahrung her. Dass mir das so passieren konnte, wie Maffay es sang, hätte ich mir nie träumen lassen.« Susanne lehnte sich in ihrem Stuhl zurück, verschränkte die Arme vor der Brust und sah Alexandra an. »Tja, jetzt kennst du die Geschichte. Von da an war ich es, die die Frauen anmachte, weil ich von Joan gelernt hatte, wie es geht.«

Ein Lächeln lag auf ihren Lippen, als sie leise den Refrain mitsang: »Als eine Frau sah ich die Sonne aufgehn, und es war Sommer.«

11. Kapitel

Die folgenden Tage verbrachten die beiden vorwiegend in dem Bett der einen oder der anderen. Zwischendurch schmiedeten sie Pläne für einen gemeinsamen Sommerurlaub: zwei Wochen an der schönen südenglischen Küste und in Cornwall.

Es hätte ein Happy End wie aus dem Roman sein können – wenn nicht der trauten Zweisamkeit allzu schnell ein Ende bereitet worden wäre, das die junge Beziehung auf eine harte Probe stellte: Susanne nahm einen Auftrag an, der sie für drei Monate nach Wien führte. Dort sollte sie ein Seminar für angehende Managerinnen leiten. Es war ihre erste offizielle Tätigkeit nach der Kündigung in ihrem eigenen Unternehmen und würde ihre Konten zwar nicht gerade überfluten, aber der Ebbe darauf endlich ein Ende setzen. Und da Alexandra etwa zur gleichen Zeit ebenfalls einen sehr attraktiven Auftrag erhalten hatte, für den sie vor Ort recherchieren musste, bedeutete das drei Monate Fernbeziehung.

Dieses Projekt hätte sie jedoch wirklich nicht ablehnen können: eine Reportage über die schönsten Buchläden am linken Niederrhein, aus der später noch ein Bildband hervorgehen sollte. Nicht nur ging es dabei um eine ihrer Lieblingsbeschäftigungen, das Lesen, sondern die Arbeit selbst verband das Fotografieren mit dem Schreiben – ihre anderen wichtigsten Hobbys. Damit erfüllte sich ein langgehegter Traum. Allerdings stellte diese Aufgabe auch eine gewisse Herausforderung dar, denn Fotografieren hatte sie ja nicht als Beruf gelernt. Dementsprechend hatte sie ein bisschen Bammel.

»Du wirst fantastische Fotos schießen«, hatte Susanne sie ermutigt, die inzwischen einige Abzüge von Alexandras Aufnahmen in ihrer Villa aufgehängt und somit ihre kundige Wertschätzung unter

Beweis gestellt hatte. »Und schreiben kannst du ja sowieso.«

So waren sie also, kaum dass sie zusammengekommen waren, erst einmal für einige Monate getrennt. Doch diese Zeit ohne einander zeigte ihnen auch, wie tief ihre Gefühle zueinander bereits waren und sich immer weiter verstärkten. Das wäre ihnen ohne diese Trennung vielleicht gar nicht so schnell klar geworden, weil die körperliche Anziehungskraft in Gegenwart der anderen alle sonstigen Gefühle überdeckte. Aber während der Trennung vermissten sie einander schmerzlich, und das nicht nur körperlich. Sie vermissten beide die Gespräche von Angesicht zu Angesicht – Skypen und Telefonieren waren ein unbefriedigender Ersatz –, den Austausch ihrer tiefsten, nie zuvor geäußerten Gedanken, die Gewissheit, dass die Harmonie beim Liebesspiel sich in ihrem Denken, ihren Anschauungen und Überzeugungen fortsetzte. Natürlich teilten sie ihre Gedanken auch am Telefon oder in E-Mails, aber das erzeugte einfach nicht dieselbe Nähe, wie wenn sie dabei eng aneinandergekuschelt auf einem Sofa gesessen hätten.

Allein ein Thema blieb in ihrer Kommunikation konsequent ausgeklammert. Anne. Die Frau, von der Susanne ein einziges Mal angedeutet hatte, dass sie zu ihr eine besonders intensive Beziehung gehabt hatte, über die sie jedoch kein weiteres Wort verloren hatte.

Immer, wenn Alexandra in dieser Richtung nachfragte, blockte Susanne ab, wechselte das Thema oder beendete sogar das Gespräch. Alexandra fand das zunehmend irritierend. Es tat weh, dass diese alte, längst vergangene Liebe weiterhin zwischen ihnen zu stehen schien, gewissermaßen als letzte Hürde vor dem Ziel des vorbehaltlosen Vertrauens. Aber gerade weil dieser Punkt so heikel für Susanne war, sah Alexandra schließlich ein, dass er sich in ihren Gesprächen über die räumliche Distanz hinweg nicht klären ließ. Sie konnte nur hoffen, dass ihre Wiedervereinigung im Sommer ihnen auch über dieses letzte Hindernis hinweghelfen würde.

Für sie selbst stand fest: Sie wollte den Rest ihres Lebens mit Susanne verbringen. Bei ihr fühlte sie sich zu Hause, angenommen und uneingeschränkt akzeptiert – jetzt, da sie beide die Fehler und Verletzungen der Vergangenheit endlich überwunden hatten. Häufig dachte sie an Adornos Spruch, durch den sie seinerzeit in der Internet-Partnerinnenvermittlung auf Vera gestoßen war: dass man dort geliebt wird, wo man seine Schwäche zeigen darf, ohne dass die andere ihre Stärke gegen einen selbst benutzt. Genauso ging es ihr mit Susanne. Jedes Mal, wenn sie sich das ins Gedächtnis rief, wurde ihr ganz warm.

Dann war es endlich soweit: Die lange Zeit der Trennung war vorüber, und ihr Urlaub begann. Alexandra war förmlich ausgehungert nach Susannes Nähe, nach Zärtlichkeit und behutsamer Leidenschaft, und sie war sicher, dass es Susanne nicht anders erging. Doch vor der Abreise war für ein ausgiebiges Liebesspiel gar keine Zeit, weil Susanne erst spätabends aus Wien zurückkehrte und sie am nächsten Morgen früh abreisen wollten. So waren sie erst auf der Reise endlich wieder vereint.

Ein Besuch in Eastbourne sollte den Auftakt bilden. Hier wollte Susanne Alexandra den Platz zeigen, an dem sie zur Frau geworden war. Sie hatten beschlossen, Susannes Jeep zu nehmen und auf die »traditionelle« Art nach England zu reisen, nämlich mit der Fähre. Vom Schiff aus hatte man einen fantastischen Blick auf die *White Cliffs of Dover,* der sowohl den Eurotunnel-Fahrgästen als auch den Flugreisenden verwehrt blieb. Für Alexandra gab es kaum etwas Schöneres, als sich sanft gleitend den britischen Inseln auf dem Wasser zu nähern, zumindest, wenn das Wetter es zuließ. Sich langsam, behutsam, Stückchen für Stückchen auf die Cliffs zuzubewegen, das war Entschleunigung pur. Als stehe die Zeit still. Alexandra hatte sich immer wieder ausgemalt, dass sie sich eng umschlungen aneinander festhalten würden, während sie die Cliffs näher kommen sahen. Ein Gefühl der Zugehörigkeit zueinander würde sich in ihnen beiden ausbreiten. Und diese Behutsamkeit, mit der die Fähre sich dem Festland näherte, würden sie so lange wie möglich auch in ihrer Beziehung walten lassen.

Da es also beschlossene Sache war, sich Großbritannien auf dem Seeweg zu nähern, teilten sich die beiden das Fahren. Und da Susannes Jeep über kein Navigationssystem verfügte, mussten sie abwechselnd die Karte lesen. Alexandra kam es so vor, als nähme sie die Umgebung dadurch viel aufmerksamer wahr als mit einem Navigationsgerät. Sie hatte jederzeit den Überblick darüber, wo genau sie sich in der Welt befand, war in jeder Minute Herrscherin über ihren Weg – auch über ihren Weg mit Susanne. Und wenn sie wollten, könnten sie jederzeit von diesem Weg abweichen. Mit dem Navi fehlte diese Selbstbestimmung völlig: Das Gerät schien einen zu kontrollieren, anstatt dass man selbst die Kontrolle über die Route hatte. Ein Abweichen von dieser Route war zwar möglich, machte aber nicht so viel Spaß, weil es ständig nervig etwas von »Wenn möglich, bitte wenden« dazwischen brabbelte oder sich neu orientieren musste und sein »Route neu berechnet« herunterleierte. Es war ein erhebendes Gefühl, selbst für den Weg verantwortlich zu sein. Ein Navi wäre nur hinderlich gewesen für eine unbeschwerte Zweisamkeit.

Als Alexandra endlich neben Susanne auf dem Deck der Fähre stand und sie tatsächlich in ihren Armen hielt, genau wie sie es sich vorgestellt hatte, erfüllte sie ein tiefes Glücksgefühl. Sie konnte sich nicht erinnern, je zuvor so friedvoll, so sehr mit sich im Reinen gewesen zu sein.

Susanne lehnte sich gegen sie und sagte: »Ich bin glücklich.«

Alexandra schloss ihre Arme noch fester um die Geliebte und drückte ihr einen Kuss auf die Wange. Es war nicht das erste Mal, dass Susanne aussprach, was sie selbst kurz zuvor gedacht hatte. Diese Übereinstimmung im Geiste wäre fast beängstigend gewesen, wenn sie nicht so schön gewesen wäre.

Die Überfahrt nach England dauerte knapp 90 Minuten, die die beiden Frauen fast zur Gänze an Deck verbrachten. Die weißen Kreidefelsen wurden allmählich immer größer und leuchteten in der Sonne.

»Ich bin schon unzählige Male nach England gefahren, aber es ist immer wieder ein überwältigender Anblick«, sagte Susanne, drehte sich um und küsste Alexandra sanft auf die Lippen.

Die ließ sich Zeit mit der Antwort und erwiderte den Kuss zunächst ausgiebig, mit geschlossenen Augen. Dann sagte sie: »Ja, du hast recht. Es ist einfach traumhaft. Und das Wetter ist uns heute wohlgesonnen. Aber wenn du so oft hier warst, wieso kennst du dann die englischen Gärten nicht?«

»Tja, ich war immer nur in London, um Geschäftspartner zu treffen. Da blieb für Ausflüge in die englische Pflanzenwelt keine Zeit mehr. Aber ich habe mir die Fahrt mit der Fähre nicht nehmen lassen, auch wenn die Zeit noch so knapp war. Ich habe die Überfahrt selbst dann genossen, wenn es heftig stürmte. Ich liebe es, wenn mir eine steife Brise um die Nase weht.«

»Dann bist du also sturmerprobt?«, neckte Alexandra.

»Kann man so sagen.« Susanne küsste sie zärtlich auf den Mund. Alexandra kam ihr mit der Zunge entgegen, und sie verschmolzen förmlich in einem langen, sanften Kuss. Dass sie ihre Liebe in der Öffentlichkeit nicht zurückhalten würden – im angemessenen Rahmen, versteht sich –, darüber hatten sie sich bereits verständigt.

Als sie sich wieder voneinander gelöst hatten, waren die Kreidefelsen schon viel näher gerückt. »Es wird Zeit, dass du das alles kennenlernst«, sagte Alexandra. »Ich werde dir meine Lieblingsplätze zeigen.«

Sie fuhren gemütlich die Küstenstraße entlang, die sie von Dover nach Eastbourne führte. Hin und wieder hielten sie an, um einen Blick auf die Weite des Ärmelkanals zu werfen. Eine Aussicht, die nie langweilig wurde: Am Horizont tauchte ein Schiff nach dem anderen auf, um langsam und bedächtig wieder aus dem Blickfeld zu entschwinden.

Per Internet hatte Susanne in einem kleinen Hotel, dem *York House,* ein Zimmer mit Meerblick gebucht. Als Teenager hatte sie natürlich in einer Gastfamilie gewohnt, etwas außerhalb der Innenstadt. Ihre Gasteltern hatten ihr damals jenen kleinen Strandbereich gezeigt, in dem man früher noch ungestört sein konnte und wo sie auf Joan getroffen war.

Nach etwa zwei Stunden Fahrt bogen sie in die Royal Parade ein, an der das *York House* lag – direkt am Meer. Die weiße Fassade des viktorianischen Gebäudes war trotz des Alters imposant. Alles schien frisch renoviert. Eine kleine Terrasse lud sofort zum Verweilen ein. Die Sonne schien, und das Meer brandete mit stetig an- und abschwellendem Rauschen sanft gegen den Strand.

Im Inneren des Hauses wirkte alles etwas weniger großzügig. Die Luft war stickig, wie es häufig in solch alten Gemäuern der Fall ist. Das Zimmer selbst, im obersten Stockwerk gelegen, war zwar klein, aber gemütlich und typisch englisch eingerichtet. Ein alter Chippendale-Sessel erinnerte Susanne sofort an ihre Oma, die eine Vorliebe für englische Antiquitäten gehabt hatte. Und das Bett ließ augenblicklich das Zimmer bei ihren Gasteltern vor über dreißig Jahren vor ihrem inneren Auge erscheinen: Hier wie dort war die

Bettdecke komplett unter der Matratze festgezurrt, wie es in England üblich ist. Falls man nicht das Gefühl völliger Unbeweglichkeit beim Liegen haben wollte, musste man sie erst mühsam wieder hervorziehen. Aber sobald man das Zimmer verließ, wurde die Decke wieder an exakt dieselbe Stelle gezurrt.

»Ich habe mich schon oft gefragt, wie die Engländer das immer schaffen, die Decke so zu drapieren, dass man sie kaum unter der Matratze herauskriegt«, sagte Alexandra und nahm Susanne damit das Wort aus dem Mund.

Susanne grinste. »Ich auch. Vor allem kann ich es schlecht haben, sie vollständig unter der Matratze zu lassen. Ich fühle mich immer eingeengt und muss sie erst einmal herausfriemeln.«

Noch während sie sprach, hatte Alexandra schon begonnen, auf der anderen Seite des Bettes die Decke unter der Matratze hervorzuzerren. Susanne grinste noch breiter, als sie auf ihrer Seite dasselbe tat: »Offenbar mögen wir die Enge beide nicht besonders. Ich habe mich wirklich schon immer gefragt, wie die Briten so schlafen können.«

Alexandra zuckte mit den Schultern und sagte: »Das zweite Problem ist, dass es nur eine Decke gibt.«

»Meinst du nicht, dass wir das arrangiert kriegen?«, fragte Susanne erstaunt.

Mit einem leichten Stirnrunzeln entgegnete Alexandra: »Ich mag es gar nicht, wenn man mir meine Decke in der Nacht wegzieht.«

Susanne ging um das Bett herum und umarmte sie von hinten. »Brauchst du denn unbedingt eine eigene Decke? Ich werde deine Decke sein.« Sie küsste Alexandra zärtlich auf den Hals.

Alexandra drehte sich zu ihr um, erwiderte die Umarmung und begann, Susanne ebenso zärtlich zu küssen. »*Ich* werde *deine* Decke sein!« Sie drehte Susanne in Richtung des Bettes und stieß sie darauf nieder, um ihr zu zeigen, wie sehr sie sie begehrte.

Mehrere Orgasmen später fragte Alexandra, während sie sanft über Susannes Rücken streichelte: »War dein Interesse an Frauen für deine Eltern eigentlich ein Problem?«

Susanne dachte kurz nach, bevor sie unbestimmt antwortete: »Wie man es nimmt.«

»Heißt das, sie hatten etwas gegen Lesben?«

»Nein, generell nicht … nur als sie erfuhren, dass ihre Tochter lesbisch ist, waren sie *not amused.* Mein Vater hat sofort das Testament geändert und einen Passus eingefügt, in dem er mir vorschrieb, einen Mann zu heiraten, ansonsten würde ich das Erbe verlieren.«

Alexandra sah Susanne mit großen Augen an. »Deshalb hast du Hajo geheiratet?« Bisher hatten sie nie über Susannes Heirat gesprochen. Und obwohl Alexandra nicht wirklich überrascht war, dass es eine erzwungene Ehe gewesen war, löste Susannes Bericht Beklemmung in ihr aus und großes Mitgefühl.

»Genau«, nickte Susanne. »Obwohl ich wusste, dass ich niemals mit ihm schlafen würde. Ich habe mit ihm einen Vertrag gemacht. Der Aufsichtsrat der Firma meines Vaters bestand auf der Einhaltung seines letzten Willens, obwohl erst ich die Firma zu einem weltweit anerkannten Modekonzern gemacht hatte.«

»Aber wieso hast du ihn erst vor ein paar Jahren geheiratet und nicht schon früher?«, fragte Alexandra weiter.

Susanne erklärte: »Das Testament verfügte, dass ich innerhalb von zehn Jahren nach dem Tod meiner Eltern würde heiraten müssen, um die Firma zu behalten. Da wollte mir mein Vater vielleicht eine Schonfrist einräumen, damit ich mir außerhalb der Firma noch ein anderes Standbein hätte aufbauen können, wenn ich gewollt hätte … Genau kenne ich seine Beweggründe nicht. Es hat zu seinen Lebzeiten nie einen Grund gegeben, darüber zu sprechen.«

»Woher wusste er dann überhaupt, dass du lesbisch bist?«

»Ich glaube, er wusste es gar nicht. Jedenfalls nicht von mir. Er hat es vielleicht geahnt oder Gerüchte gehört. Dass meine Eltern von diesem Gedanken nicht wirklich begeistert waren, bekam ich mit, als ich sie einmal zufällig unbemerkt belauschte. Die Quintessenz meiner Mutter lautete dabei: ›Meine Tochter ist nicht lesbisch!‹, und mein Vater meinte dazu nur: ›Das werden wir verhindern!‹ Daraufhin wird er wohl den Passus in das Testament eingefügt haben. Nach dem Tod meiner Eltern habe ich allerdings wirklich im Sinne meines Vaters gearbeitet und nahezu alles für die Firma geopfert. Auch mein Privatleben. Es begann mit der Aufgabe meiner damaligen Beziehung, die ich für die Liebe meines Lebens hielt.« Susanne schloss die Augen und schwieg.

»Anne?«, fragte Alexandra vorsichtig nach. Ihr Herz pochte heftig.

Susanne öffnete die Augen wieder, aber sie sah Alexandra nicht an. »Ja. Ich hatte einfach nicht mehr genug Zeit für sie, und sie lernte eine andere Frau kennen und lieben. Wir hatten sowieso ziemlich unschön darüber diskutiert, ob ich das Erbe annehmen sollte. Für mich kam gar nichts anderes in Frage. Aber Anne war ziemlich wütend, als sie hörte, dass meine Eltern diesen Hetero-Passus ins Testament eingefügt hatten. Sie machte mir die Hölle heiß und meinte, nach zehn Jahren käme das böse Erwachen. Und da hatte sie vollkommen recht. Als die zehn Jahre vorbei waren, traf es mich wie ein Hammer – obwohl ich doch wusste, dass ich hätte verheiratet sein sollen, um weiter in der Firma bleiben zu können. Hajo war einfach ein Schnellschuss. Aber er war sofort da und erschien mir in meiner damaligen Situation als letzter Strohhalm. Ich wollte die Firma nicht verlieren. Für sie hatte ich mein Leben geopfert und die Frau meines Lebens verloren.«

»Anne hätte dich mehr unterstützen können«, warf Alexandra mitfühlend ein.

»Das denke ich heute auch. Aber damals gab ich mir die Schuld am Scheitern der Beziehung«, erwiderte Susanne. »Außerdem warf sie mir vor, meine Ideale verraten zu haben. Oder besser gesagt, ihre Ideale.«

»Ihre Ideale waren nicht deine?«, hakte Alexandra nach.

»Meine Ideale hatten sich verschoben. Ich hatte plötzlich eine Verantwortung gegenüber den Mitarbeiterinnen und Mitarbeitern der Firma, verstehst du? Ich hatte für die Erhaltung von Arbeitsplatzen zu sorgen. Und ich war mir dieser Verantwortung bewusst. Plötzlich waren andere Ziele wichtiger als die, die Anne und ich uns persönlich gesetzt hatten – Ziele, die ganz direkt greifbar waren, ganz unmittelbar in meinem Kosmos angesiedelt waren. Da gab es andere Probleme zu lösen, als eine Schule für Analphabeten zu gründen oder sich für Arme zu engagieren. Meine Mitarbeiter waren angewiesen auf mein unternehmerisches Geschick. Da war kein Platz für Engagement außerhalb dieses kleinen Kosmos. Anne warf mir schließlich vor, dass ich nicht mehr bereit sei, über meinen Tellerrand hinauszusehen.«

Obwohl Susanne sie immer noch nicht direkt anschaute, sah

Alexandra Tränen in ihren Augen schimmern. Wie schmerzlich diese Erinnerungen sein mussten, wie aufreibend diese doppelte Auseinandersetzung mit widersprüchlichen Anforderungen, die ihr doch gleichermaßen wichtig gewesen sein mussten …

Alexandra umarmte die Freundin, die sofort ihre Arme um sie schlang. Lange verharrten sie so. Alexandra konnte Susannes Herzschlag spüren, der sich allmählich beruhigte.

Schließlich murmelte Susanne in Alexandras Schulter hinein: »Lass uns nicht mehr davon sprechen.«

Schon wieder abgeblockt, dachte Alexandra. Aber sie fragte nur: »Du hattest nach Anne keine Freundin mehr? Ich meine, keine, mit der du dein Bett geteilt hast?«

»Doch. Ich hatte wechselnde Bekanntschaften, solange der Vorstand sie tolerierte und solange sie keine Skandale verursachten. Ich lernte schnell, diskret zu sein. Und genau zehn Jahre nach dem Tod meiner Eltern holte mich der Hetero-Passus im Testament ein, wie Anne es vorausgesagt hatte.«

»Bei einer Scheidung hättest du die Firma aber auch verloren, vermute ich, oder?«

Susanne nickte. »Hätte ich, und habe ich dann ja auch. So hatte mein Vater es verfügt.«

»Hättest du nicht heiraten und trotzdem mit einer Frau leben können?«, erkundigte sich Alexandra.

»Das hätte ich sicher gekonnt. Aber das wollte ich nicht. Ich hatte einfach die Versteckspiele satt. Kurz nach der Hochzeit wurde mir klar, dass ich so nicht würde leben können. Hajo wohnte in meinem Haus. Ich sah ihn jeden Tag. Und jeden Tag wurde ich daran erinnert, dass ich eine Lüge lebte. Das ging einfach plötzlich nicht mehr. Deshalb ließ ich mich wieder von Hajo scheiden.«

Alexandra riss die Augen auf. »Obwohl dir klar war, dass du deine Existenz- und Lebensgrundlage dadurch verlieren würdest?«

»Ja. Ich glaube, das war eine der wenigen Entscheidungen in meinem Leben, die ich in vollem Bewusstsein ihrer Konsequenzen getroffen habe. Dennoch erscheint mir diese Entscheidung heute immer noch richtig. Wir beide könnten unsere Liebe nicht offen leben, wenn ich diesen Schritt nicht getan hätte.«

Zum ersten Mal blickte Susanne Alexandra wieder in die Augen. Sie lächelte.

»Stimmt«, meinte Alexandra. »Wir hätten uns erst gar nicht getroffen.«

»Stimmt auch«, antwortete Susanne und strich ihr eine Strähne aus dem Gesicht.

Alexandra hatte sich durch Susannes Bericht zunehmend zurückversetzt gefühlt in die Zeit ihrer ersten Recherche über Susanne. Vor bald einem Jahr war es gewesen, dass sie sich durch das Dossier mit Zeitschriftenartikeln über Susannes Karriere, ihre Hochzeit und ihre Frauenbekanntschaften gelesen hatte. Eine Erinnerung daraus tauchte plötzlich wieder auf: »Und die Frau, mit der du in London Händchen gehalten hast? Auf der Oxford Street?«

»Du meinst sicher Barbara«, mutmaßte Susanne. »Eine Geschäftspartnerin, mit der gar nichts lief. Ich erinnere mich, dass über eine Affäre zwischen uns berichtet wurde, aber das waren alles Enten.«

»Ist sie denn keine Lesbe?«, fragte Alexandra neugierig. Immerhin hatten diese Berichte, soweit sie sich an das Dossier erinnerte, den Beginn der öffentlichen Diskussion von Susannes Liebesleben gebildet, kurz vor ihrer Hochzeit.

»Doch, ist sie. Sie lebt ganz monogam und sittsam mit ihrer Angetrauten in einer Luxusvilla in London. Die beiden haben sogar ein Kind zusammen. Barbara würde niemals etwas mit einer anderen Frau anfangen. Außerdem kennen wir uns jahrelang, und es hat noch nie gefunkt zwischen uns. Jedenfalls bin ich sehr froh, dass nicht mehr *fuss* darum gemacht wurde und das Ganze schnell wieder aus den Schlagzeilen verschwand – sonst wäre am Ende die Hochzeit mit Hajo noch schiefgegangen.«

»Die ist ja sowieso schiefgegangen, oder?«, bemerkte Alexandra.

»Tja, das hätte mir von vornherein klar sein müssen. Aber ich habe zu lange Zeit Vaters Hetero-Klausel im Testament einfach ignoriert. Ich bin selbst schuld, dass es so gekommen ist.«

»Du warst in einer verdammt schwierigen Situation«, meinte Alexandra verständnisvoll. »Wie bist du Hajo denn dann wieder losgeworden?«

»Der Ehevertrag sah vor, dass er im Falle einer Scheidung lediglich eine Abfindung kassieren sollte. Eine ziemlich ordentliche«, erklärte Susanne.

»Hat er Ärger gemacht?«

»Nein. Sein Anwalt wollte zwar noch mehr rausschlagen, und das wurde dann von der Presse als Scheidungskrieg hochgekocht. Aber persönlich haben wir uns gut arrangiert. Es lief also alles glatt. Außer dass ich meinen Job los war und nicht mehr in der Modebranche arbeiten durfte … aber das weißt du ja schon.« Susanne schwieg und starrte mit leerem Blick auf einen unbestimmten Punkt an der Wand.

Beinahe konnte Alexandra die Last, die diese Erinnerungen für Susanne immer noch darstellen mussten, körperlich spüren. Sie löste die Umarmung, legte sich auf ihre Geliebte und hielt sie einfach nur fest. Ein leises Schluchzen drang an ihr Ohr. Alexandra drehte Susannes Gesicht sanft zu sich hin und küsste die Tränen weg, bis sie versiegt waren.

»Komm, lass uns einen romantischen Abendspaziergang am Strand machen«, schlug Alexandra vor, als Susanne sich wieder beruhigt hatte. »Das tut dir bestimmt gut.«

Sie gingen Hand in Hand am Strand entlang. Es war bereits dunkel. Aber Eastbourne war den Anblick von Lesben ohnehin gewohnt als Schauplatz des jährlichen Tennisturniers, in dem sich die Frauen auf den Wettkampf in Wimbledon vorbereiteten – und anlässlich dessen schon in den 1980er und 90er Jahren Lesben aus aller Welt hierhergeströmt waren. Es hätte also niemanden gestört, zwei Frauen eng umschlungen am Strand entlanglaufen zu sehen.

»Weißt du, es ist, als würde ich dich schon hundert Jahre kennen«, sagte Susanne irgendwann in die Stille hinein, die nur von dem Geräusch der sanften Brandung unterbrochen wurde.

»Na, vielen Dank auch«, gab Alexandra zurück.

Susanne beeilte sich zu erwidern: »Nein, ich meine es nicht so, wie du es verstehst. Ich wollte nicht sagen, dass du alt aussiehst.«

»Tatsächlich nicht?«, fragte Alexandra verschmitzt und blieb stehen. Sie zog Susanne zu sich heran.

»Nein.« Susanne lächelte. »Ich wollte damit sagen, dass ich das Gefühl habe, dich schon sehr lange zu kennen. Du bist mir so vertraut.«

Alexandra wurde wieder ernst. »Das Gefühl habe ich auch.«

»Warum haben wir uns so schwergetan?«

»Weil du dich zu Recht von mir hintergangen fühltest«, erinnerte Alexandra sie.

»Hm ... aber ich kann gar nicht mehr sagen, warum alles so schlimm gekommen ist. Ich hätte dir nur zuhören müssen. Aber ich war so zu, nachdem ich den Artikel in der ›Alexandra‹ gelesen hatte. Und so wütend. Ich hatte mich sehr in dich verliebt ... und fühlte mich so benutzt und verraten.«

»Ich kann dich gut verstehen«, flüsterte Alexandra.

»Lass es nie wieder so weit kommen. Versprichst du mir das?«, fragte Susanne, nun ebenfalls ganz ernst. »Wir sollten keine Geheimnisse voreinander haben.«

»Ich verspreche es. Keine Geheimnisse.« Noch nie in ihrem Leben hatte Alexandra ein Versprechen so von Herzen gegeben.

»Wir reden über alles miteinander, was uns durch den Kopf geht. Wenn uns etwas nicht gefällt. Oder wenn uns etwas gefällt. Das habe ich mir immer gewünscht«, sinnierte Susanne.

»Was hast du dir gewünscht?«

»Dass ich eine Geliebte und eine Freundin in einer Person habe, mit der ich immer über alles reden kann. Könntest du dir vorstellen, meine Freundin zu sein? Meine Geliebte bist du ja schon.«

»Ja, das könnte ich«, sagte Alexandra mit Nachdruck. »Ich würde sehr gern deine Freundin sein.«

Susanne küsste sie vorsichtig auf die Wange, wie um dieses neue Bündnis zu besiegeln.

Als sie sich ein wenig zurückzog, sagte Alexandra leise: »Lass uns über etwas anderes reden. Es tut mir noch immer weh.«

»Ja, mir auch.«

Daraufhin zog Alexandra ihre Geliebte wieder ganz nah an sich heran und gab ihr einen sanften, zärtlichen Kuss auf die Lippen, den Susanne ebenso sanft und zärtlich erwiderte. Diese Zärtlichkeit war die ganze Nacht ihr Gast, und sie schliefen erst gegen Morgen ruhig und entspannt ein.

Am nächsten Morgen schien die Sonne in den typisch englischen Frühstücksraum. Es roch nach leicht angebranntem Toast. Alexandra musste lächeln: Susanne hatte ihr erzählt, dass auch der Toast in ihrer Gastfamilie regelmäßig verbrannt war und sie nur mit Mühe hatte durchsetzen können, ihr Brot selbst zu beaufsichtigen. Ein nicht angebrannter Toast mit Butter und *marmalade,* also

Orangenmarmelade mit Schalenstückchen, war für sie beide das Größte. Dafür hätten sie sogar ein Sterne-Menü stehen lassen – hierin waren sich Alexandra und Susanne einig. Und der frisch aufgebrühte Earl Grey, der hier zum Frühstück serviert wurde, passte dazu einfach perfekt.

Sie sahen beide ein wenig übernächtigt aus – kein Wunder nach der relativ schlafarmen Nacht. Ein echtes *English Breakfast* mit allem Drum und Dran würde ihnen die nötige Energie liefern für die Erkundung von Eastbourne.

»Sag bloß, du isst auch *Baked Beans* zum Frühstück?«, fragte Susanne, als Alexandra ebenso wie sie selbst ein *Full English Breakfast* bestellte.

Die Überraschung war berechtigt, denn diese gebackenen Bohnen in süßlicher Tomatensauce und die *Hash Browns,* eine Art Kartoffelrösti, sind für deutsche Gaumen eher ungewohnt. Auch Alexandra kannte nicht viele, die sich freiwillig für diese Mahlzeit entschieden hätten. Doch sie sagte voller Vorfreude: »Na klar. Ohne dieses Frühstück fühlt man sich doch nicht zu Hause.«

»Das gibt's überhaupt nicht«, begeisterte sich Susanne. »Ich habe noch nie eine Frau getroffen, die das englische Frühstück mag. Wenn ich nicht schon von dir beeindruckt wäre, wäre ich es spätestens jetzt.«

»Danke«, antwortete Alexandra und beugte sich zu Susanne, um ihr einen Kuss auf den Mund zu geben – ungeachtet der altehrwürdigen britischen Gesellschaft, die sie umgab. Die versuchte diese Ungehörigkeit stilvoll zu ignorieren.

Es wurde ein ausgedehntes Frühstück, das sie mit einer Tasse Earl Grey auf der Terrasse beendeten. Die Sonne ließ das Meer in einem fast magischen Glanz schimmern; das Wasser war beinahe spiegelglatt, denn es ging lediglich ein sanfter Wind, der die Oberfläche nur kräuselte. Auch die Brandung wehte höchstens gedämpfte Geräusche herüber.

Nach dem Frühstück unternahmen sie einen langen Spaziergang auf der Promenade am Meer entlang, der sie zu dem Strandabschnitt führen würde, an dem Susanne damals Joan begegnet war. Das war ein ganz schönes Stück. Unterwegs blieben sie kurz am Bandstand stehen, wo eine Jazzband schmissige Melodien spielte, und besuchten in den *Western Lawns* die *Tourist Information,* in der

Alexandra ein paar Prospekte über Südengland besorgte – speziell zu den Sehenswürdigkeiten, die mit Virginia Woolf zusammenhingen. Das war der Teil der Reise, bei dem sie die Führung übernehmen würde. Sie hatte fest vor, Susanne neben den englischen Gärten auch noch für das Liebespaar der 1920er Jahre zu begeistern, von dem sie seit ihrer Jugendzeit fasziniert war: Virginia Woolf und Vita Sackville-West.

Endlich erreichten sie den Strandabschnitt, an dem Susanne zur Frau geworden war. Vom Strand aus konnte man an der Straße ein paar freistehende, weiß gestrichene Häuser ausmachen, von denen eines das Ferienhaus von Joan gewesen sein könnte.

Susanne zeigte darauf. »Ich habe sie nicht so weiß in Erinnerung«, sagte sie. »Und der Strand hier ist so schmal. Das dürfte früher nicht anders gewesen sein, aber irgendwie bin ich enttäuscht. Ich hatte es mir anders vorgestellt. In meiner Erinnerung ist alles viel weitläufiger.«

»Ja, so ist das manchmal ... die Erinnerung spielt uns einen Streich, und die Realität sieht ganz anders aus«, nickte Alexandra verständnisvoll. Um Susannes Enttäuschung etwas abzumildern, schlug sie dann vor: »Komm, wir gehen noch ein Stück und legen uns dann nackt in die Sonne.«

»Nackt?«

»Warum nicht? Warm genug ist es.«

»Ich bin mir nicht sicher, ob das hier erlaubt ist.«

»Na und?«, gab Alexandra zurück. »Siehst du hier jemanden?«

»Nein.«

»Na also. Außerdem hast du es damals doch auch gemacht.«

»Das war etwas anderes«, wehrte Susanne ab. »Ich war jung und verrückt. Und es kam mir damals nicht so ... so *busy* vor.«

Alexandra lachte. »Es ist weit und breit niemand hier. Von *busy* kann keine Rede sein.«

Aber da Susanne von ihrem Vorschlag offenbar nicht überzeugt war, gingen sie zunächst noch etwas weiter am Strand entlang. Nach einer Weile schien es tatsächlich, als gäbe es nur sie beide auf der Welt. Sie breiteten ihre Handtücher auf dem Sand aus. Alexandra zog sich nackt aus und legte sich auf ihr Handtuch, und sie lächelte ein wenig, als sie sah, dass Susanne ihrem Beispiel folgte.

Eine ganze Zeitlang lagen sie in der Sonne und erholten sich von dem langen Weg. Schließlich fragte Alexandra: »Was passierte als Nächstes?«

»Was meinst du?« Susanne schreckte auf. Sie war gerade im Begriff gewesen, gemütlich wegzudösen.

»Dein erstes Mal«, erinnerte Alexandra.

»Wie kommst du denn jetzt darauf?«

»Na, das liegt ja wohl nahe. Wir liegen hier in Eastbourne nackt an genau dem Strand, an dem du deiner ersten Liebhaberin begegnet bist.«

»Und?«

»Ich würde es gern nachmachen«, platzte Alexandra heraus.

Susanne sah zu ihr herüber und grinste. »Du bist unersättlich.«

»So ist es.«

Susanne richtete sich halb auf und sah auf ihre Freundin herunter. »Gut, dann musst du erst den ganzen Nachmittag weiter weg von mir liegen und mich ab und zu anschauen.«

»Nein«, entgegnete Alexandra. »Ich möchte die ganze Sache etwas abkürzen. Und zum Beispiel mit dir ins Wasser gehen.«

»Wir können doch nicht nackt am Strand liegen und das Liebespaar spielen«, wandte Susanne ein.

»Deshalb möchte ich ja mit dir ins Wasser, um dich dort zu küssen.«

»So war aber mein erstes Mal nicht.« Susanne grinste.

»Spricht etwas dagegen, dass wir das Ganze ein wenig abwandeln und uns im Wasser küssen?«

Susanne drehte sich träge auf den Rücken und schloss die Augen. »Ich bin müde.«

»Das ist mal eine Variante zum Kopfschmerz«, sagte Alexandra und grinste Susanne unverschämt an.

»Wirklich! Du hast mich auf der ganzen Reise bisher kaum schlafen lassen.« Susanne öffnete die Augen wieder, wandte ihren Kopf zur Seite und gab sich sichtlich Mühe, Alexandra so entrüstet wie möglich anzublitzen.

Die begegnete Susannes Blick mit einem Augenaufschlag, in den sie Koketterie und Leidenschaft, aber auch Wärme und tiefe Zuneigung legte. »Du Arme«, neckte sie.

»Eben.« Jetzt grinste auch Susanne.

Alexandra sah ihr weiter in die Augen und lächelte zärtlich. »Das

Meer ist erfrischend. Es wird dich wieder wach machen.«

»Also gut«, seufzte Susanne und setzte sich auf. »Geh schon mal vor.«

Das ließ sich Alexandra nicht zweimal sagen. Sie sprang auf und stürzte sich in den Ärmelkanal. Das Wasser schien eisig und nahm ihr im ersten Moment den Atem, aber nachdem sie ein paar Züge hinausgekrault war, fühlte sie sich wie im Paradies.

Doch wo blieb Susanne? War sie am Ende doch wieder eingenickt? Alexandra drehte sich um – und sah direkt in Susannes strahlendes Gesicht. Durch ihr eigenes Prusten und Plantschen hatte Alexandra sie gar nicht gehört.

»Was hat dich dazu bewogen aufzustehen?«, fragte sie.

»Dein süßer, kleiner, nackter Hintern.«

»Ehrlich?«

Statt einer Antwort kam Susanne noch näher. Beide konnten hier gerade eben stehen. Sie umarmte Alexandra, und ihre Brüste berührten sich. Susannes Mund bewegte sich auf Alexandras zu, küsste ihr ein paar Wassertropfen aus dem Gesicht. »Du schmeckst salzig.«

»Hmm«, war alles, was Alexandra noch zu sagen in der Lage war, denn nun waren ihre Lippen warm und begierig aufeinandergetroffen. Susannes Zunge begann, ihre Mundhöhle zu erforschen, bevor Alexandra ihr mit ihrer eigenen Zunge entgegenkam. Das lustvolle Spiel ließ ihrer beider Erregung immer mehr ansteigen.

Viele heiße Küsse später spürten sie die Kühle des Wassers kaum noch. »Ich würde jetzt gern mit dir in einem geschlossenen Raum sein«, keuchte Susanne mit mühsam zurückgehaltener Erregung.

Alexandra schnappte ebenfalls nach Luft. »Ich auch. Wie kommen wir am schnellsten ins Hotel?«

»Wir ziehen uns an und nehmen ein Taxi.«

In ihrem Zimmer des *York House* wollte Alexandra sofort da weitermachen, wo sie am Strand aufgehört hatte. Aber Susanne schob sie mit sanftem Druck ein Stückchen von sich weg und flüsterte ihr ins Ohr: »Willst du es so erleben, wie ich es damals erlebt habe?«

Ebenfalls flüsternd, antwortete Alexandra: »Ja.«

»Dann müssen wir einen Gang zurückschalten, okay?«

»Ist gut.«

Susanne dirigierte Alexandra in Richtung der Tür, damit sie sich anlehnen konnten. Dann küsste sie sie mit zurückgehaltener Leidenschaft – nicht zügellos, aber verheißungsvoll. Alexandra hielt diese Behutsamkeit kaum aus. Aber Susanne ließ nicht zu, dass sie das Tempo erhöhte, sondern entzog sich ihr immer wieder, bis Alexandra kapiert hatte: »Okay. Du bestimmst, wo es langgeht.«

»Ich will dir zeigen, wie Joan es mit mir gemacht hat«, wisperte Susanne dicht an ihrem Ohr. »Das wolltest du doch, oder?«

»Ja. Auch wenn es mir jetzt verdammt schwerfällt.«

»Sie war sanft und hat alles nur sehr langsam geschehen lassen. Du musst dich ein wenig in Geduld üben. Und es wird sehr intensiv sein.«

Das klang vielversprechend. Und Susanne hatte in der Tat nicht zu viel versprochen.

Sie nahm ihr eigenes Tempo wieder auf und übernahm die Rolle von Joan, die sie vor fast dreißig Jahren verführt hatte. Zuerst öffnete sie einen Knopf an Alexandras Bluse und führte deren Hand zu den Knöpfen ihrer eigenen Bluse, damit sie sie nacheinander öffnete. So ging es weiter, Knopf für Knopf, bis sich beide ihrer Blusen entledigt hatten. Die Shorts auszuziehen, ging nur geringfügig schneller; Susanne dehnte jede kleine Bewegung schier unermesslich lang aus. Irgendwann standen sie nur noch in ihren Slips an der Tür. Susanne streichelte über Alexandras Brüste, während sie die Freundin küsste. Langsam. Unendlich langsam. Alexandra wurde fast wahnsinnig. Aber diese Langsamkeit war unglaublich erregend, und sie genoss es mit hämmerndem Herzen und mühsam unterdrücktem Stöhnen.

Schließlich zog Susanne Alexandra auf das Bett und legte sich auf sie, um sie erneut sanft, aber leidenschaftlich zu küssen. Gleichzeitig begann sie sich auf Alexandras Körper ganz sacht und ruhig zu bewegen. Alexandra hätte Susanne fast angefleht, das Tempo zu beschleunigen, doch sie hielt sich an die Regeln und blieb passiv. Erst als ihr Slip vollkommen durchnässt war, zog Susanne ihn ihr aus. Und als Susanne endlich, endlich in sie eindrang, dort mühelos in gewaltiger Nässe versank und Alexandras Perle sehr langsam streichelte, kam Alexandra binnen Sekunden mit einer nie zuvor erlebten Heftigkeit. Minutenlang rang sie nach Atem, bevor Susanne erneut den Finger in ihr bewegte und bedächtig die Perle rieb. Wiederum kam Alexandra nach kurzer Zeit.

Sie hatten sich schon öfter mehrmals hintereinander erregt und befriedigt, aber derart kurz hintereinander waren zwei Orgasmen selten gelungen, noch dazu zwei wirklich intensive Orgasmen, wie man sie nicht jeden Tag erlebt. Alexandra lag auf dem Bauch und keuchte noch lange heftig, bevor sich ihr Atem und Puls ganz allmählich wieder beruhigten. Susanne hatte sich eng an sie gekuschelt und streichelte ihr den Rücken.

»Hast du das damals auch so intensiv erlebt wie ich gerade?«, fragte Alexandra, als sie endlich wieder zu Atem gekommen war.

»Ich glaube ja. Wenn meine Erinnerung mich nicht täuscht, habe ich einen der heftigsten Orgasmen mit Joan gehabt. Und du bist ja auch selten so gewaltig gekommen wie jetzt gerade.«

»Meinst du, das hatte etwas mit der Langsamkeit zu tun?«

»Sicher auch.«

»Ich wusste gar nicht, dass ich kommen kann, wenn es an meiner Klitoris so langsam geht«, murmelte Alexandra, immer noch überwältigt. »Ich dachte immer, das hätte etwas mit Schnelligkeit zu tun.«

»Tja, so kann man sich täuschen.«

»In der Tat.«

Und da sie nun endlich wieder bei Kräften war, drehte Alexandra sich um, um diese Erkenntnis sofort an Susanne zu testen und die neu entdeckte Langsamkeit in der aktiven Rolle auszukosten. Während sie Susannes Innerstes in Zeitlupe massierte, hatte sie das Gefühl, Susannes Nässe würde ihr nur so entgegenfließen. Und plötzlich dachte sie wieder an das Gedicht, das ihr in ihrer ersten gemeinsamen Nacht eingefallen war. Ohne die ruhigen Liebkosungen zu unterbrechen, flüsterte sie Susanne ins Ohr: »Und der Wind trägt mich/zu dem Himmel hinter dem Himmel/wo Honig fließt ... Hmm, ich liebe deinen Honig, ich liebe deine Erregung ... ich liebe dich ...«

Nur Sekunden später konnte Susannes Orgasmus es durchaus mit der Heftigkeit ihres eigenen aufnehmen.

Nach einigen schönen Tagen in Eastbourne, die Alexandra und Susanne zwar großenteils, aber doch nicht ausschließlich im Bett verbrachten, wollten sie sich noch ein wenig Englands Südküste ansehen.

»Eine der schönsten Küsten Europas«, schwärmte Alexandra. »Selbst im Regen ist sie noch liebenswert. Und das kann man schließlich nicht von jeder Küste behaupten.«

Ein paar Regentage hatten sie in Eastbourne schon erlebt, die sie vor allem in den Buchläden der Stadt verbracht hatten. Nun aber ließen sie sich von der Erkundung der Küstenlandschaft durch dunkle Wolken und den ein oder anderen Schauer nicht abhalten. Und Alexandra hatte recht: Die Schönheit der Küste ließ sich selbst durch den Regen nicht verscheuchen, und die düstere Witterung verlieh der Umgebung einen ganz eigenen, herben, wilden Charme.

Sie waren nun auf den Spuren Virginia Woolfs unterwegs. Von Eastbourne aus brauchte man nicht lange bis zum *Charleston Farmhouse,* wo sich die Bloomsbury-Gruppe, der Virginia Woolf und ihr Mann Leonard angehört hatten, regelmäßig getroffen hatte. Von dort fuhren die beiden Frauen weiter nach Rodmell, einem kleinen Dörfchen in Sussex.

»Hier hat Virginia Woolf sehr lange gelebt«, erklärte Alexandra, als sie den Ortseingang durchquerten. Bis zum Haus der Woolfs, dem *Monk's House,* war es nicht weit. Sie parkten den Wagen und lösten eine Eintrittskarte, um sich den Wohnsitz der Woolfs näher anzusehen.

»Na, sehr großzügig ist es ja nicht«, kommentierte Susanne, als sie im Wohnzimmer standen. Tatsächlich war das Haus recht eng, die Räume niedrig und verwinkelt.

»Das stimmt. Und als Virginia und Leonard es kauften, war es sogar noch kleiner. Sie haben immer wieder etwas angebaut«, sagte Alexandra. »Aber schau nur, all dieser Kram hier. Virginia hat nahezu alles verwahrt, was sie bekam. Ich finde es ganz gemütlich.«

»Na ja, für kurze Zeit.« Alexandra konnte fast sehen, dass Susanne ihre eigene, weiträumige Villa als Vergleich vor Augen hatte – die dabei eindeutig besser abschnitt. »Wenn man sich allerdings vorstellt, dass hier all die berühmten Persönlichkeiten gesessen haben, mit denen die Woolfs befreundet waren ... Das ist schon erhaben.«

»Ja, nicht wahr? Ich kann sie förmlich diskutieren hören.«

»Und dann erst die Bilder.« Susanne trat an die Wand, studierte eines der Gemälde und sagte mit der Gewissheit einer Kennerin: »Das ist derselbe Stil wie die Kunstwerke, die wir in Charleston gesehen haben.«

»Ja, die *Bloomsbury Group* hat sich sowohl hier als auch in Charleston getroffen. Und sie haben ihre Arbeiten ausgetauscht«, erläuterte Alexandra.

Susanne sah sich inzwischen weiter im Wohnzimmer um. »Hat Virginia an diesem Sekretär geschrieben?«, fragte sie.

»Nein, wahrscheinlich nicht. Draußen am Ende des Gartens ist ein kleines Haus. Dort hat sie geschrieben – fernab von der Welt, in ihrer eigenen. Leider darf man nicht hineingehen, allerdings kann man durch eine Glasscheibe alles genau betrachten.«

Aber zunächst schauten sie sich die übrigen zugänglichen Räume des Wohnhauses an. Durch die Küche, in der nur die Speisen zubereitet worden waren, man sich aber nicht zum Essen aufhalten konnte, erreichten sie über den Garten Virginias Schlafzimmer. Sie fanden ein einfaches Zimmer vor, das funktional eingerichtet war. Unprätentiös. Einen Zugang hatte man nur von draußen; der Raum hatte keine andere Verbindung zum Haus.

»Hat ihr Mann nicht hier geschlafen?«, wunderte sich Susanne.

»Nein! Ich habe irgendwo gelesen, dass die beiden nur während der Flitterwochen Sex hatten. Danach nicht mehr.« Alexandra grinste: »Zumindest nicht miteinander.«

»Hatte Leonard etwa außereheliche Affären?«

»Das weiß ich gar nicht genau«, gab Alexandra zur Antwort, »aber dafür weiß ich einiges über Virginias Liaison mit Vita Sackville-West.«

»Warst du dabei?«, neckte Susanne sie.

»Nein, aber ich habe ihre Briefe gelesen, die sie sich gegenseitig geschrieben haben.«

»Haben sie es hier im Bett gemacht?«, fragte Susanne neugierig.

»Wahrscheinlich eher nicht. Und wenn, dann höchst selten«, meinte Alexandra. »Sie haben sich meist bei Vita getroffen. In Long Barn, das war ihr Haus in Sevenoaks Weald zu der Zeit, als Vita und Virginia sich kennenlernten. Es liegt in Kent und war von Rodmell aus zur damaligen Zeit nicht mal eben so zu erreichen. Vita kam mit dem Auto her. Sissinghurst kauften sie und ihr Mann erst nach Vitas Affäre mit Virginia, also haben sie sich dort nicht getroffen – zumindest nicht, um Liebe zu machen.« Nachdenklich hielt sie inne, dann fügte sie hinzu: »Allerdings steht ein Bild von Virginia auf Vitas Schreibtisch in Sissinghurst. Und ich glaube nicht, dass das jemand erst nach Vitas Tod dort aufgestellt hat. Sie wollte Virginia einfach bei sich haben und immer einen Blick auf sie werfen können. Obwohl sie nach Virginia weiterhin Affären mit anderen Frauen hatte, war ihr Virginia immer noch wichtig.«

Susanne hatte ihrer Geliebten fasziniert zugehört. »Das ist romantisch. Das mag ich. Liest du mir einmal etwas aus ihrem Briefwechsel vor?«

»Ja, das mache ich«, antwortete Alexandra und gab ihr einen zärtlichen Kuss auf die Wange. »Schauen wir uns einmal das kleine Haus an, in dem Virginia geschrieben hat.«

Sie verließen das Schlafzimmer und durchquerten den Garten, um zu Virginias Schreibhaus zu gelangen. Auf dem Weg betrachteten sie die Büsten von Virginia und Leonard. Alexandra erklärte: »Diese Büste von Virginia hat Stephen Tomlin geschaffen, die von Leonard stammt von Charlotte Hewer.«

»Was du alles weißt!«

Alexandra lächelte geschmeichelt. »Ich habe mal für einen Artikel in der ›Alexandra‹ ziemlich ausführlich vor Ort recherchieren dürfen. Da musste ich eine Menge lesen.«

»Na ja, dann war deine Zeit bei diesem Schmierenblatt wenigstens für etwas gut«, bemerkte Susanne.

Auch jetzt noch fühlte Alexandra einen kleinen Stich bei der Erinnerung an die weniger glücklichen Umstände ihres Kennenlernens. Etwas pikiert sagte sie: »Meine Arbeit jedenfalls war qualitätsmäßig immer auf hohem Niveau.«

»Ist ja schon gut«, sagte Susanne besänftigend. »Wenn du nicht dort gearbeitet hättest, hätten wir uns ja gar nicht kennengelernt. Hey!« Sie hielt Alexandra am Arm fest. »Ich bin nicht mehr böse auf dich. Ich hab kapiert, dass du mir reinen Wein hättest einschenken wollen, bevor wir miteinander geschlafen haben. Und ...« Susanne zog Alexandra näher zu sich heran, sah ihr in die Augen und strich ihr sanft über die Wange. »... ich liebe dich!«

Das hatte Susanne bisher noch nie gesagt. Alexandra stockte für einen kurzen Moment der Atem. Sie küssten sich vorsichtig.

»Und ich liebe dich«, sagte Alexandra dann leise. Eine Träne lief ihr über die Wange. Susanne streichelte sanft deren Spur nach und umarmte Alexandra fest.

Eine Weile standen sie so, andächtig den drei kleinen und doch so gewichtigen Worten nachlauschend. Dann gingen sie weiter durch den Garten, erreichten Virginias Rückzugsort und sahen durch die Fensterscheibe auf deren Arbeitsplatz.

»Ich interessiere mich schon seit meiner Teenagerzeit für die Liaison zwischen Virginia und Vita«, meinte Alexandra. »Ich fand es faszinierend, dass lesbische Liebe schon in den 1920ern möglich war. Und ich fand es aufregend, mir vorzustellen, wie sie miteinander geschlafen haben. Vita war sicher die Aktivere im Bett. Sie hatte vor Virginia und auch nach ihr zahllose andere Geliebte. Sie und ihr Mann hatten ein Arrangement – schließlich war Mr. Nicholson eigentlich schwul. Virginia war wohl eher die Zurückhaltendere, Scheue. Sie war geprägt durch sexuellen Missbrauch durch ihre Halbbrüder in ihrer Kindheit und Jugend. Während ihrer Liaison mit Vita gab es immer wieder lange Phasen, in denen sie sich nicht gesehen haben, weil Vita zum Beispiel mit ihrem Mann einige Zeit in Teheran gelebt hat, wo er als Diplomat tätig war. Ich frage mich, wie die beiden es so lange ausgehalten haben, ohne einander zu sein.«

»Tja, wahrscheinlich genauso, wie wir es ausgehalten haben, oder?«, fragte Susanne nachdenklich zurück.

»Vielleicht. Sie haben sich wenigstens geschrieben. Aber ihre Briefe waren immer sehr lange unterwegs, und Telefonieren war auch noch nicht so gut möglich. Sie müssen sehr lange geschmachtet haben, bevor sie die andere wieder in den Armen halten konnten.«

»Das erhöht die Spannung.«

»Da hast du recht.« Alexandra drehte sich zu Susanne und nahm sie in den Arm. Sie küssten sich, vorsichtig und zärtlich.

»Kaum vorstellbar, dass sie damals nur mit Stift und Papier geschrieben hat, oder?« Alexandras Stimme hörte sich etwas kratzig an.

»Das stimmt. Ob sie wohl heute einen PC benutzen würde?«, sinnierte Susanne.

»Schwer zu sagen«, meinte Alexandra. »Es gibt ja auch heute noch Autoren, die nicht mit dem PC schreiben. Ich kann mir allerdings die Welt ohne mein Textverarbeitungsprogramm gar nicht mehr vorstellen. Unfassbar, dass ich meine Magisterarbeit auf einer alten Schreibmaschine geschrieben habe.«

»Du wirst es nicht glauben, aber auch ich habe mit einer Schreibmaschine meine Magisterarbeit geschrieben. Das waren noch andere Zeiten damals«, sagte Susanne. »Meine Dissertation allerdings hätte ich ohne PC wohl gar nicht geschafft. Schon allein die Literaturliste hätte mich verzweifeln lassen.«

»Dafür ist es jetzt aber auch nicht mehr so romantisch. Das Schreiben, meine ich«, sagte Alexandra mit einem Anflug von Bedauern in der Stimme.

»Du schreibst ja auch noch mit Füller, oder?«, erinnerte Susanne an die Briefe, die Alexandra ihr geschickt hatte.

Alexandra nickte. »Ja, ich liebe diese langsame Art des Schreibens. Für den beruflichen Teil bevorzuge ich den PC, aber ansonsten ist das Schreiben mit Füllfederhalter ein ganz anderes haptisches Erlebnis. Es hat etwas extrem Erotisches.«

Susanne sah Alexandra mit funkelnden Augen an: »Du hast auch so etwas extrem Erotisches.«

Alexandra grinste.

»Und deine Briefe an mich hast du mit diesem extrem erotischen Schreibgerät geschrieben«, fuhr Susanne fort und zog sie wieder näher zu sich heran. Fast flüsternd sagte sie dicht an Alexandras Ohr: »Ich habe deine Briefe sehr gern gelesen. Vor allem der Satz ›Ich denke jeden Tag an dich‹ hat mir sehr gefallen.«

»Wirklich?«

»Ja. Er hat mich weiterhin hoffen lassen, dass du noch immer jeden Tag an mich denkst, auch wenn unsere letzte Begegnung schon eine Weile hinter uns lag und unsere Versuche, uns irgendwie zurechtzuraufen, etwas unglücklich endeten. Ich hoffte einfach, dass du mir noch eine Chance geben würdest.«

»Danke, dass *du* mir noch eine Chance gegeben hast.« Auch Alexandra flüsterte jetzt. Sie hielten einander eng umschlungen.

»Ich kann nicht glauben, dass Virginia sich hier das Leben genommen hat«, sagte Susanne, als sie sich aus der Umarmung löste. Ihre Augen schimmerten feucht.

Alexandra küsste sie zärtlich auf die Wange. »Tja, sie hat wieder diese Stimmen gehört. Die kannte sie schon. Sie kamen immer bei extremen Belastungen durch ihr Romanschreiben. Sie wollte all das nicht noch einmal erleben und zog es vor, in die Ouse zu gehen.«

»Kann man ihren Weg bis zum Fluss verfolgen?«

»Ja. Komm, ich zeig ihn dir.«

Hand in Hand folgten die beiden Frauen Virginias letztem Weg und kamen zu der Stelle, an der Virginia mit schweren Steinen in den Taschen in den Fluss gewatet sein musste. Der Ort war durch keine Gedenktafel oder Ähnliches gekennzeichnet, nichts erinnerte an die verzweifelte Tat.

»Ich könnte das gar nicht«, sagte Susanne leise, »einfach in den Fluss gehen und darauf warten, dass ich untergehe . . .«

Alexandra erschauerte. »Ich auch nicht.«

»Hattest du schon einmal den Wunsch, tot zu sein?«, fragte Susanne.

»Nein. Du?«

Susanne nickte. »Als ich zwölf war. Ich hatte mir vorgestellt, wie das sein würde, wenn meine Eltern um mich trauerten. Im Alltag kümmerten sie sich nämlich kaum um mich. Ich wollte *einmal* ihre Aufmerksamkeit.«

Erschrocken starrte Alexandra ihre Geliebte an. »Das klingt ja furchtbar.«

»Ja, inzwischen denke ich das auch. Und damals habe ich ja zum Glück noch rechtzeitig daran gedacht, dass ich ihre Trauer gar nicht mitbekommen würde, wenn ich tot wäre.«

»Gott sei Dank!« Alexandra umarmte Susanne neuerlich und hielt sie ganz fest.

»Das tut gut«, flüsterte Susanne in Alexandras Haare hinein.

»Und du hattest dieses Gefühl nur ein einziges Mal?«, hakte Alexandra nach.

»Tot sein zu wollen? Ja.« Susanne machte eine kleine Pause, bevor sie fortfuhr: »Danach wollte ich nur noch leben. Und mit dir könnte ich ewig leben.«

Der Kuss, in dem die beiden daraufhin versanken, war lang und leidenschaftlich.

»Komm, lass uns in unser *Bed and Breakfast* fahren und dort den Rest des Nachmittags im Bett verbringen«, flüsterte Susanne irgendwann heiser. »Ich will dich ganz nah bei mir haben, dich auf meiner Haut spüren.«

»Ja, das will ich auch.«

Eng umschlungen gingen sie zu ihrem Wagen zurück.

Am nächsten Tag schlenderten Alexandra und Susanne Hand in Hand durch die wunderschöne Parkanlage der Abbotsbury Subtropical Gardens. Hier war auch außerhalb der Saison eine Menge los; bisher war es an den Orten, die sie besichtigt hatten, relativ ruhig gewesen. An die vielen Leute hier mussten sie sich erst gewöhnen.

»Ist Händchenhalten okay?«, fragte Alexandra vorsichtig.

Susanne lachte leise. »Bisher haben wir in der Öffentlichkeit schon ganz andere Sachen gemacht.«

Den größten Teil des Tages verbrachten sie in dem weitläufigen Parkgelände, das die verschiedensten Gärten vereinte: einen Rosengarten, einen Teegarten und weitere Mottogärten. Alexandra ließ es sich nicht nehmen, Susanne die Besonderheiten eines jeden einzelnen zu erklären und die jeweiligen Ähnlichkeiten zu deren neu gestaltetem Garten zu Hause hervorzuheben. Sogar einen Obstgarten gab es hier, ebenso wie mehrere idyllische Teiche, an denen es sich ausgezeichnet picknicken ließ. In weiser Voraussicht hatte Alexandra einen reichhaltig gefüllten Picknickkorb mitgebracht. Nachdem sie diesen fast bis auf den letzten Krümel leergegessen hatten, legten sie sich auf die mitgebrachte Picknickdecke, hielten sich an den Händen und dösten ein wenig in der warmen Sonne.

»Ich habe in den letzten Jahren kaum Urlaub gemacht«, brach Susanne irgendwann das entspannte Schweigen, ohne die Augen zu öffnen. »Ich genieße das hier mit dir sehr. Du bist die ideale Urlaubspartnerin.«

Alexandra lächelte, die Augen ebenfalls noch geschlossen. »Danke! Mir macht es auch viel Spaß, dir alles zu zeigen und all die Orte, die ich sowieso schon liebe, neu mit dir zu entdecken.« Sie schwieg einen Moment, dann öffnete sie die Augen. »Ich wäre gern nicht nur eine Urlaubspartnerin für dich.«

»Den Alltag haben wir ja noch nicht erprobt«, wandte Susanne ein. »Aber ich wünsche mir sehr, dass wir den auch so harmonisch miteinander gestalten können wie unseren gemeinsamen Urlaub.«

»Hast du Zweifel daran, dass es gelingt?«, fragte Alexandra leise.

Susanne drehte sich zu ihr um und blickte ihr tief in die Augen. »Ich habe daran nicht den geringsten Zweifel.«

»Da bin ich aber erleichtert.« Alexandra beugte sich zu Susanne hinüber und küsste sie langsam und vorsichtig. »Ich fühle mich mit dir sehr wohl, und ich wüsste auch nicht, was sich daran im Alltag ändern sollte.«

»Ich mich auch mit dir.« Susanne flüsterte diese Worte nur noch, bevor sie Alexandra ihrerseits zu einem zärtlichen Kuss verführte.

Sie waren langsam an der englischen Südküste entlanggefahren und hatten sich neben dem kleinen Küstenabschnitt, der sich *The English Riviera* nennt und von Torquay über Paignton nach Brixham reicht, schließlich Land's End angesehen, den westlichsten Punkt Englands. Auf dem Weg hatten sie alle kleinen Fischerdörfchen besichtigt, die man so aus den Rosamunde-Pilcher-Verfilmungen kennt: Falmouth, Penzance, Mousehole und all die anderen. Ein Örtchen war hübscher als das andere. Und da ihnen Cornwall so gefiel, hatten sie beschlossen, noch ein paar Tage zu bleiben.

In St. Just fanden sie ein nettes kleines Gästehaus für Frauen. Es wurde von zwei Frauen geführt, von denen die eine aus Deutschland stammte. Alexandra und Susanne fanden es richtig angenehm, deutsche Klänge zu hören, denn kaum eine deutsche Touristin verirrte sich soweit nach Westen – schon gar nicht um diese Zeit. Und Sarah nutzte ihrerseits erfreut die Gelegenheit, wieder einmal ihre Muttersprache sprechen zu können.

Das Frauengastehaus hatte einen wunderschönen Garten mit vielen kleinen, privaten Plätzen, an die man sich diskret zurückziehen konnte, um sich zum Beispiel von einer Wanderung oder Radtour zu erholen. Nachdem Alexandra und Susanne durch die Landschaft oder an der Küste entlang gewandert oder geradelt waren, ruhten sie sich gern hier aus.

»Gut, dass wir schon so lange unterwegs sind und uns an das Linksfahren gewöhnt haben«, sagte Susanne nach einer Gewalttour mit dem Rad. »So halbtot, wie ich jetzt bin, würde ich sonst ganz automatisch die falsche Straßenseite nehmen.« Sie hatten fast den ganzen Tag bei kräftigem Gegenwind auf dem Sattel verbracht und waren beide hundemüde.

Alexandra gähnte. »Ja, es ist immer wieder *strange,* auf der anderen Seite zu fahren, und man muss sich immer wieder bewusst daran erinnern ...«

»Und ich bin so was von kaputt!«

»Ich auch«, pflichtete Alexandra bei, während sie ihre schmerzenden Beinmuskeln dehnte. »Aber weißt du was? Wir bestellen ein paar von Brendas köstlichen Snacks, genehmigen uns eine Flasche Wein und setzen uns nach der Dusche auf den Balkon. Heute machen wir keinen Schritt mehr, der nicht unbedingt nötig ist.«

»Das hört sich nach einem guten Plan an«, stimmte Susanne zu. »Und nach einem gemütlichen.«

Allerdings brauchten sie länger, als sie beabsichtigt hatten, denn sie duschten gemeinsam – und das bedeutete fast immer, dass unter der Dusche außer der Säuberung auch noch andere Aktivitäten stattfanden. Eigentlich war das in der winzigen Nasszelle hier ziemlich ungemütlich. Doch die Enge hatte auch einen gewissen Reiz, und zurückhalten mochten sich die beiden schon gar nicht.

Schließlich saßen sie erfrischt in der Abenddämmerung auf dem kleinen Balkon, der zu ihrem Zimmer gehörte, und streckten ihre müden Beine aus. Alexandra nahm einen tiefen Schluck Wein. Sie war stiller als sonst, weil ihr eine Frage auf dem Herzen brannte – eine Frage, die sie bisher immer zurückgestellt hatte, weil sie Susanne offenbar unangenehm war. Aber sie fand, jetzt und hier, in dieser völlig entspannten und stressfreien Atmosphäre, konnte sie es noch einmal versuchen.

»Könntest du dir vorstellen, mir etwas mehr über deine Zeit mit Anne zu erzählen?«, fragte sie vorsichtig.

»Hm. Warum denn ausgerechnet jetzt?«, brummte Susanne. Sie zog die Füße auf den Sitz und schlang die Arme um ihre Knie.

»Weil es mich interessiert.«

»Ja, aber warum gerade jetzt?«

»Weil wir hier genug Zeit haben. Und Muße.« Alexandra sprach ganz sanft, sie wollte nicht fordernd klingen. Aber sie war auch der Meinung, dass es keine Geheimnisse geben sollte zwischen ihnen.

Susanne umklammerte ihre Knie noch etwas fester. »Für ein schmerzhaftes Gespräch, meinst du?«

»Wird es schmerzhaft sein für dich? Weil ... du sie noch immer liebst?« Alexandra hielt den Atem an, als diese Worte heraus waren. Sie hatte diese Frage einfach stellen müssen. An Susannes Liebe zu ihr hatte sie zwar keinen Zweifel, aber dennoch stand Anne immer noch irgendwie zwischen ihnen. Und sie wollte endlich wissen, warum das so war. Warum das Thema Susanne so belastete.

»Nein«, antwortete Susanne mit fester Stimme. »Ich liebe sie schon lange nicht mehr. Sie hat mir nur sehr weh getan. Und das schmerzt immer noch, obwohl es schon ein paar Jahre her ist.«

»Was kann dich dazu bewegen, mir etwas über sie und dich zu erzählen?«, tastete sich Alexandra behutsam weiter vor.

»Ich weiß es nicht. Ich habe Angst vor der Erinnerung.«

»Ich bin hier. Ich fange dich auf.«

Susanne sah sie an. Die tiefer werdende Dämmerung malte dunkle Schatten auf ihr Gesicht. »Vielleicht möchte ich einfach nicht den schönen Abend mit dir ruinieren.«

»Wer sagt, dass du ihn ruinierst? Vielleicht fühlst du dich befreit, wenn du dir alles von der Seele geredet hast.«

Susanne seufzte. »Das kann ich mir nicht vorstellen. Ich kann mir nur vorstellen, dass ich den Abend dadurch ruiniere, weil die ganzen Schmerzen dann wieder hochkommen.«

Alexandra erhob sich von ihrem Stuhl, ging zu Susanne hinüber, kniete sich vor ihr nieder und umarmte sie in ihrer Kauerstellung. *Sie ist immer noch so voller Schmerz,* dachte sie mitfühlend. *Wenn ich ihr doch helfen könnte ... Aber sie muss es selbst wollen.*

»Lass einfach los«, flüsterte sie.

Susanne sagte nichts, aber kurz darauf spürte Alexandra ein leichtes Zittern. Susanne weinte. Alexandra hielt sie einfach nur fest.

Am nächsten Tag unternahmen die beiden einen Spaziergang auf dem Küstenwanderweg, dem *South West Coast Path.* Der Tipp kam von Sarah, die ihnen davon abgeraten hatte, direkt am Ufer entlangzugehen; mangels eines richtigen Strands wäre das viel zu beschwerlich gewesen. Doch der Wanderweg bot einen fantastischen Blick auf den Atlantik. Es wehte eine kräftige Brise, und die beiden wurden heftig durchgeschüttelt. Außer ihnen war kaum eine Menschenseele hier unterwegs.

Eine ganze Weile wanderten sie in dieser Abgeschiedenheit fast wortlos, blieben nur von Zeit zu Zeit stehen, um sich zu umarmen, einander festzuhalten und dann wieder auseinanderzugehen und ihren Spaziergang fortzusetzen. Manchmal Hand in Hand, manchmal ohne Berührung.

Auch in dieser schweigenden Einsamkeit, das wurde Alexandra plötzlich klar, fühlte sie sich unglaublich wohl mit Susanne. Angekommen. Sicher. Die Frau, die sie liebte, an ihrer Seite zu wissen, auch ohne körperlichen Kontakt, genügte, um eine vorher nie gekannte Nähe zu empfinden.

Und Susanne schien es ähnlich zu gehen, denn unvermittelt sagte sie: »Ich habe Anne in Indien kennengelernt.«

Während sie sprach, griff sie nach Alexandras Hand. Alexandra nahm sie und hielt sie ganz fest. Sie wagte kaum zu atmen.

»Wir hatten in derselben Herberge übernachtet«, fuhr Susanne leise fort. »In Indien traf man damals so gut wie keine Deutschen. Und natürlich habe ich nicht in den ersten Häusern am Platz übernachtet. Die Sprache war kein Problem. Mit Englisch kommt man überall in Indien weiter.«

Sie hielt inne. Schweigend setzten sie eine Weile ihren Weg fort.

Dann erzählte Susanne weiter, immer noch leise, aber mit fester Stimme. »Sie hat sich beim sehr kärglichen Frühstück zu mir gesetzt und mich auf Deutsch gefragt, was mein nächstes Ziel ist. Ich sagte, ich würde einfach der Nase nachgehen. Das gefiel ihr. Sie wollte sich zu einem kleinen Ort nahe der Südostküste aufmachen, denn sie hatte gehört, dass dort eine Schule gebaut werden sollte. Die Rate der Analphabeten ist heute mit um die 25 Prozent der Bevölkerung immer noch alarmierend hoch, aber damals war sie noch höher. Vor allem die Mädchen waren und sind dadurch extrem benachteiligt. Deshalb wollte Anne helfen, eine Schule aufzubauen, und fragte mich, ob ich nicht Lust hätte mitzukommen. Jede helfende Hand würde dort gebraucht. Also kam ich mit und half. Geld verdienten wir nicht. Dafür hatten wir ein Dach über dem Kopf und bekamen zu essen und zu trinken. Anne und ich teilten uns ein Zimmer. Eines Nachts kam sie in mein Bett gekrochen, und wir schliefen miteinander.«

»Du meinst, sie schlief bei dir im Bett?«, fragte Alexandra nach.

»Nein. Ich meine, wir hatten Sex.«

»Einfach so?«

»Mehr oder weniger. Es hatte Blicke gegeben ... Berührungen, die mir durch und durch gingen. Bevor wir ins Bett gingen, war sie oft zu mir gekommen und küsste mich immer einen Moment zu lang. Auf die Wange zuerst, später auf den Mund. Und schließlich schliefen wir eben miteinander. Jeden Tag. Kannst du dir das vorstellen? Eigentlich waren wir beide hundemüde von der schweren Arbeit und hätten sofort einschlafen müssen – aber wir konnten abends die Finger kaum voneinander lassen, nachdem wir uns tagsüber zurückhalten mussten. Vor allem durften wir dabei keine Geräusche machen, weil alles so hellhörig war. Ich weiß nicht, was mit uns passiert wäre, wenn irgendjemand herausgefunden hätte, dass sich in einer der Hütten zwei Frauen liebten. Das war zu Beginn der 1990er Jahre, und zu dieser Zeit wurden Homosexuelle noch kriminalisiert. ›Sexuelle Handlungen wider die Natur‹, so hieß das im Strafgesetz. Und die wurden mit hohen Gefängnisstrafen geahndet. Erst 2009 wurde der entsprechende Paragraph im Strafgesetzbuch Indiens für verfassungswidrig erklärt.«

»Wow«, murmelte Alexandra. »Nicht gerade gemütlich für zwei Lesben.«

»Nein, absolut nicht. Aber wir waren jung und unbedarft. Außerdem schliefen wir nicht nur miteinander, sondern redeten auch viel. Über unsere Träume und Ziele, und wir merkten, dass wir beide ganz ähnlich dachten. Das war eine sehr schöne Zeit.« Wieder hielt Susanne einen Moment inne, bevor sie weitersprach. »Bis vor kurzem noch hätte ich gesagt, es wäre die schönste Zeit meines Lebens gewesen.«

»Und jetzt?«, fragte Alexandra behutsam.

»Jetzt glaube ich, dass ich im Moment die schönste Zeit meines Lebens verbringe. Mit dir.« Susanne sah sie zärtlich an.

Alexandra wäre ihr am liebsten stürmisch um den Hals gefallen. Aber sie hielt sich zurück: Dies war nicht der richtige Moment für solch überschäumende Gefühlsäußerungen. Also umarmte sie ihre Geliebte nur fest und küsste sie ganz vorsichtig. »Danke«, flüsterte sie ihr ins Ohr. »Ich habe dieses Gefühl auch, dass ich die schönste Zeit meines Lebens mit dir verbringe.«

Sie lösten sich wieder voneinander und gingen nebeneinander

weiter. Diesmal dauerte es nicht lange, bis Susanne ihre Erzählung fortführte.

»Anne und ich waren Cat-Stevens-Fans und hatten beide schon einige seiner Konzerte gesehen, bevor wir uns kennenlernten. Dass er jetzt Yusuf Islam hieß und keine Musik mehr machte, ignorierten wir einfach.«

»Du bist Cat-Stevens-Fan? Ich auch«, warf Alexandra ein.

»Wirklich?«

»Ja. Und ich liebe den Film *Harold and Maude.*«

Von der Seite konnte Alexandra sehen, dass Susanne lächelte. »Wie oft hast du ihn gesehen?«

»Mindestens zwölfmal.«

»Ich auch. Ungefähr.« Susanne schwieg einen Moment und ergriff wieder Alexandras Hand. Die Hände ineinander verschränkt, setzten sie ihren Weg fort.

»Für mich ist *Trouble* das beste Lied«, sagte Alexandra, als Susanne nicht weitererzählte. »Dabei kann man so schön melancholisch werden. Am liebsten drehe ich es bis zum Anschlag auf und trinke ein Glas Wein dazu.«

»Das ist auch eines meiner Lieblingslieder. Und *Katmandu.*« Ein kleines Lachen kam von Susanne: »Und ich schmettere laut mit ... wenn niemand mich hören kann.«

»Vielleicht sollten wir das einmal gemeinsam machen«, schlug Alexandra vor.

Susanne blieb stehen. »Ich würde lieber mal bei diesem Lied mit dir schlafen. Nur dieses Lied. Hundertmal hintereinander aufgenommen.«

»Das lässt sich arrangieren.« Alexandra lächelte warm. Die Idee gefiel ihr.

Unterdessen setzte sich Susanne wieder in Bewegung und nahm ihre Erzählung auf. »Anne wollte die Welt verbessern, den Armen helfen, die Welt lebenswerter machen. Für die Armen und für sich selbst. Sie hatte Agrarwissenschaften studiert und war gerade mit dem Studium fertig geworden. Wir befanden uns also an derselben Stelle unseres Lebenslaufs, und das allein schon verband uns miteinander. Sie wollte vor allem in der Dritten Welt helfen, aber damals war es schwierig für Frauen, sich gerade auf dem Gebiet der Entwicklungshilfe zu etablieren. Die Gelder zur Unterstützung wurden vor allem für Projekte von großen Organisationen vergeben. Und in diese Organisationen kam sie zwar hinein, sollte aber die Hiwi-Jobs übernehmen und keine verantwortungsvolleren Aufgaben. Dass sie studierte Agraringenieurin war, wurde vollkommen ignoriert.«

Alexandra seufzte: »Tja, so waren sie, die 80er und 90er. Leider.«

»Das ist heute immer noch nicht viel anders«, wandte Susanne ein. »Denk nur an die Diskussion um die Erhöhung der Frauenquote in den Vorstandsetagen von Unternehmen. Hallo? Wir befinden uns am Beginn des dritten Jahrtausends! Wir sollten doch denken, dass wir eine Alice Schwarzer nicht mehr nötig hätten. Aber genau das Gegenteil ist der Fall.«

»Vielleicht solltest du im Vorstand deiner eigenen Firma arbeiten«, überlegte Alexandra. »Ich könnte sicher bei einem der niveauvolleren Magazine einen Artikel über dich unterbringen, der diese Option zur Sprache bringt.«

»Wenn es denn eine Option ist«, meinte Susanne. Dann blieb sie neuerlich stehen: »Du zeigst mir aber den Artikel, oder?«

Alexandra hielt gleichfalls an und drehte sich zu Susanne um, um ihr ernst in die Augen zu sehen. »Susanne. Ich werde nie etwas über dich schreiben, wenn du nicht damit einverstanden bist. Wenn ich etwas über dich schreibe, bist du die Erste, die es zu lesen bekommt und Änderungsvorschläge anbringen darf, die auch Berücksichtigung finden.«

»Okay, okay.« Susanne hob in einer entschuldigenden Geste beide Arme und lächelte ein wenig. Gleich darauf wurde sie wieder ernst. »Tut mir leid, dass ich Zweifel hatte. Ich vertraue dir. Ich hoffe, das weißt du.« Wie zur Bekräftigung drückte sie Alexandra einen Kuss auf die Wange.

Statt einer Antwort lächelte Alexandra sie liebevoll an. »Welche Pläne hattest du denn, als du in Indien warst?«, brachte sie das Gespräch dann wieder zum eigentlichen Thema zurück, während sie weiterwanderten.

Susanne sah nachdenklich aus. »Ich wusste noch gar nicht, wohin meine Lebensreise gehen sollte. Mein Vater hatte mich als Nachfolgerin für seine Firma vorgesehen, aber ich war auf einem anderen Trip. Eigentlich wollte ich auch Menschen helfen – ich wusste nur noch nicht wie. Annes Bekanntschaft kam mir gerade recht, weil sie genau wusste, was sie wollte. Und ich war noch auf der Suche.«

»Wonach?«

Susanne hob die Schultern. »Nach dem Sinn des Lebens? Nach mir selbst?«

»Und Annes Avancen?«, hakte Alexandra nach.

»So würde ich es nicht nennen«, sagte Susanne bestimmt. »Die Anziehung ging von uns beiden aus. Ich war mir bewusst, dass mich diese Beziehung in Gefahr gebracht hätte, wenn davon etwas herausgekommen wäre. Es passierte nichts ohne mein Einverständnis.«

»Wann wusstest du, dass es Liebe ist?«, erkundigte sich Alexandra leise.

»Es dauerte noch eine Weile.«

»Und sie liebte dich auch?«

»Ja. Jedenfalls hat sie mir später gestanden, dass es für sie Liebe auf den ersten Blick war. Ehrlich gesagt, daran glaube ich nicht. Heute nicht und damals auch nicht. Für mich hat sich die Liebe immer nur langsam entwickelt.«

»Das geht mir genauso.« Alexandra sah Susanne von der Seite an und lächelte. »In dich war ich auch nicht sofort verliebt.«

»Wann wusstest du, dass du in mich verliebt bist?«

Alexandra antwortete nicht sofort, sondern blieb stehen, nahm Susanne in die Arme und sah ihr in die Augen. Große Zuneigung und Zärtlichkeit las sie in Susannes Blick. Sie hoffte, dass Susanne in ihren Augen ebenfalls sehen konnte, wie tief sie sich ihr verbunden fühlte.

Schließlich sagte sie: »Nachdem ich bei dir geduscht hatte, als es wie aus Eimern goss. Du hattest mir dein Joggingzeug gegeben, damit ich etwas Trockenes zum Anziehen hatte. Und ich war nervös, weil ich wusste, dass meine Brustwarzen nicht ganz unsichtbar waren.«

»Du bist rot geworden, als ich sie ansah. Mir gefiel sofort, was ich sah.« Susanne grinste und küsste Alexandra sanft.

»Wann hast du dich denn in mich verliebt?«, fragte Alexandra.

»Das war so ziemlich derselbe Augenblick, den du gerade beschrieben hast«, erwiderte Susanne. »Dass du rot wurdest, machte mir klar, dass du auf Frauen stehst. Und in diesem Moment machte es ›Peng!‹, und ich war in dich verliebt. Am liebsten hätte ich dich damals sofort geküsst.«

Alexandra lächelte, in die Erinnerung vertieft. »Du hättest bei mir offene Türen eingerannt. Ich hätte nichts dagegen unternommen.«

»Du warst also damals auch heiß auf mich?«

»Ja. Und ich bin immer noch heiß auf dich.«

Sie versanken in einen langen, intensiven Kuss. Danach blieben sie noch eine Weile eng umschlungen stehen, während im Hintergrund die Brandung toste. Als sie sich voneinander lösten, fragte Alexandra: »Wie ging es weiter mit dir und Anne?«

Bereitwillig antwortete Susanne: »Wir hatten etwa ein halbes Jahr an dem Aufbau der Schule gearbeitet, als die Nachricht vom Tod meiner Eltern mich erreichte. Ich habe Indien Hals über Kopf verlassen – und Anne gleich mitgenommen.«

»Wollte sie das?«

»Ja. Ich hätte sie niemals dazu gezwungen, war aber heilfroh, dass sie von sich aus mitkam. Sie half mir über den Schmerz hinweg. Denn trotz aller Differenzen waren es doch meine Eltern, die ich nun nie mehr wiedersehen würde, aber die ich trotz allem geliebt hatte. Und ich liebte Anne. Das wurde in dem Moment klar, als ich aus der Gerichtsmedizin kam, wo ich meine Eltern identifizieren musste. Ich glaube, wenn Anne nicht gewesen wäre, hätte ich das nicht überlebt. Ich war so voller Trauer. Ich hatte meine Eltern so lange nicht gesehen und sie eigentlich nicht vermisst. Aber plötzlich sollte ich sie nie wieder lebendig sehen ... nie wieder mit ihnen sprechen können.« Susannes Stimme klang gepresst. »Dadurch fühlte ich eine unendliche Leere in mir. So etwas habe ich vorher und auch danach nie wieder erlebt – Gott sei Dank, denn ein solches ... Nichtgefühl wünsche ich niemandem. Und Anne war einfach da. Völlig selbstlos. Ihr gelang es nach und nach, diese Leere auszufüllen.«

Während Susanne sprach, hatte Alexandra wieder ihre Hand ergriffen. »Wo habt ihr gelebt?«, fragte sie.

»Ich musste mich natürlich um Vaters Nachlass kümmern. Aber in mein Elternhaus wollte ich nicht zurückkehren. Ich habe das Haus, in dem ich aufgewachsen war, verkauft und mir ein neues gebaut. Geld hatte ich ja jetzt im Überfluss. Und ich fühlte mich meinen Eltern gegenüber verpflichtet, die Firma weiterzuführen.«

»Aber du hattest das doch gar nicht gelernt«, wandte Alexandra ein.

»Stimmt. Aber ich hatte Lust dazu. Und ich entdeckte, dass ich offenbar ein verantwortungsvoller Mensch bin. Der Geschäftsführer meines Vaters unterstützte mich unglaublich und sorgte dafür, dass ich die richtigen Entscheidungen traf, solange ich noch keine Ahnung von der Materie hatte. Er meldete mich auch für die richtigen Seminare an, die mich auf den neusten Stand der Marktwirtschaft bringen sollten. Ich lernte schnell und habe mich innerhalb kürzester Zeit eingearbeitet. Und es stellte sich heraus, dass ich offenbar das richtige Näschen für die Mode hatte, die gut gehen würde. Die Firma wurde immer größer. Und ich sorgte dafür, dass unsere Produktionsstätten wieder nach Deutschland verlegt wurden.«

»Ich erinnere mich«, unterbrach Alexandra eifrig. »Du hast einen Preis dafür bekommen, dass du alle Materialien in Deutschland hast herstellen lassen und die Schneiderei wieder nach Deutschland gebracht hast.«

»Ja. Der *Deutsche Nachhaltigkeitspreis* des *Verbandes deutscher Unternehmerinnen*. Als ich den bekam, hatte ich den Durchbruch als Unternehmerin geschafft – das hatte mir niemand zugetraut. Daraus zog ich meine ganze Energie und tankte das Selbstbewusstsein, das mir bis dahin gefehlt hatte. Die Arbeit nahm meine komplette Zeit in Anspruch.« Susanne stockte.

Alexandra fasste ihre Hand ein wenig fester. »Lass mich raten: Anne hatte sehr viel Zeit allein.«

»Exakt. Wir hatten kaum noch Zeit füreinander. Sie hat sich zuerst um den Hausbau und das Interieur gekümmert. Aber das war natürlich irgendwann zu Ende, und sie hatte nichts mehr zu tun. Außerdem merkte sie, dass mein Selbstbewusstsein enormen Aufwind bekommen hatte. Es war nicht mehr nötig, dass sie mich dauernd in meinem Tun bestätigte. Anfangs hatte sie mir damit sehr geholfen, aber ich glaube, sie fühlte sich dann irgendwann überflüssig. Und vielleicht auch ein bisschen verraten, denn sie lebte von meinem Geld und hatte kein Hilfsprogramm mehr, mit dem sie andere Leute unterstützen konnte … und zumindest ich verlor das aus den Augen, was wir einmal unsere gemeinsamen Ziele genannt hatten.«

»Hast du nicht gemerkt, dass ihr euch voneinander entferntet?« Alexandra sah ihre Freundin forschend an.

Susanne erwiderte den Blick fast ein wenig betreten. »Ganz ehrlich: nein! Ich war einfach zu sehr mit mir selbst beschäftigt. Und mit der Firma und der Verantwortung. Für mich war das Leben plötzlich perfekt. Ich hatte eine Aufgabe, die meine ganze Aufmerksamkeit erforderte und darüber hinaus auch meine Kreativität hervorlockte, von der ich gar nicht wusste, dass ich sie hatte. Das war ein erhebendes Gefühl. Und sehr befriedigend. Vor allem redete mir niemand dazwischen. Das hatte ich bisher nicht so erlebt. Bisher hatte mein Vater immer alles kritisiert, was ich tat ... das konnte er jetzt ja nicht mehr. Außerdem konnte ich auch noch Gutes tun, indem ich die Produktion wieder komplett nach Deutschland verlagerte und dadurch neue Arbeitsplätze schuf. Ich fühlte mich gut und merkte nicht, wie ich Anne verlor.«

»Wie konnte dir das passieren?«, wunderte sich Alexandra. Das schien so gar nicht zu der Susanne zu passen, die sie als einfühlsam und sensibel kennen- und lieben gelernt hatte.

Susanne seufzte leise. »Ich weiß es nicht. Heute würde ich sicher einiges anders machen. Ich hatte damals kaum Zeit für Anne. Und wenn, dann sprachen wir nicht über das Dahingleiten unserer Beziehung. So ist mir entgangen, dass sie tagsüber ein anderes Leben führte.«

»Wie meinst du das?«

Wieder ein Seufzer, diesmal etwas tiefer. »Offenbar hatte sie bei einem ihrer Meditationskurse eine andere Frau kennengelernt. Und tagsüber vergnügte sie sich mit ihr – während sie mich abends nicht mehr verwöhnen musste, weil ich meist sowieso zu müde war.«

»Das heißt, euer Sexleben lag völlig brach?«

»Nicht nur unser Sexleben. Unser gesamtes gemeinsames Leben. Wir gingen nicht mehr aus, wir besuchten keine kulturellen Veranstaltungen mehr ... Ich spulte nur noch mein Berufsprogramm ab. Das sah durchaus Abendveranstaltungen vor, aber ich durfte Anne nicht mitbringen. Das war so mit dem Vorstand vereinbart und mit Anne abgesprochen, die nur sehr widerwillig zugestimmt hatte.« Susanne hielt einen Moment inne und schüttelte den Kopf. »Ich weiß, es war naiv zu glauben, dass unsere Beziehung auf diese Weise halten würde. Aber mir war die Arbeit einfach sehr wichtig. Das Geld weniger. Obwohl wir beide gut davon lebten.«

»Liebte dich Anne denn nicht mehr?«, fragte Alexandra fast flüsternd.

»Ich weiß es nicht. Ich meine, mir ist klar, dass ich sie durch meine ständige Abwesenheit geradezu in die Arme einer anderen Frau trieb, aber ein bisschen mehr Loyalität hätte ich mir schon erhofft. Ich kann heute nicht mehr sagen, ob Anne wirklich mich geliebt hat oder ob es nur das Ideal war, von dem sie glaubte, es wäre unser gemeinsames . . . Weißt du, was ich meine?«

»Ja, ich glaube schon. Liebtest du sie noch?«

»Ja. Dachte ich wenigstens. Ich freute mich auf die Abende mit ihr. Und Kuscheln gehörte noch in unser ›Programm‹. Das war auch alles, wozu ich abends noch in der Lage war. Und Anne konnte sehr zärtlich sein. Außerdem versicherte sie mir immer, wenn ich es hören wollte, wie sehr sie mich liebte. Das glaubst du dann doch, oder?«

»Ja. Ich bin auch so ein Fall, der alles glaubt.« Alexandra lächelte schief.

Susanne sah Alexandra lange und liebevoll an, bevor sie sie umarmte. »Du Arme«, sagte sie.

»*Du* Arme«, erwiderte Alexandra und drückte Susanne fest.

Hand in Hand gingen sie dann schweigend eine Weile weiter, bis Alexandra fragte: »Wie hast du gemerkt, was da läuft?«

»Tja. Ich habe sie einmal in unserem Haus in flagranti mit einer anderen erwischt. Ich war ungeplant früher nach Hause gekommen als sonst und wollte Anne überraschen und mit ihr einen gemütlichen Abend verbringen. Die Überraschung ist mir gelungen. Ich habe beide sofort rausgeworfen. Anne wollte noch mit mir reden, aber dazu war es zu spät – das hätte sie schon viel früher tun müssen. Ich glaube nicht, dass ein Gespräch etwas an meiner Entscheidung, mit ihr Schluss zu machen, geändert hätte.« Susanne hielt inne, und Alexandra konnte sehen, dass sie kurz die Kiefer aufeinanderpresste. Dann fuhr sie fort: »Ich war danach eine Woche krank. Das war vorher noch nicht vorgekommen, und in der Firma haben sich alle Sorgen gemacht. Der Schmerz hat mich fast kaputtgemacht. Aber nach dieser Woche habe ich mir verordnet, nicht mehr an sie zu denken.«

»Und dann erzähle ich dir nicht die Wahrheit ... Erst jetzt geht mir wirklich auf, wie schlimm das für dich gewesen sein muss.« Alexandra hielt wieder an und fasste mit beiden Händen nach Susannes Armen. »Es tut mir so leid.«

Sie drückte Susanne fest an sich. Tiefe Reue überflutete sie, aber auch eine ebenso tiefe Zuversicht: Solche Verletzungen würde es nicht mehr geben zwischen ihnen. Und jetzt, da sie verstand, warum die Erinnerungen Susanne so schmerzten, würde es ihr auch leichter fallen, für sie da zu sein und sie aufzufangen. Liebevoll streichelte sie über Susannes Rücken.

Susanne hielt sich an ihr fest. Aber der verkrampfte Körper entspannte sich, und Alexandra konnte spüren, wie Susanne sich fallen ließ. Tränen sickerten auf Alexandras Jacke – Tränen, die Susanne sich wohl zum ersten Mal überhaupt gestattete seit dem Tag, an dem sie beschlossen hatte, keinen Gedanken mehr an Anne zu verschwenden. Lange standen sie eng umschlungen, bis Susanne sich räusperte und aus der Umarmung löste.

»Ich fühlte mich hintergangen und schuldig zugleich«, fuhr sie in ihrem Bericht fort. »Denn wenn ich mich mehr um unsere Beziehung gekümmert hätte, wäre das nicht passiert. Aber diese Schuldgefühle habe ich mir jahrelang verboten. Und fast hätte ich denselben Fehler bei dir wieder gemacht. Ich hatte das Gefühl, dieselbe schreckliche Geschichte noch mal zu erleben, als wenn jemand die Zeit zurückgespult hätte. Deshalb wollte ich dich am liebsten nie wiedersehen, obwohl ich mich schon unwiderruflich in dich verliebt hatte.«

Alexandra streichelte ihr zärtlich eine letzte Träne von der Wange. »Es ist dir wirklich nicht zu verdenken. Ich habe deine Reaktion schon damals verstanden, aber ich bin froh, dass du mir das alles erzählt hast, denn jetzt kann ich mich noch besser in dich hineinfühlen. Ich an deiner Stelle hätte genauso reagiert.«

Susanne schmiegte ihre Wange an Alexandras liebkosende Hand und sagte: »Ich habe dann ziemlich bald gemerkt, dass ich dich nicht aus dem Kopf bekam. Weißt du eigentlich, dass ich beim Sex mit diesen jungen Frauen oft dein Bild vor Augen hatte?«

»Wirklich?« Alexandras Augen weiteten sich. Dann grinste sie.

In Susannes verheultes Gesicht schlich sich ebenfalls ein ganz kleines Lächeln, als sie nickte. »Ich bin mir sicher, dass ich die ganze Sache ohne dein Bild in meinem Kopf nicht so lange ausgehalten hätte. Das Getue um meine Person, vor allem aber um mein Geld, ging mir schnell ziemlich auf die Nerven. Deshalb war ich im Grunde froh darüber, dass du der Termin in Cannes warst – auch wenn es wahrscheinlich nicht so ausgesehen hat.«

»Hat es nicht. Und du warst eklig, wenn ich das noch sagen darf.« Alexandras Lächeln war kurz erloschen, doch rasch kehrte es wieder zurück. »Aber ich hatte es nicht anders verdient.« Sie strich Susanne sanft die Haare aus der Stirn.

»Unmittelbar nach deinem Besuch«, sagte Susanne, »hab ich alle Zelte in Cannes abgebrochen und bin nach Hause gefahren, wo deine Briefe auf der Treppe lagen. In dieser Nacht habe ich zum ersten Mal wieder mit dir geschlafen – ich meine, mit deinen Briefen neben mir im Bett. Am nächsten Morgen habe ich sie alle gelesen und viel geheult. Mir ist klar geworden, dass ich die Frau, die solche zum Heulen schönen Briefe schreibt, wiedersehen wollte, weil ich sie liebte.«

Alexandras Lächeln wurde zum Strahlen. Das zu hören, tat einfach gut. »Und jetzt?«, fragte sie keck.

»Liebe ich dich von Tag zu Tag mehr.«

Sie küssten sich lange und zärtlich. Keine wollte die andere loslassen.

»Und ich kann nicht mehr nachvollziehen, warum ich deine Erklärung damals nicht habe hören wollen«, murmelte Susanne, nachdem sich ihre Lippen nach einer Ewigkeit doch wieder voneinander gelöst hatten.

»Ich bin jedenfalls wirklich froh, dass du mir alles erzählt hast.«

Froh, dachte Alexandra, *ist eigentlich stark untertrieben.* Nur allmählich wurde ihr bewusst, welche immense Bedeutung diese Aussprache für ihre Beziehung hatte.

»Das war ein Vertrauensbeweis«, erklärte Susanne.

Alexandra schluckte, als sie diese ausdrückliche Bekräftigung aus dem Mund ihrer Geliebten hörte. Auch wenn das Vertrauen zwischen ihnen schon seit einiger Zeit wiederhergestellt war – das so unmittelbar zu spüren und zu hören, war ein ergreifender Moment. Tränen stiegen ihr in die Augen und ließen Susannes Gesicht verschwimmen.

Nun war Susanne an der Reihe, zart über Alexandras Wange zu streichen, um ihr die Tränen zu trocknen.

»Das sind Freudentränen«, flüsterte Alexandra und blinzelte, damit sie Susanne wieder klar sehen konnte.

Susanne küsste sie zärtlich. »Ich weiß. Und wenn ich meine nicht schon alle vergossen hätte, würde ich jetzt auch noch ein paar davon mitweinen.«

Auf dem Rückweg in ihr Gästehaus sprachen sie kaum miteinander. Fürs Erste war alles gesagt. Aber wenn sie sich ab und zu von der Seite ansahen und liebevoll anlächelten, war Alexandra sicher, dass aus Susannes Gesicht ein paar Sorgenfältchen verschwunden waren – und dass ihr Schritt leichter war, beschwingter.

Sie fühlt sich tatsächlich befreit, dachte sie voller Freude. Und dann musste sie immer einen Moment lang in eine andere Richtung schauen, damit das Glück, das aus ihren Augen sprühte, ihre Geliebte nicht blendete.

Brenda und Sarah, die Betreiberinnen ihres Hotels, hatten an einem abgelegenen Strandabschnitt ein Barbecue angekündigt. Der Pavillon zum Schutz vor Wind und eventuellem Regen war bereits aufgebaut, und die Hotelgäste hatten Treibholz gesammelt und in der Feuerstelle nahe dem Pavillon aufgestapelt, um später am Abend ein Lagerfeuer zu entzünden. Bis jetzt meinte das Wetter es gut mit ihnen: Die Sonne schien, der Wind hielt sich zurück, und die Brandung des Meeres rauschte gleichmäßig. Es versprach ein romantischer Abend zu werden. Zwischen den Gästen machte sich eine aufgeregte Heiterkeit breit, als alle mithalfen, Tische, Stühle und Lebensmittel herbeizutragen und den Grill vorzubereiten. Dann konnte es endlich losgehen.

Brenda hatte den Grill angefeuert. Daneben standen Teller mit verschiedenen Fleischsorten bereit, und auch für die Vegetarierinnen unter ihnen war vorgesorgt. Ein Campingtisch bog sich unter Schüsseln mit diversen Salaten – einige der Gäste hatten ihre Lieblingssalate angerichtet. Das kleine Fässchen Guinness war bereits angestochen und die ersten Gläser geleert, und als die erste Runde Fleisch serviert wurde und die Salate und das Brot herumgereicht wurden, herrschte eine ausgelassene, fröhliche Stimmung. Alle redeten und lachten durcheinander, und das Essen schmeckte köstlich.

Alexandra und Susanne saßen dicht aneinandergekuschelt auf einer Decke und plauderten mal auf Deutsch mit Sarah, die zu ihrer Linken saß, mal auf Englisch mit Fiona zu ihrer Rechten. Fiona hatte ihre Gitarre mitgebracht und würde später am Lagerfeuer für die musikalische Untermalung sorgen.

Nach dem Essen, als die Dämmerung langsam herabzusinken begann, wurde das Lagerfeuer entfacht, und nach und nach fanden sich alle rund um die Feuerstelle ein. Fiona stimmte ihre Gitarre und begann einen Instrumentalsong zu spielen, der die Gespräche etwas leiser werden ließ. Währenddessen entfaltete sich das Feuer zu voller Pracht und loderte mit lautem Prasseln.

Als Nächstes – inzwischen saßen alle und bildeten einen Kreis rund um das Feuer – spielte Fiona *The Sound of Silence* von Simon & Garfunkel. Einige summten oder sangen leise mit. Sowohl Susanne als auch Alexandra wussten nur den Text der ersten Strophe auswendig. Als Fiona zu Ende gespielt hatte, erntete sie großen Applaus.

Mit einem »Thank you, guys. You are very kind!« stimmte sie *Yesterday* von den Beatles an. Diesen Text kannte jede, und so sangen nun fast alle Frauen mit. Obwohl die meisten schon mehr getrunken hatten als sonst, war der Gesang nicht laut, sondern eher verhalten und erzeugte eine verträumte, intime Atmosphäre. Und da inzwischen schon alle irgendwie miteinander ins Gespräch gekommen waren und sich kannten, schuf die Musik ein wohliges Gemeinschaftserlebnis. Die Frauen lachten sich an, fassten sich an den Händen oder umarmten sich. Zwischendurch knackte das Feuer, und die Brandung brauste im Hintergrund.

Dann spielte Fiona ein Lied, das Alexandra zunächst nicht zu kennen glaubte. Aber als der Refrain erklang, identifizierte sie es als *Fearless Love* von Melissa Etheridge, das sich mit der Gitarrenbegleitung vollkommen anders anhörte als mit einer kompletten Band und E-Gitarre. Sie stimmte in den Refrain ein und merkte, dass auch Susanne den Song kannte, denn die schmetterte aus voller Kehle mit.

Außer ihrer gemeinsamen Vorliebe für Cat Stevens wusste sie

kaum etwas über Susannes Musikgeschmack, fiel Alexandra auf. Umso schöner, dass Susanne Melissa auch mochte ... *Das ist genau die Art von Liebe, die ich gern hätte: unerschrockene Liebe. Liebe, die vor nichts wegläuft, sich vor nichts versteckt. Ob es Susanne genauso geht?* Sie wandte sich zu Susanne um.

Genau in diesem Moment drehte sich Susanne ihrerseits ihr zu, küsste sie zärtlich und sagte: »Genau das will ich mit dir. Mein Glück verwirklichen und eine unerschrockene Liebe mit dir haben. Ich werde kein Angsthase mehr sein, der vor Problemen davonrennt.«

»Ich auch nicht.« Mehr konnte Alexandra nicht sagen, weil sich ihre Augen schon wieder mit Tränen füllten, Tränen der Rührung und des Glücks.

Es war weit nach Mitternacht, als Fiona schließlich ankündigte, sie würde nun das letzte Lied spielen und es ihrer Lebensgefährtin Susan widmen. Damit beugte sie sich zu der Frau, die rechts von ihr saß, und küsste sie innig. Außerdem, fuhr sie dann fort, würde sie den Song noch für eine andere Frau spielen, die auch »Susanne« hieß – sie bemühte sich, das deutsche »e« am Ende des Namens nicht zu vergessen. Lächelnd blickte sie zu Susanne herüber: »Hope you like it.«

Sie stimmte *Suzanne* von Leonard Cohen an, einen Uralt-Song aus den 1960ern. Eine nicht ganz so alte, aber doch auch schon lange zurückliegende Erinnerung zauberte ein Lächeln auf Alexandras Gesicht: Diese Platte hatte Renee an ihrem gemeinsamen Abend abgespielt, und zwar immer wieder hintereinander. Alexandra wusste nicht, beim wievielten Abspielen von *Suzanne* sie endlich geküsst worden war. Sie wusste nur noch, dass es während des Refrains gewesen war: *Und du hast ihren perfekten Körper mit deinem Geist berührt* ... Genau so hatte sie diesen Kuss damals tatsächlich erlebt.

Susanne beugte sich zu ihr herüber und flüsterte: »Woran denkst du gerade? Du lächelst so versonnen.«

»An meinen ersten Kuss mit Renee«, antwortete Alexandra, ebenfalls im Flüsterton.

Susanne grinste, legte ihre Lippen auf Alexandras und schob ihre Zunge etwas vor. Alexandra öffnete sofort die Lippen und kam ihr mit ihrer eigenen Zunge entgegen. Sie spürte ihr Herz heftig klopfen. Aber bevor der Kuss noch leidenschaftlicher hätte werden können, hatte Susanne sich schon wieder zurückgezogen.

»Du bist gemein!«, zischte Alexandra.

»Warte nur, bis wir in unserem Zimmer sind«, gab Susanne leise zurück und lächelte vieldeutig.

Es dauerte dann allerdings noch eine Weile, bis sie endlich auf ihrem Zimmer waren, denn es war selbstverständlich, dass alle Gäste beim Aufräumen mit anpackten. Alle versicherten sich gegenseitig, dass es ein schöner Abend gewesen war. Erst gegen zwei Uhr nachts waren Alexandra und Susanne in ihrem Zimmer allein. Aber beide waren noch viel zu aufgekratzt vom Singen, von den vielen anregenden Gesprächen und von der harmonisch-vergnügten Stimmung am Lagerfeuer, um Ruhe zu finden.

Während Alexandra im Bad war, schaltete Susanne den CD-Player an, legte eine Cat-Stevens-CD ein, die sie rasch aus dem Auto geholt hatte, und programmierte den Song *Trouble,* den sie beide so liebten, auf *Repeat.* Als Alexandra aus dem Badezimmer kam, konnte sie leise die Zeilen hören, die vom Weintrinken und von Vereinnahmung handelten. »Seid doch fair«, hieß es da. Aber das sind Sorgen bekanntlich selten.

Alexandra schaute zum Bett hinüber und grinste, als sie feststellte, dass Susanne schon nackt darin lag. Schnell entkleidete sie sich ebenfalls und legte sich dazu. Susanne rutschte sofort ganz nah an sie heran.

Währenddessen flehte Cat Stevens, die Sorgen mögen sich verziehen, sie seien heute zu viel für ihn.

Susanne beugte sich über Alexandra und küsste sie auf den Mund. Ihre Zunge massierte Alexandras, ganz sanft zuerst. Dann wurde der Kuss fordernder, leidenschaftlicher. Schließlich bewegten und liebkosten sich die beiden im Gleichmaß. Hände glitten über Rücken, Arme, Oberschenkel und Brüste.

Cat klagte, dass die Sorgen sein Herz zerfräßen. Zungen strichen über Halsbeugen und Bauchnabel.

Cat erklärte, dass nichts, gar nichts von ihm übrig sei. Münder saugten an Ohrläppchen und Brustwarzen.

Finger tasteten sich an Schenkeln entlang, tauchten in Feuchtigkeit ein …

Gemeinsam gelangten sie zum Höhepunkt und ließen sich

schließlich erschöpft auf die Kissen fallen. Und Cat Stevens sang, dass die Sorgen ihn zum Wrack gemacht hätten und ihn doch allein lassen sollten in seinem Unglück.

»Das war fantastisch«, sagte Alexandra, noch ganz außer Atem. »Obwohl ich die Musik eigentlich gar nicht richtig wahrgenommen habe.«

Susanne lächelte. »Ich auch nicht. Aber es war schön, die Gitarre und die Stimme von Stevens im Ohr zu haben, wenn ich einmal in der Lage war zu hören.«

»War eine gute Idee, es einmal mit Cat zu tun.«

»Und wer hatte diese wunderbare Idee?«, fragte Susanne mit breitem Grinsen. Selbst in der Dunkelheit konnte Alexandra ihre Augen funkeln sehen.

»Du, meine Liebste, du«, beeilte sie sich zu antworten und beugte sich zu Susanne, um sie noch einmal sanft zu küssen. Dann setzte sie nachdenklich hinzu: »Aber eigentlich passt der Text des Liedes gar nicht zu unserer Situation, findest du nicht?«

»Ja, du hast recht. Es ist viel zu traurig. Und ich bin so glücklich.« Susanne schwieg einen Moment, dann fügte sie mit sehr sanfter Stimme hinzu: »Ich bin wirklich froh, dass du so hartnäckig warst.«

»Ich bin auch glücklich«, sagte Alexandra. »Glücklich mit dir. Ich war kurz davor, aufzugeben.« Sie fühlte, wie ihr zum nunmehr dritten Mal an diesem Tag Tränen in die Augen stiegen. Das wurde ja nun schon fast peinlich.

Susanne musste den feuchten Schimmer bemerkt haben, denn sie küsste Alexandra ganz zart auf beide Augen. »Aber dann war vielleicht auch ich es, die hartnäckig war. Wir ergänzen uns eben gut, findest du nicht?«

Alexandra war froh, dass ihre Stimme ihr gehorchte, als sie antwortete: »Ja, das finde ich auch.« Sie schaute Susanne tief in die Augen und formte dann ganz langsam mit den Lippen die Worte »Ich liebe dich«.

Susanne streichelte über Alexandras Rücken und antwortete auf dieselbe Weise. Obwohl keine von ihnen die drei Worte laut aussprach, füllten sie ihrer beider Herzen vollständig aus.

Und während Cat Stevens den Sorgen leise befahl, sie mögen ihm vom Leib bleiben, schließlich habe er seine Schuld beglichen, schliefen sie eng aneinandergeschmiegt ein.

Noch vor Morgengrauen wachte Alexandra auf und lächelte, ehe sie richtig wusste, warum. Sie wandte den Kopf zur Seite und betrachtete die friedlich schlafende Susanne.

So warmherzig. So zärtlich. So voller tiefer Gefühle, dachte sie. *Ich liebe dich, Susanne. Ich möchte jeden Tag neben dir aufwachen.*

Natürlich war ihr klar, dass eine Beziehung nicht nur aus Harmonie bestand. Aber sie war bereit, zu streiten und sich wieder zu versöhnen, sie wusste, dass die Bewältigung von Konflikten immer neue Beweise für das Funktionieren ihrer Beziehung liefern würde. Sie fühlte sich stark genug, Susanne als eigenständige Person zu sehen und ihre eigene Unabhängigkeit zu bewahren. Und sie würde offen zu Susanne sein, bedingungslos offen – und ihr ihrerseits blind vertrauen. Das war eine Lektion, die sie durch die anfänglich begangenen Fehler ein für allemal gelernt hatte.

Ja, sie würden füreinander da sein, miteinander leben und arbeiten und jederzeit aufrichtig sein, ohne ihre eigene Persönlichkeit aufgeben zu müssen. Auf diese solide Basis gestellt, hatte ihre Beziehung gute Chancen, eine lange Zeit zu überdauern ... vielleicht sogar ein ganzes Leben. Alexandra wurde ganz warm. Zuerst im Herzen, dann im Bauch, dann breitete sich das wohlige, leicht prickelnde Glücksgefühl bis in ihre Hände und Füße aus.

Da erwachte auch Susanne. Sie beugte sich zu Alexandra, küsste sie und legte sich schließlich auf sie. Ihr Liebesspiel währte die restliche Nacht und den ganzen nächsten Tag – mal sanft und langsam, mal wild und leidenschaftlich, bis sie vor Erschöpfung einschliefen. Und als sie glücklich und erfüllt in den Schlaf hinüberdämmerten, wussten beide, dass noch viele, viele solche Tage und Nächte vor ihnen lagen.

ENDE

Weitere Titel bei édition el!es

Mirjam Hoff: Gefährliche Geheimnisse

Roman

Zuerst knackt Helen Lils Türschloss, dann ihr Herz. Es könnte eine wunderbare Beziehung werden, wenn Helens Geheimnisse nicht immer wieder für unangenehme Überraschungen sorgen würden. Lil weiß im Grunde nichts über die wilde und leidenschaftliche Helen, erfährt nur immer wieder durch Zufall Details aus Helens Leben. Das stellt die Beziehung auf eine harte Probe, denn eines Tages wird Lil nicht mehr verzeihen können …

Claudia Westphal: Die Schwester der Braut

Roman

Als Alicia heiratet, lernt deren Schwester Alex auf dem JunggesellInnenabschied die ältere Dana kennen und fühlt sich von Anfang an zu ihr hingezogen. Nur ist Dana die beste Freundin von Alex' Mutter, und die Mutter weiß nichts von der Vorliebe ihrer Tochter für Frauen. Und auch sonst spricht so einiges gegen eine Beziehung zwischen Dana und Alex. Doch die Gefühle sind stärker als die Vernunft, und so nehmen die Geschehnisse bis zum Happy End ihren Verlauf …

Terry Waiden: Neptuns Tochter

Roman

Mika zieht den Zorn einer schönen Fremden auf sich, als sie in der Firma die Sprinkleranlage in Gang setzt – für einen guten Zweck. Die Überraschung ist groß, als Mika der Fremden wiederbegegnet, denn sie ist die Tochter von Mikas neuer Arbeitgeberin. Doch ›Neptuns Tochter‹, wie sie von Mika insgeheim getauft wird, schreitet auf dem Kriegspfad, so scheint es; fatal, denn Mika hat sich unsterblich verliebt …

Lucy van Tessel: Traum von Amsterdam

Roman

Der Durchbruch als Künstlerin lässt auf sich warten, die Langzeitbeziehung gescheitert – in Lenkas Leben läuft einiges schief. Und auch ein vielversprechender Flirt mit Studentin Naomi endet im Rauswurf am nächsten Morgen. Doch Lenka kriegt Naomi nicht aus dem Kopf, während die Studentin den mit ihrer Ex geträumten Traum von Amsterdam nicht aufgeben will. Eine gemeinsame Zukunft kann es jedoch nur geben, wenn sich Naomi fürs Bleiben entscheidet ...

Manuela Kühn: Verborgene Liebe

Roman

Nach der Trennung von ihrer großen Liebe fällt Leonie in ein tiefes Loch der Trauer. Die Qual scheint endlos, bis ihr bester Freund Tobias einen Unfall hat. Denn im Krankenhaus entflammen leidenschaftliche Gefühle für die große, starke Krankenschwester Irene. Aber im Verborgenen wächst in Leonie eine Liebe für eine ganz andere Frau heran ...

Maren Frank: Liebe an Bord

Roman

Krankenschwester auf einem Kreuzfahrtschiff: Das klingt zu gut, um wahr zu sein. Diana wagt das Abenteuer und verliebt sich prompt in die große, dunkelhaarige Kapitänin Valerie. Viel Zeit, um herauszufinden, ob die Gefühle erwidert werden könnten, bleibt allerdings nicht: Das Schiff wird vom Ersten Offizier mit Hilfe fremder Seeleute gekapert, Diana und Valerie in einem Ruderboot auf See ausgesetzt – der gemeinsame Überlebenskampf beginnt ...

Ruth Gogoll: Widerstand ist zwecklos

Drei galaktische Geschichten in einem Band

Ein Handyroman, eine Fanfiction und ein utopisches Experiment – in diesem *el!es-Spezial* sind drei Geschichten von Ruth Gogoll zusammengefasst, die sich bereits als eBooks großer Beliebtheit erfreuen.

Widerstand ist zwecklos stellt eine Professorin fest, als sie sich erfolglos gegen die erotische Anziehung ihrer Assistentin wehrt;

Galaktische Gefühle hegt Captain Alyson McGuire für eine zur perfekten Frau umgewandelten Cyborg;

Neue Welt ist ein Planet voller Frauen, auf dem die von der Erde gesandte Corey ganz neue Erfahrungen macht ...

Claudia Westphal: Zeig, mir was Liebe ist

Roman

Äußerlich die Vorzeige-Lipsticklesbe, innerlich die größte Butch: Jefferson Fynn passt in keine Schublade. Im Beruf erfolgreich, das Privatleben in einen Schrank gesperrt. Doch eines Tages werden die Sehnsucht nach Liebe und der Wunsch nach Familie groß genug, so dass Jefferson ihre Karriere an den Nagel hängt und in ihre Heimat zurückkehrt. Wo neben neuen familiären Herausforderungen auch tatsächlich die große Liebe auf sie wartet ...

Anne Wall: Nur ein Blick von dir

Roman

Silke, frisch getrennt, lernt die Sozialpädagogin Marina kennen. Obwohl Silke immer wieder betont, dass Marina nicht ihr Typ ist, lässt sie sich nach einer Weile doch auf eine Beziehung ein, ohne Verpflichtungen, ganz locker, jederzeit kündbar. Aber die Idylle wird jäh unterbrochen, als Marina plötzlich verschwindet und Silke sich ihrer wahren Gefühle endlich bewusst wird.

Toni Lucas: Gefährliche Sehnsucht

Roman

Aufstiegschance Katze! In einer Welt, die von der Furcht vor Seuchen beherrscht wird, ist Anais Munroe froh, einen gutbezahlten Job als Katze in einem reichen Haushalt erhalten zu haben. Sumati Divari, eine einflussreiche Managerin eines Pharmakonzerns, bringt ihr jedoch zunächst nur wenig Sympathie entgegen. Erst, als Anais schwer verletzt wird, entspinnt sich zwischen ihnen ein Liebesverhältnis. Bald jedoch müssen beide feststellen, dass nicht nur ihre Beziehung, sondern auch das Leben vieler Menschen bedroht ist. Nur gemeinsam kann es ihnen gelingen, eine Katastrophe zu verhindern.

Jenny Green: Die Nacht, die es niemals gab

Liebesroman

Bevor Lena mit der Journalistin Meike nach Schweden zu einer Geschäftsreise aufbricht, kommt es zwischen ihr und ihrer besten Freundin Jacky zu einem Kuss – der Anfang einer schier endlosen Reihe von Verwicklungen. Während Lena sich auf der Reise auf Meike einlässt und jegliche Gedanken an Jacky zu verdrängen versucht, verzehrt sich Jacky wegen neu entfachter Gefühle nach ihr. Doch als Lena merkt, welches falsche Spiel Meike spielt, ist es fast schon zu spät. Im Gewirr von Missverständnissen scheint es unmöglich, dass Lena und Jacky endlich glücklich werden.